光尘
LUXOPUS

THE
GIVER
OF
STARS

点亮
星星的人

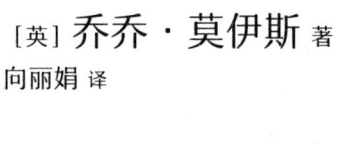

[英] 乔乔·莫伊斯 著

向丽娟 译

北京联合出版公司

献给芭芭拉·内皮尔（Barbara Napier），
在我最需要的时候，是你给了我星光。

也献给全世界的图书管理员。

目 录

序　幕 / 001

第 一 章　女图书馆员 / 007

第 二 章　新来的英国姑娘 / 029

第 三 章　瘸腿的女孩儿 / 052

第 四 章　大山里的渴望 / 078

第 五 章　编目员 / 094

第 六 章　艾丽斯的烦忧 / 109

第 七 章　黑幕 / 132

第 八 章　谁都不安分 / 166

第 九 章　小蓝书 / 179

第 十 章　玛格丽的恐惧 / 192

第十一章　洋娃娃风波 / 208

第十二章　决裂 / 235

第十三章　险象重重 / 263

第 十 四 章　孕育 / 278

第 十 五 章　弗雷德 / 281

第 十 六 章　大水 / 296

第 十 七 章　告白 / 314

第 十 八 章　最疯狂的女人 / 330

第 十 九 章　入狱 / 345

第 二 十 章　回不去的故乡 / 358

第二十一章　新生 / 376

第二十二章　生别离 / 385

第二十三章　希望的合唱 / 400

第二十四章　审判 / 413

第二十五章　远离人烟的小屋 / 430

第二十六章　孤女的证词 / 439

第二十七章　领悟 / 452

第二十八章　尾声 / 461

后　记 / 471

序幕

1937年12月20日

听,在阿诺特山脊下的森林里,走进去三英里[①],你就被沉郁的寂静所包围,一步步走得仿佛是在绿海中蹚行。天一亮,鸟儿就不再歌唱,即使在盛夏也是如此,现在就更别说了——清冷的空气里充满水汽,一些树叶被严霜压得一动不动,但还是顽强地依附在树枝上。橡树和山核桃树林里没什么动静;野生动物还藏在地底下,柔软的毛皮缠绕在窄小的洞穴或空树洞里。雪很深,骡子一踩下去就没过了小腿。在这片看不到尽头的雪地里,它摇摇晃晃,每走几步就充满疑虑地打起响鼻,小心地试探着脚下有没有松动的燧石或地洞。地上只有那条不宽的小溪在安心地流淌,清澈的溪水在铺满

---

① 一英里约为1.6公里。

石头的河床上汩汩地冒泡,向着从这里看不到的终点奔去。

玛格丽·奥黑尔试着碰了碰靴子里的脚指头,但过了很久才有感觉。想到暖和过来以后脚趾有多疼,她打了个寒战。她穿了三双羊毛袜,但在这种天气里就和光着腿一样。她摸着大骡子的脖子,用戴着沉重的男式手套的手拂去它密实的毛皮上结的霜晶。

"今晚给你加餐,查利好小子。"她说着,看着它的大耳朵向后转动。她在马鞍上动了动,调整了马鞍包。去小溪的下山路不好走,要确保骡子保持平衡。"给你的晚餐里加热糖浆。可能我自己也要吃一点儿。"

还有四英里,她心想,要是早餐吃饱些就好了。过了印第安断崖,走上黄松小径,再过两个小山谷,老南希就会和往常一样唱着赞美诗走出来,清脆响亮的歌声在她走过的森林里回荡。她会像小孩一样挥舞着双臂来迎接她。

"你不用走五英里来接我。"她会对这个女人说。每隔两周,她都要说同样的话,"这是我们的工作,这就是我们骑马来的原因。"

"唉,你们几个姑娘已经够辛苦的了。"

玛格丽知道真正的原因。南希和她已经下不了床的姐姐琼住在雷德里克的一座原木小屋里,两人必须把新来的一批书拿到手,绝不容许有一丝差错。南希已经六十四岁,还剩三颗好牙,十分倾心英俊牛仔的故事。"那个麦克·马奎尔,他让我的心就像挂在晾衣绳上的床单一样飞飞扑扑。"她双手合十,抬起眼睛望着天,"阿彻把他写得呀,就好像直接从书里走出来一样,将我一把拉上马去。"她故作神秘地靠过来说:"我可喜欢骑马了。我丈夫说,我还是个小姑娘的时候骑马的姿势就特别老到!"

"我看他说得准没错,南希。"玛格丽每次都会这样回答,那位老女人则会放声大笑,拍着大腿,就好像她第一次说那句话。

一根细树枝断了,查利的耳朵轻轻一动。它耳朵那么大,恐怕能听到半个路易斯维尔①的声音。"这边,孩子,"她说着,引着它绕开地上的一块大石头,"你马上就能听到她的声音了。"

"往哪儿去?"

玛格丽急忙转过头去。

他脚上有点儿站不稳,但目光平视,直勾勾地看着她。她看见他的步枪是上了膛的。他抬着枪,像个傻瓜一样,手指放在扳机上。"这下你愿意看我了,是不是,玛格丽?"

她保持语调平静,脑子飞快地转动。"我看见你了,克莱姆·麦卡洛。"

"我看见你了,克莱姆·麦卡洛。"他重复她的话,还吐了一口唾沫,就像学校里那种可恶的小孩。他半边的头发竖着,大概是睡觉时压到了。"你看着我,但你瞧不起我。你把我看作你鞋上的泥巴,就好像你有多了不起似的。"

她一向无所畏惧,但她很熟悉山里的这些男人,知道自己不能和一个醉汉纠缠,尤其这种拿着上了膛的枪的男人。

---

① 路易斯维尔是肯塔基州最大的城市,也是重要的工业、金融及商业中心,一年一度的肯塔基赛马会就在这里举行。——译者注(本书注解如无特殊说明,均为译者注)

她飞快地在心里过了一遍可能冒犯过的人——上帝才知道的确有几个——但是麦卡洛？除了那些陈年旧事，她不知道自己怎么惹了他。

"你家人跟我爸爸的矛盾已经跟着他一起被埋葬了。我家现在只剩下我一个人，我对家族仇恨这些事情不感兴趣。"

麦卡洛挡住了她的去路，他稳稳地踩在雪地里，手指还扣着扳机。他的皮肤上有那种醉酒了感觉不到寒冷的人会有的蓝紫色斑点。他大概已经醉得无法瞄准了，但她不想冒这个险。

她挪了挪身体，让骡子停下来，同时眼睛往旁边扫。河岸两边都太陡，树也太密，她过不去。她只能劝他让开，或者骑骡子直接踩着他过去，后者的诱惑力非常大。

骡子警觉地把耳朵向后转动。在寂静中，她能听到自己的心跳，那是她耳朵里不断怦怦的声音。她出神地想，自己大概从没听到过那么响的心跳声。"我只是在完成我的工作，麦卡洛先生。如果你让我过去，我将感激不尽。"

他听到她提到他的名字，那过分的礼貌中隐含着侮辱。当他把枪拿开时，她意识到了自己的错误。

"你的工作……你觉得自己高人一等，可你知道你需要什么吗？"

他大声地吐了一口唾沫，等着她回答。"我说，你知道你需要什么吗，姑娘？"

"对这个问题，恐怕我的看法会和你的相差一两英里远。"

"啊,你心里明白得很。你以为我们不知道你们都在做什么吗?你以为我们不知道你们在给正直的、敬畏上帝的女人传播什么吗?我们知道你们想干什么。你身上有魔鬼,玛格丽·奥黑尔,要把魔鬼从你这样的姑娘身上赶走,只有一个办法。"

"这个嘛,我很乐意停下来弄清楚,但我现在忙着送书,也许我们可以下次——"

"闭嘴!"

麦卡洛把枪举了起来。"闭上你该死的嘴。"

她紧紧闭上了嘴。

他走近了两步,双腿分开,站稳了。"从骡子上下来。"

查利不安地动了动。她冰冷的心提到了嗓子眼儿。如果她掉头逃跑,他就会对她开枪。唯一的出路是沿着小溪跑,森林地面布满了难走的燧石,树木太密,很难找到前进的路。她意识到,除了正在慢慢翻过山顶的老南希以外,方圆几英里都没有人。

她孤立无援,他也知道这一点。

他放低了声音,"我叫你下来,快点儿。"他又走近了两步,脚踩在雪地里嘎吱作响。

对于她和这里的女性来说,这就是赤裸裸的事实。不管你有多聪明、多独立,你都会被一个持枪的愚蠢的男人打败。他的枪管离她很近,近得她发现自己正注视着两个看不到底的黑洞。他哼了一声,突然把枪放下,把系着背带的枪甩到身后,抓住了她的缰绳。骡子一扭身,她笨拙地向前摔去,直扑到他脖子上。她感到麦卡洛一边紧紧抓住她的大腿,一边用另一只手去够身后的枪。他呼出来的气有一股酒的酸臭,手上满是泥垢。她身上的每一个细胞都为这些感到恶心。

然后她听到远处传来南希的声音。

多少平安 我们坐失!

多少痛苦冤枉受——

他抬起了头。她听到一声"不!",她恍恍惚惚地发现这是从她自己口中说出来的。他的手指在抓她、拉她,另一只胳膊去抱她的腰部,使她失去了平衡。他下手重,口气恶臭,她感觉自己的未来变成了某种黑暗又恐怖的东西。但寒冷让他没那么利索。他又一次摸索着去够枪的时候回了个头,就在那时她看到了机会。她用左手伸进后面的马鞍包里,他的头一转回来,她就放开缰绳,用右手紧紧握住书的另一角,用尽全力把这本沉重的书砸在他脸上。他的枪走火了,"嘣"的一声震得人发抖。子弹打到树上后弹飞了,她听到歌声猛地停下了,群鸟飞上了天空,就像一团扇着翅膀、舞动变幻的黑色云彩。麦卡洛倒下时,骡子被惊得尥起后蹄一跳,又往前冲,把他踩了几脚。她倒吸了一口气,不得不抓住鞍头才没掉下去。

然后她沿着溪边走,她的嗓子紧得喘不过气来,心跳剧烈,任由骡子一步步扎实地踩进淙淙的冰水中,不敢回头看麦卡洛有没有站起来追她。

第一章
女图书馆员

三个月之前

"这个9月热得不对劲。"站在店铺门口的、走在桉树树荫下的人们一边扇着风，一边这么说。贝利维尔的会议大厅里见缝插针地挤满了穿着府绸裙和夏季套装的人，一股碱液肥皂和捂臭了的香水味。热气甚至侵入了护墙板，木板发出嘎吱的声音，叹息着表示抗议。本内特小步挪着走过一排坐满人的椅子，对每一个站起来、几乎毫不掩饰地发出叹气声的人道歉。艾丽斯紧紧地跟在后面，她能肯定地感觉到，那些给他们让路的人向后一靠，他们身上的热气就钻进了她的身体。

真抱歉。真抱歉。

本内特终于找到了两个空位，他假装看不见周围的人正瞥眼望过来，和艾丽斯坐了下去。艾丽斯难堪得脸颊发红，本内特低头看看衣服的翻领,拂去并不存在的绒毛,然后看了看她的裙子。"你没换衣服吗?"他低声说道。

"你说时间已经晚了。"

"我可没想让你穿着家居服出门。"

她本想烤一个肉馅土豆泥饼来鼓励安妮做一些除南方菜式之外的菜。但土豆都发绿了,火候也没法估计,把肉倒进烤盘的时候还溅了她一身油。本内特进来找她的时候(她呢,当然了,已经忘记了时间),无论如何都想不通为什么在即将参加这么重要的集会之时,她不能把厨头灶脑的事交给管家去做。

艾丽斯用手遮住裙子上最大的一块油渍,决定此后的一个小时里都不把手挪开。因为这个活动要花一个小时,或者两个小时。或者,上帝呀,三个小时。

教堂和集会。集会和教堂。有时艾丽斯·范克利夫觉得自己总是在做一件又一件枯燥无味的日常消遣。每天早上,麦金托什牧师都要在教堂里花近两个小时的时间高声谴责罪人,因为显然他们正密谋在小镇上建立亵渎神灵的强大势力。牧师现在扇着风,看起来急着想要再次开始讲话。

"把你的鞋穿上,别人会看见的。"本内特低声说道。

她说:"都怪天热。我这双脚是英国脚,不习惯这种天气。"她感觉到,而不是看到她丈夫带着疲惫的不满。但她太热了,不能把这事放在心上,而且讲话人的声音有一种催人入眠的效果,每讲三个词她大约只能听到一个——发芽……豆荚……谷壳……纸袋——其余的就听不进去了。

别人告诉过她，婚后生活是一场历险。她将踏上一片新的土地！毕竟她嫁给了一个美国人。品尝新的食物！学习新的文化！感受新的体验！她曾幻想自己在纽约，优雅地穿着两件套套装在繁忙的餐馆用餐，走过拥挤的街道。她还会写信回家，把这全新的经历炫耀一番。啊，艾丽斯·赖特吗？她是不是嫁给了一个棒极了的美国人？是的，我收到了她的明信片——她是在大都会歌剧院还是卡内基音乐厅……

从没人警告过她，结婚会带来那么多和上了年纪的姑妈关于瓷器的闲聊，那么多缝补活儿和绗缝被子，甚至还有更糟糕的，要听那么多无聊得要命的布道。无休止的，仿佛有几十年那么长的布道和集会。啊，这些人真爱讲道！她觉得自己仿佛几个小时里都在挨训，并且一周要挨四次训。

回来这一路上，范克利夫夫妇在不少于十三座教堂里做了停留。艾丽斯唯一喜欢的是查尔斯顿的布道，那儿的传道者讲得时间太长，会众听得没了耐心，决定所有人一起，把他"压下去"——用歌声盖过他的声音，一直到他明白过来，很不高兴地结束当天的布道。他徒劳地提高嗓门想盖过他们的歌声，而他们果断地提高音量，唱得更响亮，把她乐得咯咯笑了起来。

据她观察，肯塔基州贝利维尔镇的会众令人失望地专注。

"把鞋穿起来吧，艾丽斯，求你了。"

她看到了施密特太太的目光——两周前她曾去施密特太太家里

喝过茶——便又望向前方,尽量不显得太友好,免得又被请去喝茶。

"那么,汉克,谢谢你关于种子储存方面的建议。我能肯定你给了我们很多需要思考的问题。"

艾丽斯刚把脚伸进鞋里,牧师就接着说道:"哦,不,女士们,先生们,不用起身。布雷迪太太想要占用你们一些时间。"

艾丽斯一听就懂了,又把鞋脱了。一位矮个儿中年妇女走到前面——那种她父亲会称之为"有分量"的女士,壮硕丰满,鼓鼓囊囊,让人想起质量上乘的沙发。

"我想说一说流动图书馆的事。"她说着,一边用一把白色的扇子轻轻扇着脖子,又整了整帽子,"有一些最新消息,我想请大家关注一下。

"我们都知道大萧条给这个伟大的国家带来了——呃——毁灭性的影响。我们把太多的注意力放在生存方面,生活中更多的美好只能退居其次。你们中的一些也许知道罗斯福总统和夫人为唤起公众对扫盲和学习的关注付出了移山心力。本周早些时候,我有幸与莉娜·诺夫希尔太太参加茶会,她是肯塔基州家长教师会的图书馆服务的主席,她告诉我们,公共事业振兴署[①]在几个州成立了流动图书馆,甚至在肯塔基州也成立了几所,她的图书馆服务也属于这个项目。你们中的一些可能听说过他们在哈兰县建的图书馆,对不对?

[①] 公共事业振兴署(Works Progress Administration),20世纪30年代,美国总统罗斯福推行"新政"时建立的机构,主要任务是兴建学校、医院和图书馆,包括骑马送书到偏僻山区的"马背上的图书馆",以及扶植艺术家和社团。

嗯，事实证明，这项举措获得了巨大成功。在罗斯福夫人本人和公共事业振兴署的大力支持下……"

"她是圣公会教徒。"

"什么？"

"罗斯福夫人，她是圣公会教徒。"

布雷迪太太的脸抽动了一下。"嗯，我们不会因此而对她抱有成见。她是我们的第一夫人，一心为国家办好事。"

"她应该一心地弄清自己的位置，别到处搞些事出来。"一个下巴肥厚，身穿浅色亚麻布西装的男人摇着头，往四周望了一圈，寻求众人的同意。

对面的佩姬·福尔曼俯身理了理裙子，恰好这时艾丽斯注意到她，显得好像艾丽斯在一直盯着她看。佩姬眉头一皱，仰起她的小鼻子，然后对身旁的女孩咕哝了几句。那个女孩把身子往前探，也给了艾丽斯一个不友好的眼神。艾丽斯靠到椅背上，努力地把脸上的红晕压下去。

*艾丽斯，如果交不到朋友，你就无法在这里安顿下来。*本内特总是这样对她说，仿佛她能够把佩姬·福尔曼和她那群脸色难看的朋友笼络过来。

"你的心上人又在对着我下符咒了。"艾丽斯嘀咕道。

"她不是我的心上人。"

"可她认为她是。"

"我告诉过你了，我们那时都是小孩。我认识了你，然后……都是过去的事了。"

"我希望你能把这些告诉她。"

他向她靠过去。"艾丽斯,你总是一副不合群的样子,别人会觉得你有点儿——冷漠……"

"我是英国人,本内特。我们天生就不爱……献殷勤。"

"我只是觉得你和他们来往多一些,对我们也更有好处。爸爸也是这么想的。"

"哦,他是这么想的,是不是?"

"别这样。"

布雷迪太太瞅了他们一眼。"刚才我说到,此举在周边各州取得了成功,公共事业振兴署已经拨款,让我们在李县也建立自己的旅行图书馆。"

艾丽斯忍住了一个哈欠。

家里的小斗柜上有一张本内特穿着棒球服的照片。照片上的他刚打出一记本垒打,极其专注的脸上绽放着喜悦,仿佛那一刻他有了某种非凡的体验。她希望他能再次用这种目光看着她。

当艾丽斯·范克利夫容许自己去思考这个问题的时候,她发现自己的婚姻是大量随机事件累积产生的结果:一开始是她和珍妮·菲茨沃尔特在室内打羽毛球(那会儿在下雨,除此之外她们还能干什么?),打碎了一个瓷狗,紧接着就是由于总是迟到,她被请出了秘书学校,然后厄运达到顶峰,她在圣诞酒会上不识大体地对爸爸的老板发火。("可我在发酥皮肉馅饼的时候,他把手放在我的屁股上!"艾丽斯抗议道。"别那么粗俗,艾丽斯。"她妈妈气得哆嗦起来。)这三件事,再加上她弟弟吉迪翁的几个朋友,过量的朗姆潘趣酒和一张被毁掉的地毯(她没发现潘趣酒是含酒精的!没人告诉过她呀!),结果就是她父母提出建议,用他们的话来说就是让她开始一段"反省期",等同于"把艾丽斯关在家里"。她听见他们在厨房里的谈话,她父亲不以为然地说:"她一直都是那个样子,她就像你的哈丽雅特姨妈。"妈妈整整两天没和他说话,仿佛艾丽斯随她家那边的亲戚是一件奇耻大辱。

就这样,整个漫长的冬天里,吉迪翁去了数不尽的舞会和鸡尾酒会,去朋友家整个周末不见人影,或者去伦敦开派对。而她却渐渐地从朋友的邀请名单上消失,只能在家里敷衍了事地做一些零碎的刺绣,唯一的外出活动就是陪着妈妈去看望年迈的亲戚,或是参加妇女协会的聚会,那里讨论的主题不外乎蛋糕、插花和圣人的生活,仿佛他们一心一意地想把她闷死。过了一段时间,她不再问吉迪翁玩乐的细节,因为这只会让她更难受。她转而生着闷气打打塔牌[①],暴躁地在大富翁游戏上作弊,趴在厨房的餐桌上,脸靠在手臂上,听着广播,远离心中令人窒息的忧虑,去往另一个世界。

所以两个月后一个周日的下午,当本内特·范克利夫忽然出现在牧师的迎春会上,带着美国口音,下巴方方正正,金色头发,散发着与萨里郡相隔万里的那个世界的气息的时候,坦白地说,即使他

[①] 塔牌(canasta),一种用两副牌的纸牌游戏,可以有二到六个玩家,目的是尽量把手中的牌组成顺子、葫芦、同花等。

是巴黎圣母院的驼背怪人,她也会觉得搬进一座咣咣响的钟楼是一个相当适宜的好主意。谢谢你。

男人都爱盯着艾丽斯看,本内特也立即为这位秀美的英国年轻女人而倾倒。她长着一双大眼睛,金发齐耳,话音清脆,话语简单利落,是他在列克星敦从来没听到过的。他父亲则认为,她拿起茶杯时动作优雅,端庄大方,就像一位英国公主。艾丽斯的母亲更是透露道,他们家祖父母辈通过联姻出过一位公爵夫人,把老范克利夫先生高兴得差点儿咽了气。"公爵夫人?皇家公爵夫人?啊,本内特,要是你母亲还活着,她得多开心呀!"

父子两人为东肯塔基上帝庇护联合传教会到欧洲来做外联工作,观察信众出了美国以后的敬奉活动。为了纪念已故妻子多洛蕾丝,范克利夫先生资助了好几位集会的出席者——聊天的间歇他总会提到。也许他是经商的,但如果没有上帝的福佑,这一切毫无意义。艾丽斯觉得他对圣玛丽教堂的普通礼拜中大家那不大不小、不温不火的宗教热情显得有些失望,而教众们一定被麦金托什牧师对火和硫黄那热情洋溢的、吼叫式的宣讲吓得不轻(可怜的阿巴思诺特太太不得不被护送着从侧门出去透透气)。但是,范克利夫先生观察后发现,英国人在虔诚方面的欠缺,他们利用大小教堂和悠久的历史加倍地进行了弥补。这本身不也是一种精神体验吗?

与此同时,艾丽斯和本内特正忙于他们自己的不那么神圣的体验。分离时,他们紧握双手,情意绵绵,一想到马上就要天各一方,就爱得更热烈了。本内特继续去了兰斯、巴塞罗那、马德里,其间两人一直保持通信。当他到罗马时,他们在书信里已经海誓山盟;等他回来以后,家里只有既聋又哑的人才会对本内特的求婚感到惊讶;而艾丽斯呢,就像鸟儿看到鸟笼门被打开了一样,犹豫了整整半秒钟便乐滋滋地答应了这位正害着相思病、皮肤晒成漂亮棕色的美国男人。他英俊,下巴方方正正,看着她的眼神仿佛她是绢丝做的一样,这样的男人谁能拒绝?在过去的几个月里,其他人看她的样子就好像她有传染病。

"天啊,你真是太完美了!"本内特对她说,用拇指和食指握着她纤细的手腕。他们坐在她父母花园里的秋千椅上,把衣领竖起来抵挡凉风。他们的父亲从图书室窗户里溺爱地望着他们,出于各自的原因,心里都为这次婚配感到宽慰。"你那么优雅脱俗,就像一匹纯血马。"他说"优雅"的时候带上了很重的南方鼻音。

"你帅得不可思议,就像电影明星。"

"妈妈还在的话,她会非常喜欢你。"他把一只手指顺着她的脸颊轻轻地滑下去,"你就像一个瓷娃娃。"

六个月之后,艾丽斯能确定他已经不再把她看作一个瓷娃娃了。

他们很快就结婚了,向大家解释,范克利夫先生必须回去打理生意,所以才那么匆忙。艾丽斯感觉自己的整个世界翻了个个儿。她在这个漫长的冬天里有多苦闷,现在就有多高兴,甚至是忘乎所以。她妈妈给她收拾行李时,也带着些许不大合适的喜悦。她给身边每一个人讲了关于艾丽斯可爱的美国丈夫和他富有的实业家父亲的事。自己唯一的女儿将搬到美国一个所有她认识的人都没去过的地方,如果这时她能带着一点悲伤的表情就好了。不过,艾丽斯恐怕也巴不得赶紧去。只有她的弟弟在大家面前表现得很难过,她能肯定他到下星期出去玩了就能恢复过来。吉迪翁说:"我会来看你,一定会来。"他们都知道他不会。

本内特和艾丽斯的蜜月包括五天航行回美国,再从纽约走陆路前往肯塔基。(她在百科全书里查阅了肯塔基的资料,对那里的赛马非常感兴趣,看起来就好像长达一年的德比赛马会①。她不管看见什么都要发出惊喜的尖叫:美国的汽车真宽敞,美国的远洋客轮庞大无比,本内特在伦敦伯灵顿拱廊街一家商店里给她买的钻石吊坠真美。她不介意范克利夫先生一路都跟着他们。毕竟,把老人撇在一边也太不礼貌了,而且能离开萨里郡每个星期天死寂的客厅和永远存在的否定她的气氛,她想想都兴奋不已。

范克利夫先生像紧紧抱住岩石的帽贝一样黏着他们,艾丽斯一旦有一些隐隐地对这样的行为感到不满,她就立刻将这不满扼杀掉,尽最大的努力成为两个男人期待她成为的那个快乐的自己。客轮从南安普敦驶往纽约的路上,她和本内特还是能想办法在晚饭后单独在甲板上散几个小时的步,而他父亲则去处理商业文件,或者去和船长坐一桌,和老年人们聊天。本内特会用他强壮的手臂将她拉到身边,她会举起戴着新的闪亮的金戒指的左手,为她,艾丽斯,已经是一个已婚女人的事实感到惊叹。回到肯塔基以后,她告诉自己,

---

① 德比赛马会每年6月份在英国萨里郡埃普瑟姆镇举办,是全英著名的赛马会之一,始于1780年。

她将正式步入婚姻生活，到那时候，他们就不用像现在一样同住在一间船舱里，中间用帘子隔开。

"这完全不是我想象中的新娘该穿的衣服。"她穿着长内衣和睡裤，小声地说道。自从范克利夫先生有一天晚上在半梦半醒的状态下把他们双人铺位的帘子当成洗手间的门以后，她就再也不敢不多穿点儿。

本内特吻了她的前额。"反正爸爸总是在旁边，感觉也不对。"他轻轻地回应。他把长长的垫枕放在两人中间（"不然我可能会控制不住自己"）。他们并排躺着，双手在黑暗中纯洁地握着，巨大的轮机在身下震动，他们的呼吸声也很大。

回首往事时，她发现那次漫长的旅途中处处都是她被压抑的渴望。他们偷跑去救生艇后面亲吻，脚下的大海起起伏伏，她的想象力也跟着翻腾。"你真美，等到了家，一切都会变得不一样。"他喃喃地在她耳边低语，而她则凝视着他雕像般俊美的脸庞，再把脸贴到他散发着甜美味道的脖颈上，心想不知自己还能忍多久。

此后从纽约到肯塔基一路都是走不完的车程，他们在各处停留，与会长、牧师见面。然后，本内特宣布，他们不会像她设想的那样住在列克星敦，而是在更靠南边的一个小镇上。他们的车驶过列克星敦，此后道路变窄，灰尘越来越大，一直开到茂盛的山林覆盖的高山下，分散的几处房屋群，显得很稀落。第一眼看到贝利维尔镇的大街的时候，她掩饰住失望之情，安慰地告诉他自己觉得这里很好。镇上只有不多的几栋砖石楼和几条很窄的路，并不通往任何值得一提的地方。她很喜欢乡下。他们可以外出时上城里去，就像她母亲去河岸街的辛普森餐厅①一样，对吧？当她发现婚后至少一年里，范克利夫先生都要和他们住在一起的时候，也挣扎着用同样乐观的目光来看待。（"我不能撇下父亲不管，他还在为妈妈去世而悲痛。总之，现在还不是时候。别那么难过的样子，亲爱的。我们家有镇上第二大的房子，而且我们有自己的房间。"）等他们终于进入自己的房间后，一切都变了味儿，变得她都找不到合适的词来解释。

艾丽斯咬紧牙关，就像当年忍受了寄宿学校和马术俱乐部的煎熬一样，努力适应这个肯塔基小镇的生活。她要在文化观念上做出巨大的转变。如果她用心去发现，就能看到这里风景中特有的粗犷的美，天空一望无际，道路空旷，光线变幻不定，高山密林中有真正的野生狗熊，还有老鹰掠过树梢。这里的一切都大得没边儿，到哪儿都有辽阔的天地，令她惊叹，仿佛她看世界的整个视角都要重新调整。但事实上，她在每周写给吉迪翁的信里写道，这里的生活，不过如此。

尽管安妮，一个几乎不说话的管家帮她分担了几乎所有家务，她仍觉得这所白色大房子里的生活令人窒息。房子的确很大，在镇上是数一数二的，但里面塞满了笨重的古董家具，到处都摆着已故的范克利夫太太的照片、装饰品和各种眼睛一眨不眨的瓷娃娃。要

---

① 河岸街是伦敦威斯敏斯特教堂后一条繁华的商业街区。辛普森餐厅是始于1828年的老牌奢华英式餐厅。

是艾丽斯想把它们挪动一英寸，家里两个男人就要说：这是"妈妈最喜欢的"。那个死板、虔诚的范克利夫太太阴魂不散，至今还在影响着这栋宅子里的生活。

妈妈不会喜欢把枕垫摆成那样，对吧，本内特？

哦，不。妈妈对软装很有她的看法。

妈妈的确很喜欢她的那些刺绣赞美诗。哎呀，麦全托什牧师不是也说了吗，他不知道整个肯塔基州还有谁的毛毯锁边能比她的更精细！

她觉得范克利夫先生非常专制。他无时无刻不出现在他们生活中，他们做什么、吃什么，以及每天的日程，都由他决定。不管发生什么，他都一定要干涉，即使她和本内特在自己房间里听留声机，他也会不打招呼就闯进去："在听音乐，是吗？哦，你们应该放比尔·门罗①的歌，没人能比得过老比尔。快呀，孩子，把那难听的唱片拿下来，换上老比尔。"

一两杯波旁威士忌下肚，他就更爱鸡蛋里挑骨头了。安妮会在他开始发脾气、挑晚餐的毛病之前找借口躲进厨房。他只是还处在悲伤之中，本内特喃喃地说。一个人真心不想自己待着，你总不能因此而怪他。

她很快就发现，本内特从不反对父亲的意见。有几次，她大胆、

---

① 比尔·门罗（Bill Monroe，1911—1996），出生于肯塔基州俄亥俄县的著名歌手，他将蓝调、福音音乐、爵士和美国南部山区叙事歌曲融合在一起，创造了一种新的音乐风格，并以他的乐队名将这种音乐称为"蓝草音乐"。

冷静地说，不，实际上，她从来都不爱吃猪排；或者，她个人感觉爵士乐没那么激动人心。两个男人就会被气得把叉子一放，带着一模一样的震惊和不满瞪着她，仿佛她脱光了衣服，在餐桌上跳起了吉格舞①。"为什么你非要和他对着干，艾丽斯？"当父亲气得去对着安妮嚷嚷，指着她干这个、干那个的时候，本内特小声地说。她很快就意识到更妥当的做法就是完全不发表自己的意见。

走出家门后情况也没变得更好。贝利维尔镇的居民用看待"舶来品"的目光对她评头论足。这里大多数人是农民，大概一辈子都没走出过这方圆几英里的土地，彼此之间知根知底。这里当然也有外国人，在霍夫曼矿业公司有来自世界各地的多达五百个矿工家庭，管理这些人的就是范克利夫先生。但矿工基本上都住在公司提供的房屋里，只去公司开的商店、学校和诊所，全都穷得买不起车或马，几乎没有矿工会越界跑到贝利维尔来。

范克利夫先生和本内特每天早晨坐范克利夫先生的车去矿上，傍晚6点钟过一点儿就回来。在这期间，艾丽斯就在这栋不属于她的房子里想办法打发时间。她想要和安妮做朋友，但那个女人一味地埋头做家务而不吭声，表明她不想和艾丽斯说话。艾丽斯主动提出要做饭，但安妮郑重告诉她，范克利夫先生对饮食很讲究，只爱吃南方食物，而且她猜得没错，艾丽斯对此一窍不通。

这里的人大多自己种水果和蔬菜，几乎家家都养了一两头猪和

---

① 吉格舞：轻快活泼的英国民间舞蹈，手臂动作简洁，有大量脚部动作。踢踏舞就由吉格舞发展、衍生而来。

一群母鸡。镇上有一家杂货店,大袋大袋的面粉和糖在门道上放成一排,货架上全是罐头食品。餐馆只有一家,名叫"好又快",门是绿色的,严格规定顾客进店必须穿鞋,提供的菜肴她听都没听说过,比如油炸绿番茄和羽衣甘蓝叶,还有一种他们叫作"饼干"的东西,实际上是一种介于饺子和司康饼之间的东西。她试着做过几次,但每一次的成品都相差甚远,不像安妮做的那样柔软有弹性,而是十分坚硬,放在盘子里时咣当作响(她发誓这是被安妮诅咒的)。

本地女士邀请她去参加了几次茶会,她试着和她们聊天,但发现自己无话可说。女士们醉心于绗缝棉被,而她的手艺一团糟;她们议论别人的家长里短,那些名字她也一个都不认识。除了第一次以外,此后的茶会几乎都以艾丽斯在上茶时搭配"饼干",而不是"曲奇饼"的故事来开场(其他女人都觉得这事太可笑了)。

最后,她觉得还是坐在她和本内特的房间里的床上,再看一遍她从英国带来的几本杂志,或者再给吉迪翁写一封信,尽量不流露出她有多不高兴,这样的日子过得更容易一些。

她逐渐意识到自己只不过从一个家庭的牢笼换到了另一个牢笼。有几天,她再也无法忍受晚上呼吸着为了驱蚊烧的浸透了油的破布的味道,手里给本内特父亲的衣物缝上新补丁(上帝不喜欢浪费,哎呀,这些裤子才穿了四年而已,还能再穿好几年呢),看着他坐在门廊吱吱作响的摇椅上读《圣经》(我们只需要从上帝的话里就能得到所有的精神娱乐,你妈妈不就是这么说的吗?)。艾丽斯心里嘀咕道,如果上帝也必须坐在几乎漆黑的地方给别人补裤子,他可能会直接去列克星敦的阿瑟·J.哈蒙绅士用品商店去买一条崭新又好看的。但她只是挤出一个笑容，眯起眼睛努力看清缝线。与此同时，本内特经常是一副吃亏上当、却又搞不清楚前因后果的表情。

"那么，萨姆·希尔的流动图书馆到底是怎么一回事？"本内特用手肘把艾丽斯猛推了一下，把她从沉思中惊醒。

"密西西比也有一个，建在船上的。"大厅后面一个声音喊道。

"我们这儿的小溪来回都不能划船，水太浅。"

"我相信我们这儿的计划是骑马。"布雷迪太太说。

"让马在小溪里蹚着走？瞎扯。"

第一批书已经从芝加哥运来了，布雷迪太太继续说道，还有更多的在路上。这些书里有从马克·吐温到莎士比亚的各种小说，以及食谱、居家窍门和育儿指南等实用书籍，以后甚至还会有漫画书，这个消息让孩子们兴奋得尖叫起来。

艾丽斯看了看手表，心想不知什么时候才能去吃刨冰。这种聚会的一个好处就是他们不用整晚地闷在屋子里。她已经在发愁冬天怎么过了，到时候找借口出门就更难了。

"什么人会有时间去骑马呢？我们要工作，没空入户拜访，送上最新一期的《妇女与家庭》杂志。"这话引起了好一阵低低的笑声。

"但是汤姆·法拉第喜欢看西尔斯百货公司商品目录里的女士内衣广告。我听说他在屋外厕所里一看就是几个小时！"

"波蒂厄斯先生！"

"不是让男人去，是女人。"一个声音说道。

屋里很快静了下来。

艾丽斯转过去看。一个穿深蓝色棉外套，卷着袖子的女人靠在后门上。她穿皮马裤，长靴子没有擦光打蜡，大概三十多岁，顶多四十岁出头，长相俊俏，长长的黑发在脑后随意地盘成发髻。

"是让女人去骑马送书。"

"女人？"

"她们自己去？"一个男人的声音问道。

"我没记错的话，上帝给了她们两只手和两条腿，就和男人一样。"

听众间响起一阵窃窃私语。艾丽斯感到很好奇，仔细地看了看她。

"谢谢你，玛格丽。她们在哈兰县建起了一整套系统，共六位女性，已经开始行动。就像我说的，我们也要照她们那样去做。我们已有两位图书管理员，而且吉斯勒先生好心地借了两匹马给我们，我也想借此机会为他的慷慨表示感谢。"

布雷迪太太示意那位年轻女子上前来。"你们中的很多人都将知道奥黑尔小姐……"

"哦，我们都认识奥黑尔小姐。"

"那么你们知道在过去几个星期里她一直在给我们帮忙。还有贝丝·平克——请站起来，贝丝……"一位长雀斑，鼻子又短又扁，头发暗金色的女孩不好意思地站起来，又立刻笔直地坐了下去——"她将帮助奥黑尔小姐。我召集这次会议的原因之一是我们需要更多有一定文学基础，懂图书分类的女士参与进来，我们才能继续推进这项极具价值的公民计划。"

马商吉斯勒先生举起了一只手。他先是犹豫了一会儿，然后站起来，轻声但坚定地说："嗯，我觉得这个主意很好。我母亲过去就是一个爱读书的人，我也把自己的旧牛奶库房提供给了图书馆。我相信在场所有正直之人都应该支持这项事业。谢谢大家。"他又坐了下去。

玛格丽·奥黑尔背靠着大厅前面的桌子，镇定地凝视着台下无数张面孔。艾丽斯发现屋里四处响起了嘟嘟囔囔不满的声音，似乎都是针对她的。她还发现玛格丽·奥黑尔毫不为所动。

"我们这个县很大，"布雷迪太太补充道，"光靠两个姑娘家是没法的。"

坐在大厅前面的一个女人喊道："所以，都要干些啥呢，马背图书馆这事儿？"

"这个嘛，要骑马到比较偏远的居民家，为那些不能去县图书馆，比如因为生病、体弱或没有交通工具的人带去阅读材料。"她低下头，透过半月形的眼镜往下看。"我还要补充一下，此举将有助于教育的普及，把知识带到目前文化比较贫瘠的地方。我们的总统和夫人相信这个计划能把知识和学习带入乡村人民的生活。"

"我才不会让我太太骑马到山里去。"后面一个人喊道。

"你是怕她走了就不回来吧，亨利·波蒂厄斯？"

"让我老婆去吧,要是她骑上马就再也别回来,我的日子就好过多了!"

屋里爆发出一阵笑声。

布雷迪太太沮丧地提高了嗓音:"先生们,请安静。我请求女士们报名,为这项利民的善举做出贡献。公共事业振兴署将提供马匹和书籍,你们只需做到一周里能有四天去送书。我们这个镇风光壮丽,然而地形复杂,可能要尽早出发,行程也会很漫长,但我相信回报也是十分丰厚的。"

"那你为什么不去呢?"从后面传来一个声音。

"我很想参加。但你们中的大多数人都知道,我长期受髋部病痛折磨,加尼特医生警告过我,如此长距离的骑马会带来极大的损伤。最理想的是从我们的年轻女士中寻找志愿者。"

"年轻女士单独行动不安全。我不同意。"

"这不妥当。女人要顾家。此后会变成什么样?女人下矿洞?开卡车运木材?"

"西蒙兹先生,如果你看不出来运木材的卡车和《第十二夜》简直就是两回事,那么我只能求上帝保佑肯塔基,因为我不知道我们未来的经济发展会怎么样。"

"山区人家该读《圣经》,别的都不需要。无论如何,那些书里写的东西,谁能管得过来。你们也知道北部的人是啥样,什么瞎话他们都信。"

"西蒙兹先生,书只是书呀,就和你小时候读过的那些一样。不过呢，我好像想起来了，你那时候更喜欢揪女孩的辫子，不怎么爱读书。"

又爆发了一阵笑声。

没人站出来。一个女人看了看她的丈夫，他却微微地摇了摇头。

布雷迪太太举起一只手。"哦，我忘记说了。这份差事是有酬劳的。一个月大约有二十八美元的报酬。那么，谁想报名？"

人们纷纷低声议论。

"我不行。"一个红头发上别满了发卡的女人说，"我有四个不满五岁的孩子。"

"我想不通，别人辛辛苦苦纳的税，为什么政府要浪费在不识字的人身上，给他们买什么书。"乔利·曼说，"唉，他们中的一半人连教堂都不去。"

布雷迪太太的声音里多了一丝绝望。"有一个月的试用期。快呀，女士们。我不能回去告诉诺夫希尔太太，贝利维尔一个志愿者都没有。那样的话，她会怎样评价我们镇呀？"

没人说话，沉默在持续。艾丽斯左边有一只蜜蜂在慢吞吞地撞击着窗子。人们开始在椅子里扭动。

布雷迪太太不屈不挠地注视着这一群人。"来呀，我们不要再像孤儿募捐会那次一样出丑了。"

好多人忽然低下头去研究自己的鞋子。

"没人吗？真的吗？好吧……那么，伊兹来当第一个。"

一位身量矮小，体形几乎滚圆的女孩，混在拥挤的观众中并不显眼，这时惊奇地用手遮住了嘴。艾丽斯与其说是听见，不如说是看见这个女孩张嘴发出了抗议。"妈妈！"

"有一位志愿者了。我的小女儿将不畏艰难地为本县服务，对不对，伊兹？还有谁？"

没人说话。

"你们谁都不想去吗？你们都认为学习不重要吗？你们不觉得鼓励那些不幸的家庭接受教育是当务之急吗？"她生气地瞪着会众，"唉，我没想到大家会是这样的反应。"

"我报名。"一片沉默中响起了艾丽斯的声音。

布雷迪太太眯着眼睛，把手抬到眼旁。"您是范克利夫太太吗？"

"是的，叫我艾丽斯吧。"

"你不能报名。"本内特急忙小声地说。

艾丽斯向前俯身，说道："我丈夫刚刚对我说，他和他敬爱的母亲一样，深知尽公民义务的重要性，所以我十分愿意成为志愿者。"当大家的目光朝她转过来的时候，她的皮肤刺痛起来。

布雷迪太太用手慌乱地扇着风。"可是……你不认识这些地方的路，亲爱的。我觉得这样有些不太可行。"

本内特气呼呼地说："就是，你不认识那些路，艾丽斯。"

"我能教她。"玛格丽·奥黑尔对艾丽斯点点头，"我能骑马领着她走上一两个星期。在她熟悉路线之前，我们可以只派她在镇子附近送书。"

"艾丽斯，我……"本内特小声地说。他看起来有些手足无措，又抬头瞥了一眼他父亲。

"你会骑马吗?"

"从四岁就开始骑了。"

布雷迪太太满意地身体向后倒,脚跟终又踩回地面。"好,就这么定了。奥黑尔小姐,你又多了两位图书管理员。"

"这只是开头。"

玛格丽·奥黑尔对着艾丽斯笑了笑,艾丽斯做出了回应,发现自己也对着她露出了微笑。

乔治·西蒙兹说:"好吧,但我认为这个主意非常不明智。我要给哈奇州长写信,把我的看法告诉他。我认为派年轻女性单独外出只会招来祸患。尽管这是第一夫人的决策,我还是认为这项考虑欠妥的行动必将导致邪恶的想法和不良行为。再见,布雷迪太太。"

"再见,西蒙兹先生。"

人们开始慢慢地从椅子上起身。

"星期一早上在图书馆见。"当他们走到外面的阳光下时,玛格丽·奥黑尔说。她爽快地伸出手来和艾丽斯握了握手。"你可以叫我玛格丽。"她抬头望望天,把一顶宽边皮帽往头上一扣,大步向一头高大的骡子走去,用同样抖擞的热情和它打招呼,仿佛在街上偶遇了一位老朋友。

本内特看着她离去。"范克利夫太太,你觉得你在干什么?我真搞不懂。"

他说了两遍,她才想起来,其实这个称呼,已经成了她的名字。

第二章

新来的英国姑娘

贝利维尔低低地伏在两座山脊之间,在阿巴拉契亚南部的城镇中很不起眼。镇上只有两条呈"V"字形连接在一起的主街,砖石房和木屋不协调地混杂在一起。主街上分出许多弯弯曲曲的小巷和窄道,向地势较低的地方延伸至远方的小山谷,往高处走能爬上绿树密布的山脊,到达山上几处分散的房屋。靠近小溪上游的房屋里自古住着的都是很富裕、受尊重的人家——在平坦的土地上做合法的营生要更容易,而在非常荒凉、海拔更高的地方则方便藏酿酒的蒸馏器——时光荏苒,世事变迁,小镇后来涌入大量矿工和监工,使这里和整个县的人口结构都发生了一些变化,就再也没法仅仅根据某人住在街道的哪一段来判断他的身份了。

贝利维尔公共事业振兴署马背图书馆将建在岔溪路上最远的一

栋木屋里。从主街右转就能上这条路,路上住着文书职员、商铺店主和靠着卖自己种的东西为生的人。木屋低矮,不像其他低地的房子那样下面都有支柱,春季发洪水时不会受灾。这屋子大概长十五步,宽十二步,左边有一棵高大茂盛的橡树,树影遮住了屋子的一部分。踏上屋前几级摇晃的台阶就能进屋,屋后还有一扇木门,过去曾宽得能容得下牛出入。

"这样我就能认识镇上的人。"早餐时本内特再次质疑妻子接受这份工作是否明智,艾丽斯这样对两个男人解释。"这也是你所希望的,不是吗?以后我就不会成天在安妮面前碍手碍脚的了。"

她发现只要把英国腔说得很重,他们就很难对自己提出反对意见。最近几周里,她说话越来越有王者的霸气。"况且,我还能观察哪些人需要宗教方面的支持。"

"她说得有道理。"范克利夫先生说着,从嘴边拔出一根咸猪肉里的软骨,小心地放在盘子的一边,"她可以一直做到怀上宝宝。"

艾丽斯和本内特刻意不去看对方。

艾丽斯这会儿走近了那栋单层建筑,靴子踢起了路上松软的泥土。她用手遮住阳光,眯起眼睛看着。外面有一块新刷好的牌子,写着"公共事业振兴署美国马背图书馆",里面传来断断续续的敲击声。范克利夫先生头一晚喝多了,一醒来就成心找家里所有人的碴儿,他们干什么都是错的,包括呼吸。她在家里蹑手蹑脚地收拾,使劲儿套上马裤,然后发现自己轻声唱着歌,走了半英里路到图书馆,为终于有别的去处而高兴。

她往后退了几步,仔细端详着屋子。正在这时,她听到机动车驶来的突突声,还有另一种忽大忽小的声音,听不出来是什么。她转头看到的是一辆卡车,还看清了司机脸上震惊的表情:"哎呀!小心!"

艾丽斯一扭身,只见一匹没人骑着的马沿着狭窄的道路向她奔跑而来,马镫拍打着马的身体,缰绳缠在细长的马腿上。卡车急转避开马,马受了惊,跌跌撞撞地逃跑,把艾丽斯撞得摔了个四脚朝天。

她躺在泥土地上,依稀看见一个穿工装连衣裤的人从她身边飞跑过去,又听到喇叭声和马蹄声。吁……吁……好马儿,吁……

"唉哟。"她揉揉手肘,脑袋还在嗡嗡响。等她终于坐起来时,看到几码以外,一个男人抓着缰绳,用手摸着马脖子让它安静下来。马翻着白眼,脖子上青筋暴起,就像一幅立体地形图。

"那个傻瓜!"路上有一个年轻女人小跑着过来。"老头儿万斯故意按喇叭,马被吓得把我摔了下去。"

"你没事吧?你那一跤摔得真够结实。"一只手把艾丽斯拉了起来。艾丽斯站稳后,眨了眨眼,呆呆地盯着马的主人:一个穿连体工装裤和格子衬衫的高大的男人,目光柔和,同情地看着她。他把嘴边叼着的一根钉子吐到手上,塞进口袋,然后伸出手来和她握手。"弗雷德里克·吉斯勒。"

"艾丽斯·范克利夫。"

"你就是那个英国新娘。"他的手掌很粗糙。

贝丝·平克喘着粗气出现在他们中间,大骂着把缰绳从弗雷德里克·吉斯勒手里扯了过去。

"斯库特,你这脑子,真配不上你的血统。"

那个男人转过去对她说:"我告诉过你了,贝丝。这样的纯血马,你不能一上路就快跑,否则它会激动得好像上紧了发条。头二十分钟要慢步走,此后它就能安安稳稳地跑上一整天。"

"谁有时间慢步走?我必须在中午到达佩特利克。见鬼,我被它搞得连最好的马裤也破了个洞。"贝丝一边把马拖到上马石边,一边嘟囔着,然后突然转过身来。"哦,你就是那个新来的女孩?玛格丽让我告诉你,她待会儿过来。"

"谢谢你。"艾丽斯举起一只手,把扎到手里的小石头挑出来。贝丝在两人的注视下检查了马鞍包,又骂了一句,让马掉个头,侧骑着,马儿小跑着重新上路了。

弗雷德里克·吉斯勒转向艾丽斯,摇摇头,说:"你真的没事吗?我可以给你拿点水来。"

艾丽斯努力装作若无其事的样子,仿佛她的手肘没有一跳一跳地疼,也没发现上唇沾了厚厚一层沙子。"我没事……我只要……在这个台阶上坐一会儿就行。"

"你是说门廊吧?"他咧嘴一笑。

"对,就是这个。"她说。

弗雷德里克·吉斯勒请她自便。他把粗糙打就的松木书架靠墙放在图书馆里,地上是几箱准备放上去的书。一面墙边的书架上已经分门别类贴满了标签，墙角已经有一堆还回来的书。小屋和范克利夫宅不一样，有一种不虚度的气氛，让人觉得这里即将大有作为。

她正坐着把泥土从衣服上搓掉，路对面走过来两位年轻女人，都穿着泡泡纱长裙和遮挡烈日的宽边帽。她们朝路对面的她瞥了一眼，然后头凑在一起在商议着什么。艾丽斯微笑着，试探性地举起一只手打招呼，她们却不高兴地把眉头一皱，转过头去。她叹了一口气，意识到她们可能是佩姬·福尔曼的朋友。有时候她觉得自己应该做一个牌子挂在脖子上：不，我不知道他们俩是一对儿。

"弗雷德说你还没上马就摔了一跤。真有你的。"

艾丽斯抬起头，看到玛格丽·奥黑尔正低头看着她。她骑着一匹又高又丑的马，马耳朵特别长，还牵了一匹略矮的白棕相间的小马。

"这个……我……"

"你骑过骡子吗？"

"这就是骡子？"

"那可不。但你别告诉它，它以为自己是阿拉伯的种马。"玛格丽宽边帽下的眼睛逗乐地对她眨了眨。"你骑这匹花母马，它叫花仙子，活泼好动，但就和我的查利一样脚步稳，很能走。另一个女孩不来了。"

艾丽斯站起来，摸着这匹母马白色的鼻子。马儿半闭着眼睛，它的睫毛也是白棕相间，身上散发出一种甜蜜的草地的芳香。艾丽斯立刻被带回了在苏塞克斯她祖母的庄园中骑马的那个夏天。那时她只有十四岁，经常在外面一玩就是一整天，不像现在总有人告诉她要注意行为举止。

艾丽斯，你太冲动了。

她俯过身去闻了闻马儿耳朵旁婴儿般柔软的毛发。

"你是要和这匹马亲热吗？你还去送书吗？"

"现在就去？"艾丽斯说。

"莫非还要等罗斯福夫人批准吗？来吧，我们还有很长的路要走。"

她说完就让骡子掉转头走了，一点儿不耽搁。小花马跟着就走，艾丽斯慌忙爬了上去。

在头半个小时里，玛格丽·奥黑尔都没怎么说话，艾丽斯静静地跟在后面，努力适应这种不同的骑法。玛格丽不像艾丽斯知道的英国女孩骑马那样背部挺直，腿部收紧，抬起下巴，而是四肢放松，指挥骡子转弯、上下坡时就像一棵在风中摇摆的小树苗一样，降低颠簸对身体的冲击。她对骡子或责骂，或唱歌，说的话比对艾丽斯的都多，只偶尔在鞍上转身180度，对着后面喊，仿佛刚想起来她还有个旅伴："你在后面还好吧？"

"很好！"艾丽斯会一边回答，一边在小母马又一次想回头往镇上跑的时候保持稳定。

"啊，它只是在考验你。"玛格丽在艾丽斯尖叫一声后说，"只要让它知道它必须听你的，它就会变得顺从又贴心。"

艾丽斯感觉到马儿气得肌肉紧张，所以并不相信玛格丽的话，但也没抱怨,生怕自己认为自己不能胜任这份工作。她们穿过小镇,从花园的篱笆边走过。园子里果实累累,长满了玉米、番茄和绿色蔬菜。遇上不多的几个行人,玛格丽都对他们碰一碰帽檐问好。一辆载着木材的大卡车从她们身边驶过时,马和骡子都打着响鼻往后退了几步。很快,她们就出了城,走上了一条陡峭、狭窄的小路。路变宽时,玛格丽退了几步,这样她们就能并排走。

"那么,你就是那个英国来的姑娘。"她的"英国"的发音拖得老长。

"是的。"艾丽斯为了避开一根低垂的树枝弯下了腰,"你去过吗?"

玛格丽并没把脸转过来,艾丽斯听她说话很费劲。"我往东边最远只到过刘易斯堡。我姐姐以前就住在那里。"

"哦,后来她搬走了吗?"

"她死了。"玛格丽让缰绳松松地垂在骡子脖子上,伸手从树上折断了一根细软的枝条,把叶子摘掉。

"我很抱歉。你还有别的家人吗?"

"以前有,一个姐姐和五个兄弟。但现在只有我一个人了。"

"你住在贝利维尔吗?"

"离得不远。我还住在我出生的那栋房子里。"

"你没在其他地方生活过?"

"没。"

"你不好奇吗?"

"好奇什么?"

艾丽斯耸耸肩。"我也不知道。就是如果在其他地方,生活会是什么样子?"

"为什么好奇?你老家的生活是不是比这儿要更好?"

艾丽斯想到了在父母客厅里那令人崩溃的沉默,前门开关时低低的吱呀声,每个周六的早晨父亲一边擦着他的小汽车,一边不成调儿地吹口哨的声音,还有在细心熨烫过、周日才用的桌布上把吃鱼的叉子和勺子摆得位置精确到分毫。她望着辽阔的绿色草场和两旁高耸的大山,头上蓝色的天空中有一只老鹰在盘旋、鸣叫。"好像也不好。"

玛格丽放慢了速度,让艾丽斯和她并行。"我需要的东西这儿都有。我自由自在,别人基本上也管不着我的事。"她向前倾,抚摸着骡子的脖子,"我喜欢这样的生活。"

艾丽斯从她的话中听出隐隐的距离感,就不说话了。她们默默地走了两英里路,艾丽斯发现马鞍在摩擦着她膝盖内侧,太阳烤着她没戴帽子的脑袋。玛格丽示意她们要从树林中的一片空地往左转。

"从这里开始我们要走快一些。你要坐稳了,以防万一它又掉头就跑。"

艾丽斯感觉到小马在往前冲,小跑着走上了一条长长的燧石路,树荫越来越密,然后就上了山。马儿伸长脖子,低着头,吃力地在树林间的石头路上爬升。艾丽斯呼吸着凉爽的空气,闻到了森林那甜蜜、潮湿的味道。高大的树冠就像教堂的穹顶,阳光在前面的小路上洒下斑驳的光点,林间流淌着鸟儿的歌声。马向前奔跑起来,艾丽斯伏在马背上,出乎意料地感到了快乐。当她们慢下来的时候,她发现自己不由自主地露出了灿烂的笑容。这是一种意外的惊喜,就像一个人发现自己失去知觉的肢体又能动了。

"这是一条从北到东的路线。我们最好分成八段来走。"

"天啊,这里真美。"艾丽斯说。四周都是高山,她凝视着这些仿佛天外来物的沙色巨石形成的天然屏障。被几个世纪的风吹雨打磨去了棱角的岩石呈现层层叠叠的形态,从山的一侧伸出,几乎与地面平行,有的形成了天然的石拱。在这里,不仅从地理意义上,还从其他方面,她都远离了小镇,远离了本内特和他父亲。她感觉仿佛降落到了一个完全不同的星球上,重力和在地球上都不一样了。她居然清晰地听到了蟋蟀在草丛里鸣叫,鸟儿在空中安静、缓慢地滑翔,马儿的尾巴懒懒地把身体两侧的苍蝇赶走。

玛格丽让骡子走到一块悬突岩下,示意艾丽斯跟上。"看那边,看没看见那个洞?那就是'玉米碴洞'。你知道什么是玉米碴洞吗?"

艾丽斯摇摇头。

"就是印第安人用来磨玉米的洞。在更远的那边,石头上有两块磨痕,以前女人干农活,老酋长就把背靠在那里看着。"

艾丽斯被吓得脸色发红,笑容在她脸上僵住了。她向高处的树荫望去,原本轻松的心情消失得无影无踪。"他们……他们还住在这里吗?"

玛格丽从宽边帽下面认真地看着她,过了一会儿,说:"我觉得你很安全，范克利夫太太。这个时候他们都去吃午饭了。"

她们在一座铁路桥下面乘凉，吃三明治，此后用整个下午的时间穿越群山。山间小路蜿蜒曲折，走得艾丽斯忘记了走过的路，也搞不清前进的方向。参天大树遮天蔽日，让人辨不清东南西北。她问玛格丽能在哪里停下来解手，玛格丽摆摆手。"随便到哪棵树后面，你挑吧。"

她的新同伴不怎么和她交谈，说起话来言简意赅，多半围绕着谁死了、谁还活着这样的话题。关于她自己，她只说她家祖辈有切罗基人的血统。"我的曾祖父娶了一个切罗基人。我有切罗基人的头发和他们典型的直挺的鼻梁。我们家人的皮肤都有点儿黑，但我堂妹天生就有白化病。"

"她后来怎么了？"

"她没能活过两岁，被铜头蛇咬了。人人都以为她只是烦躁哭闹，后来才看见咬痕。当然，那时候已经太迟了。哦，你得小心蛇。你能分清毒蛇吗？"

艾丽斯摇摇头。

玛格丽眨了眨眼，仿佛没想到有人居然不会辨别毒蛇。"嗯，毒蛇的头大多像铲子，知道了吗？"

"知道了。"艾丽斯顿了顿，"是方形的铲子吗？还是那种挖坑用的尖头的？我爸爸有一把挖沟锹……"

玛格丽叹了一口气。"那么，如果你遇见蛇就都避开吧。"

她们起身离开小溪后，玛格丽走一段路就会从骡子上跳下来，在树干上系一根红细绳，系好后用小刀割断，或者用牙咬断，再把线头吐出来。这样一来，她说，艾丽斯就能找到路，回到大路上。

"你看见左边马勒老头家的房子了吗？有没有看见烧木头的烟？那里就是他、他老婆和四个孩子住的地方。她不识字，但最大的孩子识字，他能教她。马勒不怎么愿意让他们学东西，但他从早到晚都在矿上，所以我还是能给他们送书。"

"他会不会生气？"

"他根本不知道。他回家只是洗洗身上的泥，吃她做的饭，太阳一下山就睡觉。采矿很辛苦，工人回到家都累倒了。而且，她把书藏在她的衣箱里，他不会去翻那里面有什么东西。"

如此说来，玛格丽已经单枪匹马地把一个简单的图书馆运营了好几个星期了。她们走过建在木桩上的小房子，破旧的木板做顶的小木屋，看起来只要一阵大风就能被吹倒。还有棚屋，屋门口外面支着快散架的摊子卖水果和蔬菜。玛格丽一一地指给她看，告诉她谁住在那儿，识不识字，如何为他们挑选合适的阅读材料，以及哪些人要避开，大多是做私酿酒的。他们用藏在树林里的蒸馏器非法酿酒，有些人因此赚了大钱，要是被你发现了他们的秘密，就会向你开枪。还有喝私酿酒的，靠近他们也不安全。她似乎对这里的人和事都了如指掌，只言片语就能描述出他们真实的生活。这是鲍勃·吉尔曼家——他在底特律一家工厂里被机器切断一只手臂，就回来和他父亲住。那是科格伦太太家的房子，她丈夫打她打得厉害，有一天他喝酒喝得斜着眼回来，她就用床单把他绑起来，用马鞭抽他，直到他发誓再也不对她动手。这里曾经有两个私酿酒的蒸馏器爆炸了，两个县之外都能听见那"轰"的一声。坎贝尔一家至今怪罪麦肯齐一家，有时候喝多了，就会过来用枪射他们的房子。

"你有没有害怕过？"艾丽斯问。

"害怕？"

"一个人在这里的时候。听你一说，感觉这里会发生各种意外。"

玛格丽的样子仿佛她从来没想到过这个问题。"我还不会走路的时候，就被驮在马背上走遍了这里的大山。我不会去惹麻烦。"

艾丽斯一定流露出了怀疑的表情。

"这很容易。你知道一群动物聚集在一个水坑旁的样子吧？"

"呃，不，我不知道。萨里郡没有那样的水坑。"

"在非洲，大象和狮子站在一起喝水坑里的水，旁边还有河马，河马身旁是瞪羚。它们相安无事，对不对？你知道为什么吗？"

"不知道。"

"因为它们懂得观察。那头老瞪羚看得出狮子很放松，只想来喝一口水。河马也很放松，大家就能共同生存。但如果你让它们在黄昏时相遇在草原上，同样的那头老狮子就会两眼放光，尾随猎物。那些瞪羚嘛，它们那时候就知道该跑了，而且跑得飞快。"

"这里有蛇，还有狮子？"

"你要会观察别人，艾丽斯。你看见远处有人，是一个矿工走在回家的路上，你能从他走路的样子看出他累了，想要回到住处，吃个饱，跷起脚来休息。如果星期五你在小酒吧外面看见同一个矿工，他喝了半瓶波旁威士忌,看你的眼神很下流,怎么办?你就知道自己该避开,对不对?"

她们默默地骑了一段。

"那么……玛格丽?"

"怎么?"

"如果你最远只去过东边——那里是哪儿来着,刘易斯堡?——你怎么会那么了解非洲动物?"

玛格丽一拉缰绳,让骡子停下,把脸转过去对着艾丽斯。"你问这个问题不是认真的吧?"

艾丽斯呆呆地看着她。

"你这样还想在我这儿当图书管理员?"

这是她第一次见到玛格丽笑。她嘻嘻嘻的笑声好像仓鸮在尖叫,回索特利克的半路上还听到她在笑。

"今天过得怎么样?"

"挺好的,谢谢。"

艾丽斯不想谈论自己的后背和大腿疼得厉害,在马桶上坐下时疼得差点儿哭出来;也不想谈论她们路过的小木屋,她看到屋里墙上贴着几层报纸,玛格丽说那是为了"挡住冬天的冷风"。她探寻了大片土地,需要时间来记忆和消化。她们走过几乎与地面垂直的山腰,选的路却几乎与天边齐平,她看到了巨大的鸟儿、飞跃而过的鹿、小小的蓝色石龙子,这都大大触动了她的情感。这是她有生以来第一次感觉到真正置身野外。她不想提起路上咒骂她们的那个没牙的男人，也不想提起那个带着四个小孩的疲惫不堪的年轻母亲。那些小孩就和刚出生时一样光着身子，在外面跑来跑去。而且这一天的大部分时光是那么特殊，那么珍贵，她真的不想和这两个男人分享哪怕一点点。

"我听说你和玛格丽·奥黑尔一起骑马出去了？"范克利夫先生喝了一大口酒。

"是的。还有伊莎贝尔·布雷迪。"她没说伊莎贝尔最后没来。

"你少和那个奥黑尔家的姑娘在一起。她是个麻烦。"

"她怎么会是麻烦？"

她忽然看到本内特瞥了她一眼：**什么也别问。**

范克利夫先生用叉子指着她。"你记着我的话，艾丽斯。玛格丽·奥黑尔的一家人糟透了。弗兰克·奥黑尔不仅在本州，就算到了田纳西都是最有名的酿私酒的。你刚来，对这种事情没概念。噢，也许如今她用什么书啦、漂亮的字眼啦伪装得很像样，但骨子里，她还是老样子，就和她家里那些人一样。我告诉你，这里有身份的女士们都不会和她一起喝茶。"

艾丽斯想象得出，和女士们喝茶这事，玛格丽·奥黑尔根本看不上。她从安妮手里接过装玉米面包的盘子，在自己盘子里放了一块，然后传了过去。她发现尽管天气炎热，却妨碍不了自己已经饿得饥肠辘辘。"您不用担心。她只是教我认送书路线。"

"我只是说说。注意别和她交往过多，免得受她的影响。"他拿了两块玉米面包，一口就咬掉半块，张着嘴嚼了有一分钟。艾丽斯皱着眉头移开了目光。"你们送的到底是些什么书啊？"

艾丽斯耸耸肩。"就是……书。有马克·吐温和路易莎·梅·奥尔科特，牛仔小说和家务方面实用的书，菜谱，等等。"

范克利夫先生摇摇头。"住山上的人，一半都不识字。老亨利·波蒂厄斯认为这是浪费时间和纳税人的钱，我得说，我的想法也一样。而且，就像我说的，任何有玛格丽·奥黑尔掺和进来的事情肯定都不是什么好事。"

艾丽斯正想为玛格丽辩护，但丈夫从桌子底下用手按住了她，警告她别这么干。

"我不知道。"范克利夫先生擦去嘴边的肉汁，"我敢肯定，我妻子肯定不会赞成这样的事。"

"但本内特告诉我，她是信任慈善事业的。"艾丽斯说。

范克利夫先生从桌子那边望了过来。"是的，对，她是一个非常高尚的女人。"

"那么，"过了一会儿，艾丽斯说道，"我相信，如果我们能鼓励不信神的家庭识字，我们就能鼓励他们去读《圣经》，这对每个人都有好处。"说着，她露出了甜美灿烂的笑容。她朝桌上靠了过去。"您能想象吗，范克利夫先生，所有这些家庭，最后终于能正确地阅读《圣经》，真正领会到上帝的话吗？那不是一项光荣的成就吗？我敢肯定，您妻子也会义无反顾地支持这项事业。"

屋里一阵沉默。

"这个，是的。"范克利夫先生说，"你说得有道理。"他点点头，意思是这件事到此为止，至少现在无须再谈。艾丽斯看到她丈夫放松下来，轻轻吐了一口气。他同时又希望她不要因此而恨他。

三天之后，艾丽斯很快就意识到，管他什么糟透了的家庭，她宁愿待在玛格丽·奥黑尔身边，也不愿和肯塔基州的其他人在一起。玛格丽话不多，对于在茶会上用银器喝茶和杯盏之间的八卦，不管是说得隐晦的还是露骨刺激的，她都完全不感兴趣。艾丽斯也再没参加过茶会，尽管其他女人就为了这些事情没完没了地办茶会和缝被子聚会。玛格丽对艾丽斯的外表、想法和过去都不感兴趣。玛格丽来去随心所欲，口无遮拦，从不像别人那样彬彬有礼，表面客套，实则另有所指。

哦，那是英国风格吗？太有意思了。

小范克利夫先生同意让他妻子独自在山里骑马，真的吗？我的天啊。

也许你在劝说他采用英国人做事的方式。真是……新潮呀。

艾丽斯猛然意识到，玛格丽的行为就像一个男人。

这个发现太不同寻常，她觉得自己在从远处观察一个女人，想要弄明白她是如何达到这样惊世骇俗、无拘无束的状态的。但她还没有足够的勇气去问，或许因为她毕竟是英国人，比较含蓄。

早上7点刚过，艾丽斯就到了图书馆，这时草地上的露珠还很饱满。她挥挥手，不让本内特开车送她，让他和他父亲一起吃早餐。

她会和弗雷德里克·吉斯勒互道早安，后者和玛格丽一样，经常被人看见和马说话。然后走到屋后拴花仙子和骡子的地方，看它们在黎明凉爽的空气中呼出一股股热气。图书馆的书架快打好了，上面已经放了纽约和西雅图捐赠的书（公共事业振兴署呼吁各地图书馆进行捐赠，每周寄来两次牛皮纸包裹的书籍）。吉斯勒先生修好了伯里亚市一所学校捐的一张旧桌子，用来放一本巨大的皮革封面的账本，上面记录着借、还的书籍。本子很快就被写满了：艾丽斯发现贝丝·平克每天早上5点就出发了，而每天在她见到玛格丽之前，玛格丽已经骑了两小时的马，把书送到了遥远的山间农家里。她会仔细读一读记录，看看她和贝丝都去过哪里。

星期三 15 日

克里斯特尔，法利家的小孩——四本漫画书

黄石的校长之家，佩特妮亚·格兰特太太——两本《妇女与家庭》杂志（1937年2月、4月刊），一本安娜·休厄尔的《黑骏马》（第34~35页有墨迹）

风洞山，霍默太太——一本D.C.贾维斯的《民间医学》

白灰镇弗恩德谷仓，里茨姐妹——一本埃德娜·菲伯①的《壮志千秋》（*Cimarron*），劳埃德·C.道格拉斯的《天荒地老不了情》（注：缺最后三页，封面泡过水）

她在帮弗雷德里克·吉斯勒整理书架时发现这里基本没有新书，

---

① 埃德娜·菲伯（1885——1968），美国女作家，曾获1925年普利策小说奖。——编者注

所有的书不是缺页就是没封面。吉斯勒年近四十，清瘦结实，皮肤晒得黝黑粗糙，从他父亲那里继承了八百英亩[①]土地，并子承父业，一样繁殖马、驯马。艾丽斯骑的母马花仙子就是他驯养的。"它可有主见了，这家伙。"他一边说着，一边摸着小马的脖子，"不过，我告诉你，我见过的像样的母马都这样。"他笑得不紧不慢，更露出一丝狡黠的意味，仿佛他谈论的根本不是马儿。

在第一个星期里，玛格丽每天都在出发前先画出她们要走的路线，然后才走入寂静的早晨。艾丽斯离开范克利夫家那个憋闷的地方，大口大口地呼吸着山间的空气，并陶醉其中。随着时光的推移，阳光逐渐变为直射，波浪般闪着微光的热气从地面升腾而起，这时她们就会进入山林，即刻清爽下来，也不再有苍蝇和咬人的小虫无休止地围着她们的脸嗡嗡叫。到了比较偏远的路段，玛格丽就会下马，每隔四棵树就系上一根绳子，又把地标和特殊的岩层指给艾丽斯看，以后她独自送书时就能认清路。她说："如果找不到路，花仙子能把你带回来，它很聪明。"

艾丽斯现在已经习惯于骑这匹棕白相间的小马。她清楚地知道花仙子会在哪里企图掉头回家，喜欢在什么地方加速跑，而她也不再叫喊了，而是俯身向前，抚摸马的脖子，让它舒服得把两只小巧漂亮的耳朵前后转动。她也知道哪条小路大概通向哪里，自己画下了这些路线，塞在马裤里，希望以后她能独自找到每一家的路。但

[①] 一英亩约等于 0.004 平方千米。——编者注

大多数时候,她逐渐开始享受在山里的时光,欣赏广阔天地间的寂静,看着玛格丽走在前面,弯腰避开低垂的树枝,指引她辨清远处的小屋。那些小屋建在树林间的空地上,和周围环境浑然一体,就像也是从地里长出来的一样。

"眼界放宽一点,艾丽斯。"她的声音在微风中飘,"没必要担心镇上的人对你的看法——反正你担心也没用。当你不再只盯着一个地方看,你会发现世界上有很多美丽的东西。"

这是在将近一年里,艾丽斯第一次觉得没人对她评头论足。没人对她的穿着和仪态发表评论,没人向她投来好奇的目光,也没人跟着她,偷听她说话。她开始理解玛格丽为什么决定随别人去说。玛格丽慢步停了下来,把她的思绪拉了回来。

"我们到了,艾丽斯。"她在一扇摇摇欲坠的大门前下了马。几只鸡百无聊赖地在房屋周围刨土,一头肥猪在树旁哼哼叫。"该去认识认识我们的邻居了。"

艾丽斯跟着她下了马,把缰绳套在前门边的木桩上。马儿立刻低下头吃草,玛格丽从马鞍边提起一个袋子,示意艾丽斯跟上。房子破旧得不成样,护墙板移了位,就像一个龇牙咧嘴的微笑。窗户上糊了一层灰,透不进去光线,外面火堆的余烬上放着一个铁制的洗衣锅。很难相信有人住在这里。

"早上好!"玛格丽快走到门口时喊道,"有人吗?"

里面没有声音。然后传来木板的嘎吱声,一个男人出现在门道上,肩上扛着一把枪。他穿一件连体工作服,这衣服已经很长时间没进过洗衣盆,浓密的胡须中插着一根陶土烟管。在他身后冒出来两个小女孩,她们歪着脑袋认真地看着来人。他满面疑心地望着外面。

"你好吗,吉姆·霍纳?"玛格丽走进了那个用栅栏围起来的地界(这里称不上是一个花园),然后关上了大门。她就好像没看见那把枪,或者是看见了,但没理会。艾丽斯觉得自己心跳得有些快,但还是顺从地跟了上去。

"这是谁?"那人用脑袋指了指艾丽斯。

"这是艾丽斯,她在流动图书馆帮我送书。我想知道我们能不能跟你谈谈我们的书。"

"我什么也不买。"

"好呀,我无所谓,因为我们不卖东西。我只占用你五分钟的时间。不过,你能给我倒杯水吗?这里可真热。"玛格丽表情平静地摘下帽子,用帽子扇了扇头。艾丽斯想提出反对,因为她们在离这里不到半英里远的地方才分着喝过一壶水,但又停住了。霍纳盯着她看了一会儿。

"在那边等着。"他最终说道,并指了指屋前的一条长凳。他和其中一个女孩耳语了几句,那是一个梳着辫子、很瘦的孩子。她跑进了漆黑的房间,出来时费劲地提着一个水桶,累得皱起了眉头。"她会给你倒水。"

"请你也给我的朋友倒一杯,可以吗,梅?"玛格丽对着女孩点点头。

"你真是太好了,谢谢。"艾丽斯说。那个男人被她的口音吓了一跳。

玛格丽用脑袋指了指艾丽斯。"哦,她是那个从英国来的,嫁给了范克利夫家的儿子。"

他面无表情地看看艾丽斯,又看看玛格丽。枪还扛在肩上。艾丽斯小心翼翼地坐在长凳上,玛格丽则继续说话,声音低沉又放松,声调完全没有起伏。当骡子查利变得——用她的话来说——"不听话"的时候,她和它说起话来也是这样。

"我不知道你在镇上听说了没有,我们现在有一个图书馆了,是给喜欢看书的人,或者孩子,尤其那些没去山区学校读书的孩子学点儿知识建的。我来就是想问问你愿不愿意借几本试试。"

"我告诉过你,她们不看书。"

"对,你是说过。所以我带了几本简单的,这样开头就容易一些。这几本里有图,有字母,她们看着就能自学,学校都不用去,在家里就能识字。"

她递给他一本图画书。他放下枪,小心地接过来,仿佛她递给他的是什么会爆炸的东西。然后他把书翻了翻。

"我需要我女儿帮我采摘和装罐。"

"那当然,这是一年里最忙的时候。"

"我不想让她们分心。"

"我理解。装罐这活儿拖不得。我不得不说,看起来呀,今年的玉米会长得很好。可不会像去年一样了,对吧?"玛格丽对着走到她们面前的女孩笑了笑。女孩被半桶水的重量坠得身体歪向了一边。"好呀,谢谢你,亲爱的。"女孩往一只旧锡杯里倒了水,她伸手接了过来,如饥似渴地喝了几口,又把杯子递给艾丽斯。"清凉解渴。非常感谢你。"

吉姆·霍纳把书递回来。"借书他们都要收钱的。"

"不,吉姆,我们的图书馆最好的一点就在于:不要钱、不签约,什么都不用你做。它存在的目的就是为了让人们可以试一试读书。读到对口味的,也许还能从里面学到点儿东西。"

吉姆·霍纳瞪着书的封面。艾丽斯从没听过玛格丽一次说那么多话。

"这样吧,我把书放在这儿,放一个星期。你不一定非看不可,但喜欢的话,就看看。我们下周一再过来,把书拿走。你要是喜欢这些书,就让孩子们告诉我,我再给你带几本来;要是不喜欢,就把书放在那边篱笆桩旁的板条箱上,我们就再也不来烦你了。你觉得怎么样?"

艾丽斯回头瞥了一眼,第二张小脸立刻消失在阴暗的屋里。

"不怎么样。"

"老实说,我想请你帮个忙。我不想把这些沉甸甸的东西一路带回山下。妈呀,今天我们的包袱可真重!艾丽斯,你的水喝完了吗?我们不能再占用这位绅士的时间了。见到你很高兴,吉姆。谢谢你,梅,自从上次见到你以后,你又蹿了好几个头!"

她们走到门口时,吉姆·霍纳提高了嗓门,语调也变得冷酷起来。"我不想让任何人来打扰我们。我不想被打扰,我的孩子也不想被打扰。她们要忙的事够多了。"

玛格丽头都没回,她举起一只手。"我听见了,吉姆。"

"我们也不要别人的施舍。我不允许镇上的人随随便便就来我这儿。我不知道你为什么要来这儿。"

"我还要去从这里到伯里亚之间的所有人家。但我听到你说的话了。"她们往马那边走去,玛格丽的声音传遍了山坡。

艾丽斯回头看了一眼,看到他又把枪举到了肩上。她加快了脚步,耳朵里都能听到自己的心在怦怦地跳。她不敢再次回头看。玛格丽飞身上骡子,她也抓着缰绳,颤抖着双腿骑上花仙子。她算着距离,等到吉姆·霍纳的枪打不到她们的时候,才让自己吐出一口气。她踢了踢小母马,上前去和玛格丽并行。

"啊,上帝啊。他们都那么可怕吗?"她发现自己的腿都软了。

"可怕?艾丽斯,刚才进行得非常顺利。"

艾丽斯不知道自己是不是听错了。

"上次我骑马去红溪,吉姆·霍纳开枪把我的帽子都打掉了。"玛格丽转过来,把帽子一歪,让艾丽斯看帽子顶部被打穿留下的烧焦的小洞,然后又把帽子在头上扣好,"走,我们要加快速度。我想在午饭休息前带你去见南希。"

第三章

瘸腿的女孩儿

……最妙的是，书籍凌乱地堆放着，乔可以毫无顾忌地随处走动翻阅，这一切使藏书室成了乔的天堂。

路易莎·梅·奥尔科特，《小妇人》

艾丽斯的膝盖上有两块瘀青，左脚踝上还有一处，一些她没想到能起水泡的地方也起了水泡，右耳背上有一串蚊虫叮咬的痕迹，伤口发了炎，断了四根指甲（她不得不承认脏得有点儿恶心），脖子和鼻子都晒伤了。她的右肩被树剐到，留下了一条两英寸长的伤，左肘有一块咬痕，是她想打马蝇的时候被花仙子咬的。艾丽斯凝视着镜子里自己脏兮兮的脸，心想不知道英国老家人会怎么评价这个回瞪着自己的遍体疤痕和灰土的女牛仔。

两个多星期过去了，伊莎贝尔·布雷迪还是没加入马背图书馆这支单薄的队伍，但没人提起，所以艾丽斯也不敢问。弗雷德里克除了问她要不要咖啡，以及在花仙子的事情上帮她以外就不怎么说话，而家里有八个兄弟的贝丝，进进出出就像男孩一样麻利有干劲，会愉快地对她点头问好，把自己的马鞍往地上一扔，大喊着说她找不到那该死的马鞍包了。墙上有写着名字的小卡片，轮班时更换，而伊莎贝尔的名字一直没出现在小卡片上。这里偶尔会有一辆宽敞的深绿色轿车飞快地驶过，前排坐着布雷迪太太。玛格丽会点头问候，但两边都不说话。艾丽斯开始觉得，布雷迪太太把她女儿的名字列入图书管理员名单只是鼓励其他年轻女性参与进来的一种方式。

因此，周四那天的下午，当这辆汽车开过来停下时，她觉得有些意外。车猛地刹停，巨大的轮胎扬起一阵沙子，撒在台阶上。布雷迪太太开车又快又猛，但容易分心，她经常转头和路过的人招手，或为了避开路上的一只猫而突然转向，把街上的人赶得四散奔跑。

"谁来了？"玛格丽头也不抬地问道。她在整理两堆归还的书籍，想要决定哪一些损坏严重，不能再次借出。把缺了最后一页的书借出去是没有意义的，这事已经发生过一次。一个借走了赛珍珠的《大地》的佃农就反映过：浪费时间，我再也不要看书了。

"我想这是布雷迪太太。"艾丽斯在挑脚后跟上的水泡。她望着窗外，不想自己被别人看到。她看到布雷迪太太关上驾驶员座位的门，然后站着和街对面的人招手；从副驾驶座走下来一位年轻的女士，红头发向后梳，用发卡固定成漂亮的卷儿。这是伊莎贝尔·布雷迪。

"母女俩都来了。"艾丽斯轻轻地说。她低身下去,把袜子穿好。

"真没想到。"

"为什么?"艾丽斯说。

伊莎贝尔走到车的另一侧,站在她妈妈身边。这时候,艾丽斯才看到她走起路来瘸得厉害,左腿下半截套着金属和皮革做的支架,左脚的鞋子是垫高了的,就像踩着一块黑色小砖头。她没用拐棍,但走路时有些摇晃,长了雀斑的脸上满是专注的神情——也有可能是不舒服。

艾丽斯缩了回来,不想被发现她在看着她们慢慢地走上台阶。她听到有人低声交谈,然后门打开了。

"奥黑尔小姐!"

"下午好,布雷迪太太,伊莎贝尔。"

"很抱歉拖了很久才让伊兹加入你们。她……有些事要先处理一下。"

"来了就好。我们正准备让范克利夫太太开始独自送书,所以人越多越好。但我要先给你分一匹马,布雷迪小姐。我之前不知道你什么时候会来。"

"我马骑得不好。"伊兹小声地说。

"我也是这么想的。我还从没见你骑过马呢。所以吉斯勒先生可以把他的忠心耿耿的老马——派驰借给你。它有点儿胖,可爱极了,永远不会吓到你。它还很聪明,会帮你慢慢习惯骑马。"

"我不能骑马。"伊兹说道,声音里有些烦躁。她用反抗的目光看着她妈妈。

"那只是因为你从来不去尝试,亲爱的。"她妈妈说着,但眼睛并不去看她。她把两手紧握在一起。"那么,我们明天什么时候过来?伊兹,我们得去列克星敦给你买新马裤。旧的你已经穿不下了。"

"好的。艾丽斯7点到这里给马上鞍,你们就那个时候来吧?我们分段走路线,要早一些出发。"

"你们都没听我说……"伊兹开口道。

"那我们明天见。"布雷迪太太将小木屋环视一圈,"我看到你已经迈出了第一步,我真高兴。我从威洛比牧师那里听说,多亏了你们送去的书,麦克阿瑟家的女孩儿们没怎么要他提示就把《圣经》选句读下来了。太棒了。午安,范克利夫太太,奥黑尔小姐。非常感谢你们两位。"

布雷迪太太点点头,母女两人就转身走出了图书馆。她们听到车发动时引擎的轰鸣声,布雷迪太太把车开到了路上,接着就是急刹车的声音和一声尖叫。

艾丽斯看着玛格丽,玛格丽耸耸肩。她们静静地坐着,直到再也听不见引擎的声音。

"本内特。"艾丽斯蹦蹦跳跳地跑上门廊,她丈夫正拿着一杯冰茶坐在那里。她看了一眼摇椅,居然是空着的。"你父亲呢?"

"在和洛斯一家吃晚餐。"

"就是那个话特别多的人吧？老天爷，他要在那里待一个晚上。洛斯太太话那么多还能抽出时间来吃饭，我真佩服她！"她把头发从前额向后掠开，"啊，我今天过得太惊心动魄了。我们去了一户非常偏远的人家，我发誓，那家的男人想要对我们开枪。但他没有，当然了……"

她说着说着慢了下来。她注意到他的目光落在了她的脏靴子上。艾丽斯低头看着靴子和马裤上的泥。"哦，那个啊。是呀，本该过河的时候我判断失误了，马被绊了一下，直接把我从它身上甩了出去。其实非常有意思。有那么一秒钟，我以为玛格丽快笑晕过去了。幸好没多会儿我的衣服就干了，不过，你等着看我的瘀青吧。我真的摔成个紫茄子了。"她小跑着上台阶，弯下腰去吻他，他却把脸转开了。

"这几天你身上马的味道真重呀。"他说，"也许你该去洗一洗，时间长了……难洗掉。"

她知道他没有要指责她的意思，但她却受了伤。她闻了闻自己的肩膀。"你说得对。"她说着，挤出一个笑容。"我闻着就像一个牛仔！我说，我去梳洗一下，穿上好看的衣服，我们开车去河边怎么样？我可以做一顿好吃的野餐。安妮不是给我们留了点儿糖浆蛋糕吗？我知道我们还有一块火腿。答应我吧，亲爱的。就我们俩。我们已经几个星期没好好地出去走一走了。"

本内特从椅子里站了起来。"其实，我要去……呃……和几个朋友打棒球。我只是在等你回家后告诉你。"他站在她面前,她才看见他穿了打棒球时穿的白裤子。"我们要去约翰逊那边的球场。"

"哦,好吧。那我跟着去看。我保证我只要几分钟就能穿戴打扮好。"

他用手掌揉一揉她的头。"这是男人的聚会,妻子们是不参加的。"

"我肯定不说话,本内特亲爱的,也不打扰你们。"

"重点不在这……"

"我只是想看你打球,你打球的时候那么——快乐。"

他看着她,又立刻移开目光,于是她明白了,她说得太多了。两人在沉默中站了一会儿。

"我说了,这是男人的聚会。"

艾丽斯咽了一口唾沫。"我明白了。那么,下次吧。"

"当然!"他放心了,突然高兴起来。"野餐是个好主意。也许我们可以请球队其他人也去。比如皮特·施拉格?你喜欢他的妻子,不是吗?帕奇很有趣。你们会成为真正的朋友,我知道的。"

"哦,是的,我想会的。"

他们尴尬地面对面又站了一会儿。然后本内特伸出手,身子向前倾,仿佛想要吻她。但这次后退的是艾丽斯。"没事的,你不用这样。上帝啊,我真臭!太糟了!你怎么能受得了!"

她向后退,转身跑上楼梯,一步跨两级,这样他就不会看见她眼里充满了泪水。

开始工作后，艾丽斯就形成了一种按部就班的生活。她早上 5 点半就起床，在走廊边的小浴室里洗漱打扮（她很庆幸能有这间浴室，因为她很快就发现贝利维尔一半的家庭都把厕所建在室外，甚至还有更糟糕的情形）。本内特睡得很死，她穿靴子，俯身下去轻吻他的脸颊，然后踮着脚尖下楼，都丝毫不会吵到他。到了厨房，她会拿起头一晚做好的三明治，再用餐巾把安妮留在餐具柜上的"饼干"包起来，在去图书馆的半英里路上吃掉。她逐渐熟悉了路上遇到的人：赶马车的农民、把木材运往大工厂的卡车和那个睡过了头，手里提着午餐罐的奇怪的矿工。她开始对她认识的人点头致意——肯塔基人比英国人有人情味儿。在英国，如果你过于友好地问候一个陌生人，可能会被看作一种可疑的行为。后来，一对夫妻每次遇到她都从街对面喊：**图书馆怎么样了？**她会回答：**哦，很顺利，谢谢。**他们总是对她面带微笑。但有时她怀疑他们跟她说话是因为他们觉得她的口音很有趣。不论如何，成为大家庭的一分子感觉很好。

她偶尔会碰见低着头，脚步飞快地往范克利夫家走的安妮。她很不好意思，自己并不知道这位女管家住在哪里。然后她会高兴地挥挥手，安妮却只是点点头，不带一丝笑容，仿佛艾丽斯违反了雇主和雇员间某种不成文的规定。至于本内特，她知道，只有等安妮到了家，用托盘先把咖啡端给范克利夫先生，再把同样的一份送给本内特，他才会醒过来，然后起床。两个男人穿好衣服以后，培根、鸡蛋和粗玉米粥就放在餐桌上等着他们了，刀叉也摆好了。8 点差一刻,他们就坐上范克利夫先生的酒红色福特敞篷车去霍夫曼矿场。

艾丽斯尽量不去多想前一晚发生的事。一次,她最喜欢的姑姑告诉她,度过这一生最好的办法就是切勿自寻烦恼。于是她把这些不快锁进一个想象中的箱子,再把箱子塞到头脑中最深的角落里的一个柜子里——那里已经塞了不少箱子。所以,没必要纠结本内特在打完棒球后又去喝了很长时间的酒,回来醉倒在更衣室的长沙发上睡了一夜,直到天亮,她都能听到他一抽一抽的鼾声。他们已经结婚六个多月,时间长到她也承认这大概不是正常的新婚夫妻的生活。而这个事实,也没必要太过纠结。应该如何谈一谈现在的这种状态,他们俩都没一点头绪,但这也不该有什么想不通的。尤其现在她也不知道发生了什么,她没有丰富的生活经验,无法描述她的问题,也没有先例可借鉴。她没有一个倾诉的人。她的母亲认为谈论任何身体部位——包括锉指甲——都是庸俗的。

艾丽斯做了一个深呼吸。不。最好就是把注意力放在前面的道路上,她将度过漫长而艰苦的一天,要骑马在茂密的森林里穿行,要送沉重的书,要做借书登记。最好不要纠结于任何事,专心自己的新工作,不辞辛劳地骑着马走长长的山路,记住路线,潦草地写下地址和名字,给图书分类,这样在回家以后她唯一能做的就是醒着等待吃晚餐,在浴缸里泡很长时间,最后,倒头就睡。

她意识到,她现在的日程安排,似乎对两人都合适。

"她来了。"她刚进门,弗雷德里克·吉斯勒就从她身边走过。他用手指碰了碰帽子，轻轻一笑，眼角立刻起了皱纹。

"谁？"她放下午餐桶，往后面的窗户望去。

"伊莎贝尔小姐。"他拿起夹克，朝门口走去，"天知道，我觉得以她骑马的技术，短期内是不可能参加肯塔基赛马会的。屋后的咖啡煮好了，范克利夫太太。我给你带了奶油，我看你喜欢喝咖啡加奶油。"

"你太好了，吉斯勒先生。我得说我的确不会像玛格丽一样喝黑咖啡。她的咖啡浓得里面都能立起来一只茶匙。"

"叫我弗雷德吧。还有，那个，玛格丽做事有她自己的一套，你也知道。"他点点头，关上了门。

艾丽斯在脖子上系了一块手帕防晒，倒了一杯咖啡，然后走到后面拴马的小围场。她看到玛格丽弓着腰，托着伊莎贝尔·布雷迪的膝盖，这个年轻女孩则抓着马鞍。这是一匹看起来很结实的栗色马，稳稳地站在原地，悠闲地啃着一丛草，仿佛在那里站了很久。

"你得跳一下，伊莎贝尔小姐。"玛格丽咬着牙说，"你的鞋子踩不进马镫，你就只能跳起来才坐得上去。来，一、二、三，起！"

什么也没发生。

"跳呀！"

"我不会跳。"伊莎贝尔生气地说，"我不是橡胶做的。"

"你只要靠在我身上，然后一、二、三，腿一甩就上去了。来，我扶着你呢。"

玛格丽紧紧地抓着伊莎贝尔的腿。但女孩似乎没办法跳起来。

玛格丽向上瞥了一眼,看到了艾丽斯。她装作没看见。

"没用的。"女孩说着,站直了身体,"我做不到。一直试也没有意义。"

"走路上山的话,路可远了,你总要想办法学会骑马上去的。"玛格丽偷偷地揉了揉自己的腰。

"我告诉过妈妈,这不是一个好主意。但她就是不听。"伊莎贝尔看见了艾丽斯,似乎变得更生气了。她脸红了。马动了动腿,差点踩到她脚上,她尖叫起来躲开,却被绊了一下。"啊,你这个愚蠢的畜生!"

"喂,这样说有点儿不礼貌。"玛格丽说,"别听她的,派驰。"

"我起不来了,我没力气。整件事都太荒唐了。我不知道为什么我妈妈不听我的,为什么我不能待在木屋里工作?"

"因为我们需要你出去送书。"

这时艾丽斯才发现伊莎贝尔·布雷迪眼角的泪水,她流泪不仅仅是因为愤怒,还因为真正的疼痛。女孩转过脸去,用一只苍白的手去擦脸。玛格丽也看见了她的眼泪——两人飞快地对望了一眼,都不知所措。玛格丽拍了拍手肘,把泥土从袖子上拍掉。艾丽斯呷了一口咖啡。沉寂中唯一的声音就是派驰有规律的、旁若无人的咀嚼声。

过了一会儿,艾丽斯问:"伊莎贝尔,我能问你一个问题吗?如果你是坐着的,或者只用走很短的距离,你还需要戴支架吗?"

一阵突如其来的沉默。仿佛她的话里每个字都是被禁止的。

"你是什么意思?"

唉,我又乱说话了,艾丽斯心想。但她已经无路可退。"你脚上的支架。我的意思是,如果你把它脱掉,还有你的靴子,你可以穿,呃,普通的骑马靴。你可以用另一条腿,从另一边骑上派驰。也许你可以把书放在大门口就行,不用像我们一样上下马。或者,如果不太远的话,你也能走?"

伊莎贝尔皱起了眉头。"可是我——我不能把支架脱掉。我应该全天都戴着。"

玛格丽皱着眉头开始思考。"你不能站着,对吧?"

"这个,不能。"伊莎贝尔说。

"要不要我去看看我们有没有其他马靴?"玛格丽说。

"你要我穿别人的靴子?"伊莎贝尔满心怀疑地问。

"只穿到你妈妈从列克星敦给你买一双那种新潮的就行。"

"你穿多大号?我有一双备用的。"艾丽斯说。

"但即使我骑上马,我的……呃,一条腿……比另一条短,我保持不了平衡。"伊莎贝尔说。

玛格丽咧开嘴笑了。"这就是我们有可调长短的马镫皮绳的原因。反正这里大多数人,不管喝醉没喝醉,都把马镫踩得一脚高一脚低。"

也许因为艾丽斯是英国人,她和伊莎贝尔说话时也和跟范克利夫父子提要求时一样简洁果断,也许是因为伊莎贝尔得知自己不用再穿支架而觉得新奇,但一个小时后,伊莎贝尔·布雷迪骑上了派驰，抓着缰绳的手因为太过用力而指关节发白，害怕得全身僵硬。"你不会走太快吧？"她颤抖着说，"我真的不想走太快。"

"你来吗，艾丽斯？我看今天天气不错，我们可以在镇上转转，去学校宿舍那边。只要别让派驰睡着，今天就圆满了。好了吗，姑娘们？我们走。"

在骑行的头一个小时里，伊莎贝尔一个字也没说。艾丽斯跟在后面，只听见派驰时不时响亮地咳嗽一声，还有摆头的声音。玛格丽会坐在马鞍上向后靠，大声说几句鼓励的话。她们足足走了四英里，艾丽斯才看到伊莎贝尔开始正常呼吸，即使这样她也还是一副气愤、憋屈的样子，眼里还闪着泪花，但她们这一路走得慢腾腾，让人快要睡着了。

她们好不容易才把她扶上马背，艾丽斯看不出这样做怎么可能行得通。那姑娘根本不想待在这里。不戴上支架，她就没法走路。她明显不喜欢马。艾丽斯很怀疑她第二天是否还会来，当她和玛格丽的目光相对时，她知道她也在想同样的问题。她怀念她们平时一起骑马的日子，气氛轻松又平静，从玛格丽每一次随口说出的话里她都能学到东西。她怀念在平坦的路上兴奋地飞奔，指挥马儿找路过河，越过围栏时互相大声鼓劲儿，还有跳过燧石深沟时的成就感。如果这姑娘不是那么闷闷不乐，也许就会轻松一些：她忧郁的情绪仿佛给这个早晨蒙上了一道阴影，天气再风和日丽也于事无补。搞不好我们明天就能恢复正常了。艾丽斯告诉自己，然后才放了心。

她们在学校停下时已经快 9 点半了。这是一栋和图书馆差不多大小的屋子，没有隔间，外面装了护墙板。屋外一片不大的草地，一半都被踩平了；树下有一张长凳。一些小孩盘腿坐在外面，弯腰在石板上写字，另一些在扯着嗓子背乘法表。

"我在外面等。"伊莎贝尔说。

"不，不行。"玛格丽说，"你到院子里来。你不想下马就不用下。贝德克尔太太？你在里面吗？"

一个女人出现在敞开的门口，身后传来孩子的吵闹声。

伊莎贝尔一脸不情愿地跟着她们进了院子，玛格丽下马，把她们介绍给这位学校老师。她是一位年轻女人，一头金发整齐地烫了卷儿，讲话带着德国口音。玛格丽后来解释道，她是矿上一个监工的女儿。"这里有来自全世界的人，"她说，"有你能想象得到的每一种语言。我们的贝德克尔太太会讲四种语言。"

这位老师表示自己很高兴见到她们，并把全班四十多个孩子都带出来和女士们问好、抚摸马儿、问问题。玛格丽从马鞍包里拿出那周早些时候寄到的一批儿童读物，一边分发，一边介绍大体情节。孩子们争先恐后地抢了过去，几个人一组，坐在草地上低头仔细地看。有一个孩子不怕骡子，就踩着马镫爬上去看空包，免得有漏拿的。

"小姐？小姐？你们还有更多的书吗？"一个扎着两条辫子，牙缝很宽的女孩抬头看着艾丽斯说。

"这周没有了。"她说，"但我保证下周我们会多带点儿过来。"

"你能给我带一本漫画书吗？我妹妹读了一本漫画书，太好看了，里面有海盗、公主那些。"

"我尽力。"艾丽斯说。

"你说起话来就像公主。"女孩害羞地说。

"你看起来就像一位公主。"艾丽斯说，然后女孩咯咯笑着跑了。

两个男孩，大概有八岁，慢悠悠地从艾丽斯那儿走过去，来到了等在门口的伊莎贝尔面前。他们问她的名字，她板着脸，只用一个词来回答他们。

"这是你的马吗，小姐？"

"不。"伊莎贝尔说。

"你有马吗？"

"没有。我不怎么喜欢马。"她不高兴地皱起了眉头，但两个男孩似乎没发觉。

"它叫什么名字？"

伊莎贝尔迟疑了一下。"派驰。"她终于说道，并且往身后望了一眼，仿佛预备好被人指出她说错了。

一个男孩兴高采烈地对另一个男孩说，他叔叔有一匹马，能跳过一辆救火车，汗都不会流一滴。另一个男孩说他有一次在农产品博览会上骑过一匹真正的、长着角的独角兽。两人又把派驰长着胡须的鼻子摸了几分钟，终于失去了兴趣，对伊莎贝尔一挥手，晃荡到那些看书的同学身边去了。

"看书是不是很开心呀，孩子们？"贝德克尔太太喊道，"这些好心的女士每周都会给我们带来新书！所以我们一定要爱惜图书，不要把书脊折弯了。还有，威廉·布莱恩特，不可以用书来扔你妹妹，虽然她们的确戳了你的眼睛。女士们，我们下周见！非常感谢你们！"

孩子们欢呼着挥手道别，声音一阵比一阵响亮。几分钟后艾丽斯回头看时，还有几张苍白的小脸在窗口张望，热情地挥手。艾丽斯看到伊莎贝尔凝视着他们，还发现这个女孩露出了淡淡的微笑，笑得缓慢，略有些惆怅，谈不上快乐，但依旧是一个微笑。

她们不声不响地骑了一段路，进入山林中，排成一排沿着溪边狭长的小路上山。玛格丽走在最前面，特意放慢了步子。她时不时地会指指地标，大声说出名字，也许希望伊莎贝尔能不再心烦，或者最终表现出一些热情。

"是，是。"伊莎贝尔不屑地说，"那是使女岩。我知道。"

玛格丽在马鞍上转过身来。"你知道使女岩？"

"我小儿麻痹症刚好，开始恢复的时候，我爸爸非要我跟着他在山上走路，每天几个小时。他觉得只要我的两条腿得到了足够的锻炼，就能长得一样长。"

她们在一片空地上停下来。玛格丽下了马，从马鞍包里拿出一个水壶和几个苹果分给她们，然后拿起水壶喝了一大口水。"结果没用。"她说着，朝伊莎贝尔的腿点点头。"走路没用。"

伊莎贝尔气愤地瞪大了眼睛。她说："什么都没用。我是个瘸子。"

"不。你不是。"玛格丽拿着一个苹果在外套上擦了擦。"如果你是,你就不可能会走路,还会骑马。这两件事你都能做,尽管你只有一条腿使得上劲。"玛格丽把水递给艾丽斯,艾丽斯喝了几大口,然后递给伊莎贝尔,但后者摇了摇头。

"你肯定渴了。"艾丽斯坚持道。

伊莎贝尔抿紧了嘴。玛格丽不动声色地看着她。终于,她拿出一块手帕,擦了擦瓶口,再递给伊莎贝尔,对艾丽斯微微地翻了个白眼儿。

伊莎贝尔把水壶举到嘴边,喝水的时候闭上了眼睛。然后她把水壶递回去,从口袋里掏出一块花边小手帕,擦了擦额头。"今天真热。"她勉强说道。

"是的。这时最舒服的地方就是山里了。"玛格丽大步走到溪边,把水壶灌满,拧紧盖子。"给我和派驰两周时间,布雷迪小姐,我向你保证,你会爱上这份工作,爱得离不开。"

伊莎贝尔看起来并不信服。几个女人安静地吃完苹果,把果核喂了马和查利,又上了马。这一次,艾丽斯发现,伊莎贝尔没有抱怨,自己爬了上去。她骑在伊莎贝尔后面,看着她。

当她们走上绿色田野边一条长长的小路时,艾丽斯赶几步上去来到她身旁。"你喜欢那些小孩。"玛格丽在前面不远的地方,唱歌给自己听,也许是给骡子听,通常很难分辨。

"什么?"

"在学校的时候,你看着没那么不高兴了。"艾丽斯试探性地笑了笑,"我觉得,那段时间里你好像挺高兴的。"

伊莎贝尔的脸沉了下去。她收紧缰绳,把半张脸都扭开了。

"对不起,布雷迪小姐。"过了一会儿,艾丽斯说,"我丈夫说我讲话不过脑子。我又犯这个毛病了。我没想……干涉你的生活,或者冒犯你。请原谅我。"

她拉住马,再次退回到伊莎贝尔后面。她默默地责怪自己,不知道自己有没有可能找准和她们相处的尺度。伊莎贝尔根本不想和她说话。她想起佩姬那个小圈子里的年轻女性,只有在城里被她们绷着脸瞪过一眼她才能认出她们来。她想到了安妮,很多时候安妮看她的样子都好像她偷了东西似的。只有玛格丽不会让她感到自己和这里格格不入。而玛格丽,公平地说,自己就是个怪人。

她们又走了半英里,伊莎贝尔扭身回过头来。她说:"是伊兹。"

"伊兹?"

"我的名字。我喜欢的人都叫我伊兹。"

艾丽斯还没反应过来,这个女孩就又开口了。"我笑是因为……那是第一次。"

艾丽斯向前俯去,仔细听清她说的话。女孩说话的声音很轻。

"第一次什么?骑马上山吗?"

"不是。"伊兹坐直了一些,"第一次来到一所学校里,没人因为我的脚嘲笑我。"

"你觉得她还会再来吗?"

玛格丽和艾丽斯坐在门廊最高的一层上,把苍蝇扇走,看着热气从闪着微光的路面上升起来。马已经洗刷过,松开缰绳放到小围场里。两个女人喝着咖啡,伸展咯吱作响的四肢,使出最后的力气查看今天的借书记录并登记入册。

"不一定。她不怎么喜欢。"

艾丽斯不得不承认她可能是对的。她看到一条喘着粗气的狗在路上走,然后疲惫地躲进了附近一家木材店的阴影下面。

"她和你不一样。"

艾丽斯抬起头来看着她。"我?"

"大多数的早晨,你都像从监狱里逃出来的犯人一样。"玛格丽小口喝着咖啡,凝视着外面的路,"我有时候觉得你和我一样热爱这些高山。"

艾丽斯用脚后跟踢了一块鹅卵石。"比起世界上的其他地方,我更喜欢这些山。我觉得在山上,我……更像我自己。"

玛格丽看了她一眼,会意地笑了笑。"其他人就看不到这些。他们躲在城市里,被噪声吵,被烟雾熏,挤在盒子一样的房子里。但在这里,你能呼吸。你听不到城里人的聒噪。除了上帝,没人在看着你。这里只有你、树、鸟儿、小溪、天空和自由……待在山上,对你的灵魂有好处。"

<u>从监狱里逃出来的犯人</u>。有时艾丽斯怀疑,对于自己和范克利夫父子的生活,玛格丽知道的比她表现出来的要多。一阵刺耳的喇

叭声把她从沉思中唤醒。本内特开着他父亲的汽车来到了图书馆。小汽车一个急刹车，剧烈地抖动着停了下来，把那条狗吓得跳起来，尾巴夹在两腿之间。他向她挥手，笑容灿烂又率直。她忍不住也笑了：他英俊得就像香烟卡片上的电影明星一样。

"艾丽斯！……奥黑尔小姐。"他刚看到她也在。

"范克利夫先生。"玛格丽回应道。

"我来接你回家。我想我们可以去你说的那个地方野餐。"

艾丽斯兴奋地眨着眼。"真的吗？"

"运煤的翻斗卡车出了点问题，要明天才能修好。爸爸在办公室处理。所以我跑回家，让安妮给我们准备一顿野餐。我想我可以飞快地把你送回家，趁着天还没黑，你换了衣服我们就出去。爸爸说车今晚给我们用。"

艾丽斯满心欢喜地站了起来。然后她的脸耷拉了下去。"唉，本内特，我不能去。我们还要登记借书记录和分类，我们进度落后太多了。我们才刚刚把马调教好。"

"你去吧。"玛格丽说。

"可那样对你来说不公平。我们一回来，贝丝已经走了，伊兹不见了。"

玛格丽摆摆手。

"可是……"

"去吧。我们明天见。"

艾丽斯盯着她，看她是不是认真的。然后把她的东西收起来，高兴地笑着跑下台阶。她爬上副驾驶座,吻她丈夫的脸的时候警告道:"我可能闻着又像个牛仔了。"

他咧开嘴笑了。"你觉得我为什么把敞篷打开了?"他来了一个三点转向,地面扬起阵阵灰尘,车在艾丽斯的叫声中隆隆地往家里开去。

查利不是一头动不动就发脾气、容易一惊一乍的骡子,但玛格丽还是骑着它慢慢地走了回去。它辛勤劳作了一天,她也不赶时间。她回想着这一天,叹了一口气。她的帮手只有一个性格稚嫩的英国女人,完全不了解这片地区,山区居民也不信任她,她还可能被那个粗声粗气专横的范克利夫老先生拉回去;还有一个连路都不怎么能走的姑娘,不会骑马,也不想干这份工作。贝丝一有时间就来,但到了9月份,几乎一整个月里,她家里人都需要她回去收割。这对于一个刚开办的流动图书馆来说凶多吉少。她不知道她们还能工作多久。

走到路的分岔口,前面是一座破旧的谷仓。她把缰绳放在查利细长的脖子上,她知道它能自己找到回家的路。这时,她的狗,一条蓝眼睛,身上有斑点的小猎犬朝着她冲了过来,它尾巴垂在腿中间,一见到她便兴奋地吐着舌头。"你来这里做什么呀,我的蓝眼睛小男孩?嗯?你怎么不在院子里?"

她走到小围场门口,下了马。她觉得后背和肩膀的疼痛多半是因为帮伊兹·布雷迪上下骡子,而不是因为骑骡子走了很长的路。狗围着她又跑又跳,直到她用双手揉一揉它的脖子,告诉它:是的,你是一个好男孩,是的,好男孩,它才安静下来。她给查利解下缰绳,看着它趴在地上,弯曲膝盖,把腿压在身下,然后在泥土地上前后摇晃,发出满意的叹息声。她不怪它:她上台阶的时候,自己的腿也很沉重。她伸手开门,然后停住了。插销被拨开了。她盯着插销看了一会儿,思考着,然后轻轻地走到谷仓一侧的桶边,里面的一堆麻袋下面藏了一把备用步枪。她警觉地打开保险栓,把枪抬到肩上,然后再次蹑手蹑脚地走上台阶,吸一口气,轻轻地用脚尖把门勾开。

"谁在那里?"

在房间里,斯文·古斯塔夫松坐在她的摇椅上,脚放在小桌子上,手里拿着一本《鲁滨逊漂流记》。他没有躲避,而是等了一会儿,等她把枪放下。他把书小心地放在桌上,慢慢地站起来,把双手放在身后,恭敬得近乎做作。她盯着他看了一会儿,把枪靠在桌边。"我正奇怪呢,怎么狗没叫。"

"是呀,我和它。你知道是怎么回事。"

"蓝眼睛"这个摇头摆尾的叛徒,现在钻到斯文胳膊下面,用长鼻子推他,乞求他的爱抚。

玛格丽摘下帽子,挂在钩子上,掠开额头上汗湿的头发。"没想到会见到你。"

"你明明就没看我。"

她避开他的目光,从他身边走过,来到桌边,拿下水壶上的花边罩子,给自己倒了一杯水。

"你不给我喝一点儿吗?"

"我不知道你要喝水。"

"你也不打算给我一点儿更烈的?"

她放下杯子。"你到这里来干什么,斯文?"

他目不转睛地看着她。他穿着一件干净的格子衬衫,散发着煤焦油肥皂的气味,还有他身上特有的味道,那是矿里的硫黄、烟和男性的气味。"我想你了。"

她感到心里有一丝触动,就把杯子端到唇边作掩饰。她咽下去一口水。"在我看来,没有我,你也过得很好。"

"你和我都知道,没有你我的确能很好。但问题是:我不想独自过活。"

"这些我们都谈过了。"

"但我还是不懂。我告诉过你,如果我们结婚,我不会把你管得死死的,不会控制你。我会让你过你现在过的生活,只是你和我……"

"你让我,是吧?"

"见鬼,玛格丽,你知道我的意思。"他的下巴绷紧了,"你想怎么样都行。我们可以像现在这样。"

"那我们举行婚礼还有什么意义呢?"

"关键在于我们要在上帝的见证下结婚,而不是像两个小孩一样偷偷摸摸地鬼混。你以为我喜欢这样?你以为我想瞒着我的亲兄弟,乃至整个小镇,不让任何人知道我爱你爱到了骨头里?"

"我不会嫁给你的,斯文。我一直都这样告诉你,我不会嫁给任何人。每次你都要抓住这个问题不放,我发誓我听得头都要爆炸了,就像你矿道里的炸药一样。如果你老是到这里来,翻来覆去地说同一件事,我就不跟你说话了。"

"反正你也不想跟我说话。那么我到底应该怎么办?"

"就像我们决定的那样,别再来找我。"

"那是你的决定。"

她从他面前转身走开,来到屋子一角的一个盆前。盆里放着她早上摘的豆子。她把豆荚一个个地剥去筋,再把末端掐掉,扔进平底锅,等着耳朵里的血液停止搏动。

她先是感觉到他,然后才看见他。他静静地穿过房间,站在她身后,她能感觉到他的呼吸拂过她光着的脖子。她不用看就知道被吹拂过的皮肤在发红。

"我和你父亲不一样,玛格丽。"他喃喃地说道,"如果你到现在都不知道这一点,我告诉你也没用。"

她让两手一直忙个不停。掐掉。掐掉。掐掉。豆子留下。筋扔掉。地板木条在她脚下嘎吱作响。

"告诉我,你不想我。"

十个了。摘掉叶子。掐掉。再一个。他离得那么近,他说话的时候,她都能感觉到他胸膛的起伏。

他压低了声音。"告诉我你不想我,我立刻就走,再也不来烦你。

我保证。"

她闭上眼睛。刀从她手里滑落。她把手掌心朝下放在工作台上，头垂了下去。他等了一会儿，把他的手也温柔地放了上去，将她的手完全盖住。她睁开眼睛仔细地看着：一双强壮的手，指关节上满是凸起的烧伤疤痕。在近十年里，她一直爱着这双手。

"告诉我。"他对着她的耳朵轻轻说道。

她转过身去，热切地用双手捧住他的脸，吻他，重重地吻他。啊，她想念吻他嘴唇的感觉，他的身体贴着她的感觉。两人身体一阵燥热，她的呼吸急促起来。当他的胳膊搂住她，把她拉到他怀里的时候，她在漫长的黑夜里对自己的告诫，反复在脑海中排演过的逻辑、论证都化为乌有。她吻他，吻他，吻他。他的身体对她来说既熟悉，又有新近产生的陌生感，理智和一整天的疼痛和沮丧一起消失了。她听到碗哐当一声掉到地上，然后就只能听到他的呼吸，感觉到他的嘴唇，他的身体贴在她身上。玛格丽·奥黑尔，一个不愿被任何人拥有的人，不愿受任何人指使的人，让自己变得柔软。她妥协了，她的身体一点点滑下去，最后被他压在木头餐具柜上……

"那是什么鸟？你看它的颜色，真美。"

艾丽斯指着他们上方的树枝说道，本内特仰面躺在毯子上，他们周围放着吃剩下的野餐。

"亲爱的？你知道那是什么鸟吗？我从没见过这么红的鸟。看！它连嘴都是红的。"

"我不大喜欢读鸟类这些东西的书,亲爱的。"她看到本内特的眼睛闭上了。他拍掉了脸颊上的一只虫子,又伸手向她要一瓶姜汁啤酒。

玛格丽认识各种不同种类的鸟,艾丽斯往篮子里拿啤酒的时候想到。她决定第二天早晨去问她。骑马时,玛格丽对艾丽斯讲了什么是马利筋和"一枝黄花",教她认识天南星和凤仙花娇嫩的小花。此前在艾丽斯眼里只是一片绿色海洋的地方,现在变得更清晰了,从另一个维度展现出全新的画面。

一条小溪在她们脚下静静地流淌。玛格丽告诉她,这条小溪到了春天就会变成冲垮一切的洪流,看起来怎么都不像。因为此刻大地干燥,她们头下枕的小草又密又细,草丛里还有蟋蟀在不紧不慢地鸣叫。艾丽斯把啤酒递给丈夫,等他用一只胳膊撑起身子,喝上一大口,只希望他能靠过来一把将她抱住。他又躺下,她钻到他臂膀下面,手放在他的衬衫上。

"啊,我能这样待上一整天。"他平静地说。

她搂住了他。她丈夫的气味比她见过的任何男人的都要好闻。仿佛他身上带有肯塔基青草的甜香味。其他男人流汗后就会发出酸臭味。本内特每次从矿区回来都好像刚拍完杂志里的广告。她凝视着他的脸,他轮廓分明的下巴,在耳朵背后修得短短的蜂蜜色的头发。

"你觉得我美吗,本内特?"

"明知故问,我觉得你很美。"他的声音里带着倦意。

"我们结婚你高兴吗?"

"当然高兴。"

艾丽斯用手指慢慢地划过他的衬衫扣子。"那么,为什么……"

"别聊那么严肃的话题,艾丽斯,好不好?没必要在小事上追究吧?我们就不能轻松一点吗?"

艾丽斯把手从他的衬衫上缩了回来。她转过身去,躺在地毯上,两人只有肩膀碰在一起。"当然。"

他们在草地上肩并肩地躺着,望着天空,都不说话。当他再次开口时,他的声音很温柔。"艾丽斯?"

她看了他一眼。她咽了一口唾沫,心怦怦直跳。她把手放在他的手上,向他表明自己默许的鼓励,想要无声地告诉他,不管他说什么,自己都会支持他,一切都会好的。毕竟,她是他的妻子。

她等了一会儿,问道:"什么?"

"那是红衣凤头鸟。"他说,"那只红色的鸟。我能肯定是红衣凤头鸟。"

第四章

大山里的渴望

"……婚姻意味着权利均分,责任加倍。"

露易莎·梅·奥尔科特,《小妇人》

玛格丽·奥黑尔童年最早的记忆是坐在母亲的餐桌下,从手指缝里看着父亲追打她十四岁的哥哥杰克。杰克想拦着他,不让他打他妈妈,他就打掉了杰克的两颗牙齿。她的妈妈常常遭到毒打,但决不肯让自己的孩子也落得这个下场。她抄起一把厨房椅就朝她丈夫头上砸去,在他额头上留下一道歪歪扭扭的伤疤,直到他死都还在。他一站稳,不用说,就用折断了的椅子腿敲在她背上。最后奥黑尔爷爷扛着步枪,跌跌撞撞地从隔壁过来,满眼怒火地警告弗兰克·奥黑尔,如果再不住手,他就要把他该死的脑袋从他该死的脖子上一枪崩掉，殴打这才结束。玛格丽后来才明白过来，这并不表明爷爷认为他儿子打老婆有悖人之常情，而是奶奶那时想听收音机，但半个山谷里都只听得见哭喊声。家里的松木墙上有一个洞，容得下玛格丽的小拳头，直到她长大。

那天杰克就永远地离开了这个家，他嘴里含着一团沾满血的棉花，行囊里只有一件好衬衫。玛格丽再一次听到他的名字（他们认为离开家就等于背叛了自己的家庭，家族史中再也不能出现这个人的名字）是在八年后。他们收到一封电报，告诉他们杰克在密苏里被铁路货车撞死了。她妈妈用围裙捂着脸，流下了咸咸的、心碎的泪。但她爸爸却用一本书砸她，让她安静点儿，否则他就给她一点儿真正值得哭的理由，然后就去继续摆弄蒸馏器了。那本书是《黑骏马》，玛格丽永远不能原谅他在扔书的时候把书的封底扯掉了。她对死去的哥哥的爱和对逃进书本中的世界的渴望，在那一本没了封底的书中融为一体，形成一种激烈而固执的情感。

你们以后可别嫁给这样的人，她妈妈一边带她们在里屋的草垫大床上睡下，一边小声地对她和姐姐说。你们俩，只要一长大就离开这座该死的大山，越远越好。你们要向我保证。

两个女孩认真地点了点头。

后来姐姐弗吉尼亚果然跑了，一直跑到了刘易斯堡，却嫁了一个最后变得和她爸爸一样动不动就挥拳头的男人。感谢上帝，她妈妈没有活着看到这一切。她姐姐在婚礼后六个月就染上了肺炎，过了三天就去世了。当年也是同样的病夺走了玛格丽三个兄弟的性命。

他们的坟墓在一座俯瞰山谷的小山上,坟上摆着小石头做记号。

她的爸爸在一次和比尔·麦卡洛的醉酒枪战中丧生,这是延续了几代人的世仇中最新上演的一场悲剧。贝利维尔的居民们发现,玛格丽·奥黑尔死了爸爸,却一滴眼泪也没掉。"为什么会不好?"当麦金托什牧师问她是否还好时,她是这样回答的,"我很高兴他死了。他再也不能伤害任何人了。"弗兰克·奥黑尔在镇上的确臭名远扬,人人都知道她说得没错,但这也挡不住他们的口舌,认为奥黑尔姑娘,这个家族的幸存者,和她家里的其他人一样不可理喻——老实说,老奥黑尔家的后代呀,越少越好。

"我能问问关于你家的故事吗?"艾丽斯问。这时天刚破晓,她们在给马备鞍。

玛格丽还沉浸在斯文那强壮、结实的身体的回忆中,艾丽斯说了两遍她才听懂在说什么。"随便问。"她看了她一眼。"我来猜猜。是不是有人告诉你因为我爸爸的缘故,别和我在一起?"

"这个,是的。"艾丽斯顿了顿才回答道。范克利夫先生头一晚就这个问题唾沫横飞地把她教育了一番,一边说一边用手指指点点。艾丽斯把布雷迪太太的好名声搬出来做挡箭牌,但那次谈话还是令人很不舒服。

玛格丽点了点头,仿佛这没什么好奇怪的。她把马鞍甩到栏杆上,用手指抚摸查利的背部,检查是否有肿块或脓疮。"弗兰克·奥黑尔卖私酒给半个县的人,谁敢抢他生意他就对谁开枪。甚至他要是觉得谁动了这个念头,这个人也得吃枪子儿。他杀掉的人,比我知道的那个数要多。他给身边的人都留下了伤疤。"

"每一个人?"

玛格丽迟疑了一会儿,然后向艾丽斯走了几步。她卷起衬衫袖子,拉到手肘上面,露出了上臂一块硬币形状的伤疤,表面很光滑。"我十一岁的时候他用猎枪射的,因为我跟他顶嘴了。如果不是我哥哥把我推开,我已经被他杀了。"

艾丽斯过了一会儿才开口。"警察也不管吗?"

"警察?"她说这个词时带上了浓浓的南方口音,"这里的人用自己的方式解决问题。奶奶发现他干的事,就用马鞭打了他一顿。他只怕过两个人,他自己的妈妈和爸爸。"

玛格丽低下头,让浓密的黑头发向前垂下。她用手指轻巧地滑过头皮,找到了她要找的部位,然后把头发拨到一边,露出一英寸宽的光秃秃的皮肤。"这是奶奶去世后三天,他抓着我的头发,把我拉上两层楼时弄的伤。他们说他把头发扔掉的时候,上面还连着我的一大片头皮。"

"你自己不记得吗?"

"不记得。他把我打晕了,然后才扯我头发。"

艾丽斯震惊地站着说不出话来。玛格丽的声音还和往常一样平静。

"我很抱歉。"她结结巴巴地说。

"没必要。他死的时候整个镇上只有两个人来参加他的葬礼,其中一个是因为同情我。你知道这个小镇的人是多么喜欢聚在一块儿。

可以想象他们有多恨他,连葬礼都不愿来。"

"那么,你……不会想他吧。"

"哈!这个地方,艾丽斯,有很多我们称之为'日落醉汉'的人。白天他们是好孩子,到了晚上,开始喝酒,就变成想到处找人打架的醉鬼了。"

艾丽斯想到范克利夫先生喝了波旁威士忌后就大吼大叫的样子,尽管天气炎热,她还是打了个寒战。

"可是,我爸爸根本不是日落醉汉。他不喝酒,整个人冷冰冰的,我对他没有任何好的回忆。"

"一次也没有?"

玛格丽想了想。"哦,不,你说得对。有一次。"

艾丽斯等待着。

"对,就是警长来找我,告诉我他死了的那一天。"

玛格丽从骡子身边走开,两个女人在沉默中干完了活儿。

艾丽斯觉得无所适从。换作别人,她一定会感到同情。但玛格丽似乎比她见过的任何人都更不需要同情。

玛格丽仿佛看出了她纠结的心思,也可能她觉得刚才自己表现得有些冷酷,因为她突然转过来,对着艾丽斯笑了笑。艾丽斯惊奇地发现其实她很美。"你以前问过我,我一个人在山上的时候,会不会害怕。"

艾丽斯的手还放在马鞍肚带的扣子上。

"行,我告诉你吧。自从我爸爸去世的那天起,我就什么都不怕了。看见那边了吗？"她指着远处若隐若现的高山，"我从小就幻想着去那里。我和查利，爬到大山上，那是我的天堂，艾丽斯。我每天都能生活在我的天堂里。"

她长长地吐了一口气。艾丽斯还在揣摩她那变柔和的脸，她微笑中奇怪的光彩，玛格丽已经转身，拍了拍马鞍后部。"好了。你准备好了吗？今天对于你来说是重要的一天，对于我们来说都是重要的一天。"

这一周是四个姑娘头一次分头行动，各走各的路线。她们计划在每周开始和结束的时候在图书馆碰面，做汇报，尽量把图书整理好，对归还的图书进行检查。玛格丽和贝丝骑的路线最长，她们经常把书放在第二基地，即一个在十英里之外的校舍里，每两周带回来一次。艾丽斯和伊兹送离小镇近的路线。伊兹现在信心大增，好几次艾丽斯到图书馆时，她已经骑马出发了。她把从列克星敦买来的新靴子擦得锃亮，主街上一路都听得到她哼歌的声音。"早上好，艾丽斯。"她会和她打招呼，挥手时略带犹豫，仿佛不知道会得到什么样的回应。

艾丽斯不愿承认自己有多紧张。原因不仅仅是怕迷路、出洋相，还因为一周前她在屋外给花仙子卸马鞍的时候，无意间听到了贝丝和布雷迪太太之间的对话。

啊，你们表现得太棒了。但说真的，我有点担心那个英国姑娘。

她做得很好，布雷迪太太。玛格丽说她已经记熟了大部分路线。

不是路线的问题,贝丝亲爱的。请本地女孩做这份工作的原因就是你拜访的那些人都认识你。他们信任你,知道你不会瞧不起他们,也不会拿不合适的书给他们的家人看。如果我们让一个陌生的女孩上门,说话带口音,举止好像英国女王,他们就会心怀戒备。我担心这一点可能会破坏整个计划。

花仙子打了个响鼻,她们突然安静下来,似乎意识到外面可能有人。艾丽斯躲回窗子下面,一阵焦虑袭来。她想到,如果当地人不接受她送的书,她们就不会让她做这份工作。在想象中,她突然回到了范克利夫宅,面对沉重的寂静,还有目光炯炯地提防着她的安妮,每一个小时都变得好像十年那样漫长。她想到本内特,睡觉时他拒人于千里之外地背对着她,而且拒绝谈论他们之间到底有什么问题。她想到范克利夫先生一说起他们没给他生一个"小孙子"就生气。

如果我丢掉这份工作,我就什么都没有了。想到这里,她胃里重重地一沉。

"早上好——噢!"

在上山的路上,艾丽斯一直在练习。她张大嘴把元音发得饱满到夸张,试着改变干脆利落的英国口音,对花仙子喃喃道:"早上好呀!今儿天气真好,您一切都好吧?"

一个年轻的女人,大概比艾丽斯大不了很多,从一座小木屋里走出来,手搭凉棚看着她。屋前洒满阳光的草地上,两个孩子抬起头来看看她,又继续笨手笨脚地抢夺一根棍子,一条狗在旁边专心地看着。一盆没剥壳的甜玉米放在一边,好像在等着被运走;一堆要洗的东西摊在地上一张床单上。菜地边有一堆拔了的野草,根上还带着泥土。艾丽斯听到屋里传来婴儿的哭声,那是一种悲愤到无以复加的哀号。

"布莱太太?"

"有事吗?"

艾丽斯做了一个深呼吸。用她想当然的瓮声瓮气的南方腔小心翼翼地说:"早上'豪'!我是流动图书'挂'的。不知道您和孩子们'香'不'香'看书,打书里学点儿知识。"

女人的笑容消失了。

"没事的,一毛钱不要您的。"艾丽斯微笑着补充道。她从马鞍包里抽出一本书,"您能借上四本,我下周再过来'呢'走。"

女人沉默了。她眯起眼睛,紧紧地抿着嘴,低头看看她的鞋子,把手在围裙上擦了擦,又抬起头来。

"小姐,你在笑话我吗?"

艾丽斯瞪大了眼睛。

"你就是那个英国人,是吧?嫁给了范克利夫家的儿子?你要是笑话我,你就给我立刻下山去。"

艾丽斯赶紧回答:"我没笑话你。"

"那你的下巴是有毛病吗?"

艾丽斯咽了一口唾沫。那个女人皱着眉头看着她。她说:"我很抱歉。有人告诉我，如果我说话英国腔太重，别人就不会信任我，就不会向我借书。于是我……"她的声音越来越小。

"于是你就学我们这里的人说话？"那女人张大了嘴，大得下巴都快脱臼了。

"我知道。我说得有些……"艾丽斯闭上眼睛，心里在痛苦地呻吟。

那个女人从鼻子里笑了一声。艾丽斯立刻睁开了眼睛。那个女人又笑了起来，这次笑得腰都直不起来。"你想学我们这儿的人说话。加勒特？你听见没有？"

"我听见了。"里面传来一个男人的声音，接着是一阵咳嗽。

布莱太太两手叉腰，笑到不得不抬手擦掉眼角的眼泪。孩子们看着她，也咯咯笑起来，脸上带着想要探索但又呆呆的表情，就和那些不知道自己在笑什么的人一样。

"啊，我的天啊。哎，小姐，我从来没笑得那么痛快过。你快进来吧，即便你是从地球另一端来的，我也要借你的书。我叫凯瑟琳，进来吧，想喝水吗？外面热得能把蛇烤焦了。"

艾丽斯把花仙子拴在最近的一棵树上，从包里拿出许多可供挑选的书。她跟着这个年轻女人走进小屋，发现窗上没装玻璃，只有木制护窗板，便出神地想这里到了冬天得多冷。她等在走道里，眼睛适应了黑暗以后，屋里的境况就变清晰了。屋子大约被分为两半，前半间的墙上糊着旧报纸，另一边有一个烧着木柴的大火炉，炉边堆着码好的木头。火炉上方的墙上挂着一串拴起来的蜡烛和一把很大的猎枪。屋里一角放着一张桌子和四把椅子，旁边的板条箱里睡着一个婴儿，一边哭，一边用小拳头在空中捶打。女人略显疲乏地弯腰把他抱起来，哭声就停止了。

这时艾丽斯才注意到对面床上躺着一个男人，绗缝棉被一直拉到了胸前。他年轻英俊，但皮肤是慢性病人那种没有光泽的苍白。他每隔三十秒左右就要咳嗽一声，尽管窗户全都透着风，他身边的空气却是静止、污浊的。

她看到他正看着自己，便说："早上好。"

"早上好。"他说。他的声音虚弱而沙哑，"加勒特·布莱。抱歉我刚才不能起来……"

她摇摇头，仿佛在说这不要紧。

"你有没有《妇女居家良友》这本杂志？"年轻女人说，"这个孩子最近哭闹得太凶，不知道杂志上有没有什么好办法。我基本上都能看懂，对不对，加勒特？奥黑尔小姐前不久给我带过几本，里面有各种问题的建议。我猜是他长牙了，但他又不愿咬东西。"

艾丽斯猛地回过神来，立刻继续履行职责。她开始翻看书和杂志，最后把挑出来的两本递了过去。"孩子们要不要看书？"

"你有没有图画书？保利会读简单的字母书，他妹妹只会看图画，但她很爱看。"

"当然有。"艾丽斯找出来两本识字图书，递给了他们。

凯瑟琳露出了笑容，满怀敬意地把书放在桌上，递给艾丽斯一杯水。"我有一些很好的菜谱，其中一个是我妈妈教我的蜂蜜苹果蛋糕。你想要的话，我很乐意写下来给你。"

玛格丽嘱咐过她，山区的人自尊心很强，收下别人送的东西以后不还礼就不舒服。"我很想要。非常感谢。"艾丽斯喝了水，把杯子递还过去。她准备要走，喃喃地说上路的时间到了，然后看到凯瑟琳和她丈夫交换了一个眼神。她站在那里，心想自己是不是错过了什么。他们看了看她，女人高兴地笑了笑。两人都没说话。

艾丽斯等了一会儿，气氛变得尴尬起来。

"那么，能认识你们我很高兴。我下周再来。我一定会去找找和婴儿长牙有关的文章。所有你们想看的，我都很乐意去找。我们每周都有新的书和杂志运过来。"她把挑剩下的书收了起来。

"我们下次再见吧。"

"非常感谢。"床上的人轻轻地说，接着一阵咳嗽发作把最后几个字吞掉了。

从昏暗的小屋里出来以后，她感觉外面亮得刺眼。艾丽斯眯着眼睛对孩子们挥手道别，然后穿过草地，走向花仙子。她之前没意识到这里有多高：她能看见半个小镇。她停了一会儿，为这景色所陶醉。

"小姐？"

她转过身去。凯瑟琳·布莱正朝她跑来，她在距离艾丽斯几英尺的地方停下，先抿了抿嘴，仿佛不敢说话。

"还有什么事吗？"

"小姐，我的丈夫，他喜欢看书，但他的眼睛在暗处看不清，而且，老实说，得了黑肺病，他也打不起精神来看书。大多数日子他都很痛苦。你能给他读点儿书吗？"

"给他读书？"

"这样他就不用老想着身上疼。我干不了，因为我要操心家里和孩子的事，还要砍柴火。要不是有一周玛格丽给他读了书，我也不会提这个要求。你要是能抽出来半个小时左右的时间，给他读上几章书什么的……就帮了我们的大忙了。"

凯瑟琳把脸从她丈夫那边转开，脸上已经写满疲惫和劳累，仿佛她不敢让他看出她的感受。她的眼睛里闪了闪。她突然一昂头，仿佛对人有所求让她很难堪。"当然，如果你太忙……"

艾丽斯伸出一只手放在她的胳膊上。"跟我说说，他爱看什么类型的书？我这儿有一本新的短篇小说，可能正好适合他。你觉得呢？"

四十分钟后，艾丽斯走上了下山的路。加勒特·布莱在她读书的时候闭上了眼睛。这是一个水手在公海上遭遇船难的故事，剧情令人激情澎湃。果然，读了二十分钟后，坐在床边凳子上的她看了看他，发现之前他因为不适而紧绷的面部肌肉现在果然放松了下来，就好像他的思绪已经完全飞到了别处。她一直保持用低沉的嗓音朗读，宛如喃喃细语，连婴儿听了似乎也安静下来了。屋外的凯瑟琳是一个模糊的白色影子，砍引火木，跑来跑去地搬、拣、运东西，时而平静地讲道理，时而责骂几句。故事读完后，加勒特睡着了，胸腔里发出刺耳的呼吸声。

艾丽斯放马鞍包的时候，凯瑟琳说："谢谢你。"然后拿出两个大苹果和一张纸,她已经在上面仔细地写好了食谱。"这就是我说的食谱。这两个苹果适合做烘焙,烤好后不会变成稀糊。但是别烤过了头。"她的脸又亮了起来,又恢复了先前坚定的神情。

"你真是太好了,谢谢你。"艾丽斯说着,小心地把纸塞进口袋里。凯瑟琳点点头,仿佛还完了一笔债。艾丽斯上了马,再次谢过她,就上路了。

"范克利夫太太?"艾丽斯已经顺着小路走出去二十码[①]的时候,凯瑟琳喊道。

艾丽斯在鞍上转过身去。"怎么了?"

凯瑟琳双手交叉叠在胸前,昂起头来,说:"我觉得你的口音本来就很好听。"

烈日当头,那些蠓虫,也叫"小咬",叮咬个不停。整个漫长的下午,艾丽斯都在一边拍打自己的脖子一边咒骂,但十分庆幸玛格丽借给她一顶帆布边帽子。她费了很大的劲儿让一对住在小溪边的双胞胎姐妹收下了一本刺绣入门技法书,但她们似乎并不领情;她还被一条长相凶狠的狗赶出了一座大房子,还给了一个有十一口人的家庭一本简易《圣经》读本,这家人的房子是她见过的最小的,连走道里都铺着一排干草塞的床垫。"我家的孩子除了《圣经》以外什么都不读。"这家的母亲在半掩着的门后说,说完下巴一撅,仿佛

[①] 一码约等于0.91米。——编者注

做好了反驳的准备。

"那么我下周我就给你多找几本圣经故事。"艾丽斯说着,面对正在关上的门,努力压住心中的失望,让自己笑得更灿烂一些。

在布莱家取得了小小的成功后,她却开始感到气馁。她不知道人们用怀疑的眼光审视的是那些书,还是她。她总是听到布雷迪太太的声音,听到她说对艾丽斯是否能胜任这份工作持保留态度,因为她是外国人。她想得走了神,结果忘了看玛格丽在树上做的红绳标记,等她发现时已经走出去很长一段路,现在已经迷路了。她在一片空地上停下,试着从她手绘的地图上判断自己应该在哪里,并努力透过上面深绿色的树冠找太阳的位置。花仙子站着一动不动,下午3点穿透树枝的热气让它的脑袋低垂了下去。

"你不是认识回家的路吗?"艾丽斯冲它发火。

她不得不作出结论,她不知道自己身在何处,只能按原路往回走,直到找到路标。她掉转马头,疲惫地往山坡上走。

她走了足足半个小时,才逐渐认清了路。一路上她都在压抑自己恐慌的情绪,越走越害怕,想到自己很有可能到了晚上都走不出去,而黑暗的山腰上有蛇、美洲狮和天知道还有什么,越发毛骨悚然;她也担心她会走到她决不能去的地方:蛙溪的比弗一家(装糊涂,其实无比狡猾)、麦卡洛宅(酿私酒,基本上一家都是酒鬼,女孩们则不一定,因为没人见过她们)、加赛德兄弟(酒鬼,喝醉后行为可鄙)。她不知道自己更担心的是什么,是因为非法入侵而被射杀,还是布雷迪太太最终得知那个英国女人根本不知道自己在做什么时的反应。

前面的路越走越开阔,只见大地辽阔,自己身在何方显得更加未知。为什么她没多加留心玛格丽的指示?她眯着眼睛看着影子,试着根据影子的位置来判断自己的方位;云飘走了或树枝动了,影子消失,她就只好骂。当她突然看见一棵系着红绳结的树时,终于大大地松了一口气,又花了一些时间弄清楚即将到达的房屋住着的是哪家人。

艾丽斯低着头,眼睛看着地面从前门走过。那座有护墙板的房子静悄悄的。一口铁锅放在一堆冷冷的灰烬里,一把大斧头被留在一大块树桩上,两扇脏兮兮的玻璃窗呆呆地看着她。它们就在那儿,四本书整齐地摞着放在邮筒边。玛格丽告诉过吉姆·霍纳,如果他最后决定他家不借书,就把书放在这个地方。她让花仙子停住,下了马,一只眼睛警惕地盯着窗户,心里想起玛格丽帽子上那个子弹洞。这些书好像都没翻看过。她用一只手把书拿起来,小心地装进马鞍包,然后检查了一下马肚带。她一只脚踩进马镫时,突然听到那个男人的声音在山谷间回荡起来,她心跳得飞快。

"喂!"

她停下了。

"喂——你!"

艾丽斯闭上眼睛。

"你,图书馆的姑娘,你以前来过?"

"我不是来打扰你的,霍纳先生。"她喊道,"我只是——只是来拿书的。我马上就走。没别人会来了。"

"你当初说的不算数吗?"

"什么?"艾丽斯把脚从马镫里退出来,转过身去。

"你说过要给我们再带一些书来的。"

艾丽斯眨了眨眼。他没有笑,但他也没有拿枪。他站在门口,两手轻松地垂在身体两侧,然后举起一只手指着门柱。"你还要书?"

"我说过了啊,不是吗?"

"哦,我的天。当然可以。呃……"她一紧张就变得笨手笨脚。她在包里翻找,把各种书抽出来半截又塞回去。"对,好了。我有几本马克·吐温的书,还有几本菜谱。哦,还有这本杂志里有做罐头的窍门。你们在做罐头,对吧?你想看的话,我也把这本留下。"

"我要拼字课本。"他泛泛地指了指,仿佛这样就能把书召唤出来,"给我女儿们看。我要一本那种每页都有单词,还配着图的。太复杂的不要。"

"我想我有这样的书……等等。"艾丽斯在马鞍包里翻了一遍,最后抽出来一本儿童读物。"是像这样的吗?这一本很受欢迎——"

"放在邮筒边就行了。"

"好的!放好了!……太好了!"艾丽斯弯下腰去把书整整齐齐地摞起来,后退几步,便转身跃上马背,"好了。我……我走了。下周你要我带什么书,有什么特殊的要求,请一定告诉我。"

她举起一只手。吉姆·霍纳站在门口,身后有两个女孩在看着她。尽管心还在狂跳,但走到泥土小路的尽头时,她发现自己舒心地笑了。

第五章

编目员

一个，或者几个矿，组成一个社会中心，那里只有矿，没有私人财产，没有公共场所，也没有公路，只有岩壁下的溪流。河谷边分布着村落，只要再加上城堡、吊桥和城堡塔楼，就能在你眼前重现封建时代的景象。

美国煤炭委员会，1923年

玛格丽痛苦地承认，图书需求在不断增长，岔溪路上这一家小小的图书馆越来越顾此失彼，穷于应付，她们四个人再也匀不出多余的时间来加以改善。只有一开始在李县有一些居民不信任她们，现在"送书女士"的故事已经传播开来，在短短的几个星期里，她们遇到的更多的是热切的微笑，闭门羹吃得少了。人们吵嚷着来要书,从女人爱看的《妇女居家良友》到男人爱看的《耕》等各种读物都要。不管是查尔斯·狄更斯的小说,还是《一角钱惊奇故事杂志》,几乎都是刚从马鞍包里拿出来就被抢走了。漫画书备受镇上小孩喜爱,受损也最严重,要么被翻烂,要么在兄弟姊妹的争夺中,脆弱的书页被扯掉。有人会悄悄地把杂志里自己喜欢的几页撕掉再还回来。然而人们还是在问:小姐,有新书能借给我们吗?

图书管理员回到她们在弗雷德里克·吉斯勒的小屋里的基地时,他亲手打造的书架上没有排列整齐的图书供她们拣选,因为书全堆在地上,她们只能从无数个书堆里翻淘顾客指定的书籍,有的书找了半天却发现一直被别人坐在屁股下面,她们只能大喊大叫起来。

玛格丽扫了一眼堆在地板上的书,说:"我看呀,我们是自己的成功的受害者。"

"我们是不是应该把书整理一下?"贝丝在抽烟——要是她爸爸看见,准得用鞭子抽她,但玛格丽就当没看见。

"没用的。我们一早上都没理出个头绪来,等回来更是一团糟。不,我一直在想,我们要找一个全职的人来解决这个问题。"

贝丝看着伊兹。"你本来想待在图书馆里的,是吧?而且,你骑马也不是骑得最好的。"

伊兹一听就火了。"我不想待在这里,谢谢你,贝丝。我全家人都知道我工作了,要是被他们发现别人接手了我的路线,他们会不高兴的。"

她说得有道理。尽管贝丝不厚道地挖苦伊兹,但在短短的六个星期里,伊兹已经成为了一个不错的女骑手,甚至很能干。她腿上虽没力气,但平衡保持得好,再穿上总是擦得锃亮的深红褐色皮靴,腿上的毛病也看不出来了。她开始习惯把一根拐棍绑在鞍后,用来撑着走完进屋子的最后几步。拐棍还可以用来打断细树枝,赶走凶狠的狗,偶尔还能把路上的蛇挑到一边。贝利维尔镇周边的人大多对布雷迪太太很尊敬,伊兹一自我介绍,就能受到欢迎。

"再说了,贝丝。"伊兹狡猾地打出王牌,"你知道,如果我待在这儿,我妈妈就会不断地跑来添乱。唯一能让她别来的方法就是让她知道我一整天都在外面。"

"天啊,我真的不想让她来。"艾丽斯说。玛格丽转过去看着她。"我送书的几家进步很快。吉姆·霍纳年纪最大的女儿上周已经读完了一整本《美国女孩》。他得意极了,都忘记对我大喊大叫了。"

"那么只能让贝丝留下了。"伊兹说。

贝丝用靴子后跟把香烟在木地板上踩灭。"别看着我。我最恨打扫卫生。我给我那些该死的兄弟洗刷就够我受的了。"

"你非得说粗话不可吗?"伊兹嗤鼻道。

"不仅仅是打扫。"玛格丽说着,捡起一本《匹克威克外传》。书的内页松散得像孔雀开屏一样。"这些书一送来品相就不好,现在更是快散架了。我们需要一个人来重新装订,也许还能用零散的书页做几本剪贴簿。辛德曼镇那边就是这么做的,结果很受欢迎,里面有食谱、短篇小说,等等。"

"我的针线活太差了。"艾丽斯赶紧说道,其他人也一致大声表示她们这方面也很糟糕。

玛格丽一脸怒火。"反正我不干这个,我这双爪子抓不住针线。"她想了想,"不过,我有个主意。"她从桌边坐起来,伸手去拿帽子。

"什么主意?"艾丽斯问。

"你要去哪里?"贝丝问。

"霍夫曼公司。贝丝,你能帮我送几趟书吗?大家,待会儿见。"

走到距离霍夫曼公司还有几英里的地方,你就能听见种种不祥之音:运煤卡车的隆隆声,虽在远处却震得你脚下的大地都在抖的爆炸声,还有矿里的钟声。在玛格丽眼里,霍夫曼矿区就是活生生的地狱。为了采矿,贝利维尔周围的山被挖得遍体鳞伤,山肚子都快被掏空了。霍夫曼的工人满脸黑泥,只有眼睛是白色的,从巨大的伤口一样的矿井里爬出来;大自然在工业机器低沉的嗡嗡声中被掠夺、蹂躏。矿山生活区总是笼罩在一种灾难临头的氛围中,周围的空气里弥漫着煤尘的味道,爆炸让山谷里到处都蒙上了一层灰。到了这里,就连查利都不肯向前走。当她走近时,她心想,只有那样一种人,望着上帝亲手创造的土地时,看到的不是美丽和奇迹,而是金钱的符号。

霍夫曼公司的地盘上有自己的规矩。只要你在这里工作和住宿,慢慢地就会欠下公司商店的债,并且天天担惊受怕;炸药用量可能搞错,失控的矿车可能把你手脚碾断,或者更糟:从几百英尺的高处摔下去送了命,你爱的人想收尸带回去哀悼都不可能。

而且,从一年前开始,这里又增添了一种猜疑的气氛,因为有人胆敢为工人争取更好的工作条件,于是破坏工会的打手就来把他们镇压了。矿主们不喜欢改变,他们不是用辩论和振臂高呼来表达自己的态度,而是用暴徒、枪支,还有"榜样"——服丧的家庭。

"是你吗,玛格丽·奥黑尔?"她骑马过去时,守卫手搭在前额遮住阳光,向她走了两步。

"就是我,鲍勃。"

"古斯塔夫松在不在?"

"一切都好吧?"每次她听到斯文的名字,嘴里都会有那种熟悉的金属味道。

"都好。我想他们在吃东西,吃完就走。最后一次看见他们是在B区。"

她跳下骡子,把它拴好,走进大门,不去理会上下班打卡的矿工们的目光。她快步走过公司内部杂货店,那里的橱窗里贴着各种打折广告,但人人都知道那价格一点儿也不便宜。杂货店坐落在山坡上,高度和巨大的井楼一样。山上就是煤矿主和工头的宽敞、整洁的房子,大多都带有漂亮的后院。要不是多洛蕾丝拒绝离开她在贝利维尔的家,范克利夫也会住在这里。这里没有像林奇市那样的大型矿山生活区,在林奇,山腰上能有一万多户矿工居住。这里沿着几条小路只有几百户棚屋,屋顶上盖着沥青毡,从四十多年前搭起来到现在从来没翻新过。几个孩子,大多没穿鞋,在泥地上玩耍,旁边有一头猪在用鼻子拱地。汽车零件和洗衣桶胡乱扔在前门外,流浪狗在其间走来走去。玛格丽向右一拐，走出住宅区的道路，轻快地过了通往矿井的小桥。

她一眼就看见了斯文的背。他坐在一个倒扣着的板条箱上，吃着一大块面包，头盔放在两只脚中间。不管在哪儿她都能认出他来，她心想，他脖颈儿和肩部的线条，还有说话的时候头微微向左倒的样子。他的衬衫上沾满了黑污泥，后背印着"FIRE"（火）的背心扯得有点儿歪。

"喂。"

听见她的声音，他转过身去，站起来。他的同事们发出一连串低沉的口哨声，他挥手猛拍空气，就像在把火扑灭一样。"玛吉①！你在这里干什么？"他拉着她的手，走过拐角，带她离开那一片嘘声。她看着斯文黑糊糊的手掌。"大家都好吧？"

他抬了抬眉毛。"这次没事。"他望了一眼行政办公室，她就明白了她想知道的一切。

她抬起手来，用拇指擦掉他脸上的一块污迹。他抓住她的手，把它按在自己嘴唇上。这种时刻总能让她心神荡漾，即使她克制着不表现在脸上。

"那么说，你想我了。"

"没有。"

"骗人。"

---

① 玛格丽的昵称。

"我来是为了找威廉·肯沃西。我有话要和他妹妹说。"

"黑人威廉？他没在这儿了，玛吉。他受伤了，嗯，六个，九个月前。"

她的表情很吃惊。

"我以为我告诉过你。一个爆破工搞错了引线，他们在费勒山炸隧道的时候，他没能躲开，一块大石头把他的腿砸断了。"

"那他现在在哪儿？"

"不知道。不过，我能去弄清楚。"

她在行政办公室外面等着，斯文进去跟法伊弗太太套近乎。法伊弗太太最爱说的一个词是"不行"，但她很少对斯文说这个词。李县的五块煤田上的人都喜欢斯文。他肩膀结实，拳头有火腿那么大，沉静威严，目光炯炯，让男人一看就知道他是他们中的一员，女人看了则知道他喜欢她们，而且不仅仅是那种喜欢。他工作出色，当他觉得有必要的时候也能和蔼可亲，他跟任何人说话都是一样的彬彬有礼，不管对方是隔壁山谷里穿着破洞裤子的小孩，还是矿上的大老板。她能一口气说出一长串她喜欢斯文·古斯塔夫松的地方，但她可不会让他知道。

他拿着一张纸走下办公室台阶。"他在帝王蝶溪，住在他去世的妈妈家里。大家说他穷得揭不开锅了。原来他只在这里的医院治疗了几个月，他们就让他出院了。"

"他们真'好心'。"

斯文知道她并不关心霍夫曼。"你找他到底有什么事？"

"我想找他妹妹。但如果他伤成那样，我不知道我还该不该打扰他。上次我听说她在路易斯维尔工作。"

"哦，她不在那儿了。法伊弗太太刚告诉我，他妹妹在照顾他。如果你去他家，大概就能看见她。"

她从他手里接过那张纸，抬起头来。他凝视着她，满是黑色污垢的脸变得温柔起来。"我什么时候能见你？"

"那得看你什么时候停止唠叨结婚的事。"

他向身后瞥了一眼，然后把她拉进角落里，让她背靠着墙，自己的身体紧紧地贴上去。"好吧，这样如何？玛格丽·奥黑尔，我庄严地发誓，我永远都不会娶你。"

"还有呢？"

"我再也不会提让你嫁给我的事，我连和这事有关的歌也不唱，连想我都不去想。"

"那还差不多。"

他往四周扫了一眼，把嘴凑到她耳边，她缩了一下。他低声说道："但我要去找你，对你美丽的身体做一些罪恶的事。如果你允许的话。"

"有多罪恶？"

"哦，很坏，很不敬上帝的那种。"

她把一只手伸进他的工装裤里，摸着他温暖皮肤上细密晶亮的汗珠。此时此刻，世界上只剩下他们两个人。矿区的声音和气味都变弱了，她能听到的只有自己重重的心跳、他皮肤下的脉搏和想得到他的阵阵急切的欲望。"上帝也爱罪人，斯文。"她抬起头吻了他，飞快地咬了咬他的下唇。"不过没我那么爱。"

他放声大笑起来。此后走回骡子身边时，她没想到那些安全人员的嘘声还在继续，她的脸颊变得非常、非常红。

这是漫长的一天，等玛格丽到达帝王蝶溪的那座小屋时，她和骡子都累坏了。她下了骡子，把缰绳套在拴马桩上。

"有人吗？"

没有人出现。木屋侧边靠墙建了一间单坡顶棚屋，左边是一块细心耕种的菜地，门廊上挂着两个篮子。这座房子和山谷里大多数房子都不一样，墙是新近粉刷过的，草坪才修剪过，杂草也被拔得难再有出头之日。如果坐在门边一把红色的摇椅上，能望见河边草地。

"有人吗？"

一张女人的脸出现在纱门后。她往外看了一眼，好像在查看什么，然后转过身去，和里面的人说话。"是你吗，玛格丽小姐？"

"索菲娅小姐，你好吗？"

纱门打开了，那个女人往后退，让玛格丽进去。她手叉着腰，浓密的黑发盘在头上，用发夹紧紧地别住。她把头一抬，好像在仔细地打量她。"啊呀，我得有多少年——八年没见过你了吧？"

"差不多。不过，你一点儿也没变。"

"快进来。"

她沉静不语时清瘦而严厉的脸，现在突然露出了温暖的微笑，玛格丽也回报以充满友爱的笑容。玛格丽小时候陪着她爸爸到霍夫曼公司的生活区送了很多年的私酒，这是她爸爸最赚钱的线路之一。弗兰克·奥黑尔觉得，父女俩到山里送东西，没人会起疑心，他猜对了。到了居民点，他带着瓶瓶罐罐去四处送酒、打点守卫，她就自己静静地走到黑人街区，到索菲娅小姐那儿借她家的书看。

玛格丽没上学——弗兰克不准她去，他不相信从书里能学到东西，她妈妈再怎么恳求都没用。但索菲娅小姐和她的妈妈艾达夫人，为玛格丽培养了读书的爱好。在许多黑暗和暴力的夜晚，就是这个爱好帮玛格丽逃到万里之外的地方。索菲娅小姐和艾达夫人不仅爱书，还爱干净，她们的指甲总是修得很整洁，头发盘得一丝不苟。索菲娅小姐只比玛格丽大一岁，但她的家庭对玛格丽来说代表了一种有序的生活，向她表明了生活完全可以不像她经历的那样充满争吵、混乱和恐惧。

"你知道，我曾经以为你会把那些书都吃下去，你看书看得如饥似渴。我从来没见过哪个女孩能看那么多书，而且看得那么快。"

她们相视一笑。然后，玛格丽看到了威廉。他坐在靠窗一把椅子上，左腿在大腿根以下全没了，裤管只到那里，开口被整整齐齐地缝了起来。她尽量不让脸上表现出哪怕一丝的震惊。

"下午好，玛格丽小姐。"

"听说你出了意外，我非常难过，威廉。你疼得厉害吗？"

"能受得了。"他说,"我受不了的是不能工作,其他没什么。"

"他如今火气可大了。"索菲娅说着,翻了翻眼珠,"比起失去那条腿,他更讨厌待在家里。你坐下吧,我给你拿点儿喝的。"

"她说我把家里弄乱了。"威廉耸耸肩。

肯沃西家的小屋,玛格丽心想,恐怕是二十英里以内最整洁的了。屋里一尘不染,所有东西都放在该放的位置,证明了索菲娅令人生畏的整理技巧。玛格丽坐下,喝着一杯沙士汽水,听威廉讲发生事故后矿上是怎么把他解雇的。"工会想为我说话,但自从枪击事件以后,没人愿意为一个黑人冒太大的风险。你明白我的意思吧?"

"他们上周又枪杀了两名工会里的人。"

"我听说了。"威廉摇摇头。

"斯蒂勒兄弟用枪把三辆往井楼开的卡车打爆胎了。之后一次他们到弗瑞尔斯的公司杂货店里去组织一些人,但被一群恶棍把他们堵在里面。后来从霍夫曼公司的工友们喊了一伙人来,才把他们救出来。他这是在发出警告。"

"谁?"

"范克利夫,你知道一半的打压活动都是他主使的。"

"人人都知道。"索菲娅说,"人人都知道那个地方发生了什么,但没人愿意做点儿什么。"

三个人默默地坐了很长时间,玛格丽差点儿忘了自己是来干什么的。最后,她把杯子放下。"我这次来不只是为了问候你们。"她说道。

"是吗?"

"不知道你们听说了没有,我在贝利维尔成立了一个图书馆,我们有四名图书管理员——都是本地女性——还有很多捐献得来的图书和刊物,有一些破损得很严重。我们需要有人来帮我们做管理,修复书籍,因为我们不可能骑马十五个小时以后还有精力把其他事情也做好。"

索菲娅和威廉看了看对方。

"我不明白这件事和我们有什么关系。"索菲娅说。

"这个,我在想,也许你能来帮我们做管理。我们有五名图书管理员的预算,工资也还说得过去。出钱的是公共事业振兴署,现有资金至少够发一年的工资。"

索菲娅向后靠在椅背上。

玛格丽没停下:"我知道你喜欢在路易斯维尔图书馆的工作。你每天只需一个小时就能回到这儿。如果你能加入,我们将很高兴。"

"那是一家黑人图书馆。"索菲娅的声音变得生硬起来。她把手叠起来放在腿上。"那家路易斯维尔的图书馆,那里只让黑人进去。你必须认识到这一点,玛格丽小姐。我不能去一家给白人办的图书馆工作。如果你是在问我能不能和你一起骑马,那我能万分肯定地告诉你,我不准备干这样的事。"

"这是一家流动图书馆,不会有人进进出出地借书,我们送书上门。"

"所以呢?"

"所以别人不会知道你在图书馆里。你看,索菲娅小姐,我们迫切地需要你的帮助。我需要一个信得过的人来修复书籍,处理一切大小事情。按任何人的标准来看,你都是三个县里最好的图书管理员。"

"我要再说一遍。这是一家白人的图书馆。"

"事情是在改变的。"

"等那些戴面罩的人来敲我家门的时候,你把这些话对他们说去。"

"你在这里能做什么呢?"

"照顾我哥哥。"

"我知道,我问的是你在这里能做什么来赚钱。"

这对兄妹交换了一下眼神。

"即使对你来说,这也是一个相当私人的问题。"

威廉叹了一口气。"我们情况不太好,只能靠过去的积蓄和妈妈留给我们的钱,但也没多少。"

"威廉!"索菲娅责备道。

"怎么,这是事实。我们和玛格丽小姐那么熟,她知道的。"

"所以你想让我在白人图书馆里工作的时候被人一枪打穿脑袋?"

"我不会让这种事情发生。"玛格丽冷静地说。

这是索菲娅头一次没回应。这是做弗兰克·奥黑尔的女儿不多的好处之一,认识他的人都明白,玛格丽一旦做出许诺,那么这事基本上就已经成了。有弗兰克·奥黑尔这样的爹她都能活下来,这世界上没什么能难倒她。

"哦,工资是一个月二十八美元。"玛格丽说,"和我们其他人的一样。"

索菲娅看看她哥哥,又低头看着她的腿。终于,她把头抬了起来。

"我们必须考虑一下。"

"好的。"

索菲娅紧紧地抿着嘴。"你还是和以前一样不爱收拾吗?"

"大概还更糟了。"

索菲娅站起来把衬衫拉拉平整。"正如我刚才说的,我们要考虑一下。"

威廉送她出去,他坚持这么做。他艰难地从椅子里站起来,挂上索菲娅递给他的拐杖,努力拖着脚挪到门前,疼得龇牙咧嘴。玛格丽没让他发现自己看到了他的惨状。他们站在门边,望着平静的小溪。

"你知道他们在做安排,准备把山脊北边炸掉一块吗?"

"什么?"

"大科尔告诉我的。他们准备炸穿六个洞,他们觉得里面有很厚的地下矿层。"

"但山上那个地方是有人住的,光是北面就有十四五户人家。"

"这一点我们知道，他们也知道。但他们嗅到了钞票的味道，你觉得这能阻止得了他们吗？"

"可是——那些人家怎么办？"

"他们会用老办法对付这些人。"他揉了揉前额，"肯塔基，哼。世界上最美的地方，也是最残酷的。有时候我想，上帝想让我们在所有困境中都领略到他行事的美意。"

玛格丽在思考这番话的时候，威廉靠着门框，调整了一下腋下的木头拐杖。

"今天能看到你我很高兴，玛格丽小姐。你多保重。"

"你也一样，威廉。请劝一劝你妹妹，让她来我们的图书馆工作。"

他抬起一道眉毛。"哼！她就和你一样，任何男人都别想左右她的想法。"

她听到他进去关上纱门时发出了咯咯的笑声。

第六章

艾丽斯的烦忧

> 除了碎肉馅饼，我母亲不能容忍将馅饼放置二十四个小时。她会提前一个小时起床，好在早餐前烤好馅饼，但她不烤蛋奶糕或水果馅饼，甚至南瓜馅饼也不烤。即使她烤了，我父亲也不会吃。
>
> 德拉·T. 卢茨，《农场日志》

在搬到贝利维尔的头几个月里，艾丽斯觉得每周的教堂晚宴几乎是一件很享受的事。家里桌上多一两个人，这栋阴沉的房子里的气氛似乎就能活跃起来，饭菜也常常更好，不像安妮平时做得那么油腻，范克利夫先生的举止也不那么粗俗了。最常来的麦金托什牧师，他本质上是一个好人，只是会反反复复说同样的话。据她观察，肯塔基州的社交往来里，最有趣的部分是说不完的家长里短：家庭不幸的遭遇，邻居捕风捉影的八卦，每一件逸事都被讲得生动有趣，添油加醋调制好了送上桌来，加上一句巧妙的点评，就能让满桌的人笑得前仰后合。如果桌上不止一个故事讲得好的人，就会形成一场竞争。但更重要的是，有了这些精彩的娱乐项目，艾丽斯就可以自顾自地吃东西，不受人关注，也不被打扰。

至少，以前是这样的。

"那么，你们两个年轻人什么时候才能让我的老朋友抱上一两个孙子、孙女呢？"

"我也是这么问他们的。"范克利夫先生用餐刀指指本内特，又指指艾丽斯，"没有小孩子跑来跑去的家就不是真正的家。"

也许等我们的卧室离你的卧室没那么近，我听不到你放屁的声音的时候吧，艾丽斯心里默默地回应着，舀了一勺土豆泥到她的盘子里。也许等我去洗手间的时候不用穿遮到脚踝的衣服，也许等我不用每周至少两次听到这样的对话的时候。

麦金托什牧师那位从诺克斯维尔市来做客的妹妹帕梅拉就计算过——这种事最明白不过了——她的儿子在婚礼的当天就让新婚妻子怀上了孩子。"准准的九个月后双胞胎就出生了。是不是太妙了？我告诉你们，她把家里打理得井井有条。你们看着吧，两个孩子一断奶，隔天她就能再怀上。"

"艾丽斯，你是不是在马背图书馆里当了图书管理员？"帕梅拉的丈夫发话了，他藏在两道浓眉下的眼睛总是狐疑地看着这个世界。

"的确如此。"

"这姑娘一整天都不在家里！"范克利夫先生喊道，"有时她晚上才回到家，累得连眼睛都睁不开。"

"像你那么健壮的小伙子，本内特，年轻的艾丽斯应该累得骑不上去马才对！"

"她应该像牛仔一样腿弯得伸不直！"

两个男人大叫大笑起来。艾丽斯挤出一个无力的笑容。她瞥了一眼本内特，但他却全神贯注地把黑豆在盘子里拨来拨去。她又看了一眼安妮，后者托着一盘红薯，正用一种让人不舒服的心满意足的神情注视着她。艾丽斯冷冷地看着她，直到她望向了别处。

"你的马裤上被'好事儿'染了一块。"前一天晚上安妮给艾丽斯送来一堆叠好的衣服的时候说道，"我洗不干净，所以还是有一块印子。"她顿了顿，又补充道，"就和上个月一样。"

艾丽斯一想到这个女人在监视她的"好事儿"就觉得气愤。她突然觉得镇上一半的人都在谈论她居然还没怀孕的事。这当然不可能是本内特的错，他可是他们的棒球冠军，他们的天之骄子。

"你们知道吗，我的表妹——就是在伯里亚市那个——她想尽办法都怀不上孩子。我发誓，她丈夫可尽力了，就像一条小公狗一样。她去了一个摸蛇敬神的教堂①。牧师，我知道你反对这些教堂，但听我说完。他们在她脖子上绕了一条绿色袜带蛇，她第二个星期就怀

---

① 美国一些基督教教派，如五旬节派、灵恩派和一些福音派的宗教仪式，流行于20世纪早期的阿巴拉契亚山脉地区，认为触摸蛇，甚至毒蛇，能更接近上帝，得到赐福和开启特殊能力等。

孕了。我表妹说孩子的眼睛就和铜头蛇一样是金黄色的，不过她一直都是一个富有想象力的人。"

"我的洛拉姨妈也是一样。她的牧师请全体会众向上帝祈祷，祝佑她早生贵子。他们祈祷了一年，现在她已经有了五个孩子。"

"我这事就不麻烦你们了。"艾丽斯说。

"我想这是因为她老骑马导致的。女人整天跨坐着是不好的，弗里曼医生说这样会把女性的内脏晃出问题来。"

"是，对的，我也读过这样的文章。"

范克利夫先生用手指捏着盐瓶，摇晃了几下。"就像你把一罐牛奶晃来晃去，它就会变酸，也就是变成凝乳，你可以这样理解。"

"我的内脏没变成凝乳，谢谢你。"艾丽斯板着脸说。过了一会儿，她又补充道，"但我很想看看这篇文章。"

"文章？"麦金托什牧师问。

"你刚才提到，有一篇文章讲女性不宜骑马，因为有'晃动'的危害。我没听说过这样的医学术语。"

两个男人看了看对方。

艾丽斯用刀切开盘子里的一片鸡肉，头也不抬地说："知识非常重要，你们不觉得吗？我们在图书馆里都说，凡事都要讲事实。如果我骑马是在拿我自己的健康冒险，那我想我应该读一读您说的那篇文章，这样才是对自己负责。也许您可以下周日带过来，牧师。"她抬起头来，在餐桌另一边嫣然一笑。

"这个嘛，"麦金托什牧师说，"我不知道一下子能不能找到。"

"牧师有很多文件资料。"范克利夫先生说。

"这个问题很有意思。"艾丽斯挥着叉子强调道,"在英国,几乎所有有教养的女士都骑马。她们骑马打猎、跨过沟渠和篱笆之类,骑马几乎是一种必需的素养。但她们生孩子效率很高,包括王室,一个接一个地蹦出来!就像剥豆子!你们知道维多利亚女王有多少个孩子吗?她总是骑在马上,拉都拉不下来。"

"嗯……"麦金托什牧师说,"……这……真是有意思。"

"可是,亲爱的,骑马可能对你并不好。"牧师的妹妹亲切地说,"我的意思是,在宜生育的年龄,剧烈运动对年轻女性不好。"

"天啊,你最好把这些话对那些我每天都见到的山区女人去讲。她们给生病下不了床,或者太懒不想下床的男人砍柴、锄菜地、打扫房屋。但奇怪的是,她们也在生孩子,一个接一个地生。"

"艾丽斯。"本内特轻轻地说。

"我想象不出来能有几个山区女人能成天闲庭信步,插插花,跷起脚来休息。也许她们从生理构成上就不同。一定是这样。也许还有我没听说过的医学上的原因。"

"艾丽斯。"本内特又说。

她压低嗓门生气地说:"我一点儿问题都没有。"她听到自己的声音在颤抖,不禁恼羞成怒。这正中他们下怀。两个老人交换了一个宽容的眼神。

"哦,你别激动。我们不是在批评你,亲爱的艾丽斯。"范克利夫先生说着,从餐桌那边把他圆胖的手伸过来,放在她的手上。

"上帝没有立即祝福你，于是你很失望，我们理解。但最好控制住自己的情绪。"牧师说，"你们下次来教堂的时候，我会为你们俩祈祷的。"

"你真是太好了。"范克利夫先生说，"有时候年轻女士并不知道什么对自己最有益。我们就能起到这样的作用，艾丽斯，我们会替你考虑的。好了，安妮，红薯在哪里？我的肉汁要凉了。"

"你为什么非得那样做不可？"本内特和艾丽斯并排坐在秋千椅上，那边两个老人去了客厅，快要把范克利夫先生最好的波旁威士忌都喝完了。他们的声音忽大忽小，不时爆发出阵阵笑声。

艾丽斯把手臂交叉抱在胸前。夜晚越来越凉，她披着围巾坐在秋千椅的另一头，离本内特温暖的身体有九英寸远。"做什么？"

"你知道得很清楚。爸爸只是在关心你。"

"本内特，你知道骑马和我没怀孕一点儿关系都没有。"

他什么也没说。

"我爱我的工作，我真的爱我的工作，我不会因为你爸爸认为我的内脏晃荡而放弃工作。有人说你打太多棒球了吗？没有。他们当然不会说。但你的那根东西每周要在球场上晃荡三次。"

"别那么大声！"

"哦，我忘了。我们不能大声说话，是不是？尤其不能说'晃里晃荡的那根'。我们也不能谈问题到底出在哪里。别人倒都可以谈论我，他们以为是我怀不上。"

"你何必介意别人怎么想？反正你的样子就好像你根本不在乎他们。"

"我介意是因为你的家人和邻居把这件事揪住不放！除非你解释清楚到底是怎么一回事，否则他们还会继续下去！或者你……干点什么来解决问题！"

她说得过分了。本内特从秋千椅上站起来，大步走开了，然后"砰"的一声关上了纱门。客厅里突然静了下来，男人的声音又慢慢响了起来，艾丽斯坐在秋千椅上，听着蟋蟀叫，不知道为什么自己在一栋有那么多人的房子里，却感觉身处地球上最孤独的地方。

这一周，图书馆的日子不好过。大山从葱葱郁郁的绿色变成了火焰般的橙色，落叶就像给大地铺了一条红棕色的地毯，掩没了马蹄声。清晨，山谷里弥漫着浓雾，玛格丽发现一半的图书管理员心情都不好。她看着艾丽斯一反常态地苦着脸，眼中没有了光彩，想试着帮她从这种情绪里走出来，但她自己却坐立不安，因为她还没收到索菲娅的回应。每天晚上玛格丽都试着修复她们运送的那些书里破损比较严重的，但这堆破损的书已经高得摇摇欲坠，一想到所有的工作，还有那么多被浪费掉的书，她就更灰心了。她没有时间干这些事情，只能回到骡子那里，再驮一包书出去。

人们需要书籍，而且胃口变得越来越大。小孩会跟着她们在街上走，向她们求书。两周才去一次的人家会求她们就和去那些距离近的人家一样，每周去一次。图书管理员们每次都只能解释，她们只有四个人,整个白天都用来赶路也只能维持现状。马儿们每次走完几个小时坚硬的石头上坡路就会瘸腿("如果我让这匹绝世老马[①]再横着爬蕨草溪谷的斜坡,我发誓最后它会变得两条腿长,两条腿短"),派驰也被腹带磨出了脓疮,只能休息了几天。

即使这样,工作也干不完。在种种压力下,矛盾一触即发。她们在周五晚上回来的时候,把粘在靴子上的泥土和落叶也带进了屋,把地板踩得一团糟。艾丽斯被伊兹的马鞍包绊了一下,弄断了包带,伊兹发起了火:"注意点儿!"

艾丽斯弯下腰把包捡起来。贝丝看着这个包,说:"可是你就不应该把包放在地上呀,对不对?"

"我才刚放下而已。我要先把书放下,但我需要我的拐棍。你说我现在该怎么办?"

"我不知道。让你妈妈再给你买一根?"

伊兹退了几步,仿佛被人扇了一巴掌。她愤怒地瞪着贝丝说:"你把那句话收回去。"

"把什么话收回去?我说的是事实。"

过了一会儿,艾丽斯说:"伊兹,对不起。这——这真的是意外。这样吧,我看看周末能不能找人把它缝好。"

"你没必要说那么刻薄的话,贝丝·平克。"

"真是的,你脸皮比蜻蜓的翅膀还薄。"

[①] 原文为老马比利,是有记载的全世界最长寿的马,它生于1760年,死于1822年,是一匹棕色带白斑点的英国矮脚马。

"你们俩能不能别吵了,赶紧去登记书?我可不想到半夜三更还回不去。"

"我没法登记我的,因为你的还没登记完。如果我把我的书搬过来,最后就会和你脚边那些混在一起。"

"我脚边这些书,伊兹·布雷迪,是你昨天丢在这里的,因为你懒得把书放到书架上。"

"我告诉过你,我妈妈要提前来接我,因为她要参加绗缝小组的活动!"

"哦,好吧。我们可不能耽误该死的绗缝小组的活动,是吧?"

她们开始扯着嗓子对吵。贝丝站在房间一角瞪着伊兹,脚下是她刚从马鞍包里倒出来的东西,包括一个午餐桶和一个空的柠檬水瓶子。

"哼,这都什么事啊。你知道我们需要什么吗?"

"什么?"伊兹满腹疑心地问道。

"我们需要放松一下。我们只顾工作,没有娱乐。"她微微一笑,"我觉得我们应该开个会。"

"我们现在就在开会。"玛格丽说。

"不是这种会。"贝丝从她们面前走过,轻轻巧巧地跨过那些书。她打开门走到外面,她弟弟正坐在台阶上等着。她们偶尔会让布林跑腿,给他买一袋糖果作为回报,这时布林满怀希望地抬起了头。"布林,去告诉范克利夫先生,艾丽斯要留下来开会讨论图书馆的制度,开完会我们再送她回家。然后去布雷迪太太家,把同样的话也告诉她……实际上,别告诉她是图书馆制度,不然你还没说完莉娜·B.诺夫希尔太太,她就已经跑来这里了。告诉她……告诉她我们要擦洗马鞍。然后你把这话跟妈妈也讲一遍,我就给你买一条'同笑乐'巧克力糖。"

玛格丽眯起了眼睛。"这事最好别……"

"我马上就回来。还有,喂——布林?布林!你要是告诉爸爸我抽烟了,我就把你该死的耳朵一只一只地揪下来,你听见没有?"

她们听着贝丝的脚步在路上跑远了。艾丽斯说:"发生了什么?"

"我也想问同样的问题。"一个声音说。

玛格丽抬眼一看,是索菲娅站在门口。她双手紧紧握在一起,包夹在腋下。她看着乱糟糟的图书馆,扬起了一边的眉毛。"啊,我的天老爷。你说这里很乱,但没说会乱到把我吓得想尖叫着跑回路易斯维尔。"

艾丽斯和伊兹盯着这个身穿一尘不染的蓝裙子的高大的女人。索菲娅对视了回去。

"哼,我不知道你们为什么都闲坐在那里逮苍蝇玩。你们应该工作!"索菲娅放下包,解开围巾,"我告诉过威廉,这话我也要告诉你:我在晚上工作,我工作的时候门要闩上,这样就没人会因为我在这里而不高兴了。这些就是我的条件。我还要我们商量过的工资。"

"我同意。"玛格丽说。

两个年轻女人听得一头雾水,都转过去看着玛格丽。玛格丽笑了。"伊兹,艾丽斯,这位是索菲娅小姐,她是我们的第五位图书管理员。"

她们开始整理一摞摞的图书时,玛格丽介绍道,索菲娅·肯沃西在路易斯维尔的黑人图书馆工作了八年,那个图书馆很大,图书分门别类,每层楼都不一样,还有一套专用的卡片和日期戳,书借出和还入都要在卡上印下日期,肯塔基州立大学的教授和讲师都去那里借书。索菲娅接受过正式培训,也见习过,她没能继续工作只是因为她母亲去世,之后不到三个月威廉又出了意外,她才被迫离开路易斯维尔回来照顾他。

"我们现在需要的,"索菲娅一边把每一本书都拿起来仔细检查书脊,再分拣,一边说,"我们需要一个管理系统。这个任务就交给我吧。"

一个小时后,图书馆的门上了闩,地板上的大部分书都被收走了,索菲娅飞快地翻看登记簿,轻轻地发出不满意的声音。这时,贝丝回来了,手里拿着一个盛有深色液体的大玻璃罐,并把它放到了艾丽斯鼻子下面。

"我不知道……"艾丽斯说。

"就一小口,来呀,喝不死你。这是苹果馅饼口味的私酿酒。"

艾丽斯看了看玛格丽,她早就拒绝了。似乎没人觉得玛格丽不喝私酿酒有什么奇怪的。

艾丽斯把罐子举到嘴边,迟疑了一下,就失去了勇气。"如果我回家的时候喝醉了怎么办?"

"我猜呀,你就醉着回去。"贝丝说。

"我不知道……不能换个人先来吗?"

"反正,伊兹是不会当第一个的,对吧?"

"谁说的?"伊兹立即说道。

"行啊你,来吧。"贝丝笑着说。她从艾丽斯手里接过罐子,递给伊兹。伊兹顽皮地一笑,用两只手捧着罐子举到嘴边。她喝了一大口,被呛得又咳又喘,把罐子递回去的时候眼睛瞪得大大的。"你不能这么灌!"贝丝说着,自己只抿了一口,"你要是那样喝,到下周二就得瞎了。"

"拿来给我。"艾丽斯说。她低头往罐子里看了一眼,吸了一口气。*你太冲动了,艾丽斯。*

她喝了一口,想象中好似一股水银冲下了喉咙。她闭上眼睛,等着眼泪止住。其实味道很好。

"好喝吧?"当她再次睁开眼睛时,看见贝丝正坏笑着看着她。

她无语地点点头,咽了一口唾沫。"真没想到。"她嗓音嘶哑地说,"好喝,再给我喝一口。"

那晚,艾丽斯的内心发生了变化。她厌倦了整个小镇上的人都盯着她,厌倦了被监视、被谈论、被评判。她厌倦了嫁给一个在别人眼里十全十美的男神,而他实际上看都不愿看她一眼。

艾丽斯走过半个地球来到这里,却只能面对这样的现实,然而别人还觉得是她不够好。好吧，她心想，如果人人都这样认为的话，她不妨随了他们的心。

她又喝了一口，接着又是一口，还把对她喊"别急呀，姑娘"的贝丝的手推开了。她说——当她终于把罐子交还给她们的时候——她"喝嗨了"。

"喝嗨了！"贝丝学她说话，女孩们听了笑得前仰后合。玛格丽也忍不住笑了。

站在角落里的索菲娅说："嗯，我真不知道这是一家什么样的图书馆。"

玛格丽说："她们只是需要发泄一下，仅此而已。她们的工作非常辛苦。"

"我们的工作非常辛苦！现在，我们要听音乐！"贝丝说着，举起一只手说，"我们去把吉斯勒先生的留声机拿来。他会借给我们的。"

玛格丽摇摇头道："别把弗雷德扯进来，这样的场面不能让他看见。"

贝丝狡猾地说："你的意思是不能让他看见艾丽斯喝醉了。"

"什么？"艾丽斯抬起头来。

玛格丽说："别逗她了。而且，她已经结婚了。"

"表面上来说而已。"艾丽斯喃喃地说，她已经无法集中注意力。

"是啊。就像玛格丽一样，想干什么就干什么。"贝丝斜着看着她，"想和谁在一起就和谁在一起。"

"你想让我以我自己的生活方式为耻吗,贝丝·平克?只因为你愿意一直等到世界末日?"

"喂,"贝丝说,"如果有一个像斯文·古斯塔夫松那么英俊的人向我求爱,我会立刻就戴上戒指,他还没反应过来我们就站在教堂里了。苹果还没放进篮子,你就先咬一口,那是你的事情。但你一定要保证能抓住篮子不放手。"

"万一我不想要那个篮子呢?"

"人人都想要篮子。"

"我不想,从来都不想,以后也不会想。不要篮子。"

"你们在说些什么啊?"艾丽斯说着,"咯咯咯"地笑了起来。

"她们说到吉斯勒先生的时候我就已经听不懂了。"伊兹说着,然后轻轻地打了个嗝,"上帝啊,我太开心了。自从上次在列克星敦的县博览会上坐过三次摩天轮以后我就没那么开心过了。只是……不对,结果并不好。"

艾丽斯朝伊兹靠过去,把一只手放在她的手臂上。"我真的很抱歉弄断了你的带子,伊兹。我不是故意的。"

"哦,你不用担心。我让妈妈再给我买一条就行了。"说到这儿,两人莫名其妙地狂笑起来。

索菲娅看了看玛格丽,扬起了一边眉毛。

玛格丽点燃了每个书架尽头的油灯,强忍着不笑出来。她不是一个喜欢人多热闹的人,但她喜欢这样的氛围,喜欢这些玩笑和乐事,你能看得出真正的友谊就像绿色新苗一样在这里成长起来。

"喂，姑娘们？"艾丽斯笑得不那么厉害的时候问道，"如果你们能随心所欲地做任何你们想做的事，你们会想做些什么？"

"把这个图书馆好好整理一下。"索菲娅喃喃道。

"我是认真的。如果你能做任何你想做的事，成为任何你想成为的人，你会做什么？"

"我要环游世界。"贝丝说。她用书堆给自己做了一个靠背，现在正在搭建与之相配的扶手。"我要去印度和非洲，还有欧洲，大概还要去埃及，到处看看。我不准备一辈子待在这里。我的兄弟要我照看爸爸到老。但我想去看泰姬陵、中国的长城，还有那个人们用冰块垒小圆屋的地方，还有百科全书里的其他很多地方。我本来想说我想去英国见国王和王后，但我们有艾丽斯了，我就不用去了。"其他女人都笑了起来。

"伊兹？"

"哦，我的想法太不着调了。"

"比贝丝和她的泰姬陵还不着调？"

"说呀。"艾丽斯说着，用手肘推了她一下。

伊兹说："我想……嗯，我想当歌星。我想上无线电台唱歌，或者录在留声机里。就像多罗茜·拉穆尔[①]和……"她瞥了一眼索菲娅，后者出于礼貌，忍住了没把眉毛挑得太高。"……比莉·霍利迪。"

"你爸爸肯定能帮你搞定，他什么人都认识，对吧？"贝丝说。

---

① 多罗茜·拉穆尔（1914—1996），美国演员、歌手，与爵士歌王平·克罗斯比和喜剧明星鲍勃·霍普主演过一系列异域风情的卖座歌舞片。

伊兹突然变得很不自在。"像我这样的人是成不了歌星的。"

玛格丽说："为什么？你不是会唱歌吗？"

贝丝说："会唱就行了。"

"你知道我的意思。"

玛格丽耸耸肩说道："唱歌又不用腿。"

"可别人不听我唱歌。他们只会盯着我腿上的支架。"

"噢，别自作多情了，伊兹姑娘。这里好多人腿上都有支架之类的。或者……"她顿了顿，说，"……你穿长裙吧。"

正在把书按字母顺序摆放的索菲娅问："你唱什么歌，伊兹小姐？"

伊兹的酒已经醒了，她的皮肤有些发红。"嗯，我喜欢唱赞美诗、蓝草、布鲁斯，其实什么都唱。我甚至还试过唱一点儿歌剧。"

贝丝说："你现在一定要给我们唱一段。"她点上了一支烟，火柴烧得太短，她吹了吹手指。"来呀，姑娘，给我们露一手。"

伊兹说："噢，不行。其实我只唱给自己听。"

贝丝说："那么，你的音乐厅也太空荡荡的了。"

伊兹看着她们。然后她一挺身，站了起来。她颤抖着吸了一口气，唱道：

我的心上人，绵绵情话随风而逝

温柔的吻到头都是梦

不管相隔多远，我也留他在心里

让我的爱化作午夜的星

她闭着眼睛,歌声在这个小房间里流淌着,轻柔甜美,仿佛在蜂蜜里浸过。伊兹就像换了个人,她身体舒展开来,嘴巴张大,把音量发到极致。现在她去了一个遥远的地方,一个她深爱的地方。贝丝轻轻地晃动着身体,开始露出笑容。渐渐地,面对这突如其来的转变,她大大地咧开嘴笑了,这是一种纯粹的、无忧无虑的笑容。她喊了一声"唱得好!",仿佛她再也压抑不住这喜悦之情。过了一会儿,索菲娅仿佛被一种难以控制的冲动所驱使,也加入了进去。她的声音更低,和着伊兹的声调,把伊兹的歌声衬托得更美。伊兹睁开眼睛,两个女人一边唱,一边相视而笑。她们唱得更响,身体随着节奏变化摇摆起来,小小的图书馆里的气氛也随之高涨。

星光纵远也能给我温暖

天堂在上,万里之外

我仍在等待

我的爱人再次归来

我的思念热得发烫

烫得发亮

胜过肯塔基群山上的星光

艾丽斯看着她们,私酒在她的血液里流动,由此带来的暖意,再加上音乐让她的每一根神经都在歌唱,她藏在心底的一个箱子被打开了,里面是某种她不愿面对的,某种与爱、失落和孤独有关的原始的情感。她看着玛格丽,后者的表情放松了,沉浸在自己的幻想曲中。她想起了贝丝讲过一个玛格丽从来不提起的男人。也许玛格丽发觉有人看着自己,就转过来对着她微笑。艾丽斯却震惊地发现眼泪正顺着自己的脸颊止不住地往下流。

玛格丽抬了抬眉毛,以示无言的疑问。

*只是有点儿想家了。*艾丽斯回答。这是事实,她想。但她不知道自己是否拥有过能让她怀念的家。

玛格丽拉着艾丽斯的手肘,走到外面的黄昏中,跳进围场,里面的马在栅栏边安静地吃草,全然不受屋内喧闹的影响。

玛格丽把手帕递给艾丽斯,问:"你还好吧?"

艾丽斯擤了擤鼻子。她呼吸着室外凉爽的空气,马上就清醒了。"我很好。很好……"她抬头望着天,"其实,不,不好。"

"我能帮得上忙吗?"

"我觉得这种事别人帮不上忙。"

玛格丽往后靠在墙上,抬头就是屋后的群山。"在我三十八年的人生中,我见过、听说过的事情也不少了,我敢肯定,不管你说什么,我都不会感到意外。"

艾丽斯闭上了眼睛。如果她说出来,它就会成为一个真实的、活生生的,她必须去解决的问题。她睁开眼看玛格丽,眼神却躲躲闪闪。

"如果你认为我是那种会到处传话的人,艾丽斯·范克利夫,那你真的一点儿也不了解我。"

"范克利夫先生总是谈论我们没孩子的事。"

"唉，这里家家都抱着这样的心态，从你戴上结婚戒指的那一刻起，他们就开始倒计时了……"

"但问题就出在这儿。是本内特。"艾丽斯绞着两只手，"已经好几个月了，但他……他不能……"

玛格丽没催着她把话说完。她等了一会儿，似乎在确认自己没听错。"他不能……"

艾丽斯深深地吸了一口气。"一开始都挺好。我们等了那么长时间，因为旅行和各种不便，一开始感觉好极了，然后差不多该……我们正想……那个……范克利夫先生隔着墙喊了句什么——我猜他只是想鼓励鼓励我们——我们都有点儿吓蒙了，然后那种感觉就没了，我睁开眼睛，本内特看都不看我，好像又气又不想搭理人。我问他怎么了，他说我……"她哽咽起来，"……不该问，说我不淑女。"

玛格丽等待着。

"于是我躺下去，等着。然后他……我以为我们还要继续。但接着我听到范克利夫先生在隔壁咚咚咚地走来走去，我们就……嗯……就什么也没发生。我想小声地跟他说点儿什么，但他就生气了，就好像是我的错。但是我真的不知道。因为我从来没有……所以我不知道是我做错了什么，还是他做错了什么。但不管怎么说，他父亲总是在隔壁，墙又薄得很。本内特呢，就再也不肯靠近我的样子。而且这种事又不能拿出来谈。"这些话脱口而出，她觉得自己的脸涨得通红。"我想做一个好妻子。我真的想。但我感觉……无能为力。"

"那么……我先把这事弄清楚,你还没有……"

"我不知道!因为我不知道这事应该是什么样子的!"她摇着头,然后用手捂住脸,似乎为自己说出这句话而感到害怕。

玛格丽皱着眉头,低头看着自己的靴子。她说:"你等着。"

她跑回小屋,里面的歌声又达到了一个高度。艾丽斯焦急地听着,担心歌声突然停止,那就意味着玛格丽背叛了她。但歌声却更响了,一句惊艳的收尾赢来了阵阵掌声,然后她听到贝丝口齿不清的叫好声。然后门打开了,在门的开、关之间,屋里的声音忽大又忽小,玛格丽拿着一本蓝色的小书从台阶上走下来,把书递给艾丽斯。"好了,这本书没有登记在册。我们把它借给那些也许在你提到的某些事上也需要一点儿帮助的女士。"

艾丽斯瞪着这本皮面装订的书。

"里面都是事实。我答应周一要借给我路线上的米勒溪的一个女人,你可以这周末读一读,看看里面有没有帮得上忙的东西。"

艾丽斯翻了翻,看到的字眼全都触目惊心:性、裸体、子宫。她脸红了。"这本书也是图书馆出借的书吗?"

"我们只能说这是我们提供的非官方服务,因为这本书在本地法庭上有过一段曲折的历史。它不在书目里,也不放在书架上。它的存在只有我们自己知道。"

"你看过吗?"

"从头到尾,而且看过不止一次。我可以告诉你,它给我带来了很大的欢乐。"她笑着扬起一边眉毛,"而且不仅仅只给我带来了欢乐。"

艾丽斯眨了眨眼。她怎么努力都想象不出来眼前这样的阴郁困境中还能射进阳光。

"晚上好，女士们。"

两个女人转过身去，是弗雷德·吉斯勒走了过来，手里还拿着一盏油灯。"听起来你们在开派对。"

艾丽斯迟疑了一下，急忙把书塞还给玛格丽。"不，我看不用了。"

"书里只不过讲出了事实，艾丽斯。只有事实。"

艾丽斯匆匆地从她面前走开，回到图书馆。"我自己能应付。谢谢你。"她几乎是跑着上的台阶，进去以后把门"砰"地关上了。

弗雷德走到玛格丽跟前，停了下来。她发现他脸上露出淡淡的失望之情。"是我说错话了吗？"

"和你没有一点儿关系，弗雷德。"她说着，用一只手拍拍他的手臂，"不过，进来参加我们的派对吧？除了下巴上有胡子，你几乎能算是我们的名誉图书管理员了。"

贝丝后来说，她愿意出钱打赌，这是李县有史以来最好的一次图书管理员会议。伊兹和索菲娅把她们能想得起来的歌都唱了一遍，遇到不熟的歌就互相带着唱，或者现场发挥一下。她们越唱越有信心，声音变得粗犷起来，又是跺脚又是飙高音，其他女孩跟着拍子鼓掌。弗雷德·吉斯勒很乐意把留声机拿来，然后拉去和她们每一个人跳舞。他个头很高，和伊兹跳舞的时候为了配合她，就一直弓着腰，还找准时机搂着她转身，掩饰了她的跛脚。伊兹终于能跳得十分洒脱，还笑得眼泪都流出来了。艾丽斯笑着，打着拍子，但不肯和玛格丽的目光对视，仿佛因为透露了太多秘密而感到羞愧。玛格丽明白自己什么也不用说，只要等这个女孩在暴露心事后的不安和蒙羞感——不管这些感觉是多么地毫无道理——逐渐消退。在这样的氛围下，索菲娅扭动腰肢又唱了起来，仿佛她性格中的谨慎和矜持都抵挡不住音乐的吸引。

不管怎么劝，弗雷德都不肯喝私酒。在黑夜中，所有人挤在他的卡车后座上，他开车把所有人送回家。他先送索菲娅，同时也为了给其他人打掩护。她们听到她一边唱歌，一边顺着小路走进她在帝王蝶溪的那所整洁的小房子里。下一个送回家的是伊兹。汽车飞速开上了宽阔的车道，布雷迪太太看到女儿湿漉漉的头发和笑嘻嘻的表情时一脸的惊讶。车在漆黑的路上快速开走时，伊兹喊道："你们是我有过的最好的朋友。"他们知道话里有一半是没受酒精影响的真情实意。"说实话，在我成为图书管理员之前，我从没想过我会喜欢其他姑娘。"她像一个兴奋的小孩一样激动得喘不过气来，并拥抱了她们每一个人。

他们把艾丽斯送到家时，她已经完全清醒了，但一句话也没说。夜已深了，寒意阵阵，两个范克利夫家的男人却都坐在门廊上。玛格丽察觉到艾丽斯慢慢地向他们走去时，脚步迈得不情不愿。两个男人都没从椅子上站起来。廊灯闪烁，他们脸上都没有笑容，甚至没有直起身来问候她。

开车去玛格丽家的路上,她和弗雷德都沉浸在各自的思绪中,一路无话。

她拉开门,蓝眼睛蹦蹦跳跳地从坡上跑下来迎接她。弗雷德说:"替我跟斯文问个好。"

"好的。"

"他是个好男人。"

"你也一样。你该给自己找个伴,弗雷德。时间已经够长了。"

他张开嘴想要说什么,然后又把嘴闭上了。

最后,他说:"时间不早了,好好休息。"然后做了个摸帽檐致敬的动作,就好像他真的戴着帽子。他把车掉了个头,按原路返回了。

第七章

黑幕

19世纪末20世纪初，土地开发公司的代理人把（肯塔基州）山区搜刮了一遍，把土地采矿权从居民手里买过来，有时候一英亩低到只有50美分……通过签订综合买断契约，他们获得了"在上述土地上倾倒、堆放所有污泥、骨头、碎石、污水及其他废料"，能以任何方式使用和污染河道，并采取任何"必要且便利"的方式开采地下矿物的权利。

查德·蒙特里，《阿巴拉契亚山脉环境和环境保护行动》

"王子告诉她，她是他见过的最美的女孩，问她是否愿意嫁给他。然后他们在一起过上了幸福的生活。"梅·霍纳轻轻把书一合，发出让人心满意足的"啪"的一声。

"读得非常好,梅。"

"昨天我拾完柴火,又把它从头到尾读了四遍。"

"是的,我看得出来。你读得很好,就和县里那些女孩一样好。"

"她的确很聪明。"

艾丽斯抬起头来看吉姆·霍纳站着的门口。"就和她妈妈一样。她妈妈从三岁就开始看书了,她家在佩恩茨维尔市附近,从小家里就到处都是书。"

坐在艾丽斯脚边的米莉说:"我也会读书。"

"我知道你会,米莉。"艾丽斯说,"你读书也读得很好。真的,霍纳先生,我从来没见过像您的两个孩子这样爱读书的小孩。"

他强忍住骄傲的笑容,说:"告诉她你做了什么,梅。"

女孩抬头看看他,确认得到了父亲的批准。

"说吧。"

"我烤了一个馅饼。"

"你烤了一个馅饼?你自己烤的?"

"我照着食谱做的,就是你借我们的《乡村家庭》杂志上的,是桃子馅饼。要不是我们都吃光了,我本来可以给你一块的。"

米莉咯咯笑了。"爸爸吃了三块。"

"我上北岭打猎,她就在牧场里干活,收拾收拾家里。我一进门,就闻见了这香气……"他仰起头,闭上眼睛,仿佛在回忆。他平时严酷的表情瞬间消失了。"我走进来,她就把馅饼做好放在桌上了。她按书上的步骤做的,一点儿不差。"

"我把边缘烤焦了一点儿。"

"你妈妈以前也是这样。"

三个人默默地坐了一会儿。

"桃子馅饼。"艾丽斯说,"我不知道我们送书的速度能不能跟上你看书的速度,小梅。这个星期你们想看什么书?"

"《黑骏马》还回来了吗?"

"还回来了!我记得你说过想看,所以我这次带来了。开心吧?不过,这本书里的单词要长一些,你可能看得会吃力一些,而且,有些情节很悲伤。"

吉姆·霍纳的脸色变了。

"我是说马,有些马的情节很悲伤。书里的马会讲话。有些地方很难懂。"

"也许我能读给你听,爸爸。"

他解释道:"我的眼睛看不清了,打猎也没以前瞄得准了,但日子也还过得去。"

"是的,我看得出来。"艾丽斯坐在那间曾经让她心惊胆战的小屋里,她看到,尽管梅只有十一岁,俨然已经是一个小当家。曾经杂乱黑暗的地方,经她收拾打扫,竟然有了家的感觉。饭桌正中摆着一盆苹果,椅子上搭着一床绗缝被。艾丽斯把书包好,家里每一个人都表示喜欢她带来的书。米莉搂着她的脖子,她也紧紧地抱着米莉。在很长一段时间里都没人和她那么亲近,让她产生了一种陌生、矛盾的情感。

这个女孩郑重地说:"我们要过七天才能再次见到你了。"她的头发散发出烧柴火的烟味和森林里特有的清甜味。艾丽斯深深地吸了一口。

"是的,我等不及想知道在这段时间里你们又读了多少书。"

"米莉!这本书里还有图画!"坐在地上的梅喊道。米莉松开艾丽斯,挨着她姐姐蹲下。艾丽斯看了她们一会儿,然后一边往门口走,一边披上外衣。这是一件曾经很时髦的粗花呢外套,现在磨损得厉害,沾上了青苔和泥土,被灌木丛和树枝刮过的地方抽出来长长短短的线头。最近几天,山里气温骤降,预示着一个天寒地冻的冬天。

"艾丽斯小姐?"

"什么事?"

女孩们正俯身看《黑骏马》,米莉用手指着字,她姐姐跟着她的手指逐字逐句地读。

吉姆回头看了一眼,仿佛想确认她们的注意力没在这边。"我想道歉。"

正在系围巾的艾丽斯停了下来。

"我妻子去世后,我很长时间都回不过神儿来,就好像天塌下来一样,你知道吗?你们第一次来的时候,我也没……做个好主人。但最近几个月,我看着女儿们不再为她们的妈妈哭泣,每一周都过得有了盼头,真是——真是……总之,我只是想说,非常感谢你。"

艾丽斯双手相握,贴在胸前。"霍纳先生,我可以坦诚地告诉你,我也盼着见到她们,就和她们盼着我来一样。"

"能让她们见到一位女士对她们有好处。我的贝奇去世后,我才发现孩子们多怀念……身边能有女性的陪伴。"他挠挠头,"她们常谈论你,你知道吗,聊你怎么说话呀、做事呀之类的。梅说她以后想成为图书管理员。"

"真的吗?"

"这才让我意识到,我不能永远让她们留在我身边。我要她们得到更好的生活,你知道的。而她们俩都那么聪明。"他静静地站了一会儿。然后他说,"艾丽斯小姐,你觉得那所学校怎么样?那位德国太太的学校?"

"贝德克尔太太吗?霍纳先生,我觉得你的孩子们会喜欢她的。"

"她……会不会鞭打学生?这样的传闻……因为贝奇小时候在学校被重重地体罚过,所以她不愿让孩子去学校。"

"我很乐意把你介绍给她,霍纳先生。她是一个好心的女人,学生们看起来都很爱她。我不相信她会打孩子。"

他想了想。"真难啊。"他望着远山说,"把这个家照顾好,我以为我只要做好男人的工作就行了。我爸爸当年把吃的带回来,然后就能跷着脚闲着了,其他事全是我妈妈来做。现在我又要当妈又要当爹,遇上什么事都得我一个人拿主意。"

"看看你的女儿们,霍纳先生。"

他们朝女孩们那边望去,她们正趴在地上,为刚读到的内容又笑又叫。

艾丽斯笑了。"我觉得你把她们带得很好。"

上平奇密山，芬恩·迈伯格——一本《耕》杂志，1937年5月刊

两本《诡丽幻谭》杂志，1936年12月刊及1937年2月刊

鹰顶山（最远端的小屋），艾伦·普林斯——露易莎·梅·奥尔科特的《小妇人》

埃德娜·罗登的《从农场到餐桌》

阿诺特山脊，南希和菲莉丝·斯通——阿默斯特·阿彻的《麦克·马奎尔和印第安女孩》

阿默斯特·阿彻的《麦克·马奎尔的坠落》（注：现有的几册他们都已经读过，问我们是否能找到其他的。）

玛格丽翻看着登记簿，索菲娅用优美的笔迹在每一页顶部工整地誊写了日期和路线。旁边是一堆修复过的书籍，有的重新装订过，有的利用其他无法修补的书页做了新的封面。除此之外，还有一本全新的剪贴簿——《贝利维尔剪贴簿》。这一册里有从损坏严重的《妇女居家良友》里剪下的四页菜谱，一篇名为《她没说出的故事》的短篇小说，还有一篇关于采集蕨类植物的专题文章。图书馆还被收拾得干干净净，每一本书背后都按门类贴了标签，该摆放在什么位置便一目了然。所有书都按顺序、分类摆放好了。

索菲娅每天5点左右过来，等她们送书回来时，她经常已经干

了两三个小时的活儿。现在白天渐渐变短,她们必须赶在天黑前早些回来。有时她们会把书卸下来,坐着聊天,讲一讲送书的情况,然后才各自回家。弗雷德正在利用闲暇时间在屋子的一角砌一个烧柴的炉子,但还没完工。烟道管周围还是塞着破布,免得雨水渗进来。尽管如此,她们似乎每天都能找到理由多待一会儿,玛格丽怀疑,一旦炉子建好,她就很难把这些女人劝回家了。

当玛格丽向布雷迪太太解释送书队伍中的新成员的身份时,布雷迪太太十分吃惊。但看到她给这座小屋带来的新面貌,她就只是紧紧抿着嘴,用手指按着太阳穴。"有没有人提出抗议?"

"没有外人能看见她,自然也就没人抗议。她走后门,从吉斯勒先生家旁边进来,回家也这么走。"

布雷迪太太琢磨了一会儿。"你熟悉诺夫希尔太太的讲话吗?你是听说过诺夫希尔太太的,那是当然的。"

玛格丽笑了。她们都听说过诺夫希尔太太。布雷迪太太恨不得在聊马用膏药的时候都把她的名字硬塞进去。

"是这样的,我最近有幸参加了这位好太太给老师和家长做的一次演讲,她说……等等,我把这一段写下来了。"她在记事本里翻找了一下,念道,"'图书馆应该为所有人提供服务,不论读者是农村人还是城市人,有色人种还是白人。'就是这段。不论读者是有色人种还是白人。她就是这么说的。我认为我们一定要像诺夫希尔太太一样重视进步和平等。所以我不反对你为图书馆雇用一位黑人女性。"她搓了搓桌面上的一块印记,又仔细看了看手指。"也许……我们还不能对外公布这件事。我们的项目刚起步,没有必要去引发争议。我相信你懂我的意思。"

"你说出了我的想法,布雷迪太太。我也不想给索菲娅带来麻烦。"玛格丽说道。

"我必须承认,她干得很出色。"布雷迪把屋子里四处打量了一番。索菲娅在布上绣了一句名言,就挂在门旁的墙上:*拥有更多的知识,你就有了更大的世界*。布雷迪太太颇有些满意地拍了拍这块挂布。"我不得不说,奥黑尔小姐,我为你在短短几个月内取得的成就感到十分骄傲。你超出了我们所有人的期望。我已经给诺夫希尔太太写过几封信对你进行了肯定,我相信在某个时候,她会把这些情况转告给罗斯福夫人本人……我们镇上,并不是每一个人都重视这件事,真是莫大的遗憾。"

她望向其他地方,仿佛决定不再多说。"不过,就像我说的那样,我相信这是其他马背图书馆的好榜样。你的姑娘们应该为自己感到骄傲。"

玛格丽点点头。最好还是别告诉布雷迪太太,图书馆还在进行一件非官方的倡议活动:每天,她来到图书馆后就坐在桌前,在黎明到来之前的时间里,她会按模板一次抄写六封信,全都送到北岭的居民手上。

亲爱的邻居:

我们发现,霍夫曼公司准备在你们居住的片区开矿,涉及砍伐

几百英亩的树木，炸开新矿洞，结果可能导致你们失去家园和生计。

我秘密写信给你们，因为我们都知道，矿主会雇一些狡猾且心狠手辣的人帮他们达到目的。我相信他们的计划是非法的，也是不道德的，是造成我们当地人贫穷和落后的原因。

为此，据我们已查阅的法律书籍，我们可援引先例阻止他们大规模破坏自然资源，保护我们的家园。我敦促你们阅读下面的摘录，或者，如果你有其他途径，可以咨询贝利维尔法院办公室的法律代表，采取必要的手段阻止他们的阴谋，防止破坏发生。与此同时，不管他们给多少钱，提出再多的保证，都不要签订任何"综合买断契约"。因为一旦签约，矿主就拥有了在你家房子下面挖矿的权利。

若阅读文件有困难，马背图书馆可在谨慎处理的前提下提供帮助。

请保密

一位朋友

写完后，她把信整齐地折好，除了艾丽斯的马鞍包以外，其他的每一个都放了一封，多出来的那封她自己去送。没必要给这个姑娘已经很复杂的生活再添乱。

那个男孩终于停止了尖叫，仿佛他记起来自己也是一个男人，现在他只能发出抑制不住的呜咽声。他差点儿被活埋在煤矿里，衣服和皮肤都是黑色，只有从眼白里才能看出他的震惊和痛苦。斯文看着抬担架的人轻轻地将他抬起，由于洞顶太低，增加了工作难度，他们只能一直弓着腰，一步步挪出去，边走边互相大声提醒。斯文向后靠在粗糙的洞壁上让他们通过，然后把灯对着正在洞顶倒塌的地方架支柱的工人，他们一边咒骂着，一边费力地把沉重的木头对准位置卡进去。

这是一处薄矿脉，矿井有些地方非常低矮，人进去了，用膝盖跪着都直不起腰。这是最难采的矿，斯文有几个工友到三十岁左右就残疾了，要靠拐杖才能站直。他痛恨这些兔子洞一样的地方，到里面几乎全黑的地方，大脑会出现错觉，让你觉得上面潮湿、黑暗的大片洞顶在不断向你压下来。他见过太多次矿洞在瞬间坍塌的事故，最后只剩一双靴子，别人只能靠这双靴子来判断尸体在哪儿。

"老板，你可能想来这里看看。"

斯文转过身去——光是这个动作难度就很大——顺着吉姆·麦克尼尔的手套示意的方向走去。这里的地下矿道互相连通，中间却没有另建通往地面的通风井，这是追求利润而不是安全的矿主的常见做法。他别扭地走过通道，来到下一个矿洞，调整了一下头盔上的灯。在一个低矮的洞口立着大概八根支柱，都被坑顶压得大幅度弯曲。他慢慢地转动头，扫视这片空旷的空间，碳化钙灯照到的地方，黑色的墙壁便闪闪发亮。

"你看见他们拿走了几根吗？"

"看起来只剩一半了。"

斯文骂了一句。"别再往里面走。"他说着,转身面对身后的人说,"任何人都不能进入2号。你听见了吗?"

"你把这话对范克利夫说去。"他身后的一个声音说,"要到8号就必须过2号。"

"那么在支撑防护做好之前,任何人都不许进入8号。"

"他不会听的。"

"噢,他会的。"

空气里满是灰尘,他往身后吐了一口唾沫,他的腰已经很疼了。他转向矿工们,说:"7号至少还要十根支柱,有了支柱,才能进去人。先让消防主管检查甲烷浓度,然后你们才能开始工作。"

大家纷纷表示赞同。斯文是矿工们信任的几个管事的人之一,他们把他看作自己人。斯文示意自己的队伍进入运输巷道,然后走出去,为再次能看到阳光而心生感激。

"损失有多大,古斯塔夫松?"

斯文站在范克利夫的办公室里,鼻腔里仍是一股硫黄的气味,他的靴子踩在厚厚的红色地毯上,留下了清晰的泥土印子。他在等待穿浅色西装的范克利夫从文件中抬起头来。他看到坐在房间另一头的年轻的本内特从桌子后面抬头瞥了他一眼。本内特的蓝色棉衬衫袖管上有整齐的褶线。这个年轻男人在矿上时总是无所适从的样子,他很少走出办公区,仿佛十分厌恶泥土和那里的种种不测。

"情况危急,但我们还是救出了那个男孩,他的臀部受了重伤。"

"真是好消息,我非常感激你们。"

"我让他们把他带去看公司医生了。"

"是的,是的。非常好。"

从范克利夫的样子来看,他认为谈话到此就能结束。他对斯文微微一笑,笑容持续的时间有些长,仿佛在质问他为什么还站在那儿——然后故意把文件翻得哗啦啦响。

斯文顿了顿。"你也许想知道矿井坍塌的原因。"

"噢,是的,那当然。"

"有人把支撑井顶的支柱从2号的采空区拿去用在7号的新硐室里,于是破坏了整个片区的稳定性。"

范克利夫终于再次把头抬起来的时候,表情极不自然,斯文早就想到那副意外的样子是装出来的。"这个嘛,那些人不应该挪用支柱。我们已经告诉过他们很多次了。对不对,本内特?"

本内特低着头缩在桌后,胆小得连顺水推舟撒个谎都不敢。斯文把到了嘴边的话又咽了下去,考虑过后才接着说:"先生,我还要提醒您,您的每一个矿井里地面煤尘的厚度都已达到造成危害的程度。要想避免更多事故,您需要铺上不可燃的岩石,还要有更好的通风措施。"

范克利夫在一张纸上草草地写了几笔。他似乎已经没在听了。

"范克利夫先生,我必须告诉您,在我们的安全人员服务过的所有矿井中,霍夫曼的情况是最……令人失望的。"

"是的,是的,我已经对那些人说过了,天知道他们为什么不动手整顿一下。但我们别把问题看得太严重,古斯塔夫松。这只是一时疏忽。本内特会把工头叫来,我们就——呃——把问题解决掉。是吧,本内特?"

斯文本想有理有据地指出,上一次警报响起时他也是这么说的。那是18天前,一个操作碎矿机的年轻工人不知道不能带明火灯进去,导致9号入口发生爆炸。年轻人很幸运地逃过一劫,只是皮肤被烧伤。可是,工人毕竟花不了多少成本。

"总之,一切都好,感谢上帝。"范克利夫咕哝着从椅子上坐起来,从他的大红木桌子后面走出来,朝门口走去,表示谈话已经结束,"我一如既往地感谢你和你的团队为我们提供的服务。你的团队值得我们公司付出的每一分钱。"

斯文一动不动。

范克利夫打开门,接着是一阵漫长、痛苦的等待。

斯文面对他。"范克利夫先生,你知道我不是一个关心政治的人。但你必须明白,正是这里的这些问题给那些鼓动大家参加工会的人提供了理由。"

范克利夫的脸阴沉了下去。"我希望你不是在暗示……"

斯文抬起双手。"我和他们没有关系,我只想保证你的工人的安全。但我不得不说,如果这个矿被认为太危险,我的人都不来的话,那就太糟糕了。传出去的话在本地区会造成很不好的影响。"

范克利夫脸上虚假的笑容现在已经消失得无影无踪。"好吧,我一定要谢谢你的建议，古斯塔夫松。我说过了，我会让我的人去处理。现在，如果你不介意的话，我还有急事要办。工头会把你的人需要的水送过去。"

范克利夫依然拉着门。斯文点点头——他到门前，伸出一只黑漆漆的手，那个老人犹豫片刻后只得握住。斯文紧紧地握着他的手，确信给对方留下了一手的煤灰后才放开，然后顺着走廊走了。

贝利维尔下了第一场霜，杀猪的时候也到了。光是描述一下那个场景就让连虫子都不忍心踩的艾丽斯觉得有点儿头晕，哪受得了贝丝又津津有味地讲述了她家里每年杀猪的故事：猪发出震天的叫声，男孩们坐在猪身上把它压住。喉咙一割，猪脚乱蹬，暗红色的血喷到刮毛板上。她模仿男人倒滚水的样子，再用扁平的刮毛板用力刮猪毛，最后把它变成一堆肉、软骨和骨头。

"我的莉娜阿姨会把围裙展开来，等着接猪头。她的咸猪碎肉是我们这半边坎伯兰峡最好吃的，就是用猪舌头、猪耳和猪蹄做的。但这一天里我最喜欢的时刻，是爸爸把所有内脏倒在大盆里，让我们自己选最好吃的拿去烤。为了抢到那块肥肥的猪肝，我可以用胳膊肘撞我兄弟的眼睛。我把猪肝穿在一根棍子上，放在火上烤。天啊，什么都比不上那样的美味。新鲜烤好的猪肝，好吃，好吃。"

艾丽斯捂着嘴，光是摇头，什么也说不出来，把贝丝逗笑了。

但是，镇上的人和贝丝一样，也揣着这样粗朴的欢乐迎接冬天的到来。图书管理员不管到哪儿，人们都会请她们吃一口咸猪肉，有一次还有是猪脑炒鸡蛋——一道出名的山间美食。每次回想起来，艾丽斯的胃里都会翻腾。

但让小镇群情振奋的，不仅仅只是杀猪，还有：特克斯·拉斐特要来了。镇上到处都是用大头钉马马虎虎钉在柱子上的海报——这位牛仔身穿白衣，手握长长的赶牛鞭，引得小男孩和失恋的女人都来细细端详。在所有生活区，牛仔歌手的名字都快成了问候语，接着就是——这是真的吗？你要去吗？

由于观众数量太大，他不再按原定计划在剧院表演，而是改在镇广场，那里已经用旧运货板和木板条搭起来一个舞台。表演开始的前几天，男孩们叫喊着在上面跑来跑去，假装弹奏班卓琴，路过的工人被惹得心烦，伸出大手给他们一巴掌，他们就一缩脑袋躲开。

"我们今晚能早点儿结束吗？反正也没人读书。方圆十英里的人全都去广场了。"贝丝一边说，一边从马鞍包里拿出她的最后一本书。"真讨厌，看看麦肯齐家那帮小子把可怜的《金银岛》弄成什么样了。"她一边咒骂，一边弯下腰捡起散落在地上的书页。

玛格丽说："我觉得没什么不可以的。索菲娅会整理好的，况且，天都黑了。"

艾丽斯问："谁是特克斯·拉斐特？"

四个女人全转过来瞪着她。"谁是特克斯·拉斐特？"

"你没看过《家乡的青山》吗？还有《拴住我的心》？"

"噢，我真喜欢《克拉尔，我的爱》，那首歌结尾的地方让我的心都碎了。"伊兹说着，大大地发出了一声快乐的叹息。

"你无须设计俘虏我……"

"因为我愿意做你的囚犯……"索菲娅插了进来。

"不用绳子,你就能拴住我的心……"她们齐声唱着,陶醉在各自的美梦中。

艾丽斯一脸茫然。

"你不去电影院吗?"伊兹说,"所有电影里都有特克斯·拉斐特。"

"他能用牛鞭把一个男人嘴上叼着的烟打掉,还不会让这个人受一丝一毫的伤。"

"他是最棒的梦中情人。"

"大多数晚上我到家都累得不想出门,本内特有时会去。"

实际上,现在艾丽斯觉得在黑暗中待在丈夫身旁很别扭。她猜想他也有同样的感觉。几个星期以来,他们都尽量避免在生活中产生交集。她在早餐前就走了,他经常不在家吃晚饭,不是为范克利夫先生办事就是去和朋友打棒球。他晚上总是睡在更衣室的长沙发上,她觉得他的模样都变得陌生了。即使范克利夫先生看出来他们的行为有些异常,他也没有指出来:他每天几乎都在矿上待到很晚,似乎全身心扑在那里正在发生的事情上。艾丽斯现在恨透了那栋房子,恨它的阴郁,恨它压抑的历史。她很庆幸晚上再也不用和这两个人困在光线暗淡的小客厅里了,他们中的任何一个的工作日常,她都完全不想去问起。

"你是要去看特克斯·拉斐特演唱会的吧?"贝丝对着镜子梳了

梳头发，把衬衫拉平整。她喜欢上了加油站的一个男孩，但对他表示好感的方法却是在他的胳膊上重重地打了两拳，她很茫然，不知道下一步该怎么办。

"噢，我不去了。我对他真的一点儿都不了解。"

"别只知道工作，不知道放松，艾丽斯。走吧，镇上所有人都要去。伊兹在商店门口和我们碰头，她妈妈给了她整整一块钱买棉花糖。你要座位的话，只用花 50 美分。在最后面站着看不要钱，我们就打算去站着看。"

"我不知道。本内特要在霍夫曼公司加班。也许我应该回家。"

索菲娅和伊兹又开始唱歌，伊兹脸红了，每次有听众听她唱歌的时候她都会这样。

你的笑容就像绳索

初识就让我无法逃脱

你无须追赶，你已拴住我的心……

玛格丽从贝丝手里接过小镜子，查看脸上有没有脏，又用一块湿手帕把颧骨擦了又擦，直到自己满意为止。"好了，斯文和我要去那边的'好又快'餐厅，他给我们订了一张楼上的桌子，看得更清楚。你也和我们一起去吧。"

艾丽斯说："我在这里还有事要做。不过还是谢谢你。我大概晚一点儿再来找你们。"她这么说只是想把她们敷衍过去，她们也知道。她打心底里只想静静地坐在这个小图书馆里。晚上她喜欢一个人在这里，在暗淡的油灯下独自看书，到鲁滨逊漂流到的白色沙滩上,或者契普斯先生的布鲁克菲尔德公学里古旧的走廊。如果索菲娅来的时候她还在,索菲娅不会去打扰她,只在缝线的时候偶尔请她帮忙按住布料,或者问她一本修复好的书封面过不过关。索菲娅是一个不需要倾诉对象的人,但在有人陪伴的时候感觉更轻松愉快,所以尽管她们很少交谈,但在过去的几个星期里,两人对这样的相处方式都很满意。

"好吧。那么,待会儿见!"

两个女人快乐地挥挥手,穿着马裤和靴子就"嗵嗵"地走过木地板,下了台阶。门一打开,一阵满是期待的喧闹声就传进了这间小屋。广场上已经全是人,一队本地乐手在拉小提琴,让等待的人群气氛活跃,只听得台下全是笑声和喝倒彩的声音。

"你不去吗,索菲娅?"艾丽斯问。

索菲娅说:"待会儿我去屋后面听听。风在把歌声往这边吹。"她把针穿好线,拿起另一本破碎的书,平静地补充道,"我不爱去人多的地方。"

也许是作为一种让步,索菲娅用一本书顶开后门,让小提琴的声音绕着弯传进来,她偶尔会忍不住,用脚打起拍子。艾丽斯坐在角落的椅子里,腿上放着信纸,想给吉迪翁写一封信,但一直握着笔不动。她不知道该告诉他什么。每一个在英国的人都认为她在满街跑着大汽车、四处灯红酒绿的美国过着精彩的都市生活。她不知道该如何向她弟弟说明她的真实处境。

在她身后的索菲娅似乎熟悉所有的歌曲,能跟着小提琴哼唱,有时自己加一个高音部,有时加几句歌词。她的声音轻柔得像丝绒,使人宽慰。艾丽斯放下笔,徒然地希望如果能和以前的本内特在外面该多好,那个会搂着她,对她耳边说情话,眼里全是欢乐和美满的未来的他。而现在,她偶尔发现他会呆呆地看着她,仿佛想不通她怎么会在这里。

"晚上好,女士们。"弗雷德·吉斯勒走进来,轻轻地把门关上。他穿着熨得很平整的蓝色衬衫和西装裤,一见到她们就脱下了帽子。艾丽斯看到他穿的不是惯常的格子衬衫和工装裤,有些吃惊。"我看见灯亮着就过来了。但我得说,我没想到会在这里看见你,你居然没去参加那个娱乐活动。"

"哦,我不是歌迷。"艾丽斯说着,把信纸收了起来。

"我能劝你去吗?即使你不喜欢看牛仔表演,特克斯·拉斐特还是有一副好嗓子的。而且,今天的夜晚很美,待在这里就浪费了。"

"你真好,但我在这里也很高兴,谢谢你,吉斯勒先生。"

艾丽斯等着他也问索菲娅同样的问题,然后带着些许愤恨的心情发现,为什么其他人,包括他,都没有约着她一起去音乐会。原因大家都很清楚,只是她没意识到。广场上全是喝醉了酒,吵吵闹闹的年轻白人男性,对于索菲娅来说,那不是一个安全的地方。她突然发现,她并不知道什么地方对于索菲娅来说是安全的。

"好吧,我要散着步过去看看。晚一点儿我会过来开车送你回家,索菲娅小姐。广场今晚肯定有不少喝多了的人。到了9点钟,我觉得这地方对女士来说会是一个不愉快的地方。"

索菲娅说:"谢谢你,吉斯勒先生,非常感谢。"

弗雷德的脚步声在黑暗的小路上渐渐消失。索菲娅继续做着缝补活儿,头也不抬地说:"你应该去。"

艾丽斯胡乱翻了翻几页纸。"太复杂了。"

"生活就很复杂,所以你应该抓住每一个得到快乐的机会。"她对缝线皱了皱眉毛,又把它拆开了,"你这样一个与众不同的人在这里生活不容易,我理解,我真的明白。我以前在路易斯维尔的生活和这里的完全不一样。"她叹了一口气,"但这些姑娘关心你,她们是你的朋友,你刻意疏远她们也不会让你过得更轻松。"

艾丽斯看着一只飞蛾绕着一盏油灯飞来飞去。过了一会儿,她看不下去了,于是小心地把飞蛾罩在手掌里,走到半开着的门口,把它放了。"我走了你就只有一个人了。"

"我是个大人了,吉斯勒先生还会回来接我的。"

她听到广场上响起了音乐,赞叹的欢呼声说明牛仔歌手已经上台。她看着窗子。

"你真的觉得我应该去?"

索菲娅把针线活放下。"上帝啊,艾丽斯,你要我写一首歌来劝你吗?"艾丽斯朝前门走去时,她喊道,"等等。我整理一下你的头发。外表很重要。"

艾丽斯跑回来,举起小镜子。她用手帕擦擦脸,索菲娅则用梳子给她梳头发,一边梳一边挑剔地发出啧啧的声音,然后用灵巧的手指别上发卡。然后索菲娅退后几步,艾丽斯从包里拿出口红,在唇上涂了一层珊瑚粉色,再把口红抿均匀。她满意地低下头,拍拍衬衫和马裤。"衣服就只能这样了。"

"上半身已经美得像画上的一样了。而且,别人都只会注意到你的脸蛋。"

艾丽斯笑了:"谢谢你,索菲娅。"

"等你回来把一切都讲给我听。"她又坐回到桌前,继续用脚打着拍子,一半的心思都在远处的音乐中了。

艾丽斯走到半路时看到了那个小东西。它匆匆穿过幽暗的小路,此时艾丽斯的心已经飞到四分之一英里外的广场上了,过了一会儿她才认清前方多了一个活物。她慢了下来:一只地松鼠!她有一种奇怪的感觉,仿佛关于杀猪的聊天给整个星期都罩上了悲伤的迷雾,增添了几分朦胧的压抑感。贝利维尔的居民生活在如此贴近大自然的地方,却似乎不怎么尊重它。她停了下来,等前面的松鼠过去。松鼠个头很大,尾巴又大又粗。这时月亮钻出了云层,她才看清这根本不是地松鼠,而是一种颜色更深,更壮实的动物,身上带有黑白条的花纹。她皱着眉头看着它,没看出什么名堂来,但当她正要往前走时,它转身背对着她,抬起了尾巴。她觉得自己的皮肤被喷湿了,一秒钟以后,这种感觉变成了她闻过的最恶臭的气味。她被熏得气都快喘不上来,又捂着嘴干呕。这味道到处都是:她的手上、衬衫上、头发上。那个小动物若无其事地跑进了夜色中，留下艾丽斯在那里拍打她的衣服，仿佛只要挥舞着双手大喊大叫就能让臭味消失。

"好又快"楼上的窗边挤满了人，里里外外有三层，都在高声对下面的白衣牛仔表达爱慕之情。只有玛格丽和斯文坐在座位上，他们按自己喜欢的方式，在一个隔间里互相偎依着，面前是两杯喝得只剩底儿的冰茶。两周前，一个当地的摄影师到图书馆来，劝说女士们骑着马在"公共事业振兴署马背图书馆"的牌子前面拍照。伊兹、玛格丽、艾丽斯和贝丝都骑上马，排成一排摆好姿势照了相。现在，这张照片在餐厅的墙上占据了最显眼的位置，上面的女人们望着外面，相框上装饰着彩带。玛格丽看着照片，不舍得把目光移开。她不知道自己还有没有过更值得骄傲的事。

"我哥哥说，他打算在北岭买几块地。博雷·麦卡利斯特说他可以给他开个好价钱。我在想，我可能会跟他合伙。我不能在矿里工作一辈子。"

她把注意力放回到斯文身上。"你说的是多大的土地？"

"大概四百英亩，里面有不少猎物可以打。"

"那么，你还没听说。"

"听说什么？"

玛格丽从包里抽出那封信。斯文小心地打开，读完后放回到她面前的桌子上。"你在哪里听说的？"

"你知道这件事吗?"

"不知道。最近去哪儿他们都在谈论怎么抵制美国联合矿业劳工协会造成的影响。"

"我看出来了,这两件事有关联。丹尼尔·麦格劳、艾德·西德利、布雷兄弟——所有这些工会组织者,他们都住在北岭。开新矿能把这些人和他们的家人赶出去,要再组织起来就没那么容易了。他们不想弄得像哈兰县一样,最后矿工和老板打起来。"

斯文往后靠在椅子里。他一吐气,鼓了鼓腮帮子,然后仔细观察着玛格丽的表情。"我猜那信是你写的。"

她甜甜地对他一笑。

他用手掌抹了抹额头。"天啊,玛吉,那些恶棍是什么样,你是知道的。你是不是天生就爱惹麻烦?……算了,别回答我。"

"我不能眼睁睁地看着他们把这些山毁掉,斯文。你知道他们在大白谷那边干了什么吗?"

"我知道。"

"他们把山谷炸成了碎片,污染河水。煤刚采完,他们就连夜跑得没了影。留下那里的人没了工作,也没了家园。历史不能在这里重演。"

他拿起信又看了一遍。"有别人知道这件事吗?"

"今天有两家人去法律事务所了。我查过法律书,只要当地居民不签订综合买断契约,不把所有权利都让给矿山主,他们就不能把山炸掉。凯西·坎贝尔给她爸爸读了所有文件。"她满意地叹了一口气,用手指敲着桌子,"一个有一点知识的女人也能带来很强的杀伤力,即使她只有十二岁。"

"如果霍夫曼的人发现是你干的,麻烦就大了。"

她耸耸肩,喝了一口饮料。

"我是认真的。你要小心,玛吉。我不希望你出意外。反对工会的几场斗殴里都有范克利夫出钱收买的人——从外地请来的人,你也看到哈兰县发生的事了。要是你出了什么事,我,我……我可受不了。"

她抬头凝视着他。"你这是要在我面前掉眼泪吗,古斯塔夫松?"

"我是说真的。"他转过去,他的脸离她的只有几英寸,"我爱你,玛吉。"

她正想开玩笑,但他的脸上有一种陌生的表情,既严肃又脆弱,她的话到了嘴边又忍住了。他的眼睛探寻似的望着她的眼睛,他的手握住了她的手,仿佛要用手表达出他说不出口的话。她深情地望着他的眼睛,紧接着,餐厅中响起一阵兴奋的喊叫声,她便把目光移开了。下面的特克斯·拉斐特在欢呼声中唱起了《我出生在山谷》。

她喃喃地说:"哇,天啊,那些女孩现在一定高兴得快疯了。"

过了一会儿,他说:"我以为你要说的是'我也爱你'。"

她说:"那些炸药一定把你的耳朵炸坏了。那句话我肯定很久以前就说过了。"他摇着头,把她拉过去,吻她,一直吻到她不再张着嘴笑。

她们说在哪儿碰面不重要,艾丽斯一边想,一边穿过被挤得水泄不通的广场:这里又暗又拥挤,几乎不可能找到她的朋友。空气中充满了烟花的火药味、香烟味、啤酒味和棉花糖的焦香味。今晚搭起来很多临时摊位,但全被人群包围,她一个也看不到。无论她走到哪里,都能听到人们一吸鼻子,立刻皱着眉头,捂着鼻子往后退。她从一个长雀斑的年轻人身边走过时,他喊道:"女士,你被臭鼬喷了!"

她不高兴地回答:"这还用你说!"

"啊,我的上帝。"两个女孩一边往后退,一边厌恶地看着艾丽斯,"那是不是范克利夫的英国老婆?"

艾丽斯往舞台走去的时候,她看到人们就像波浪一样从两边分开了。

过了一会儿艾丽斯才看见本内特。本内特站在酒吧摊位的一角,满面笑容地举着一杯胡德普尔啤酒。她盯着他,看到他从容的微笑,穿着蓝衬衫的身体不再紧绷,肩也放松了。她恍惚觉得他不跟她在一起的时候似乎要自在得多。她对他没在加班的惊讶慢慢变成了一种无望的思念,一种对她曾经爱上的人的渴望。她看着他,正在考虑要不要走上去向他倾吐这个夜晚她过得有多糟糕,只见站在他左边的一个女孩转过身来,举起了一瓶可乐。那是佩姬·福尔曼。她向他靠过去说了句什么,把他逗乐了,他点点头,眼睛仍盯着特克斯·拉斐特,然后他转过来看看她,满脸傻乎乎的笑容。她想跑到他们面前,把那个女孩推开,让她的丈夫搂着她,让他就像婚前那样温柔地对她微笑。但即使她站着不动,人们还是纷纷退开,有的在笑,有的在嘀咕:臭鼬。她发现自己眼里已经噙满了泪水,就低下头,想从人群里挤出去。

"喂!"

艾丽斯咬着嘴唇,忍着泪,往躁动的人群里钻,不去理会周围不时爆发的奚落和笑声。音乐声渐渐消失在远处。她很庆幸没人能在黑暗中认清她是谁,然后擦去了眼泪。

"我的老天爷啊,你闻到那股味道了吗?"

"喂!……艾丽斯!"

她转过头去,看到弗雷德·吉斯勒推开人群向她走来,关切地伸出手来,问道:"你没事吧?"

几秒钟后他才闻出那股味道,她看到一丝震惊在他脸上一闪而过——相当于无声的"哇"——但几乎就在这一瞬间,他坚定地把表情平复了下去。他用一只胳膊搂着她的肩膀,毫不犹豫地领着她穿过人群。"走吧,我送你回图书馆。请别拦在这儿,好吗?让一让,让一让。"

他们在黑暗的小路上走了十分钟才回到图书馆。一走出镇中心,远离了人群,艾丽斯就从他的臂弯中钻出去,走到路的另一边。"你真好,但你没必要这样做。"

"不要紧,反正我鼻子不好使,闻不到。我第一次驯马就被马用后腿在我鼻子上踹了一脚,此后鼻子就不大管用了。"

她知道他在撒谎,但这是善意的谎言。她对他苦笑道:"当时我没看清，但我想应该是一只臭鼬。它停在我前面，然后……"

他强忍着笑意说："噢，的确是臭鼬的味道。"

艾丽斯一动不动地看着他，羞得双颊通红。她以为自己真的要哭出来了，但他的表情让她打消了这个念头，她惊奇地发现自己反而笑了起来。

"倒霉透顶了，是吧？"

"说真的，我还有过更倒霉的事。"

"哦，那我倒很好奇，更倒霉的是什么事？"

"我不能告诉你。"

"两只臭鼬？"

"别笑话我了，吉斯勒先生。"

"我不是有意要打击你，范克利夫太太。只是这幅画面太不协调了——像你这样美丽文雅的姑娘……配上那种气味……"

"别在我的伤口上撒盐了。"

"对不起。这样吧，回图书馆前先去我家，我给你找几件干净衣服，至少回家的时候就不会再被围观了。"

他们走下主路，从小路安安静静地走了一百码地来到弗雷德·吉斯勒家。他的家在图书馆后面，远离大路，艾丽斯到现在才发现这里有一所房子。门廊上有一盏灯，她跟着他走上木头台阶，往左边望去，能看到一百码之外的图书馆里还亮着灯，但只有从路这边才能看到从图书馆的门缝里透出光来。她想象着索菲娅还在里面，认真地把旧书修补一新,并跟着演唱会哼着歌。然后他打开门,往后站,让她进去。

以她对贝利维尔的认识,这一带的单身男人都过着粗糙的生活,他们的小木屋仅具有最基本的遮风避雨的功能,里面没几件家具,家务劳动的次数降到了最低,卫生状况大有问题。但弗雷德的房子里有打磨过的木地板,经过多年使用后显得很光洁。房间一角是一张摇椅,前面铺着一张有破洞的蓝色地毯,一盏高大的铜制落地灯在书架上投下了柔和的光。墙上挂着一排画,对面放着一把软垫椅子,坐在那里可以看见屋后和弗雷德养了很多马的马圈。一张擦得很亮的红木桌子上放着留声机,旁边是一条叠得整整齐齐的精致的旧绗缝被。"可是你家也太美了!"她说完就意识到话里带有偏见。

他好像没听懂。"这并不全是我的功劳。我只是尽量保持这里的整洁。等一等。"

她感觉很内疚自己把这股恶臭带到他清新舒适的家里。她看着他跑上楼梯,愁眉苦脸地抱着手,仿佛这样就能压住气味。几分钟后他就下来了,手臂上挎着两条裙子。"应该有一条合你穿。"

她看着他。"你有裙子?"

"是我妻子的。"

她眨了眨眼。

"待会儿把你的衣服给我,我把它们泡在醋里,醋能除臭。带回家以后让安妮用小苏打和肥皂洗一洗。哦,架子上有一条干净的毛巾。"

她转过身去,他指了指浴室,她就进去了。她把衣服脱下来,从门下的缝里塞出去,然后用毛巾和碱液肥皂洗脸、手,还擦了身上。刺鼻的臭味根本洗不掉,在这个温暖的小房间里,这味道熏得她想吐。她用力擦洗,就差没把皮擦掉一层。做完这些她才想到,干脆把一壶水从头上浇下去,然后用肥皂洗头、冲干净,再用毛巾勉强擦了擦。最后,她终于穿上了一条绿色的裙子。她妈妈把这种裙子叫作茶会裙,短袖,领子上绣着白色蕾丝,腰部有点儿松,味道闻起来很干净。柜子顶上有一瓶香水,她拿来闻了闻,往她的湿头发上喷了一点儿。

几分钟后,她走出来,看到弗雷德站在窗前望着下面灯火通明的小镇广场。他转过来的时候,脑子里显然在想别的事情,也许是因为看到了妻子的裙子,他似乎很受震动。他很快正了正神色,递给她一杯冰茶。"我想你也许想喝点儿东西。"

她喝了一口。"谢谢你,吉斯勒先生。我感觉自己好傻。"

"请叫我弗雷德吧。别难过,千万别难过。我们都被喷过。"

她站了一会儿,突然感到很尴尬。她在一个陌生男人的家里,穿着他已故妻子的衣服。她不知道该站着还是坐下,也不知道手该摆在那里。镇上某个地方传来一阵吼声,她畏缩了一下。"天啊,我不仅把你家熏臭了,还让你没看成特克斯·拉斐特的表演。真对不起。"

他摇摇头。"没事的。我不能把你扔在那儿,你当时看起来……"

"都怪那臭鼬!唉!"她故作欢快地接上。而他关切的神情并没有改变，仿佛他知道让她伤心的不是那气味。

"不过呢，如果我们现在回去，你大概还能赶上最后的表演。"她说道。她开始没话找话说，"我的意思是，他应该还要唱一会儿。你说得没错，他唱得非常好。我听的歌倒也不多，讲不出什么词曲上的好处，但我看得出为什么他那么受欢迎，观众的确喜欢他。"

"艾丽斯……"

"天啊，时间不早了，我该回去了。"她低着头从他身边走开，朝门口走去。"你真的应该回去看表演，我自己走回家，这点儿距离没什么。"

"我开车送你。"

"你担心我再遇上臭鼬吗？"她的笑声又高又尖利，都不像自己的了，"说真的，吉斯勒先生……弗雷德……你对我太好了，我不想再给你添麻烦。真的，我不想……"

他坚定地说："我送你。"他取下椅背上的外衣，从另一把椅子上拿来一块小毯子，披在她肩上，"外面变冷了。"

他们走上门廊。艾丽斯突然十分清楚地意识到弗雷德里克·吉斯勒注视着她，仿佛在从她所有的话语和行动来揣测背后真正的目的。她感觉别扭又不安，磕磕绊绊地走下门廊台阶。他伸出一只手来扶住她；她紧紧抓住他的手，又马上松开，好像被蜇了似的。

什么也别说，她心里轻轻地说。她的脸又红得发了烧，心里思绪纷乱。但当她抬头看他时，他却没在看她。

"我们进来的时候那扇门是那样的吗？"他盯着图书馆的后门。

为了让音乐声传进去,门开了一条缝,现在却大开着,里面隐约传出来不连续的碰撞声。他一动不动地站着,然后转过去对艾丽斯说:"待在这里。"他再也不是几分钟前淡定自若的样子。

他飞快地大步走回屋里,片刻之后,他拿着一支双管步枪从里面走了出来。他过来的时候艾丽斯往后退了几步,再看着他朝图书馆走去。她忍不住跟了上去,间隔几步的距离轻轻地顺着小路走,脚踩在草地上没发出一点儿声音。

"出什么事了,孩子们?"

弗雷德里克·吉斯勒站在图书馆门口。在他身后的艾丽斯的心已经提到了嗓子眼儿。她只能看见书散落在地上,一把椅子翻倒了。里面有两个,不,三个年轻人,穿着牛仔裤和衬衫。一个拿着一瓶啤酒,一个抱着好几本书,看见弗雷德来了,就挑衅似的把书全扔在地上。她还能看见索菲娅直挺挺地站在房间一角,呆呆地盯着地上某个点。

"你的图书馆里有一个黑人。"男孩说话带着很重的鼻音,再加上喝多了酒,更加拖腔拉调。

"没错。所以我在这里想,这关你们什么事。"

"这是白人的地方,她不能在这里。"

"就是。"另外两个年轻人借着酒胆也帮着起哄。

"所以现在图书馆归你们管了,是吗?"弗雷德的声音冷冰冰的,他的这种语气她从来没听到过。

"我不……"

"我问你,图书馆是不是归你管,切特·米切尔?"

男孩把眼睛往旁边瞟,仿佛听到自己的名字,他才想起来当前行为可能导致的后果。"不是。"

"那么我建议你离开,还有你们两个,趁这把枪没滑到我手里,别让我做出什么后悔的事来。"

"你为了一个黑人来威胁我?"

"我在告诉你,很简单,当一个人在他的私人土地上遇上三个喝醉的笨蛋的时候会发生什么。我甚至还可以告诉你,如果这个人发现他叫这些人走,他们还不赶紧走,又会发生什么。不过,我能肯定你不会喜欢这个答案。"

"我不明白你为什么要给她撑腰,你是不是喜欢上黑鬼了?"

弗雷德二话不说,上去一把掐住男孩的喉咙,把他抵在墙上。他用力之大,指关节都发白。艾丽斯往后一缩,气都不敢喘。"别逼我,米切尔。"

男孩咽了口唾沫,举起双手。"我说着玩的。"他有点儿喘不过气来,"开个玩笑都不行吗,吉斯勒先生?"

"我怎么没见谁被逗笑了啊。得了,滚。"弗雷德放开这个男孩。男孩双腿发软,摸了摸脖子,紧张地扫了一眼他的朋友,就在弗雷德往前走了一步的时候,几个人一缩脖子,往后门溜了出去。艾丽斯的心怦怦直跳,三人跌跌撞撞地跑出来的时候,她闪到了一边。他们出去以后,虽不敢出声,但还是先虚张声势地整整衣服,才安安静静地沿着砂石小路走了。直到走出射程距离,才又恢复了勇气。

"你喜欢上黑鬼了吗,弗里德里克·吉斯勒?所以你老婆才跑了?"

"反正你也打不中,我见过你打猎!"

艾丽斯觉得她快吐出来了。她靠在图书馆后的墙上,后背冒了一层细细的汗珠,又刺又痒。直到她看清楚他们已经转过弯去不见了,心跳才开始平缓下来。她听见弗雷德在里面把书捡起来,放在桌上。

"我很抱歉,索菲娅小姐。我应该早一点儿赶过来。"

"不必道歉,把门一直开着是我的错。"

艾丽斯慢慢地走上台阶。索菲娅表面上看来十分镇定,她弯下腰,把书捡起来,检查有没有损坏,拂去灰尘,为标签被撕掉而心疼地咂嘴。弗雷德转身去挪一个被推得移位的书架,艾丽斯看到索菲娅手扶着桌子,用那只手紧紧地抓着桌子边缘,指关节都变白了。她走进来,一声不吭地也开始收拾。索菲娅精心收集和制作的剪贴簿就在她面前被撕成了碎片。仔细修补好的书又被撕坏,被扔到了房间的另一边,散落的书页还在地上飞舞。

艾丽斯说:"这周我晚一点儿走,帮你收拾。"然而,索菲娅并没有回答。她便补充道,"如果……如果你还会来的话。"

"你以为一群脸上还挂着鼻涕的小孩就能把我吓得不敢来上班?我会没事的,艾丽斯小姐。"她顿了顿,勉强挤出一个笑容,"不过我很高兴你能来帮忙,谢谢你。我们的损失很大。"

弗雷德说:"我去和米切尔夫妇谈谈,我不会再让这种事情发生。"他在小木屋里轻松自如地忙活起来,声音也变柔和了。但艾丽斯看到,每隔几分钟他就会把注意力转到窗外,直到他准备送两位女士回家时才放松下来。

第八章

谁都不安分

新闻在贝利维尔镇传播的速度之快,从一开始涓涓细流般的随言碎语,传着传着就变成了不可阻挡的洪流,横扫全镇。马背图书馆雇用了索菲娅·肯沃西,然后被三个当地人打砸的事件受到了居民的高度重视,有必要为此召开镇民会议。

艾丽斯和玛格丽、贝丝和伊兹肩并肩靠后站在一个角落里,布雷迪太太在最前面对与会者讲话。本内特坐在第二排,在他父亲身旁。范克利夫先生进门时把她上下打量了一番,说:"你不来坐下吗,艾丽斯?"

"我在这儿挺好,谢谢你。"她回答。她看着他把否定的目光转向了自己的儿子。

布雷迪太太说:"本镇一直都以人民安居乐业,社会井然有序为荣。我们不能成为对暴徒行为习以为常的地方。我已经和事件中的三个年轻人的父母谈过，并对他们明确表示我们不能容忍这种行为。图书馆是一个神圣的地方，是一个学习知识的神圣场所。任何人不能因为管理员是女性，就以为可以在那里胡作非为。"

"我想要补充一点，布雷迪太太。"弗雷德走了上去。艾丽斯回想起特克斯·拉斐特表演的那天晚上他看她的样子，和在他家的浴室里间接的亲密接触，感到脸上烧得刺痛，就好像自己做了什么值得脸红的事。她告诉安妮那条绿色裙子是贝丝的，安妮左边的眉毛挑得老高，都快蹦出脑门了。

弗雷德说："图书馆在我家的旧棚子里。也就是说，我给在座的各位解释一下，它在我的土地上。我对私自闯入的后果不负有责任。"他缓慢地将大厅环视一圈，"任何人，若没有我，或者几位女士的允许，自以为是，私自进入图书馆，我就只能采取相应手段。"

他退下来时遇上了艾丽斯的目光，艾丽斯觉得自己的脸颊又红了。

亨利·波蒂厄斯站了起来，说道："我知道你对自己的财产被侵犯很愤怒，弗雷德。但我们需要讨论的是一个严重的问题。我，还有许多邻居都很担心这个图书馆给小镇带来的影响。据说有的妻子忙着看时髦杂志和低俗小说，家务也不做了，小孩跟着漫画里学坏。眼看家庭遭受荼毒，我们却束手无策。"

"那些只是书而已，亨利·波蒂厄斯！你觉得古代伟大的学者们是如何学习知识的？"布雷迪太太把双手抱在胸前，变身一座风雨不摧，难以撼动的大山。

"我敢打赌，伟大的学者读的不是《多情的阿拉伯酋长》，或者我女儿那天读的什么书，都是在浪费时间。我们真的想让他们的思想被这些东西污染吗？我不想让我女儿幻想她会和埃及人私奔。"

"你的女儿不可能爱上一个'多情的酋长'，就和我不可能成为埃及艳后一样。"

"这种事可不好说。"

"你想让我把图书馆里的每一本书都查一遍，把你认为不切实际的地方都找出来吗，亨利·波蒂厄斯？《圣经》比《画报评介》里的故事都要离奇得多，你是知道的。"

"好了，现在你说起话来就和他们一样渎神了。"

贝德克尔太太站了起来。"我能说两句吗？我想感谢送书的女士们。我们的学生非常喜欢每周的新书和学习材料。事实证明，那些书本对他们的学习有很大帮助。我会先把漫画全部看一遍，然后才发给他们，但我从没看到任何不妥的地方，哪怕是对于最敏感的孩子来说。"

"但你是外国人！"波蒂厄斯先生插了进来。

布雷迪太太大声说："贝德克尔太太到我们的学校任教，是持有最高资历的。这个情况你也是知道的，亨利·波蒂厄斯。怎么了，你的侄女不就是在她的学校上学吗？"

"哼，也许她不应该去。"

"不要吵！不要吵！"麦金托什牧师慢慢地站了起来，"我觉得大家太激动了。是的,布雷迪太太,我们中间的确有人对图书馆导致的思想上的影响持有保留态度,但是……"

"但是什么?"

"其实我们面前还有一个问题……雇用有色人种的问题。"

"这件事有什么问题吗,牧师?"

"布雷迪太太,也许你喜欢进步的行为和思想,但这个镇上很多人都认为有色人种不应该出现在我们的图书馆里。"

"没错。"范克利夫先生说。他站起来,把大厅里一片白皮肤的脸环视一圈,"1933年的《公共场所法》规定,我在这里引用一下——'为不同种族的人建立隔离图书馆'。那位黑人姑娘不能去我们的图书馆。你认为你现在可以凌驾于法律之上了吗,玛格丽·奥黑尔小姐?"

艾丽斯的心跳到了嗓子眼。但玛格丽走上前去,一副波澜不惊的样子。"没有。"

"没有?"

"没有。因为索菲娅小姐没有'使用'图书馆,她只是在那里工作。"她对他和气地笑了笑,"我们非常严肃地告诉过她,在任何情况下都不能打开和阅读我们的书。"

台下响起一阵低低的笑声。

范克利夫先生的脸阴沉了下来。"你不能在白人的图书馆里雇用有色人种。这是违法的,也违反自然规律。"

"你反对雇用有色人种吗?"

"这和我的看法无关,这是法律问题。"

"你的反对意见让我很意外,范克利夫先生。"她说。

"你这话是什么意思?"

"考虑到你的矿上的黑人的数量……"

人群倒吸了一口气。

"我没有。"

"他们中的大多数人我都认识,这里的一半的好人也认识他们。你在人员名单上把他们登记成黑白混血也不能改变这个事实。"

"完了。"弗雷德压低嗓门说道,"她真敢说。"

玛格丽向后靠在桌边。"时代在变化,各行各业都在雇用黑人。我们的索菲娅小姐接受过全面的培训,她替我们延长了所有这些出版物的寿命,没有她,这些书都没法再借出。《贝利维尔剪贴簿》,里面有食谱,还有短篇故事等,你们都爱看,不是吗?"

台下听众纷纷低声表示同意。

"这些都是索菲娅小姐的工作成果,她把损坏了的书和杂志重新装订起来,做成新书,供大家借阅。"

玛格丽向前探了探身子,把外衣上的什么东西轻轻拍掉。"我不会做书籍装订,图书馆的其他女孩也不会,而且你们也知道,志愿者很难找。索菲娅小姐没有骑马出去送书,甚至没有帮我们选书。可以这么说,她只是在给图书馆打理杂事。所以,范克利夫先生,不要对你的矿井和我的图书馆采取双重标准,我会继续雇用索菲娅小姐。我相信这样的结果大家都能接受。"

玛格丽点点头，然后不紧不慢，昂首挺胸地从大厅中间走了出去。

纱门重重地在他们身后"砰"的一声关上了。从会议厅回来的路上，艾丽斯一句话也没说。她走在两个男人身后，和他们保持一段距离，听见了咬牙切齿的咒骂声，预示着火山即将爆发。她果然不用等太久。

"那个女人以为她是谁？居然想当着全镇的人让我难堪！"

"我想没人觉得你……"本内特刚开口，他父亲就把帽子在桌上一扔，把他打断了，"她一辈子都在制造麻烦！还有之前她那个罪犯爸爸。现在她敢站在我的人的面前让我出洋相？"范克利夫先生说。

艾丽斯在门口走来走去，心想能不能背着他们悄悄溜上楼。以她的经验，范克利夫先生发起脾气来一时半会儿不会消停。火气下去点儿了，他就会用波旁威士忌来补充弹药，继续慷慨激昂地咒骂，直到深夜醉倒为止。

"没人在乎那个女人说了什么，爸爸。"本内特继续道。

"我矿上的那些黑人被登记成黑白混血，因为他们是浅色肤色！浅色！我告诉你！"

艾丽斯心想，索菲娅肤色暗黑，如果她是矿工的妹妹，怎么会有完全不一样的肤色。但她什么也没说。"我想上楼去了。"她平静地说。

"不要去了，艾丽斯。"

上帝啊,她心想,别让我陪你们坐在门廊上。

"那我来……"

"那个图书馆……别在那里工作了,尤其不能和那个女的在一起。"

"什么?"

她觉得这些话就像一只无形的大手,卡住了她的脖子,让她无法呼吸。

"你去交辞职信。我不能让我的家人和玛格丽·奥黑尔站在一边。我不管帕特里夏·布雷迪怎么想,她就和那些人一样都疯了。"范克利夫走到酒柜前,给自己倒了一大杯波旁威士忌,"那个姑娘到底怎么看见矿上的人的?如果她是偷偷跑进去的,我不会觉得奇怪。我要下令禁止她靠近霍夫曼公司。"

屋里一片沉默。然后,艾丽斯听到自己在说话。

"不。"

范克利夫抬起头来。"什么?"

"不,我不会离开图书馆。我又没嫁给你,我要做什么,也不能由你来决定。"

"我说什么你就得做什么!你住在我家里,女士!"

她眼睛一眨不眨。

范克利夫先生愤怒地瞪着她,然后转向本内特,一挥手道:"本内特?管管你的女人。"

"我不会离开图书馆。"

范克利夫先生气得脸色发紫。"是不是要给你一耳光你才听话？"

房间里的空气似乎瞬间被抽干了。她看着她丈夫。**你休想碰我一下。**她轻轻地对他说。范克利夫先生的脸绷得紧紧的，呼吸又快又短。**想都别想。**她的脑子飞快地转了起来，突然想到如果他真的打她，她该怎么办。她会还手吗？有没有什么东西可以用来自卫？**换作玛格丽，她会怎么做？**她看到切面包板上的刀和炉子旁的拨火棍。

但本内特低下头看着自己的脚，咽了口唾沫。"她应该继续在图书馆工作，爸爸。"

"什么？"

"她喜欢那里。她……干得很好，帮助了他人，贡献很大。"

范克利夫脸色紫涨，瞪大了眼睛看着他的儿子，好像被人掐住喉咙，眼球凸得像是快被挤出眼眶。"你也和那些该死的人一样疯了吗？"他瞪着他们俩，脸颊鼓了起来，拳头紧握，关节发白，盛怒之下却终究不好发作。最后，他把杯底的威士忌一饮而尽，"砰"地放下酒杯，抬脚就走，只见纱门在他身后开开合合。

本内特和艾丽斯站在安静的厨房里，听着范克利夫先生的福特轿车发动起来，隆隆地开了出去。

"谢谢你。"她说。她立刻想到的是，事情会不会从此变得不一样，反抗他父亲的行为会不会改变他们之间不和睦的关系。她想到凯瑟琳·布莱和她丈夫在一起时的样子。艾丽斯给他读书时，凯瑟琳从他们旁边经过，就会摸一摸他的头，或者把手放在他的手上。饱受疾病折磨的加勒特已经很虚弱，但还是会把手伸给自己的妻子，他凹陷的脸还是会对她露出浅浅的微笑。

她朝本内特走了一步，她正在想是否要握住他的手，他却仿佛读懂了她的心思，把两只手都插到了口袋里。

"非常感谢你。"她轻轻地说着，退了回去。她给本内特倒了一杯酒，然后就上楼了。他全程都没说话。

加勒特·布莱两天后去世了。在几个星期里他都处于弥留状态，人事不省，发出奇怪、刺耳的喘气声。那些爱他的人都想弄清楚他的哪个器官会先停止工作，是他的肺，还是他的心脏。消息传遍了整座山，钟敲了三十四下，附近的人就能知道是谁永远地走了。当天的活儿干完后，邻居中的男性都来了布莱家，带来了好衣服，以防万一凯瑟琳就缺这个，然后按照风俗把遗体放好、清洗和穿衣服。其他人开始打棺材，棺材里面要用棉花和丝绸做内衬。

一天后，消息也传到了马背图书馆。玛格丽和艾丽斯默默地把自己的路线尽量分给贝丝和伊兹，然后一起出发去布莱家。那天狂风大作，风没被大山挡住，而是在几座山间形成漏斗状风场，风速更快。艾丽斯一路上都用下巴压着衣领，心想到了那座小房子时能说些什么，还希望如果能带上一张合适的卡片或一束花就好了。

在英国，守灵的家里非常安静，只能隐约听到人们悄悄地说话。整栋房子都笼罩在悲伤或尴尬的氛围中，具体取决于逝者生前结交有多广,有多受人喜爱。张嘴就能说错话的艾丽斯觉得那种安静的场合太压抑,她肯定会出差错。

她们爬到地狱嘴山岭顶部,这里却没有一点儿能静得下来的样子:路外面更低的地方停着几辆汽车和马车,都是因为过不去被扔在路两边的。快到小木屋时,只见马房里伸着几个马头,几匹马互不认识,正对着嘶叫,屋子则传出低沉的歌声。艾丽斯看着一片不大的松树林,三个男人穿着厚衣服在那里挖坑,锄头击打石头时发出铿锵的声音。他们脸色发紫,喷出来白灰色的团团热气。"她要把他安葬在这里吗?"她问玛格丽。

"是的,他的全家人都埋在这里。"艾丽斯只能看到一排石板,有的大一点儿,有的小得让人心碎,它们都在讲述布莱家在这座山上延续几代人的家族史。

小木屋拥挤得快要裂开了。加勒特·布莱的床被推到一边,上面铺了棉被给大家坐。屋里没有一英寸多余的空间,不是放着一盘盘食物,就是坐满了小孩和在唱歌的女性长辈。她们在艾丽斯和玛格丽进屋时,对她们点了点头,嘴里的歌唱并没有被打断。艾丽斯记得这里的窗户上没装玻璃,现在百叶窗被关了,靠电石灯和蜡烛驱走黑暗,在里面很难分辨是白天还是黑夜。布莱的几个孩子,一个坐在一个下巴突出来,眼神和善的女人的大腿上,其他都依偎在凯瑟琳身边。凯瑟琳闭着眼睛也在唱歌,但她人在这里,心已经去了很远的地方。屋里支起来一个架子,架子上放着一副松木棺材。艾丽斯勉强能看出里面躺着的是加勒特·布莱,他的脸在死后放松了,放松得有那么一瞬间，她怀疑这根本不是他。他凹陷的脸颊不知怎么地变柔和了，眉头也舒展开了，上面是柔软的黑发。她只能看到脸，他身体的其余部分都被一床精美的手工缝制的被子盖住了，被子上撒了香气四溢的鲜花和药草。她从来没见过死人，现在一具尸体近在咫尺，但在歌曲和人的热气的包围下，她竟然并没有感到震惊或不安。

"节哀顺变。"艾丽斯说。艾丽斯只学会了这一句安慰的话，现在说出来觉得空洞又无用。凯瑟琳睁开眼睛，认出来人后对着艾丽斯无力地一笑。她眼皮红肿，劳累得双眼都挂着黑眼圈。

"他是一个好人，一个好父亲。"玛格丽大步走过来，紧紧地抱着她。艾丽斯从没见过玛格丽拥抱任何人。

"他终于再也不用受罪了。"凯瑟琳喃喃地说。她怀里的孩子呆呆地看着她，把拇指整个地含在嘴里。"我不希望他再那么撑着。他现在和上帝在一起了。"

她说完，耷拉着下巴，眼神忧伤，显得言不由衷。

"你认识加勒特吗？"一个肩上披着两条钩针披肩的老妇人用手指敲了敲她身边仅有四英寸宽的床板，艾丽斯只得挤着坐了下去。

"不是很熟。我……我只是图书管理员。"

老妇人皱着眉头，不解地看着她。

"我是来给他送书的时候认识他的。"她的话中充满了歉意，仿佛她觉得自己不该出现在那里。

"你就是那位给他读书的女士？"

"是的。"

"哦，孩子！那对于我儿子来说是很大的安慰。"她伸出手来拥抱艾丽斯。艾丽斯先是木木地不动，然后才让她搂了过去，"凯瑟琳跟我说过很多次，加勒特每次都盼着你来。你给他读书，让他忘记身上的痛。"

"他是你的儿子？哦，我的上帝啊。请你节哀。"这是她的真实想法，"他的确是一个很好的人。他和凯瑟琳十分相爱。"

"我很感激你，女士，你的名字是……"

"范克利夫太太。"

"我的加勒特以前真是一个能干的小伙子。唉，你没见过他以前的样子。在我们这边的坎伯兰峡，就数他肩膀最宽，对不对，凯瑟琳？凯瑟琳嫁给他的时候，从这里一直到伯里亚，有一百个姑娘在抹眼泪。"

年轻的寡妇回忆起往事，露出了微笑。

"我曾经对他说，他体格那么大，我不知道他怎么能钻得进矿井。当然了，现在我希望他没有。不过……"老妇人咽了一口唾沫，抬起头来，"我们不能怀疑上帝的安排。他现在和自己的父亲在一起了，也和天父在一起了。我们只能去习惯没有他的生活了，对不对，亲爱的？"她紧紧握住儿媳妇的手。

"阿门。"有人喊道。

艾丽斯以为她们来吊丧后就走，但早晨变成了下午，下午很快变成黄昏，小屋里的人却越来越多。矿工陆续下班后都赶来了，他们的妻子带来了馅饼、腌猪头、果冻。时间不紧不慢地在昏暗的灯光下流逝，越来越多的人挤进来，但没人离开。艾丽斯面前出现了鸡肉，然后是软烤饼干配肉汁、炸土豆和更多的鸡肉。有人带波本威士忌来给大家喝，小屋里爆发出阵阵欢笑、哭泣和歌唱，空气中充满了烤肉和甜酒的气味。还有人拿出来一把小提琴，拉起了苏格兰的曲子，勾起了艾丽斯淡淡的思乡之情。玛格丽偶尔会看她一眼，好像在看她是否还好。艾丽斯周围的人会过来拍拍她的肩膀，感谢她的工作，仿佛她是一个为国争光的军人，不仅仅只是一个送书的英国女人。奇怪的是，她很高兴能坐在这里，接受所有人的善意。

艾丽斯·范克利夫就这样融入了夜晚奇怪的氛围中。一个死人距离她只有几英尺，她却坐着吃东西，小口喝着饮料，跟着唱她并不熟悉的赞美诗，和陌生人紧紧地握手，感觉他们再也不是陌生人了。夜幕降临时，玛格丽对她小声地说，她们该走了，马上就要下一场大霜冻了。艾丽斯意外地发现自己的感觉是离开家，而不是回家。下山的路走得很慢，天冷，还得打着灯笼，但她脑子里只有这一个让她心神不宁的想法。

第九章

小蓝书

许多男性医生都认识到，大量女性的神经系统疾病和其他疾病都和自然的或被唤起的性感觉在生理上没能得到满足有关。

玛丽·斯托普斯医生，《婚后之爱》

根据接生婆的说法，本地大多数的婴儿都在夏天出生，其中的原因是：在贝利维尔，太阳一下山人们就没什么事可干了。电影院也经常把电影拷贝先拿去其他镇放映，几个月后才轮到这里。即使有电影可看，人们也不一定能看到电影结尾，因为影院老板兰德先生爱喝酒，说不定什么时候就睡着了。观众在银幕上看到烧得卷起来的胶片，又骂又失望。丰收的节日很快就过去了，猪也宰了，离感恩节还早，接下来的一个月十分漫长，天空会变得越来越暗，空气中烧木柴的味道越来越浓,寒气越来越重。

然而,对于那些注意到这些事的人来说(贝利维尔居民的主业就是关注这些事情),今年秋天,相当数量的本地男性看起来格外地快乐。他们一收工就赶着回家,尽管干活累,睡眠不足,双眼浮肿,他们走在回家路上也会吹起口哨,而且不像过去那样脾气暴躁。给马修斯木材堆置场开车的吉姆·福里斯特也不再去小酒吧了,以前他只要不上班就钻进去不出来。萨姆·托伦斯和他的妻子居然开始手牵着手走来走去,还看着对方微笑。还有迈克尔·墨菲,三十多年来没怎么开过口,大多数时候都闷闷不乐,嘴巴好像被焊成了一条线,现在却有人看见他在门廊上对着他的妻子唱歌——真正的唱歌。

关于这些新景象,镇上的老年人觉得其中没什么具体的问题可以抱怨的,只是这让他们看不懂。私底下他们说看着有点儿不踏实,感觉生活在以一种他们无法理解的方式发生变化。

马背图书馆的人并没有这样的困惑。事实证明,那本小蓝书比任何一种畅销书都更受欢迎,更有用。它被藏在几本杂志下面,每周不是被借走就是还回来,然后再次被借出,所以不停地需要修补。借、还书的人会充满感激地一笑,同时悄悄地说,我家的乔舒亚从来没听说这种事情,但他可喜欢了!还有,今年春天我们不生小孩了。我说不出我有多轻松。度蜜月的新娘会红着脸对她们说些知心话,或者会意地眨眨眼。只有一个女人面无表情地把书还了回来,并严肃地告诫道,她从来没见过魔鬼的话语会被印成书。即便如此,索菲娅还是发现书里有好几页的书角都被折了起来做记号。

玛格丽会把这本小书放回木箱里，这是她们用来放清洁用品、搽治水泡的药膏和备用的马镫皮带的地方。一两天后，又一间偏僻的小屋里的人家会得到消息，然后他们就会犹犹豫豫地问图书管理员："嗯……趁你还没走，我再问一句，我在白土山那边的表亲说你们有一本书……里面讲那种不好意思说的事……"然后这本书就又借出去了。

"你们俩在干吗？"

玛格丽一进来，站在屋里一角的伊兹和贝丝就飞快地散开了。玛格丽把鞋跟上的泥巴磕掉，不这样的话，索菲娅见了肯定会生气。贝丝笑得不能自已，伊兹的脸颊在泛红。艾丽斯坐在桌边把她的书登记入册，假装看不见她们的嬉闹。

"你们是不是在看我觉得你们在看的那个东西？"

贝丝举起那本书。"'雌性动物若不得性交，可能会死亡。'这是真的吗？"她震惊地张大了嘴，"我没有男朋友，我看着不会是快要死了吧？"

"可是为什么会死呢？"伊兹惊奇地说。

"也许是因为你的那个洞会闭合起来，你就不能正常呼吸了。就像那些海豚一样。"

"贝丝！"伊兹惊呼道。

玛格丽说："如果你是用那个洞来呼吸，贝丝·平克，你没有性交就不是我们需要担心的问题了。总之，你们两个姑娘不应该看那本书，你们都还没结婚呢。"

"你也没结婚，但你都看了两遍了。"

玛格丽脸一沉。那个姑娘说得对。

"天啊，什么是'顺其自然地发挥女性的性功能'？"贝丝又开始傻笑，"哦，我的天，看这里，这里说女性得不到满足就会导致真正的'精神崩溃'。你们相信吗？但是，如果得到满足，'她们身体里的每一个器官都会受到影响和刺激，各种机能得以正常运行。而她们的精神，在达到感官愉悦的顶峰，感受天旋地转的狂喜后，将渐渐落入沉醉般的低谷。"

"我的器官会下沉？"伊兹问。

"贝丝·平克，你能不能安静一分钟？"艾丽斯把桌上的书"啪"地合了起来，"我们中的一些人是有工作要做的。"

屋里一阵短暂的沉默。几个女人斜着眼交换了一下眼神。

"我只是在开玩笑。"

"但是有些人不想听你蹩脚的笑话。你能不能别闹腾了？一点儿也不好笑。"

贝丝对着艾丽斯皱起了眉头，她无所谓地把马裤上沾着的一块棉花拿了下来。"对不起，艾丽斯小姐。我惹你生气了，真不应该。"她郑重地说道。然后她脸上露出了狡黠的笑容。"你该不是……你该不是'精神崩溃'了吧？"

玛格丽用快如闪电的速度，在艾丽斯的拳头就要击中目标之前挡到了她们中间。她抬起手掌把她们推开，并示意贝丝往门那边走。"贝丝，你去看看马喝的水还够不够。伊兹，把书放回箱子里去，然后把这儿打扫一下。索菲娅小姐明天从她姑姑那里回来，你们知道她看见这一通乱会说些什么。"

她看着艾丽斯。后者已经又坐了下去,正死死地盯着登记簿,全身的姿态都在警告玛格丽一句话都别再讲。所有人都回家以后她还会在那里待上很长时间,每一个工作日都是如此。玛格丽知道她一个字也没看进去。

艾丽斯一直等到玛格丽和其他人都走了,才抬起头来喃喃地说"再见"。她知道她们走了以后会谈论她,但她并不在乎。本内特不会想她:他要和朋友出去。范克利夫先生和大多数日子一样要在矿上待到很晚,而安妮则会咂着嘴说三份晚餐在炉子最下面一层里热了几遍,最后都烤得咬不动了。

尽管有其他女性作伴,孤独感还是排山倒海地向她压来,让她想哭。在大部分时间里,她都是一个人在大山里,有时对她的马说的话比对其他活物说的还多。大山曾经让她心旷神怡,无拘无束,现在这广阔的天地却更凸显了她的孤寂。走在绵延数英里的石头路上,她竖起衣领抵挡寒风,把手指塞进手套,唯有肌肉酸疼能分散她的注意力。有时她觉得自己的脸已经变成了石雕,只有最终停下来送书的时候才会有变化。吉姆·霍纳的女儿们向她跑来要她拥抱时,她只能尽力不去紧紧抱住她们,忍住不发出无声的抽泣。她从来没想到自己也是一个需要身体接触的人,但一个夜晚接着一个夜晚,她躺在距离本内特熟睡的身体几码远的地方,感觉自己慢慢变成了石像。

"你还在啊?"

她被吓了一跳。

弗雷德·吉斯勒从门边探头进来。"我过来给你们送一个新咖啡壶。玛吉说旧的那个开裂了。"

艾丽斯擦擦眼睛,给了他一个灿烂的笑容。"哦,好的!进来吧。"

他在门外迟疑了一下。"我……是不是打扰你了?"

"没有!"她故作欢快地说。

"我很快就能弄好。"他走到一旁,把金属咖啡壶换上去,又打开铁皮罐看还有多少咖啡。他每周都不声不响地给姑娘们添咖啡粉,还带来烧火炉用的木柴,让她们每一趟送书回来都能暖和暖和。贝丝每天早上咂着嘴喝第一杯咖啡的时候都会说:"弗雷德·吉斯勒,他是一个名副其实的圣人。"

"我还给你们拿来了苹果,我想你们工作的时候能一人带上几个。现在天冷,饿得快。"他从外套里拿出来一个袋子,放在旁边。他还穿着工作服,靴底沾了一圈泥土。有时她到图书馆时会听到他在外面和他养的小马说:"吁!"还有,"好了,聪明鬼,你能做得更好。"仿佛马儿们就和小木屋里的人一样都是他的朋友。他还会抱着手站在外面,和列克星敦来的有钱的养马人谈论马的体型和价格,说到得意之处故意喷喷作声。"它们就像'罗马美人'[①],比其他

[①] 罗马美人:美国本地苹果品种,果肉紧实,果皮厚、色泽鲜红,外观匀称,产量高,是一种最常用于烹饪的苹果。属于开花、挂果都较晚的品种。

品种成熟得晚。"他把手往口袋里一插。"我一直都喜欢……能有好的期盼。"

"非常感谢你。"

"没什么。你们女孩子工作很辛苦……但你们的功劳并没有得到足够的肯定。"

她以为他说完就会走,但他站在桌旁迟迟疑疑,咬着嘴唇。她放下书等着。

"艾丽斯,你……你还好吧?"他说这些话的时候,仿佛已经把这个问题在脑子里翻来覆去琢磨了二三十遍,"我这么说是因为,呃,我希望你不要介意我这么说,但你……你看……你看起来没有过去那么快乐了。我是说,比起你刚来的时候。"

她觉得自己脸颊在发烫。她想说"我很好",但她嘴里发干,什么也没说出来。

他关切地看着她的脸,然后慢慢地走到前门左边的书架前。他把书扫了一眼,找到他要找的那一本时,忍不住满意地点了点头。他把书从书架里抽出来,递给她。"她是一个有些不合群的人,但我喜欢她话里的热情。几年前,我心情沮丧的时候就读她的书,其中一些……很有帮助。"他把书翻到一处,拿了一张纸片夹进去做好记号,再递给她,"我想说,你也有可能不喜欢。读诗歌是一种很私人的体会。我只是觉得……"他踢了踢地上一根松动的钉子。最后,他终于抬起眼睛看着她。"总之,就这样吧。我不打扰你了。"然后,仿佛又逼着自己加了一句,"范克利夫太太。"

她不知道该说什么。他走到门口，笨拙地举起一只手来敬礼道别。他的衣服有一股烧木柴的烟味。

"吉斯勒先生……弗雷德？"

"怎么了？"

她呆立在那里，突然只想把心里话吐露出来。她想告诉他，那些夜晚，她觉得内心深处都被掏空了。她的生活中从来没发生过这样的事情，能让她的心变得如此沉重，让她感觉如此失落，仿佛她犯了一个无论如何都无法挽回的错误。她想告诉他，她害怕不工作的日子，就像害怕发烧一样，因为离开了大山、马和书，她常常觉得自己一无所有。

"谢谢你。"她咽了一口唾沫，"我的意思是说，谢谢你的苹果。"

他过了半秒才答道："这是我的荣幸。"

他把门轻轻地在身后带上。她听着他沿着小路朝他的房子走去，走到一半，停了下来。她发现自己坐着一动不动，她在等待什么，自己也说不清。然后脚步声又响了起来，渐渐走得听不见了。

她低头看着那本小小的诗集，把它打开。

点亮星星的人

艾米·洛威尔

敞开你的心灵，迎接我的热情，
让我安静地沐浴在你灵魂中，
那里纯净无瑕，凉意阵阵。

四肢瘫软而疲惫，我停下休息，

在你的平静之中伸展身体，

如同躺在象牙床上。

她盯着这些诗句，耳朵里能听到心在怦怦直跳。一个个字词在她的想象中变幻又重组，她皮肤上一阵刺痒。她突然回想起贝丝惊讶的声音："'雌性动物若不得性交，可能会死亡。'这是真的吗？"

艾丽斯凝视着面前的书页，坐了很长时间。她不知道自己就这样待了多久。她想到了加勒特·布莱如何摸索着把手伸出去拉他妻子的手，甚至在他最后的日子里，他们对视时仍有心灵契合的感觉。终于，她站起来，朝着木箱子走过去。她向身后瞥了一眼，仿佛生怕被人看见她在做什么，然后在箱子里翻找，最后抽出了那本小蓝书。她在书桌旁坐下，打开书，开始阅读。

她回到家的时候已经快到 9 点 45 分了。福特汽车停在屋外，范克利夫先生在他房间里，拉开抽屉，又重重地关上，声音大得她在门厅里都能听见。她把前门关好，轻手轻脚地上楼，心里哼着小曲儿，手指轻轻地抚过楼梯扶手。她走进浴室，把门关好，插上插销，让衣服垂落到脚踝，再用洗澡巾洗去一天的污垢，让她的皮肤重新变得柔软、清香。然后她走回她的房间，从自己的大衣箱里找出一件丝绸睡衣。桃色的睡衣又轻又软，像液体一样包裹住了她的身体。

本内特不在长沙发上。他睡在他们的床上，和平时一样离她远远的，朝左侧卧着，她只看见他宽阔的后背。他夏天晒黑的皮肤已经恢复了原来的颜色，在半明半暗的灯光下显得很白。他动了动，被单上的肌肉轮廓也在微微地移动。本内特，她心想。本内特，他曾亲吻她的手腕内侧，告诉她，她是他见过的最美的人儿。他曾低声向她许诺要给她一切。他曾告诉她，他爱她的所有。她把被单拉起来，爬到里面暖和的地方，几乎没发出一点儿声音。

本内特没有动弹，但他悠长、轻松的呼吸告诉了她，他睡熟了。

让你灵魂那跳跃的火苗游走在我全身

火焰如激流在我的四肢奔腾……

她靠近了一些，近得能感觉自己呼出的气吹在他温暖的皮肤上。她吸了一口他的气味，那是肥皂味混合着一些原始的味道，即使他有军人般整洁的习惯也不能把这味道除去。她伸出手去，迟疑了一秒，然后把手臂放在他的身上，再找到他的手，扣住他的手指。她等待着，感觉到他的手握住自己的手。她把脸贴在他的背上，闭上眼睛，去深深地体会他呼吸时身体的起落。

她轻轻地说：“本内特，对不起。”尽管她并不知道为了什么而道歉。有那么一瞬间，她的心停止了跳动。但他换了另一侧身，转身过来面对着她。他眼睛只睁开一条缝，低下头来看着她。她满眼的悲伤，恳求他爱她。也许在那一刻，她的表情中有一种任何有情感的男人都无法拒绝的东西，因为他叹了一口气，伸手搂着她，让她钻到他怀里去。她轻轻地把手指放在他的锁骨上。她的呼吸变得有些急促，心里又宽慰，又有欲望在翻腾。

“我想让你快乐。”她喃喃地说。她的声音那么轻，她都不知道他能不能听到。"我真的想。"

她抬起脸来。他的眼睛寻找着她的眼睛,然后他低下头去吻她。艾丽斯闭上眼睛迎接他的嘴唇,感到压抑许久,让她几乎无法呼吸的沉重感瞬间得到了化解。他吻着她,用宽大的手掌抚摸她的头发,她想永远停留在这一刻,就和他们在过去的时候一样。本内特和艾丽斯,一个刚刚开始谱写的爱情的篇章。

滚烫的舌头,充满生命力和欢愉,

在你口中,琴瑟和谐,

我欲唤醒双眼矇眬的世界,倾注……

那首诗和小蓝书里陌生的文字点燃了她的欲望之火,火在她身体里越烧越旺,她幻想中期待成真的画面也一一浮现。她迎合着他的吻,呼吸渐渐加快,当他发出一阵快乐、低沉的呻吟声时,她感到体内流过了一阵电流。他把她压在身下,结实的双腿被夹在她的腿之间。她贴紧着他,思绪已经不知飞去何方,全身的神经都为这种全新的刺激而兴奋。就是现在,她心想,甚至这个想法都充满了急不可耐的愉悦感。

就是现在。终于。是的。

"你在干什么?"

她过了一会儿才明白他在说什么。

"你在干什么?"

她把手缩回来。往下看了看。"我……我只是在抚摸你。"

"摸那个地方?"

"我……我以为你会喜欢。"

他往旁边一倒，把被单从她身上扯过去，盖住下腹。她心中的火还没完全熄灭，使她一时勇气大增。"我今晚读了一本书，本内特，里面讲的是丈夫和妻子之间的爱。是医生写的。书里说我们应该放心大胆地用各种方法给对方带来愉悦——"

"你读了什么？"本内特坐了起来，"你到底怎么了？"

"本内特，书是写给已婚夫妇的，目的就是为了帮助夫妻在卧室里得到快乐和……反正，男人喜欢被……"

"别说了！你怎么可以那么……不淑女！"

"你这是什么意思？"

"你那样乱摸，还读那种淫秽的书。你到底是怎么了，艾丽斯？你……你让事情变得不可能！"

艾丽斯也一跳坐了起来。"我让这事变得不可能？本内特，都快一年了，我们之间什么也没发生！什么也没有！我们当初发过誓，承诺过要相亲相爱，行夫妻之礼！那是我们在上帝面前许下的誓言！这本书里说，丈夫和妻子可以互相抚摸任何身体部位，这是正常的行为！我们是夫妻！书里就是这么说的！"

"闭嘴！"

她感到眼里充满了泪水。"我这么做只想为了让你快乐，你为什么要这样？我只想让你爱我！我是你的妻子！"

"别说了！你为什么要像个妓女一样说话？"

"你怎么知道妓女是怎么说话的？"

"什么都别说了！"

他把台灯从床头柜上一把扯下去,灯在地板上摔得粉碎。"闭嘴!你听到了吗,艾丽斯?你能不能别说了?"

艾丽斯坐着,僵住了。隔壁传来范克利夫先生的声音,他哼哼着从床上下来,床垫里负担沉重的弹簧发出了嘎吱声。艾丽斯把脸埋在手里,接下来要发生的事是躲不开的,她只能听之任之。果然,没过多会儿,卧室门上就传来了很响的敲门声。

"你们在里面怎么了,本内特?本内特?什么声音那么大?你打碎了什么东西吗?"

"走开,爸爸!好吗?让我清净一会儿!"

艾丽斯惊奇地瞪着她丈夫。她等着范克利夫先生的怒火被点燃,直接发作起来,然而……也许儿子性情大变,他也吃惊不小——那边只有沉默。范克利夫先生在门那边站了一会儿,咳嗽了两声,然后他们听到他拖着腿回了自己房间。

这次是艾丽斯站了起来。她爬下床,拾起台灯碎片,免得光着脚踩上去,再把碎片小心地放在床头柜上。然后,她连看都没看她丈夫一眼,整了整睡衣,穿上家居上衣,走进隔壁的更衣室。她在长沙发上躺下,脸上又变得冰冷无情。她拉了一条毯子盖在身上,等待早晨的到来,或者等待隔壁房间的寂静不再像一个死去的东西一样压在她的胸口,不管哪一个先到来,或者,两个都不肯屈尊来到她身边。

第十章

玛格丽的恐惧

肯塔基群山中最臭名远扬的长期冲突始于……辛德曼县的列文·希金斯被杀事件。诺特县副警长多尔夫·德劳恩组织起来一支地方武装队伍,带着逮捕令前往莱彻县,要将威廉·赖特和两个被控谋杀的人捉拿归案……在后来的争斗中,数人受伤,警长的马被打死……(被称作"恶魔约翰"的约翰·赖特——赖特帮的头头——后来说"后悔杀死了一匹好马",并出钱做了赔偿。)冲突持续了很多年,造成150人死亡。

公共事业振兴署,《肯塔基州概览》

寒冬向山间袭来。在黑暗中,玛格丽抱住斯文取暖。外面井口上要凿开四英寸厚的冰才能打水,还有一大群动物暴躁不安地等着喂食。每天早上一想到这些,她便觉得躲在一大堆毯子下面的最后五分钟变得更珍贵了。

斯文睡意蒙眬地说:"你是不是想用这个办法劝我去煮咖啡?"说完低头吻了她的额头,然后顺着她,把身体贴上去,让她知道他也很享受。

她说:"我只是跟你说'早上好'。"然后满意地吐了一口气。他的皮肤很好闻。他不在的时候,有时她会把他的衬衫裹在身上睡觉,就能感觉他在身边。她询问似的用手指划过他的胸膛,他则默默地给了她答案。几分钟的甜蜜时光很快过去,他又开口说道:

"几点了,玛吉?"

"嗯……5点差一刻。"

他痛苦地呻吟了一声。"如果你住在我那里,我们就能晚半个小时起床,你知道的吧?"

"即使那样也还是一样的痛苦。而且,最近范克利夫不让我靠近煤矿了。要想踏上他的地盘是不可能的事,就像他不可能邀请我去他家喝茶一样。"

斯文只得承认她说得对。上次她来找他,给他送他忘带的午餐桶,在霍夫曼守门的鲍勃就很抱歉地告诉她,上面已经命令禁止她进入。当然了,范克利夫没有证据证明玛格丽·奥黑尔和呼吁大家阻止北岭露天开采项目的法律信件有关。但有能力——或者说有勇气——采取这种行动的人少之又少。另外,她公开捅破了窗户纸,指出他雇用黑人矿工,这一举动很有杀伤力。

他说:"那么,我猜,我只能过来过圣诞节了。"

她说:"就和往年一样,所有亲戚都要来,屋子都要被挤满。"她的嘴唇离他的嘴唇只有一英寸。"有我,有你,呃……还有蓝眼睛。蓝眼睛,下去!"狗儿听到它的名字,以为立刻就能有吃的,扑上了床,踩在被子上,用它精瘦的腿把被子下面纠缠的两人又挠又刨,还舔他们的脸。"啊!天啊,狗狗!够了。好,我去煮咖啡。"她坐起来,把他推开,揉去眼垢,恋恋不舍地离开了那只搂在她肚子上的手。

斯文说:"你让我干不成坏事了,是吗,蓝眼睛小子?"狗儿在他们中间躺下,伸着舌头,等他们摸它的肚皮,"你们俩是一伙的吧?"

她听见他和狗玩了起来,就开心地笑了,可爱的傻瓜。去厨房的一路她都带着笑,蹲下去点炉子的时候冷得发抖。

他们吃着鸡蛋,穿着靴子的腿在桌子下面还缠在一起。斯文说:"那么,跟我说说。我们每天晚上都在一起。我们一起吃饭,一起睡觉。我知道你爱吃什么样的鸡蛋,咖啡要多浓,还知道你不喜欢加奶油。我知道你的洗澡水要多热,你把头发梳四十下,扎起来,一整天里就再也不去打理。哼,我还知道你所有的动物的名字,包括那只钝嘴母鸡,明妮。"

"维尼。"

"好吧,几乎所有的动物。那么我们这样和戴上戒指一起过日子有什么区别呢?"

玛格丽喝了一大口咖啡。"你答应过我们再也不谈这个了。"她尽力笑着说道,但笑容下面是对他的警告。

"我不是在对你提要求,我保证。我只是好奇,因为在我看来这并不是天差地别的两件事。"

玛格丽把刀叉在盘子里放下。"嗯,有区别。因为现在我想做什么都可以,别人管不了我。"

"我告诉过你,我不会去改变你。我希望你能知道,已经十年了,我是一个誓守诺言的人。"

"我知道。但我要的不仅仅是行事无须征得同意的自由,还有我心中的自由。我必须知道,我不用受任何人的约束,我想去哪里,想干什么,想说什么,都由不得别人。我爱你,斯文。但我是以一个自由的女人的身份来爱你。"她靠过去握住他的手,"我在这里只是因为我愿意在这里,而不是因为什么戒指约束着要我在这里,难道你不觉得这是一种更伟大的爱吗?"

"你的意思我明白。"

"所以呢?"

他把盘子推开。"我想,我猜,我只是……害怕。"

"怕什么?"

他叹了一口气,把她的手放到他手里。"害怕有一天你会让我离开你。"

她怎样才能让他明白他错得有多离谱?她怎么才能告诉他,他是她认识的最好的人，没有他的那几个月里，每一天都像最阴冷的冬日？她怎么才能告诉他，十年过去了，但即使他现在只把手往她腰上一放，都能让她心驰神迷？

她从桌边站起来，走过去坐在他的腿上，双手搂着他的脖子。她把脸贴在他的脸上，把她的话轻轻地送进他的耳朵。"我永远，永远不会让你离开我。这种事情永远都不可能发生，古斯塔夫松先生。我会和你在一起，不管白天黑夜，只要你受得了我。你知道，我从来不说违心的话。"

他上班自然是迟到了，但那一整天他都不后悔。

冬青花环、玉米壳扎的洋娃娃、一罐蜜饯水果或打磨过的石头做的手镯，随着圣诞节的临近，姑娘们每天送完书，都会带回来借书的山民送她们的小小的答谢礼。她们把礼物集中放在图书馆里，都认为也应该给弗雷德·吉斯勒一些礼物，感谢他在过去的六个月里对她们的支持。但手镯和洋娃娃可能有点太不合适了。玛格丽猜想，大概只有一件礼物能让他开心，但他不太可能把那件东西列在圣诞礼物的清单上。

如今，艾丽斯的全部生活都似乎紧紧地围绕着图书馆。她的工作效率高得惊人，从贝利维尔到杰斐逊维尔的每一条线路她都记熟了，玛格丽给她增加路程，她从不推脱。她每天早上在黑暗中踩着霜冻覆盖的小路第一个到图书馆，晚上最后一个离开。她坚持修补了很多书，然后索菲娅就等她走后再把这些书拆开，重新修补。她变得瘦削又结实,胳膊上开始看得出肌肉线条。由于长期风吹日晒,她的皮肤不再白嫩,还绷着脸,极少绽放笑容,只有必要时会微微一笑,但眼里不再有笑意。

艾丽斯把马鞍拿进屋以后,立即回到黑暗的户外给花仙子洗刷。这时,索菲娅评论道:"那姑娘是我见过的最可怜的小东西。她家里肯定有些什么事不对劲。"她说着,一边摇头,一边舔了舔一根准备穿针的棉线。

伊兹说:"我以前觉得本内特·范克利夫是贝利维尔最理想的丈夫。但前几天我看见他和艾丽斯一起从教堂出来,他那样子好像她身上带了恙螨一样,居然连她的胳膊都不肯挽。"

贝丝说:"他是一头猪。还有那个该死的佩姬·福尔曼,总是一身漂亮打扮,和她那几个姑娘,故意从他身边过,就想吸引他的注意。"

玛格丽平静地说:"嘘!不要说长道短。艾丽斯是我们的朋友。"

伊兹抗议道:"我是好意。"

玛格丽说:"但实质上还是在说长道短。"她看了一眼弗雷德,后者在专心地给这个星期新走的路线的三张地图做边框。他经常在这里留到很晚,干完马房里面的活儿,堆好火炉要烧的柴,用破布把漏风的地方堵上以后,还要找借口走过来,花很长时间做一些没必要的修补活儿。你不用是个天才也能看出是为什么。

"凯瑟琳,你最近怎么样?"艾丽斯问。

凯瑟琳·布莱擦了擦额头，努力露出微笑，"噢，你知道的，还过得去。"

加勒特·布莱去世后，家里的安静变成了一种特殊的、沉重的感觉。桌子上放着很多碗和篮子，装满了邻居送来的食物，壁炉架上摆着一些吊唁卡，后门外有一大堆新送来的劈柴，早上一起来就在那儿了，送来的人招呼都没打，两只母鸡跳上去竖着羽毛打架。山坡上，新刻好的墓碑和旁边的几座比起来十分洁白。不管别人对山民们有什么样的评价，他们知道该如何照顾自己人。小屋里很暖和，饭菜是现成的，但里面却很安静，微尘飘浮在静止的空气中，孩子们一动不动地躺在儿童床上睡午觉，手臂都压在其他人身上，仿佛整个家里的时间都凝固了。

"我给你带了几本杂志。我知道以前的几本书你不忍心再看。但我想也许你愿意看点儿短篇小说？或者给孩子的书？"

凯瑟琳说："你真好。"

艾丽斯偷偷地瞟了她一眼。面对这个痛失亲人的女人，她不知道该怎么办。悲伤深深地刻在了凯瑟琳的脸上，她抬不起眼来，嘴边新添了皱纹，抬手拂过额头时手上都似乎压了千斤的重量。她看起来疲惫得已经支撑不住，仿佛只想躺下来睡上一百万年。

"你刚才是不是说想要点儿喝的？"凯瑟琳突然说道，似乎在为失态而抱歉。她回头看了一眼。"我想我有咖啡，应该还是热的。我今早肯定是煮过咖啡的。"

"不用了，谢谢你。"

她们坐在那间小屋里，凯瑟琳把披肩拉起来围住肩膀。外面的山里静悄悄，树木光秃秃的，灰色的天空低低地压在瘦弱的树枝上。一只孤单的乌鸦打破了沉寂，发出一声嘶哑、恼人的尖叫，响彻山顶上空。拴在篱笆桩上的花仙子跺了一下脚，从鼻孔喷出热气。

艾丽斯从马鞍包里拿出书来。"我知道小皮特喜欢兔子的故事，这一本是新出版的图书。这一本《圣经》故事里，我折角做了几个记号，如果比较长的东西你实在读不下去了，可以看看这些，得到点安慰。这里还有几本诗集。你听说过乔治·赫伯特吗？从这几本里可以大概了解一下。最近，我自己……也读了不少诗。"

她把书整整齐齐地放在桌子上。"你可以一直看到新年。"

凯瑟琳愣愣地看着这堆东西。她伸出手，用一只手指描着封面上的书名，然后把手缩回去。"艾丽斯小姐，你还是把这些书带回去吧。"她把垂到脸上的头发撩开，"我不想浪费这些书。我知道别人都急着借书，我留下了，别人要等的时间就太长了。"

"不要紧的。"

凯瑟琳的笑脸有些颤抖。"其实，我觉得你大老远地跑到这里来，浪费那么多时间不值得。跟你说实话吧，我的脑子里什么都记不住，而孩子们……唉，我感觉没有时间，也没力气给他们读书。"

"别担心，我们有很多书和杂志，足够周转。那么，我就只留下给孩子们看的图画书吧。你不用操心，他们自己就……"

"我有点儿……我有点儿不知道该怎么办。我什么都做不了。我每天早上起来，把该做的家务一样样做了，喂孩子，照顾动物，但我觉得这一切……"她的微笑消失了。凯瑟琳低下头，用手捂住脸，大声颤抖着叹了一口气。过了一会儿，她开始无声地抽泣，肩膀抖动，艾丽斯不知该说点儿什么好，一声低沉、断断续续的哭号从凯瑟琳的心底深处发出来，原始而充满兽性。这是艾丽斯听到过的最痛苦的声音。悲声如潮水般高低起伏，仿佛来自某个彻底破碎的地方。"我想他。"凯瑟琳哭着说。她的手紧紧捂着脸，"我就是想他，我太想他了。我想念他在的感觉，触摸他的感觉。我想念他的头发，他叫我名字的样子，我知道他生病的时间太长了，到最后只剩一副长得像他的躯壳。但是，上帝啊，没了他我怎么活下去？啊，上帝！啊，上帝！我做不到，我真的做不到。啊，艾丽斯小姐，我想要我的加勒特回来。我只想要他回来。"

艾丽斯格外地吃惊，因为除了发怒以外，她只见过这里的人表现出温和的反对和逗乐子这样的情绪，不会比这些更强烈。山区居民性格坚韧，不会突然暴露出脆弱的一面，所以现在的局面更让人不知所措。艾丽斯靠过去抱着凯瑟琳，这个年轻女人身体剧烈地抽搐，艾丽斯也跟着颤抖起来。她伸出双臂紧紧地搂着她，把她拉得更近，让她哭。她把凯瑟琳搂得那么紧，悲伤仿佛从凯瑟琳身上渗透出来，变成了有形的东西，凯瑟琳心里的悲痛也沉重地压在了两个人身上。艾丽斯把头靠在凯瑟琳的头上，想要帮她分担一些悲伤，无声地告诉她，这个世界上仍有美好的事物，虽然有时你要用尽全力、历经苦难才能找到。最后，就像海浪撞击海岸，轰然崩散，凯瑟琳的抽泣慢了下来，声音越来越小，只剩下抽鼻子、打嗝。最后她尴尬地摇摇头，擦了擦眼睛。

"对不起，对不起，真对不起。"

艾丽斯轻声地回答："别这样，千万别这么说。"她把凯瑟琳的手握在自己手里，"你能那么深地爱一个人，这样真好。"

这时凯瑟琳抬起头来，用红肿的眼睛仔细地看着艾丽斯的眼睛，她用力握了握艾丽斯的手。两人的手都因为劳作变得干瘦、粗糙，但很有力。"对不起。"她又说了一次。这一次，艾丽斯明白了，她指的是另一种意思。她迎着凯瑟琳的目光，看着她，直到凯瑟琳终于松开艾丽斯的手，用宽阔的手掌擦了擦眼泪，又转头望了一眼还在睡觉的孩子。

她说："我的天啊，你最好准备上路吧，你还有好几趟书要送。谁也料不到什么时候就变天了。我也得把这些娃娃们叫醒了，不然他们又要让我到了半夜都不能睡觉。"

艾丽斯没有动。"凯瑟琳？"

"什么？"又是那种绝望中努力振作的笑容，笑得犹豫，但透着坚定。这仿佛是一种天下最尽力的努力。

艾丽斯把书拿起来，放在腿上。"你想不想……听我给你读书？"

凡事都有定期，天下万务都有定时：生有时，死有时；栽种有时，拔出所栽种的也有时；杀戮有时，医治有时；拆毁有时，建造有时；哭有时，笑有时；哀恸有时，跳舞有时。①

---

① 摘自詹姆士王《圣经·传道书》3。

两个女人坐在一座高山上一间小木屋里，天色渐暗，屋里的油灯从宽阔的橡木板的缝隙中透出一道道金色的光亮。她们一个在读书，声音平静又认真；另一个坐在椅子上，把穿着长袜的脚蜷在身下，用一只手掌撑着脑袋，陷入了沉思。时间在慢慢地流逝，但两人都不在意。孩子们醒了，没有哭，而是坐起来安静地听着，尽管他们几乎一句也没听懂。一个小时以后，两个女人站在门口，几乎是冲动地紧紧拥抱在一起。

她们互道圣诞快乐，都露出了苦涩的微笑，因为她们都知道这一年只能苦苦地熬过去。凯瑟琳说："祝你能有更好的生活。"

艾丽斯应道："是的，更好的生活。"她把这句祝福记在心中，用围巾把脑袋也包住，只露出来眼睛，然后骑上那匹棕白相间的小马，向镇上走去。

也许是因为和工友们朝夕相处很多年后，现在被困在屋子里十分无聊，但威廉非常喜欢每天听索菲娅讲图书馆里发生的事。他知道玛格丽给北岭的人家写匿名信，也知道什么人借了什么书，还有弗里德里克先生深深地爱上了艾丽斯小姐，而艾丽斯越来越冷漠，就好像正在结冰的水面，因为那个傻瓜本内特·范克利夫疏远她，一点点地扼杀了她对他的爱。威廉问："你觉得他是不是那种人？那种喜欢男人的……男人？"

"谁知道！在我看来，那个男人除了他自己的影子以外，谁也不爱。如果他每天都站在镜子面前吻玻璃镜上的自己，而不是他妻子，我是不会觉得奇怪的。"她把本内特损了一通，然后看着她哥哥难得地笑弯了腰。

但今天她要能找到好故事可就见鬼了。艾丽斯在角落里的小藤椅里一屁股坐下，耷拉着肩膀，仿佛整个地球的重量都压在她肩上。

疲劳不会让人变成那样。她们平时如果累了，就会把靴子脱掉，发发牢骚，哼唧几声，按摩一下眼睛，再互相挖苦一下。艾丽斯却只是像一尊石像一样地坐在那里，思绪已经飘去了远离小木屋的某个地方。弗雷德把这些都看在眼里。索菲娅看得出来，他很想走过去安慰她，但他只是走到咖啡壶边，给她新煮一杯咖啡，轻轻地放在她面前，她要过好长时间才会意识到他做了什么。他看她的眼神是那么温柔，让人心碎。

弗雷德出去搬柴火的时候，索菲娅小声地问："你还好吧，姑娘？"

她先是一声不吭，然后用手掌根揉了揉眼睛。"我很好，索菲娅，谢谢你！"她回过头去看着门口，"还有很多人比我过得惨，对吧？"她说这话时的语气好像已经把这句话对自己说了很多次，好像她想说服自己。

索菲娅回答道："生活不总是这样吗？"

然后，玛格丽来了。黄昏降临时，她像一阵旋风一样闯进了门，满眼的狂怒，外衣上落了雪，看起来已经快崩溃却还强撑着，门也忘了关。索菲娅唠唠叨叨地训她，提醒她外面还在下雪，问她是不是生在谷仓里的野孩子，这点儿教养都没有。

她问:"有人来过吗?"这姑娘脸色苍白,就好像见鬼了一样。

"你在等谁吗?"

她飞快地说:"没等谁。"她的手在抖,但不是因为天冷。

索菲娅把书放下。"你没事吧,玛格丽小姐?你看起来好像不舒服。"

"我很好,我很好。"她往门外瞄了一眼,仿佛在等待什么。

索菲娅看了看她的包。"你要不要把书给我,我好登记?"

玛格丽没有回答,她的注意力还在门外。于是索菲娅站起来,自己把书拿出来,一本一本地放在桌子上。"《麦克·马奎尔和印第安酋长》?你不是把这本书拿去给阿诺特山脊的斯通姐妹了吗?"

玛格丽猛地把头转回来。"什么?噢,是的,我……我明天就拿过去。"

"山脊过不去吗?"

"过不去。"

"那你明天怎么过去?雪还在下。"

玛格丽一时间无以对答。"我……我再想办法。"

"《小妇人》在哪里?你把那本也登记借出了,记得吗?"

她的表现非常奇怪。然后,索菲娅告诉威廉,当时弗里德里克先生进来了,气氛变得十分怪异。

"弗雷德,你有多余的枪吗?"

他把一筐劈柴放在火炉旁。"枪?你要枪干什么,玛吉?"

"我只是想……我想,让女孩们学会射击会很有好处。走偏远路线时带上枪,以防万一。"她眨了两下眼睛,"万一遇上蛇。"

"冬天有蛇?"

"熊。"

"熊在冬眠。再说,这儿的山里已经有五年、十年没人见过熊了。你和我一样清楚。"

索菲娅满腹狐疑地问:"你觉得布雷迪太太会让她的小女儿带枪吗?你们要带的是书,玛吉,不是枪。你觉得那些怎么都不肯信任你们的家庭,看到你们背着猎枪跑去他们家里就能更信任你们吗?"

弗雷德对她皱起了眉头,他和索菲娅困惑地对望了一眼。

玛格丽从那惊恐的状态中恢复了过来。"说得对,说得对。不知道我刚刚是怎么想的。"她露出了一个并不能让人信服的微笑。

但事情是这样的,索菲娅和威廉坐在小桌子前吃晚饭时,她告诉他:两天后,玛格丽回来就去上厕所了,索菲娅把她的马鞍包拿起来,打开了——天气很冷,工作很累,能帮得上忙的地方,她都会尽力去帮。她把最后一本书拿出来以后,却吓得差点儿把帆布包掉在地上。帆布包最底下,一个东西用红手帕好好地包着,她只看得出这个东西有柯尔特点 45 手枪的骨制握把。

"鲍勃告诉过我,你在外面等我。我还在想昨晚你为什么不等我。"斯文·古斯塔夫松从矿山大门里走出来,身上还穿着连体工装裤,但外面套了一件厚厚的法兰绒夹克,双手深深地插在口袋里。他走上去,摸着骡子的脖子,让查利柔软的鼻子蹭他的口袋讨要零食。"你是不是找别人去玩了?"他笑着把手放在玛格丽的腿上。她缩了一下。

他把手拿回去,脸上的笑容消失了。"你没事吧?"

"收工后你能不能来我家?"

他仔细地看着她的脸。"当然可以。但我以为我们要到周五才见面。"

"求你了。"

她从来没说过"求"这个字。

气温已到冰点,但他看到她还是坐在黑漆漆的门廊的摇椅上,步枪横放在腿上,一盏小油灯摇曳着照着她的脸。她浑身僵硬,眼睛死死地盯着地平线,牙关紧咬。蓝眼睛站在她脚边,过一会儿抬头看她一眼,仿佛被她的焦虑感传染了,还时不时地打一个寒战。

"发生什么了,玛吉?"

"我觉得克莱姆·麦卡洛追我来了。"

斯文走上去到她身边。她语气里十分警惕,但听着又有些魂不守舍。她好像没发现他在这里,她的牙齿在打战。

"玛吉?"他想把手放在她膝盖上,但又记起来之前她的反应,就只轻轻拍了拍她的手背。她就像冻僵了一样。"玛吉?坐在外面太冷了,你应该进屋去。"

"他要是来了,我得做好准备。"

"如果来人了,狗会叫的。好了,发生什么了?"

终于,她站起来,由着他牵进屋去。小屋里非常冷,他不知道她有没有进过屋。他生起炉子,又抱了些柴火进来,她则坐在窗前望着外面。然后他喂了蓝眼睛,烧了水。"你昨天一晚上都是这样没睡觉吗?"

"瞌睡都没打。"

最后,他在她身边坐下,给了她一碗汤。她看着汤,开始好像不想要的样子,然后一口紧接着一口,饥渴无比地喝了起来。把汤喝光后,她把在雷德里克的遭遇告诉了他,她一反常态,说得断断续续,紧紧地握着拳头,指关节发白,手在颤抖,就好像现在麦卡洛还抓着她,她还能感觉到他呼出来的热气。斯文·古斯塔夫松是在这样一个民风剽悍的小镇上以性情异常平和而出名的人,如果酒吧里有人打架,别人都为了看精彩的打架取乐,二十次有十九次是他把打架的人拉开,这么平和的人如今头一次怒从心起,全身热血沸腾,只想把麦卡洛找出来,让他尝尝斯文·古斯塔夫松的复仇是什么滋味,让他付出断牙齿、流血的代价。

他没把这些想法表现在脸上,当他再次开口说话时,声音也还是一样地平静:"你累坏了,去睡觉吧。"

她抬头看着他。"你不来吗?"

"不。你睡觉的时候我去守在外面。"

玛格丽·奥黑尔从来都不是一个喜欢依靠别人的女人。她轻声谢过他,一句反对的话也没有,就上床睡觉去了。他意识到,这说明她受了很大的惊吓。

第十一章

洋娃娃风波

费尔橡树宅由吉尔福德·D.鲁尼恩医生于1845年左右修建。鲁尼恩医生是一位震颤派①教徒，但他放弃了独身誓言，为了迎娶凯特·法瑞尔小姐而开始建造这座房子。凯特小姐在房屋完工前去世，医生一直独身，直至1873年去世。

公共事业振兴署，《肯塔基州概览》

梳妆台上有十五个洋娃娃，它们肩并肩地坐着，像拼凑起来的一家人，光滑的瓷脸白里透红，头上真正的人发（这些头发是哪里来的？艾丽斯打了个寒战）闪着光泽，精致地卷成小卷垂下来。睡

---

① 震颤派，基督教新教的一个派别，宗教仪式为震颤、旋转、唱歌等，提倡禁欲、独身、简朴生活。

在长沙发上的艾丽斯一早醒来，第一眼看见的就是这些东西。它们表情空洞，木然地看着她，噘着鲜红色的小嘴，轻蔑地笑着，维多利亚式的连衣长裙下露出一截轻薄的白色带花边的长衬裤。范克利夫太太很喜欢这些瓷娃娃，还喜欢她的那些玩具熊、小瓷器摆件、陶瓷鼻烟壶和她精心绣制的赞美诗挂布，家里挂了好几幅，绣工精细，绣制每一幅都要花好几个小时。

每一天，这栋房子都会让艾丽斯想到曾经生活在这里的那个女人。那女人的天地只有这栋屋子那么大，她做的全是一些琐碎、无意义的事：洋娃娃、刺绣、拂去这些装饰品上的灰尘，再重新精确地排列整齐，但无论摆成什么样，男人都注意不到。艾丽斯越来越强烈地感到，任何一个成年女性都不应该把这些琐事当作自己一天的生活。范克利夫太太去世以后，这栋屋子变成了一个神龛，顽固地崇拜着那个被琐事堆积起来的女人。

她讨厌这些瓷娃娃，她也讨厌空气中沉重的寂静和无边无际的停滞感，这里的任何事物都没有向前发展，什么都不会改变。当她走进卧室时，她想，她大概就和那些瓷娃娃一样，只会微笑，不会动，不会说话，只是这个家里的一件装饰品。

她低下头，看着放在本内特床头柜上的镀金相框里多洛蕾丝·范克利夫的大幅照片。这个女人用两只胖乎乎的手握着一个小十字架，望着相框外面，表情中带着悲痛。艾丽斯觉得她和本内特单独在一起的时候，她就是用这种眼神看着他们俩。"也许我们可以把你母亲放得远一些？只是在晚上的时候？"她第一次被领到这个房间里时，大着胆子提出来过，但本内特皱起了眉头，一副不可思议的样子，就好像她刚才高高兴兴地建议去把他母亲的坟墓挖开。

她从这些思绪中摆脱出来，往脸上泼冰冷的水，被冷得轻轻地喘气，然后匆匆穿上很多件衣服。今天图书管理员要留出时间来做圣诞采购，所以只送半天书，这样就要缩短送书点停留的时间，她只能尽力把失望感压下去。

今天早晨她要去看吉姆·霍纳家的女儿，这又让她有了些安慰。她们会在窗前等着花仙子，一看见它从小路走上来就从家里的木门冲出去，踮着脚尖蹦蹦跳跳，直到爱丽丝从马上下来。

她们兴高采烈地抢着说话，向她打听她又带来了什么书，她去了哪儿，这次能不能比上次多待一会儿。她给她们读书的时候，她们会很自然地搂着她的脖子，用小手指摸她的头发，重重地吻她的脸。这个小家庭还在慢慢走出失去母亲的阴影，但他们都在以某种自己无法理解的方式渴望和女性的接触。吉姆再也不会板着脸、怀疑地看着她。现在他会端过来一杯咖啡放在她身边；她在的这段时间里，他就去劈柴，或者坐下来看着她们，看女儿们展示她们在那一周里又学着读了多少书；她们快乐，他也跟着高兴。（她们非常聪明，多亏去了贝德克尔小姐的学堂，阅读能力已经超出了其他孩子一大截。）没错，霍纳家的女孩们对她来说真是莫大的安慰。只可惜没人会给她们送圣诞礼物。

艾丽斯把围巾系在脖子上，戴上骑马手套，想了想既然要上山，要不要再穿上一双袜子。所有图书管理员都生了冻疮，脚趾都被冻得又红又肿，还因为血液循环不畅，手指头全都白得像死人的一样。她看了一眼窗外寒冷的灰色天空。她已经不照镜子了。

她从旁边拿起那个已经放了一整天的信封，塞进包里，打算之后再看，等她送完书以后。她要安安静静地骑两个小时的马，没必要现在就把精力消耗掉。

在离开前，她看了一眼梳妆台——那些洋娃娃还在瞪着她。

她说："干吗？"

但这次，它们好像说了一些和往常不一样的话。

"这是给我们的？"米莉的嘴张得那么大，艾丽斯仿佛能听到索菲娅的警告声：虫子都能飞进去了。

她把另一个娃娃拿给了梅，孩子立刻把它抱在大腿上，娃娃的衬裙沙沙作响。"一人一个。今早我和它们聊了一会儿，它们悄悄地告诉我，如果能离开它们生活的那个地方，过来和你们在一起，它们就会更加快乐。"艾丽斯说。

两个女孩直愣愣地看着它们天使般美丽的白瓷脸庞，然后一起把头转向了她们的爸爸。吉姆·霍纳的表情让人猜不透。

艾丽斯小心翼翼地说："这些都是旧东西了，霍纳先生。它们在原先的地方已经没用处了。那个地方……住的是男人，到处都摆些洋娃娃不合适。"

她看得出他在犹豫，几乎要说出"我不知道……"。女孩们屏住呼吸，小屋里的空气似乎也静止了。

"求你了，老爸。"梅的声音轻得像悄悄话。她们盘腿坐着，米莉下意识地摸着洋娃娃光亮的栗色鬈发，把发卷拉长，又让它弹回去。她的目光在娃娃那精细绘制的脸和她爸爸的脸之间来回移动。几个月来，这些洋娃娃看起来阴险又苛刻，现在却变得很亲切，还能给人带来快乐。这是因为它们来到了真正需要它们的地方。

他终于说："这礼物太珍贵了。"

"嗯，我相信所有女孩都应该拥有一些比较珍贵的东西，霍纳先生。"

他用一只粗糙的手挠了挠脑袋，望向了另一边。梅的脸拉长了，怕极了他即将说出的话。他指指大门。"你介不介意和我出去谈，范克利夫太太？"

她跟着他走到小屋背后时，她听到女孩们发出了失望的叹息声。她双手环抱着身体保暖，在心里把用来说服他改变主意的理由排练了一遍。

所有的小女孩都要有洋娃娃。

如果她们不留下这些洋娃娃，它们可能会被扔掉。

啊，看在上帝的分上，你为什么一定要让你那讨厌的自尊心阻止……

"你觉得怎么样？"

艾丽斯停了下来。吉姆·霍纳掀起一块麻布片，下面是一个很大的雄鹿头，有点儿破，长长的鹿角向两边伸出去，一支大约有三英尺，头上马马虎虎地缝了两只鹿耳朵。鹿头安装在一个刻得很粗糙的橡木底座上，上面涂过松节油。

她把喉咙里涌上的一阵干呕压了下去。

"两个月前我在里韦特溪射到的。我把鹿头做成标本，装了底座。我让梅帮我邮购了一对玻璃眼珠，跟真的一样，你不觉得吗？"

艾丽斯目瞪口呆地看着鹿头上呆滞、大得夸张的眼睛，左边的眼球明显是斜视的。鹿头看着有些狂躁和邪恶，像是从发烧病人的梦里召唤出来的一头噩梦般的野兽。"绝对……让人看见就再也忘不了。"

"这是我第一次做标本。我想做成生意。几个星期做一个，拿去镇上卖，帮助我们过冬。"

"这个主意不错。也许你可以也做一些小动物的，兔子，或者地松鼠。"

他仔细地想了想，然后点点头。"所以，你收下吧？"

"你说什么？"

"作为交换，那些洋娃娃。"

艾丽斯举起双手。"啊，霍纳先生，你真的不必……"

"我不能白拿。"他紧紧地把双臂抱在胸前，等待着。

艾丽斯疲惫不堪地下了马，把鹿角上的树叶扯下来的时候，贝丝问道："那是什么鬼东西？"在下山的路上，每过一棵树，鹿角就要钩在树枝上，好几次都差点儿把她从马背上掀翻下去。现在，鹿头看上去比在山上的时候更脏，更不牢固了，还沾了长长短短的枝叶。她走上台阶,小心地把它靠墙放下,第一百零一次回想女孩们得知洋娃娃真的已经属于自己以后怀抱着娃娃的样子和对它们唱歌的样子,还有给自己的无尽的感谢和亲吻。吉姆·霍纳在一旁看着,脸上的深深的皱纹也变浅了。

"这是我们的新吉祥物。"

"我们的什么?"

"你要敢碰它的一根毛,你的下场就和霍纳先生的这个鹿头一样。"

艾丽斯迈着大步回到马身边。贝丝对伊兹说:"我的妈呀,记得艾丽斯假装淑女的时候是什么样吗?"

列克星敦的白马酒店的午餐服务即将结束,餐厅里已经没剩几个人,没了人的桌子上扔着餐巾和空杯子,顾客都在用围巾和帽子把自己武装起来,做好准备,鼓起勇气回到人行道上,那里已经挤满了赶在圣诞节前几天才去买礼物的人。范克利夫先生美美地吃了一块牛腰肉配炸土豆,向后靠在椅背上,用两只手摸着肚子,这个手势表明了他的满足感,而这种感觉在他生活的其他方面已经越来越难得。

那姑娘让他消化不良。在随便一个其他的镇上,这种轻辱可能最终会被遗忘,但在贝利维尔,一场怨恨可能一直持续下去,一个世纪后,仇人相见还是能分外眼红。贝利维尔人是凯尔特人的后裔,最早都是苏格兰和爱尔兰人,那些人最爱记仇,仇怨就算辗转曲折大变样，就像从牛肉变成了牛肉干，再也不是原来的样子，他们都会记得。范克利夫先生不是凯尔特人，就像加油站外面的切罗基印第安人一样和凯尔特人没关系，但他也具有凯尔特人的这一品质。不仅如此，他还和他父亲一样，必须找一个人来怨恨，把自己的不满统统归罪于这个人，遇上什么苦恼的事，都是这个人的错。现在这个人就是玛格丽·奥黑尔。他每天起床时都要咒骂她，睡觉时都在想她在如何羞辱他。

他身旁的本内特在用手指断断续续地敲着桌子，他看得出他儿子不想待在这里。实际上，他似乎并没有经商必需的专注力。有一次，他路过一群矿工时，发现他们在模仿他儿子过分认真的清洁习惯，学着他在脏到发黑的连体裤上擦呀擦。那些工人一发现范克利夫先生在看他们，就赶紧直起身子。但看到儿子被嘲笑让他非常痛苦。一开始，当本内特决意要娶那个英国姑娘的时候，他几乎为他感到骄傲。他终于知道自己想要什么了！多洛蕾丝把这个孩子宠坏了，事事为他操心，仿佛他是个女孩。当他告诉范克利夫先生，他要娶艾丽斯的时候，他腰板都挺得更直了一些。佩姬的事他很遗憾，但没办法。看到本内特终于能下定主意办一件事，他很高兴。现在他看着儿子慢慢地被那个伶牙俐齿、行为古怪的英国姑娘夺走了男子气概，他后悔当初被说服，去欧洲走了那一趟。人不一样，在一起没有好结果。白种人就不能和有色人种在一起，现在事实证明，和欧洲人在一起也不好。

"伙计，这里还没收拾干净。"他用一根肥胖的手指敲了敲桌子，服务员赶紧过来道了歉,把面包屑扫到一个盘子里。"来一杯波旁威士忌吧,哈奇州长?然后我们这事就算说定了?"

"如果你非要让我这么做,杰夫……"

"本内特?"

"我就不喝了,爸爸。"

"给我们两杯布恩县的波旁威士忌。纯的,不加冰。"

"是,先生。"

"本内特,我和州长先生谈事情的时候,你想不想去那个裁缝店?问问他还有没有那种礼服衬衫,好不好?我一会儿也过去。"

他等儿子离开餐桌走了,才向前俯身,再次开口说话。"现在,州长先生,我想跟你谈一个比较敏感的问题。"

"不会还是矿上的事吧,范克利夫先生?我希望你没有和那些哈兰县的人一样摊上麻烦事。你知道,如果他们自己还是解决不了问题的话,州警都列队准备进去了。他们还动用了机关枪,在州与州之间来回运送。"

"噢,你知道在霍夫曼公司,我们不会让事情发展到那个地步。工会从来不会带来什么好结果的,我们都知道。只要有一丝风吹草动,我们就会立即采取措施保护我们的矿井。"

"听到你这么说我很高兴,很高兴。那么……嗯……你要谈的是什么问题?"

范克利夫先生从桌边把身子探了过去。"就是……那个图书馆的问题。"

州长皱起了眉头。

"那个女性的图书馆,是罗斯福夫人的倡议,让妇女把书送到农村家庭啊、山民啊之类的。"

"啊,是的。我想,这是公共事业振兴署的一个项目。"

"就是它。我平时非常支持这些事业,我也绝对支持总统和第一夫人的观点,我们应该尽力教育民众,但我必须说,那些女人——嗯,有几个女人——正在我们县里制造麻烦。"

"麻烦?"

"那家流动图书馆在煽动暴乱,鼓励他们的不合理的行为。比如,霍夫曼公司正计划将北岭开发为新矿区。我们搞了几十年的开发,是完全合法的。现在,我相信是这些图书管理员在散布有关这件事的谣言和捏造的事实,因为后来我们开始不断地收到法律部门的命令,在那片地区,我们得不到以往那样的采矿的权利,给了我们很大的打击。不仅仅只是一家人,而是很多户人家,联名阻挡我们开展工作。"

"那太不幸了。"州长点了一支雪茄,把烟盒递给范克利夫先生,后者拒绝了。

"的确如此。如果其他家庭也和他们联合起来,我们最后就没地方去采矿了。到时候,我们该怎么办?我们是肯塔基这一片地区的大雇主。我们为伟大的国家提供了至关重要的资源。"

"这个嘛,杰夫,这年头,不用费多少事就能把人们煽动起来反对采矿。你有证据证明是这些图书管理员在捣乱吗?"

"嗯,关键就在这里。通过法庭阻拦我们项目的家庭里,去年有一半人都一字不识。如果不是那些图书馆的人,他们是从哪里得到的法律方面的信息?"

酒送上来了。服务员把酒杯从银色托盘上拿下来,恭恭敬敬地放在两人面前。

"我不知道。据我所知,她们就是几个姑娘,骑着马到处送菜谱卡片。她们能带来多大的害处?我想,这件事你只能怪自己倒霉,杰夫。我们刚在矿上遇到的那么多麻烦,唉,在哪儿都有可能发生。"

范克利夫先生发觉州长开始变得心不在焉了。"不仅仅是矿上的问题。她们也在改变我们社会上人与人的正常互动。她们妄想改变自然法则。"

"自然法则?"

他看到州长一副难以置信的样子,于是补充道:"据说我们这里的女性在干一些不自然的事情。"

现在他抓住了州长的注意力。州长把身子向前倾。

"我的儿子,上帝保佑他,我妻子和我虔诚地按照神圣的原则将他抚养长大,所以我承认,他在床笫之事方面并不太世俗。但他告诉我,他年轻的新娘——她在这个图书馆工作——向他提起过,她们在传阅一本书,一本有性方面内容的书。"

"性方面的内容!"

"是的!"

州长喝了一大口酒。"那么……呃……这个'性方面的内容'究竟都是些什么?"

"这个嘛,我不想吓到你,州长先生。我就不细说了……"

"噢,我承受得了,杰夫。你把那些……你知道的详情都讲讲。"

范克利夫先生往身后瞄了一眼,压低了声音。"他说,他的新娘——所有人都说,她家里是把她当公主一样养大的——来自一个非常好的家庭,你知道的——嗯,她建议在卧室里给他做一些事,就是那些法国妓院里的女人做的事。"

"法国妓院。"州长使劲儿咽了一口唾沫。

"一开始,我以为英国人就是这样,因为他们更接近欧洲的生活方式,你知道的。但本内特告诉我,她说这就是她从图书馆里学来的。传播淫秽书籍。那种提议,能让成年男人都脸红。我的意思是,到最后会发展成什么样?"

"就是那个,呃,漂亮的金发姑娘吗?我去年在晚餐时见过的。"

"就是她,艾丽斯。非常文雅,所以我听说她这样的女孩会讲出如此淫荡的要求,我非常震惊……唉……"

州长又久久地抿了一口酒,他的目光变得有些呆滞。"他有没有,呃,具体说她提出来的是什么事?我只是想,你知道,了解一下事情的全貌。"

范克利夫先生摇摇头。"可怜的本内特,受的惊吓太大,过了好几个星期才找我来倾诉。从那以后他连一根手指头都不敢碰她。我的意思是,这种事是不对的,州长。正派的、敬畏上帝的妻子不应该提出这种越轨行为。"

州长似乎在沉思。

"州长?"

"淫秽……是的。抱歉,对……我是说,不对。"

"不论如何。如果我能知道其他县的所谓的图书馆和那些女士是不是也存在这样的问题,那就太好了。我觉得对于我的员工和基督教家庭来说,这不是一件好事。我建议彻底停止这个项目,还有那些对采矿许可证的反对活动也是一样。"

范克利夫先生把餐巾折起来,放在桌子上。州长显然还在认真地思考这件事。

"或者,也许你认为最好的解决方法……就是用我们认为合适的方法来处理。"

他后来告诉本内特,他也不知道州长是不是喝多了。到午餐结束时,一看就知道他已经有点儿稀里糊涂的。

"那么,他是怎么说的?"本内特问道。他刚买了几套灯芯绒衣裤和一件条纹毛衣,心情非常好。

"我告诉他,也许我应该按我的方式来处理这些事情,他只是说,'嗯,好,对。'然后他说他要走了。"

亲爱的艾丽斯:

我很遗憾婚后生活和你想象的不一样。我不知道你认为婚姻应该是什么样子,你也没告诉我们到底是什么事让你那么沮丧。你爸爸和我在想，是不是我们给了你错误的期望。你有一个英俊的丈夫，他让你在经济上有保障，能给你幸福的未来。你嫁入了一个生活富足的体面家庭。我觉得你应该心满意足了。

生活并不总是要追求快乐。生活里还有责任和做正确的事，并从中获得满足。我们希望你已经改变了冲动的脾气。而且，这是你自己做出的选择，现在你只能学着坚持下去。也许等你有了孩子，你就能定下心来，不去胡思乱想。

如果你决意不带丈夫，一个人回来，我只能告诉你，我们这儿不欢迎你。

爱你的母亲

艾丽斯迟迟没有把信拆开，也许是因为她早就知道里面会写些什么。她感觉下巴越绷越紧，于是小心地把信折好，放回了包里。这时她又一次注意到，她的指甲曾经光洁整齐，现在要么很粗糙，要么剪得贴着肉。她心里发出了很小的疑问——她每天都会这么想——这是不是他不想碰她的原因？

玛格丽出现在她身后。"好了。我在克朗普顿商店订了两条新肚带和一条鞍褥。我想用这个当给弗雷德的答谢礼。你觉得他会喜欢吗？"她说着，举起一条深绿色的围巾。百货商店的店员看见玛格丽穿戴着破成那样的皮帽子和马裤，被吓呆了（玛格丽告诉艾丽斯，她不知道何必为了去列克星敦而换上好衣服，搞得回家还得再换回去），过了一秒钟才想起来把她手里的围巾接过去，拿去包装。"我们回去以后要藏好,别让弗雷德看见。"

"当然。"

玛格丽眯起眼睛看着她。"你怎么连看都不看一眼?……发生什么了,艾丽斯?"

"看什么?……噢,上帝啊!本内特,我必须给本内特买点儿东西。"当艾丽斯意识到自己不知道丈夫喜欢什么,更不知道他衣领的尺寸的时候,她飞快地用双手捂住了脸。她伸手去拿架子上的一盒手帕,上面有一小枝冬青做装饰。给自己丈夫送手帕是不是太敷衍了?可如果在过去的六个星期里,你看到的他裸露的皮肤不超过一英寸,你给他的礼物能含有多少亲密感?

玛格丽挽起她的胳膊时,她被吓了一跳。玛格丽把她带到男装部一个安静的地方。"艾丽斯,你没事吧?你最近脸色真够难看的。"

"没人投诉我吧?"艾丽斯低头看着那盒手帕。如果把他的名字的首字母绣在上面会不会更好?她试着想象本内特在圣诞节早晨打开这些礼物时的样子。但她怎么也想象不出来他笑的样子。她再也想象不出来他会对任何她做的事情微笑。她的语气中有些戒备:"总之,你自己也不怎么样。过去几天里,你几乎一句话没说。"

玛格丽似乎有些吃惊,她摇摇头。"我只是……只是有一次送书的时候发生了些不愉快。"她咽了一口唾沫,"让我有点儿慌。"

艾丽斯想到了凯瑟琳·布莱。那个年轻寡妇的悲伤给她的一天也蒙上了阴影。"我理解。有时候,这份工作比你想象的要难,对不对?根本就不是送送书就完了。很抱歉我的态度不好,我会振作起来的。"

事实是，艾丽斯一想到圣诞节快到了就想哭。全家人又得紧张地坐在桌边，范克利夫先生又会在对面生气地看着她，本内特会为她被冠上的罪名生闷气，却一句话也不说。气氛不断恶化，那个在一旁察言观色的安妮却以此为乐。

艾丽斯想这些走了神，过了一会儿才发现玛格丽在紧紧地盯着她看。

"我不是想拷问你，艾丽斯。我……"玛格丽耸耸肩，仿佛这些话对于她来说很陌生，"作为朋友，我关心你。"

朋友。

"你知道我是什么样，我这辈子都喜欢一个人待着。但在最近几个月里，我……嗯，我开始觉得有你做伴真好。我喜欢你的幽默感，你待人和善，尊重他人，所以我愿意认为我们是朋友，包括图书馆里的所有人，但主要还是你和我。你每天看起来都那么伤心，我的心都要碎了。"

如果聊的是其他内容，艾丽斯这时可能已经笑了。毕竟这些话对于玛格丽来说是很难得的告白。但在过去的几个月里，艾丽斯心里有些地方蒙上了灰尘，她对事物的感觉似乎和过去不一样了。

最后，玛格丽问："你想喝点儿什么吗？"

"你是不喝酒的。"

"这个嘛，如果你不告诉别人，我也不会说。"她伸出一只胳膊，艾丽斯犹豫了一会儿，挽了上去，两人走出百货商店，朝离得最近的一个酒吧走去。

"本内特和我……"艾丽斯想要盖过音乐和街角两个男人对吼的声音,"……我们完全没有共同点,我们也不了解对方。我们之间不说话,我们好像也不能让对方微笑,我们之间也没有思念,分开后不会倒计时等待重逢……"

"我听着这就是婚姻的感觉。"玛格丽评论道。

"然后,当然了,还有……其他问题。"艾丽斯光是说出来都很尴尬。

"你们还没有?这个,的确成问题。"玛格丽想起那个早晨斯文的身体缠在她身上时舒服的感觉。她觉得自己那晚上太傻了,求他留下,害怕成那样,颤抖得就和弗雷德的那匹纯血马受惊时一样。麦卡洛没有出现。斯文说,他肯定是醉得太厉害,多半连自己做了些什么都不记得了。

"我读了那本书,你推荐的那本。"

"真的?"

"但是……好像帮了倒忙。"艾丽斯无奈地抬起双手,"唉,还有什么可说的?我讨厌我的婚姻,我讨厌生活在那栋房子里……我不知道我们俩谁更受罪。但他是我的唯一。如果能生孩子,大概就能让大家都高兴,因为……唉,你知道为什么。我也不知道我想不想要孩子,因为那样的话我就不能去骑马送书了,而只有工作才能让我快乐。所以,我已经无路可走。"

玛格丽皱起了眉头。"你没有无路可走。"

"你说得轻松，你有房子，你知道如何独立生活。"

"你不用遵守他们的规则，艾丽斯，你不用遵守任何人的规则。去他们的，只要你想，今天就可以收拾东西回英国。"

"我回不去。"艾丽斯把手伸进包里拿出了那封信。

"嗨，你们好呀，美丽的女士们。"

一个穿宽肩款西装的男人走了过来。他胡子用蜡抹得光溜溜，一笑起来，眼角的皱纹里都透着刻意的讨好。他靠在两人中间的吧台扶手上。"你们俩谈得那么认真，我差点儿没敢打扰你们。但后来我想，亨利小子，两位美丽的女士看起来需要喝一杯。让你们坐在那里口渴，我是不会原谅自己的。所以，你们想喝什么，嗯？"

他伸出一只手搂住艾丽斯的肩膀，眼睛在她的胸上瞄来瞄去。

"让我来猜猜你的名字，美人儿。这是我的拿手本事。我的拿手本事可多了，这只是其中一个。玛丽·贝丝，你漂亮极了，配得上玛丽·贝丝这个美女的名字。我说得对吗？"

艾丽斯结结巴巴地否定了。玛格丽盯着他的手指和艾丽斯的胸部之间短短的两英寸的距离，他只要一把就能抓住她的胸。

"不，那对你来说真不公平。劳拉，不，洛雷塔。我以前认识一个非常漂亮的女孩，她就叫洛雷塔。这一定是你的名字。"他靠过去，艾丽斯把脸转开，犹犹豫豫地微笑着，似乎不愿惹怒他。"你是不是要告诉我，我猜对了？我说对了，是不是？"

"其实，我……"

玛格丽说:"你叫亨利,对吧?"

"是的,你的名字应该叫……让我猜一猜!"

"亨利,我能告诉你一件事吗?"玛格丽甜甜地一笑。

"你告诉我什么都行,亲爱的。"他扬起一边眉毛,露出心领神会的笑容,"什么都行。"

玛格丽向前靠过去,对着他的耳朵说:"看见我放在口袋里的那只手了吗?我手里握着枪。如果我说完这些话,你还不把手从我朋友身上拿开,我就扣下扳机,把你油腻的脑袋崩到酒吧中间去。"她又甜蜜地笑了笑,把嘴唇凑得离他耳朵更近了,"还有,亨利?我的枪法特别准……"

那个男人走的时候被她坐着的高凳绊了一下。他什么也没说,只是匆匆地走到酒吧的另一头,一边走一边飞快地向后看。

"噢,你真是个好人,但酒就别送了!"玛格丽喊道,声音更大了,"不过还是谢谢你!"

"哇。"艾丽斯看着这个人走掉,整了整她的上衣,"你跟他说了些什么?"

"我只是说……他的提议很好,但我觉得没有得到允许就把手放在女士的身上太不绅士了。"

艾丽斯说:"这种说法很好。在必要的时候,我总是想不出恰当的字眼儿。"

"是呀。不过……"玛格丽喝了一大口酒,"……我最近练习了一下。"

她们坐了一会儿,听着酒吧里嘈杂的闲聊声起起落落。玛格丽又向酒保要了一杯波旁威士忌,然后改变主意又不要了。她说:"接着刚才的继续讲。"

"哦,就是我回不了家了,信上就是这么说的。我父母不让我回去。"

"什么?可是为什么呢?他们只有你一个女儿。"

"我不称他们的心,老让他们丢脸,就像……我不知道。他们认为事情在表面上要好看,这比什么都重要。我和他们……就好像说的不是同一种语言。我真的以为,只有本内特才喜欢那个真实的我。"她叹了一口气,"现在我无路可走了。"

她们静静地坐了一会儿。亨利在往外走,他一边慢慢地挪到门口,一边向她们投去愤怒又焦虑的目光。

门在他身后关上时,玛格丽说:"我要告诉你一件事,艾丽斯。"她抓住艾丽斯的胳膊,出乎意料地紧紧抓着,"不管什么样的困境,都有解决的方法。那方法可能很丑陋,可能会让你觉得两脚踩空,天旋地转。但你永远不会无路可走,艾丽斯。你听到了吗?出路总会有的。"

"我真不敢相信。"

"怎么了?"本内特在检查新裤子上的折缝。范克利夫先生本来伸直了两只手站着,让裁缝往他身上新做的背心上插大头针,他突然向门口一指,一根针插到了他腋窝里,他骂了起来。"真该死!看那边,本内特!"

本内特抬起头来从裁缝店的橱窗往外看。没想到,他居然看见艾丽斯和玛格丽·奥黑尔手挽手地走出了托德酒吧,这是一家脏兮兮的小酒馆,门外有一块生锈的广告招牌,写着:"出售巴克艾啤酒"。她俩歪着头靠在一起,笑得不可自持。

范克利夫摇着头说:"奥黑尔。"

本内特疲倦地说:"她说她想做点儿圣诞采购,爸爸。"

"你觉得她像是在做圣诞采购吗?她被那个奥黑尔家的姑娘带坏了!我不是告诉过你她和她那个浑蛋爸爸是一路货色吗?天知道她在鼓动艾丽斯干些什么。把针取下来,阿瑟。我们去把她送回家。"

"别这样。"本内特说道。

范克利夫把头转了过来。"什么?你妻子在一个下三滥的小酒吧里喝酒!你必须做好一家之主,儿子!"

"让她去吧。"

"那姑娘是不是把你给阉了?"范克利夫在安静的裁缝店里吼道。

本内特瞥了裁缝一眼,裁缝的眼神暴露了他过后要和店里伙计热烈讨论这件事的打算。"我来跟她说。我们……回家吧。"

"那姑娘是个祸害。她带你妻子进低级酒吧,你觉得这对我们家的名声会有好处吗?她应该被教训一下,如果你不去做,本内特,那就我来。"

艾丽斯躺在更衣室里的沙发床上，盯着天花板，安妮在楼下准备晚餐。她早就放弃去厨房帮忙了，因为无论她做什么——削、切、炒——安妮都会满脸的反对，甚至话里带刺，她一句也不想再听。

艾丽斯不在乎安妮知道她现在睡在更衣室，肯定还告诉了半个贝利维尔，她也不在乎安妮知道自己还在来月经。何必掩饰呢？反正除了图书馆里的人以外，其他人怎么想她才不会放在心上。她听到男人们回来了，范克利夫先生的福特车轰鸣着在碎石车道上猛地停下，纱门"砰"的一声关上，显然他觉得不弄出那么大响声，门就关不好。她轻轻地叹了一口气，闭上眼睛。过了一会儿，她站起来，走到浴室里，为晚餐打扮得好看一些。

艾丽斯下楼时，他们已经坐好了。两个男人面对面坐在餐桌前，盘子和刀叉已经整齐地摆在他们面前。厨房门开开关关，冒出来几小股蒸汽，安妮在里面把锅盖弄得咣咣响，说明饭马上就要做好了。艾丽斯走进房间时，两个男人都抬起头来。艾丽斯突然觉得这也许是因为她多花了一点儿心思：她穿着向本内特求婚时自己穿的那条裙子，头发梳得很平整，用发夹别在脑后。但他们的表情很不友好。

"是真的吗？"

"什么是真的？"她在脑子里迅速把今天可能做错的事过了一遍：在酒吧喝酒，和陌生人说话，和玛格丽·奥黑尔讨论《婚后之爱》，给她妈妈写信问她能不能回家。

"克里斯蒂娜小姐在哪里？"

她眨了眨眼睛。"谁？"

"克里斯蒂娜小姐！"

她看了看本内特，又看了看他父亲。"我……我不知道你在说些什么。"

范克利夫先生摇了摇头，就好像她智力有缺陷一样。"克里斯蒂娜小姐，还有伊万杰琳小姐。我妻子的洋娃娃，安妮说它们不见了。"

艾丽斯松了一口气。她把椅子拉出来，因为显然没人起来为她效劳，然后在桌旁坐了下来。"哦，那个啊，我……拿走了。"

"你'拿走了'是什么意思？拿到哪儿去了？"

"有两个可爱的小女孩不久前失去了她们的母亲。圣诞节她们什么礼物都没有，把洋娃娃传给她们，她们可高兴了，你都想象不出来。"

"'传'给她们？"范克利夫的眼睛鼓了起来，"你把我的洋娃娃送人了？而且还是送给……山上的农民？"

艾丽斯把餐巾整齐地放在膝盖上。她瞥了本内特一眼，本内特盯着他的盘子。"我只送了两个，我以为你们不会介意。那些洋娃娃就这么放在那里，没什么用处，而且还剩下那么多。说实话，我没想到你们会注意到。"她尴尬地笑了笑，"你们毕竟都是成年人了。"

"它们是多洛蕾丝的洋娃娃！我那亲爱的多洛蕾丝！她小时候就有克里斯蒂娜小姐这个洋娃娃了！"

"原来是这样，我很抱歉。但我真的以为这没什么要紧的。"

"艾丽斯，你到底怎么想的？"

艾丽斯凝视着桌布上勺子上方的一个点。她开口时，声音有些紧张。"我是在做善事。你也常说，范克利夫太太常做善事。只是两个洋娃娃而已，留着它们做什么用呢，范克利夫先生？你是一个男人，家里那么多小摆设你都不在乎，何况两个小洋娃娃。它们没有生命，没有价值！"

"它们是传家宝！是留给本内特的孩子们的！"

她脱口而出："可是本内特不打算要孩子呀！"

她抬起头来，看见站在走廊里的安妮听到她说出那么放肆的话来，兴奋得眼睛瞪得又大又圆。

"你刚才说什么？"

"本内特不打算要什么可怜的孩子。因为……我们没能走到那一步。"

"艾丽斯，如果你们没能走到那一步，那都是因为你那些恶心的提议。"

"你说什么？"

安妮把盘子一个个放在桌上，她的耳朵都变红了。

范克利夫向前探着身子，下巴挑衅地抬了起来。"本内特都告诉我了。"

"爸……"本内特的声音里充满了警告。

"哦，是的。他跟我说了你那本下流的书，还有你想对他做的那些下流的事。"

安妮把一个盘子"啪嗒"一声掉在艾丽斯面前。她快步跑回厨房。

艾丽斯脸色惨白。她转过身看着本内特,"你把我们床上的事告诉了你父亲?"

本内特用手掌揉了揉脸颊。"你……我不知道该怎么办,艾丽斯,你……把我给吓坏了。"

范克利夫先生把椅子往身后一推,绕过餐桌,朝着艾丽斯怒气冲冲地走过去。他俯下身去——艾丽斯不由自主地把身子一缩——唾沫横飞地嚷嚷道:"是的,那本书和你们所谓的图书馆的事,我全知道。你知不知道那本书在全国都被禁了?这说明它有多堕落!"

"我知道,我还知道联邦法官已经把禁令撤销了。我懂的和你懂的一样多,范克利夫先生。我根据事实说话。"

"你狡猾得像一条蛇!你已经被玛格丽·奥黑尔腐化了,现在又要来腐化我的儿子!"

"我只是想做一个妻子该做的事情!做妻子可不只是摆弄摆弄洋娃娃和瓷鸟儿就行了!"

安妮拿着最后一个盘子站在门道里,光是张望,却不走出来。

"你好大胆子,连我亲爱的多洛蕾丝的宝贝都敢贬低,没有分寸!你连碰她的鞋跟都不配!明天早上,你给我上山去,把娃娃拿回来。"

"不。我不能把洋娃娃从两个没母亲的孩子的手里拿走。"

范克利夫举起粗短的手指指着她的脸。"那么，从此以后，我不准你再去那个该死的图书馆，你听见了吗？"

"不。"她连眼睛都没眨一下。

"你说'不'是什么意思？"

"我告诉过你，我是个成年人了，你不能禁止我做任何事。"

后来她记得自己隐约想到，老范克利夫脸红成这样，可别犯心脏病。但他没犯心脏病。他抬起手来，她还没反应过来，脑袋一侧就感觉到一阵剧烈的疼痛。她倒在了桌上，双腿发软。

眼前一片漆黑。她的身体在向下滑，她用手去抓桌布，白色的织花桌布被往下拉，盘子跟着被拉了过去，最后她跪在了地板上。

"爸爸！"

"我只不过做了你早就该做的事情！让你妻子懂点儿规矩！"范克利夫吼道，把肥胖的拳头往桌子上一捶，房间里的每一件东西仿佛都抖了一下。

接着，她还没来得及集中精神，她的头发就被狠狠往后一扯，脸上挨了一拳，这次是打在太阳穴上，打得她的头撞在了桌子边缘。她觉得房间在旋转，模模糊糊地感觉到有人在走动、叫喊，还听到盘子砸落在地上的声音。艾丽斯抬起一只手臂想要护住自己，为防止下一击做好准备。她从眼角看到本内特站在他父亲前面，但她耳鸣得厉害，听不清两人在说些什么。

她昏昏沉沉地站起来，疼痛使她无法思考，路也走不稳。眼前的房间还在摇晃，她依稀看见厨房门口安妮震惊的脸。她喉咙中涌上来一股铁的味道。

她听到仿佛从远处传来的本内特的声音,"不……不,爸爸!"艾丽斯这时才发现手里还紧紧攥着餐巾,她低头看了一眼,面前溅了血。她瞪着餐巾,眨眨眼,努力想要分辨出她看到的是什么。她直起身子,等了一会儿,让房间停止旋转,然后把餐巾好好地放在餐桌上。

然后,艾丽斯没有把外衣从地上捡起来,而是摇摇晃晃地从两个男人面前走过,穿过走廊,打开前门,沿着白雪覆盖的车道一直走了下去。

一小时二十五分钟后,玛格丽把门打开了一条缝。她在黑暗中眯起眼睛,看到的不是麦卡洛或者他的同伙,而是瘦削的艾丽斯·范克利夫。她穿着淡蓝色的裙子,长袜被勾破了,鞋上结了一层冰。她的牙齿打着战,头的一侧有血迹,左眼一片瘀青,肿得睁不开。鲜血浸透了裙子的衣领,现在已经变成了赤褐色,裙子下半部的血迹好像是溅上去的肉汁。她们对视着,蓝眼睛在屋里对着窗子狂吠。

艾丽斯张开了口,她的声音很粗,仿佛她的舌头肿了。"你说过……我们是朋友?"

玛格丽松开步枪扳机,把它靠着门框放着。她打开门,扶着她朋友的胳膊。"进来吧。快进来。"她朝四周黝黑的山腰望了一眼,然后关上门,上了门闩。

第十二章

决裂

山里的女人过着艰苦的生活。男人是一家之主,他可以自由地工作、串门、带着狗和枪去森林里闲逛,别人管不着……男人从来不理解自己的行为会受社会的干预;他不管做什么,都和他用玉米煮杂菜汤①一样平常,都是他自己的事。

公共事业振兴署,《肯塔基州概览》

贝利维尔这个地方有一些不成文的规则,其中流传久远,不可撼动的一条就是你不能干涉一个男人和他妻子的私事。很多人都听到山谷里传来男人打女人的叫喊声,或者,偶尔也会反过来,但他

---

① 玉米煮杂菜汤是经典美国南方菜肴,一般由高油脂的腌肉、熏肉和动物内脏、易储存的各类豆子、土豆、洋葱、耐炖煮的玉米、甘蓝等蔬菜加鸡汤炖制而成。

们想都没想过去干预,除非他们的生活受到了直接的影响,让他们晚上睡不着觉或者妨碍到自己的日常生活。就是这样。镇上的人能听到辱骂声、殴打的声音,有时过后会有道歉的声音,更多的时候并没有;然后他们能看到瘀青和伤口慢慢愈合,生活恢复正常。

幸好,别人怎么做,玛格丽从来不关心。她把艾丽斯脸上的血洗掉,在青肿的地方涂上紫草膏。她什么也没问。艾丽斯也没主动说话,只在最疼的时候皱皱眉头,绷紧下巴。等她们终于忙完去睡觉的时候,玛格丽悄悄地和斯文商量,两人决定下半夜轮流去楼下守着,直到天亮。这样的话,如果范克利夫——老子或儿子——敢在光天化日之下来把儿媳或者妻子拖回家,就没那么容易了。

果然,范克利夫这样予取予求惯了的人居然在天亮前赶过来了。受尽惊吓的艾丽斯在玛格丽家一个空房间里睡着,她对此毫无预备。玛格丽家没通公路,他只有步行了最后半英里,到她家门口的时候,尽管下着雪,他还是脸红气喘,大汗淋漓,手里举着一个火把。

"奥黑尔?"他吼道。里面没人回应,"奥黑尔!"

"你打算答应吗?"正在煮咖啡的斯文抬起头来问道。

狗对着窗户狂吠,外面的人咬牙切齿地骂了一声。马厩里的查利踢了一下桶。

"对一个连尊称都不给我的人,我觉得没必要去搭理,你说呢?"

"对,我看也没必要。"斯文平静地说。他一个人坐着玩了半夜的纸牌,一边留心着大门,一边在脑海里把打女人的男人用各种手段惩罚了一遍。

"玛格丽·奥黑尔！"

"上帝啊！你知道，他再那么大声，会把她吵醒的。"

斯文什么也没说，只是把自己的枪递给玛格丽。她走到纱门前，打开门，走上门廊，左手松松地握着枪，确保能让范克利夫看见。"有事吗，范克利夫先生？"

"把艾丽斯叫来，我知道她在这里。"

"你是怎么知道的？"

"这事闹得够大的了。把她叫出来，我就再也不追究了。"

玛格丽盯着自己的靴子，一副思考的样子。"不行呀，范克利夫先生。再见，祝你早安。"

她转身往屋里走。这时，他提高了嗓门："什么？站住！你不能把我拒之门外！"

玛格丽慢慢地转过身去，直到和他面对面。"你不能打一个敢反驳你的女人。休想再有第二次。"

"艾丽斯昨天做了一件蠢事。我们双方的确都非常不冷静。她得回家去，我们才能好好谈一谈，回家里去谈。"他用一只手抹了抹脸，语气缓和了下来，"讲点儿道理吧，奥黑尔小姐。艾丽斯是有家庭的人，她不能待在你这里。"

"在我看来，她想做什么是她的自由，范克利夫先生。她是一个成年人了，她不是一条狗，也不是……一个洋娃娃。"

他的目光变得凶狠起来。

"等她醒过来,我会问她有什么打算。现在我必须去工作了。如果你能让我去洗我早餐的盘子,我就太感谢你了。"

他瞪着眼睛看着她,片刻后,他压低了声音说:"你以为自己很聪明,是吗,小姑娘?你以为我不知道你和北岭的那些信有关系?你以为我不知道你拿着那些下流的书,让你们这些放荡的女人唆使好女人走上邪路?"

有那么几秒钟,他们周围的空气仿佛消失了,连狗都不叫了。

他再次开口时,他的声音里充满了威胁。"你给我当心,玛格丽·奥黑尔。"

"祝你今天过得愉快,范克利夫先生。"

玛格丽转身走回小屋。她的声音很冷静,脚步也很坚定,但她还是走到窗帘边,从屋里望出去,直到范克利夫已经走得看不见了。

"《小妇人》到底在哪里?我发誓那本书我已经找了很久了。上次这本书借出来是给了商铺那边的老佩格,但她说她把书还回来了,登记簿上也划掉了。"

伊兹用手摸着书架上的书,逐一看过去,沮丧地摇摇头。"艾伯特、奥尔德、阿勒马涅……是不是被人偷了?"

"也许被撕坏了,索菲娅拿去修补了。"

"我问过,她说她没看见。真头疼,有两家人在向我借,但没人知道书哪去儿了。你知道要是书丢了,索菲娅要发火的。"她调整了一下挂着的拐杖,把重心放到右腿上,凑近了仔细地看一排排的书脊。

玛格丽从后门进来，后面还跟着艾丽斯。伊兹安静了下来。

"玛格丽，你是不是把《小妇人》塞到你包里的什么地方了？伊兹嚷嚷了半天……哇呀……看来有人挨打了。"

"骑马摔的。"玛格丽用一种不容置疑的语调说。贝丝盯着艾丽斯肿胀的脸，然后又望向伊兹，伊兹则低头去看她的脚。

一时间大家都没说话。

"但愿你，呃，伤得不重，艾丽斯。"伊兹轻轻地说。

"她是不是穿着你的马裤？"贝丝问道。

"你觉得整个肯塔基州只有我一个人有皮马裤吗，贝丝·平克？我从没见你那么关心过谁穿什么衣服。要是别人见了，会以为你没有正事儿可干的。"玛格丽走到桌边，开始翻看登记簿。

贝丝挨了顿说，却表现得很高兴。"我觉得，她穿着比你穿更好看。上帝呀，这里冷得就像冰窟窿一样。有谁看见我的手套了吗？"

玛格丽粗略地看了几页。"艾丽斯受了点儿伤，所以，贝丝，你去走蓝石小溪那边的两条路线。埃莉诺小姐住在她妹妹家，所以这次不用送书给她。另外，伊兹，你能去麦克阿瑟家吗？能穿过去吗？你可以横穿四十英亩的田地，和你平时的路线连接起来。旁边有一个快塌掉的谷仓的棚屋就是他家。"

她们默默地同意了，谁都没抱怨，只是偷偷瞥了艾丽斯一眼，她也什么都没说，出神地望着离她脚趾三尺远的一个点上，脸颊发红。伊兹走的时候，伸出手轻轻地捏了捏艾丽斯的肩膀。艾丽斯等着她们收拾好包袱，骑上马，才小心地在索菲娅的椅子上坐下了。

"你没事吧？"

艾丽斯点点头。她们坐着，听着马蹄声渐渐远去。

"你知道被男人打最糟糕的是什么吗？"玛格丽终于说道，"不是伤痛。而是在那一刹那，你发现身为女人真正意味着什么。那就是，不管你有多聪明，多占理儿，比他们男人好多少倍，都没用。就是在那种时候，你发现他们只要一拳就能让你闭嘴。就这么简单。"

艾丽斯回想起在酒吧里，那个男人往她们中间硬挤进来的时候她举止大变的样子；那个男人把手搭在自己肩膀上的时候，她的目光更是杀气腾腾。

玛格丽把咖啡壶从架子上拿下来，发现里面是空的，便骂了一声。她沉思了一会儿，直起身子，对艾丽斯挤出一个淡淡的笑容。"当然了，一旦你学会怎么狠狠地回敬他们，那种事情就再也不会发生了。"

现在白天的时间很短，但这一天过得漫长又奇怪。整个小图书馆笼罩在一种让人提心吊胆的朦胧气氛中，仿佛艾丽斯应该等什么人的出现，或者等待什么事情发生。前一晚被打的地方还不是很痛。现在她明白了，那是身体的休克反应。随着时间一小时一小时地过去，她身体几个部位开始有肿胀感，头部被范克利夫先生的肥拳头击中，还有碰在坚硬的桌子上的地方开始阵阵作痛。

玛格丽走了，艾丽斯向她保证过：是的，她没事；不，她不希望有更多的人收不到书。她保证玛格丽不在的时候，她会把门闩好。其实，她的确需要时间独处，不去担心其他人见到她时的反应，什么都不去担心。

所以，几个小时里，艾丽斯一个人在图书馆，独自思考。她头疼得看不了书，她也不知道想看什么。她心里很乱，理不出头绪。她发现自己很难集中注意力，想不出未来何去何从——住在哪里，做什么，要不要回英国。这些问题太沉重，太复杂，最后她发现做一些简单的小事更容易。整理一下书，煮咖啡，出去上厕所，然后飞快地回来，再把门闩上。

午饭时，她听到了敲门声。她呆住了。但弗雷德的声音响了起来："是我，艾丽斯。"她从椅子上站起来，拉开门闩。他进门的时候，她退到了门后。

"我给你带了点儿汤。"他说着，把一个碗放在桌上，碗上盖着一块布，"我觉得你可能饿了。"

这时他才看见她的脸。她从他脸上看到了一闪而过的震惊，但很快，取而代之的就是一种黑暗、愤怒的表情。他走到房间尽头站了一会儿，背对着她。他看起来全身都绷紧了，身体好像变成铁铸的一般。

"本内特·范克利夫是个笨蛋。"他说。他的下巴几乎没有动，就好像他很难忍住不发作。

"不是本内特。"

他过了一会儿才明白过来。"这样啊，真该死。"他走回来，在她面前停下。她把脸转开，脸颊泛起红晕，就好像因为她干了什么事而感到惭愧。"别。"她说。她也不知道她让他"别"做什么。

"让我看看。"他站在她面前，仔细地看着，皱起了眉头，又抬起手朝她的脸伸过去。他的手指摸过她的下巴的时候，她闭上了眼睛。他的手指很轻柔。他离她那么近，她能感受到他皮肤的温热，闻到他衣服上很淡的马的味道。"你去看过医生了吗？"

她摇摇头。

"你能张开嘴吗？"

她照做了，然后表情痛苦地闭上了。"我早上刷了牙。好像有两颗牙松动了。"

他没有笑，指尖轻轻地滑过她的两边脸颊，动作十分柔和，即使在碰到伤口和肿块的时候，她都几乎感觉不到。他移动着手指，就和他在检查小马的脊柱有没有错位的时候一样。他用两只手摸过颧骨时，皱了一下眉头；两手又往上移，在额头相交，这时他犹豫了一下，然后把一缕头发撩开。"我觉得骨头没事。"他的声音低下去，喃喃地说道，"但我还是想让他吃点苦头。"

这样温柔的体贴，能融化最坚强的心。她感到一滴眼泪慢慢地从脸颊上滑落，心中希望他没有看见。

他转身走开了。她听到他在桌子边，用勺子咕咚咕咚地搅动着什么。"这是番茄汤。我做的，加了香草和一点儿奶油。我想你应该什么吃的都没带，而且这个……呃……不用嚼。"

"我认识的会做饭的男人很少。"她的声音略带哭腔。

"是啊。唉，我要是不自己做饭，现在早该饿死了。"

她睁开眼睛，看到他正把勺子放在碗边，又在旁边整整齐齐地放了一块叠好的方格棉布餐巾。在这一瞬间，她忽然回想起前一晚的全套餐具，赶紧把那幅画面赶出脑海。眼前的是弗雷德，不是范克利夫。她还惊奇地发现自己饿了。

她吃东西的时候，弗雷德坐了下来。他放松地靠在椅子上，读着一本诗歌。显然，能让她自自在在地，他就很满意了。

她每次张开嘴都很痛苦，但她几乎把一碗汤都喝干了。她时不时地会用舌头探一探那两颗松动的牙齿。她没说话，因为不知道该说什么。一种怪异的羞辱感油然而生，仿佛一切都是她罪有应得，仿佛脸上的瘀伤是她失败的象征。她发现自己心中在一遍又一遍地重播那一晚的场景。她是否应该保持沉默？是否应该委曲求全？但那样做的结果会是什么？她最后只能变得和那些该死的洋娃娃一样。

弗雷德的声音打断了她的沉思。"当我发现我妻子有外遇的时候，恐怕从这里到霍夫曼公司的人都在不停地问我，为什么不把她痛打一顿，然后把她带回家。"

艾丽斯动作僵硬地转过头去看着他，但他还低头看着书，仿佛是在读书里的话。

"他们说，我应该教训教训她。但即使在她肆无忌惮地伤透了我的心，让我第一次发火的时候，我也不懂何必要那样做。你可以通过惩罚马将它驯服，此后它会听从你的命令，但永远不会忘记你伤害过它，它也肯定不会爱护你。这种事我不会对马去做，所以我不明白,为什么要对人去做。"

艾丽斯一边听他说着,一边把碗慢慢地推开。

"塞莱娜和我在一起不快乐。我早就知道,但我不愿去想。她不适应外面艰苦的生活,照顾马又脏又累,晚上又冷。她是城里的姑娘,我大概没多考虑这一点。爸爸去世后,我只想建立起自己的事业。也许我以为她会像我妈妈一样,在生活中找到乐趣。我们这样过了三年,没生孩子。我刚发现那个花言巧语的推销员骗她,许诺要让她过上新生活的时候,就应该知道她会离开我。不,我从没有打过她。即使当她站在我面前,手里拿着箱子,告诉我,我在她眼里多么一无是处的时候,我也没打她。我想,直到现在,镇上一半的人都因为这件事觉得我不像个男人。"

她想告诉他:我不这么认为。但她却说不出来。

他们安静地坐了好半天,各自沉浸在自己的思绪中。最后,他站起来,给她倒了一杯咖啡,放在她面前,拿着空碗走到门口。"今天下午我在小围场驯弗兰克·尼尔森的小马驹。小马脚不稳,喜欢走平地。要是有什么事,你就用力敲那扇窗户,好吗?"

她没说话。

"然后我马上就会过来,艾丽斯。"

"谢谢你。"她说。

"她是我妻子,我有权和她说话。"

"我管你是谁……"

弗雷德先赶过去拦住了他。她在椅子里打盹——她觉得全身都没一点力气——然后被叫喊声吵醒了。

"没事的,弗雷德,"她喊道,"让他进来。"

她拉开门闩,把门打开一条缝。

"这样的话,我也要进来。"弗雷德在本内特后面跟进来,两人站了一会儿,把靴子上的雪磕掉,再把身上的雪抖掉。

本内特一见到她,便退了一步。她没勇气照镜子,但他的表情透露了她想知道的一切。他吸了一口气,用手挠了挠后脑勺。"你得回家去,艾丽斯。"他说,接着又补充道,"他再也不会这样做了。"

"从什么时候开始你能替你爸爸做主了,本内特?"她问道。

"他保证过了,他并不想打你打得那么重的。"

"他只是想轻轻地打,噢,那就没事了?"弗雷德说。

本内特瞪了他一眼。"当时他在气头上,爸爸他……他不习惯女人顶撞他。"

"那下一次艾丽斯开口说话的时候怎么办?"

本内特转过身去,正视弗雷德。"喂,吉斯勒,你是不是管太多了?就我所知,这事和你没关系。"

"我看见一位没有自卫能力的女士被打得鼻青脸肿,这就是我要管的事。"

"所以你最懂怎么管老婆吗?我们可都知道你老婆把你……"

"够了。"艾丽斯说。她慢慢地站起来——要是太快,会让她的头一阵一阵地刺痛——然后转向弗雷德,"你能让我们单独待几分钟吗,弗雷德?……好吗?"

他看看她,又飞快地看了本内特一眼,然后又看看她。"我就在外面。"他低声说道。

两人都盯着自己的脚,直到门关上。她先抬起头来,望着她一年前托付终身的男人。她现在意识到,他就像一条帮她逃离困境的通道,他们的思想和灵魂都没有真正地融合。他们对彼此的了解能有多少?刚开始还有新鲜感,他们是来自不同世界的两个人,都受困于周围的人对自己的期望。后来,她的格格不入慢慢地让他感到反感。

"那你回不回家?"他问。

他没说对不起,我们能解决这个问题,我们可以好好谈一谈。我爱你,我昨天整晚都在担心你。

"艾丽斯?"

他没说我们一起离开这里,我们可以重新开始。我想你,艾丽斯。

"不,本内特,我不回去。"

他过了一会儿才反应过来。"你是什么意思?"

"我不回去。"

"那……你要去哪儿?"

"我还不知道。"

"你……你不能就这么离开,你不能这样做。"

"你有资格这么说吗?本内特,你不爱我。我也不能……我不能成为你需要的那种妻子。我们让对方尝不到一丝的幸福,而且我看不到任何……任何能改变的希望。所以,不。我回去是没有意义的。"

"你受了玛格丽·奥黑尔的教唆。爸爸说得没错,那个女人……"

"唉,看在上帝的分上,我知道我在想些什么。"

"但我们结婚了。"

她挺直了身体。"我不会再回到那栋房子里。你和你爸爸把我从这里拖出去一百次,我也会出走一百次。"

本内特揉了揉后颈。他摇摇头,侧身转过去一半。"你知道他是接受不了的。"

"他'接受不了'?"

她看着他的脸,他的脸上有各种情绪在斗争,一时间备感悲伤,因为她看出他们真的已经走到了头。她还看到另一种情绪,一种她希望他也能察觉得到的情绪:解脱。

"艾丽斯?"他说。

又开始了,又是那种怪异的希望,就像春芽一样不顾一切。她希望即使到了难以挽回的境地,他还会把她搂在怀里,发誓他不能没有她,告诉她这一切都是一个可怕的错误,他还会像过去承诺的那样和她在一起。她心底怀着这样的信念,她仍然相信所有爱情故事的精髓,那就是人人都有可能得到幸福的结局。

她摇了摇头。

而他,再也没说一句话,走了。

这个圣诞节的节日气息很淡。玛格丽没有庆祝圣诞节的传统，这个节日不能给她带来任何美好的回忆。但斯文还是买来一只小火鸡，塞好填料，烤熟了，他还用他母亲的瑞典食谱烤了肉桂曲奇。玛格丽的确会干好多活儿，他告诉她。但是，他摇摇头，如果等她做饭，他只能变成饿死鬼。

他们邀请了弗雷德，不知为什么，艾丽斯感觉很不自然。每次他从桌子那边望过来，他都能数出来几秒过后她会抬头和他对视，然后脸红。他带来了一个按他母亲的菜谱做的水果杏仁蛋糕，还有一瓶法国红酒——他父亲去世前就放在他家酒窖里了。他们喝完后的评价是"这酒很有趣"，但斯文和弗雷德认为什么都比不上冰啤酒。他们没有唱圣诞颂歌，也没有玩游戏，但四个互相关心的人在一起，享受美味的食物和一两天的假期，就是很好的放松了。

尽管如此，艾丽斯整天都在担心敲门声和躲不开的对峙。范克利夫先生毕竟向来都很霸道，而且没有什么场合能比圣诞节更让他血冲上头了。然后，敲门声就真的响了起来，只不过和她预想的不一样。艾丽斯跳了起来，和摇头摆尾、兴奋地狂吠的蓝眼睛争着从窗户往外看。但来人却是安妮。她走上门廊，一如既往地板着脸。但考虑到她在过节的时候还得跑来干这苦差事，艾丽斯实在不忍心怪她。

"范克利夫先生让我把这个给你。"她冷冰冰地说，仿佛从嘴里吐出来一个个冰球。她把一个信封往她面前一挥。

艾丽斯抓着蓝眼睛，它却扭动着身子挣脱出去，蹦蹦跳跳地迎接这位新来的客人。它是最没用的看门狗,玛格丽会溺爱地说,光会汪汪叫,没一点儿凶狠的脾气。当年它是一窝狗崽里最瘦小的一只,傻乎乎地让所有人知道它能生活在这个世界上有多开心。

艾丽斯接过信的时候,安妮一直警惕地盯着它。"他还说,祝你圣诞快乐。"

"但他不会从他的老板椅上站起来,亲自来说吗?"斯文对着门口喊道。安妮生气地瞪着他,玛格丽在心里骂了他一句。

"安妮,欢迎你进来坐一坐再走,"她说,"下午很冷,和我们一起吃点儿东西吧。"

"谢谢你,但我得回去了。"她甚至不愿站得离艾丽斯近一些,仿佛那样就可能被传染艾丽斯对"反常性行为"的嗜好。

"好吧,总之,谢谢你大老远地赶过来。"艾丽斯说。安妮满心狐疑地看着她,就好像自己受到了嘲笑。她转过身,快步走下山去。

艾丽斯关上门,放开狗。狗立刻跳起来,对着窗子汪汪叫,就好像忘了它刚才见到了谁。艾丽斯盯着那封信。

"里面是什么?"

玛格丽在桌旁坐下。艾丽斯打开信封时,瞥见玛格丽和弗雷德交换了一个眼神。里面是一张装饰了闪粉、蝴蝶结的精致卡片。

"他会想办法把她哄回去的。"斯文说着,往椅背上一靠,"美丽的卡片,真浪漫。本内特想要打动她的芳心。"

但卡片不是本内特寄来的。她看了卡片上的字。

艾丽斯，你必须回到家里来。你已经闹够了，我儿子非常想你，想得人都瘦了。我知道我的行为是不对的，我会补偿你的。信里附上一个小礼物，你去列克星敦买点儿漂亮衣服吧，希望你能早一些回心转意。这种和解方法当年对我亲爱的多洛蕾丝效果很好，我相信你也能欣然接受。

过去的事，我们就让它过去吧。

你的父亲

杰弗里·范克利夫

她看着卡片，里面滑出来一张崭新的五十美元钞票，掉在桌布上。她愣愣地望着钞票落下的地方。

"这是不是我想的那个东西？"斯文说着，探身过去看了看。

"他要我去买条漂亮裙子，然后回家。"她把卡片放在桌上。

屋里一阵漫长的沉默。

"你不能去。"玛格丽说。

艾丽斯抬起了头。"他就算给我一千美元我也不回去。"她咽了一口唾沫，把钱塞回信封里，"不过，我要另找一个地方住。我不想给你们添麻烦。"

"你在开玩笑吧？你想在这里住多久就住多久。艾丽斯，一点儿也不麻烦。而且，蓝眼睛非常喜欢你，我以后就不用和狗狗争着吸引斯文的注意了。"

只有玛格丽听见弗雷德放心地叹了一口气。

"好了！"玛格丽说，"就这么定了，艾丽斯留下来。我来收拾一下吧？然后把斯文的肉桂曲奇摆上来，如果吃不了，就拿去做打靶练习。"

亲爱的范克利夫先生：

您已经不止一次明确表示你认为我是妓女。但我和妓女不一样，我不能被金钱收买。

所以，我请安妮替我把钱交还给您。

请您安排一下，把我的东西暂送至玛格丽·奥黑尔家。

您真诚的
艾丽斯
1937 年 12 月 27 日

范克利夫把信扔在书桌上。本内特从办公室的另一边抬头看了一眼，身子一缩，仿佛已经猜到了信里写的是什么。

"够了。"范克利夫一边说，一边把信揉成一团，"那个奥黑尔姑娘做得太过分了。"

十天后，传单便发了出去。最先看到的是伊兹。一张传单被风吹过了马路，飞到了学校里。她下了马，拿起来，擦去上面的雪，好看得更清楚些。

贝利维尔的好市民们：

请注意，马背图书馆道德败坏，正直的公民必须予以抵制。

星期二下午6时，会议大厅

关注本镇道德危机

"道德危机。这种在餐桌上一拳把女孩的脸打肿的人，还谈什么道德。"玛格丽摇摇头。

"我们应该怎么办？"

"我想，我们去参加会议吧。毕竟，我们是正直的公民。"玛格丽看上去天不怕地不怕的样子。但艾丽斯注意到她把传单一把攥在手里，脖子紧绷得青筋凸现。"我不会让那个老……"

门突然开了。原来是布林，他的脸蛋红扑扑的，跑得上气不接下气。

"奥黑尔小姐？奥黑尔小姐？贝丝在冰上摔了一跤，摔得很重，胳膊断了。"

他们立刻冲出图书室，跟着他走上白雪覆盖的马路，然后就看到了本地的铁匠丹·米金斯高大的身影。他胸前抱着脸色苍白的贝丝。她一只手抱着自己的一只胳膊，两只眼睛下面有深深的黑眼圈，就好像她已经一个星期没睡觉了。

"马在砾石坑旁的一块冰上滑倒了，"丹·米金斯说，"我检查了一下，马应该没事，但全部重量都压在她手臂上了。"

玛格丽走近几步，看了看贝丝的手，心里一沉。手腕上上三英寸的地方已经肿胀，颜色深红。

"你别夸张了。"贝丝咬牙忍痛说道。

"艾丽斯，把弗雷德叫来，我们得送她去白土山的医生那里。"

一小时后，他们三个人站在加尼特医生的小医务室里，医生仔细地用两块夹板固定住受伤的胳膊，一边包扎，一边轻声哼着歌。贝丝闭着眼睛坐着，紧咬牙关，坚决不露出痛苦的表情，身体力行地表现出身为一群兄弟中唯一的女生应有的勇敢。

"但我还是能骑马的吧？"医生包扎完以后，贝丝问道。她把胳膊抬在胸前，医生把吊带绕在她脖子上，小心地系好。

"绝对不行！小姐，你要休息至少六个星期。不能骑马，不能抬重物，不能有一点儿磕碰。"

"但我必须骑马，不然我还怎么送书？"

"我不知道你有没有听说过我们的小图书馆，医生……"玛格丽开口道。

"噢，我们都听说过你们的图书馆。"他嘲讽地一笑，"平克小姐，就现在来看，骨折的地方没有骨屑，我相信会愈合得很好。但我必须强调，不能再次受伤，这非常重要。如果出现感染，就有可能要截肢。"

"截肢？"

艾丽斯感到一种情感从心中涌上来，是厌恶感还是恐惧感，她说不清。贝丝睁大了眼睛，再也不像之前那么镇静了。

"我们会安排好的，贝丝。"玛格丽的声音比她的真实情感更充满勇气,"你只要听医生的话就行了。"

弗雷德以最快的速度开车回去,但等他们到达会议厅时,大会已经进行了将近半个小时。艾丽斯和玛格丽从后门悄悄地溜了进去。艾丽斯把帽檐压到了眉毛上,披着头发,把最显眼的瘀青遮住。弗雷德跟在她身后——这一天整他都像她的保镖一样。范克利夫讲得正精彩,没人发现他们进去了。

"别误会我。我百分之百支持读书和学习。我儿子本内特是学校的毕业生代表,你们中的一些大概还记得。但有的书是好书,有的书会灌输坏的思想,传播虚假、不纯洁的思想。如果不加以监管,书可能造成社会分裂。我担心我们在这方面过于松懈,没有保持足够的警惕性,让这种书流入本地,危害我们的年轻人和最脆弱的心灵。"

玛格丽扫视了一眼会众的脑袋,看看有哪些人在这里,谁在跟着点头。但从背后很难分辨出。

范克利夫沿着前排的椅子踱步,摇着头,仿佛他要传达的信息让他十分悲痛。"有时候,邻居们,好邻居们,我想,我们真正应该读的书只有一本,那就是《圣经》。它包含了我们所需要的所有事实和知识,难道不是吗?"

"那你的建议是什么,杰弗?"

"噢,这不是明摆着的吗?咱们得把图书馆关掉。"

人群中的脑袋转动起来,人们互相对视着,有的惊讶,有的担忧,有的点头赞同。

"我很赞赏他们在分享菜谱和教小孩识字等方面做出的努力。为此我要感谢您,布雷迪太太。但此事到此为止。我们要夺回我们自己的小镇,就从关闭这个所谓的图书馆开始。我会尽快把这件事汇报给州长,我希望你们,正直的公民们,都能支持我。"

半个小时后,大厅里的人群渐渐散去。他们有的一反常态地沉默不语,表情难以理解,有的窃窃私语,有几个对站在后排的女人投去好奇的目光。范克利夫出去的时候正和麦金托什牧师讲话讲得很投入,两人没注意到她们,或者故意忽视她们的存在。

但布雷迪太太看见了她们。布雷迪太太还戴着她在室外戴的厚厚的毛皮帽子,她把最后面的人群扫了一眼,发现了玛格丽,招手让她过来到小讲台上。"是真的吗?关于那本《婚后之爱》的事?"

玛格丽迎向她的目光。"是的。"

布雷迪太太压低嗓门惊呼道:"你知不知道你干了些什么,玛格丽·奥黑尔?"

"传播事实,布雷迪太太。帮助女性掌控自己的身体、自己的生活的事实。没有什么罪恶的内容。见鬼,我们自己的联邦法院都裁定那本书可以流通。"

"联邦法院。"布雷迪太太哼了一声,"你和我一样清楚,这里天高皇帝远,谁都不在乎什么法院的判决。我们这个小地方的人非常保守,尤其谈及这种肉体问题的时候。"她把双臂抱在胸前,突然连珠炮似的说道:"怎么搞的,玛格丽,我相信了你,以为你不会搞出什么大事来!你知道这个项目有多敏感。现在小镇上流言满天飞,都说你传播的那些读物不正经。再加上那个老笨蛋来捅娄子,目的就是想让我们关门大吉。"

"我是真诚对待每一本书、每一个人的。"

"但是,一个更聪明一些的女人就会懂得,有时候你得耍政客的手段才能得到你想要的东西。你所做的一切都相当于给他送去了用来攻击你的炮弹。"

玛格丽尴尬地动了动脚。"唉,得了吧,布雷迪太太,谁会把范克利夫先生的话当真啊。"

"你以为呢?伊兹的父亲就是一个,他坚决反对。"

"反对什么?"

"布雷迪先生今晚就要让伊兹退出图书馆项目。"

玛格丽张大了嘴。"你在开玩笑吧。"

"我绝对没开玩笑。图书馆之所以存在,靠的是本地人善意的支持,靠的是它为公共利益服务的目的。不管你做了什么,都已经引起了负面的争议,布雷迪先生不想让他唯一的孩子被牵扯进去。"

她突然抬起一只手捂住脸颊。"唉,天啊。诺夫希尔太太听到这个消息的时候一定很不高兴,非常不高兴。"

"可是……可是贝丝·平克刚刚摔断了手,我们已经少了一个人。伊兹也不来了的话,图书馆的业务就无法继续下去了。"

"也许你在开始搞你那……骇人听闻的文学传播之前就应该考虑

到这一点。"这时她才看到艾丽斯的脸。她使劲儿地眨了眨眼睛，皱起眉头，又摇摇头，仿佛这也证明了马背图书馆存在着严重的问题。然后她拉着伊兹的袖子匆匆离开，伊兹走到门口的时候绝望地瞥了她们一眼。

"好了，这下完了。"

最后几辆轻便马车和轻声低语的夫妻都走了，会议厅里现在空无一人。玛格丽和艾丽斯站在门廊上，玛格丽第一次表现得真正茫然不知所措。她手里还攥着那张皱巴巴的传单，她把它扔在地上，用脚跟踩进了台阶上的积雪里。

"明天我去送书。"艾丽斯说。她的嘴还肿着，声音发闷，就好像说话时嘴上捂了一个枕头。

"不行。你会把马吓坏的，更别提那些借书的人家了。"玛格丽揉揉眼睛，深吸了一口气，"我尽量多走几条路线。老天爷啊，因为下雪，我们的进度已经够慢的了。"

"他想把我们搞垮，是不是？"艾丽斯垂头丧气地说。

"是的。"

"都怪我。我在信里说他的钱是给妓女的，他才不择手段地惩罚我。"

"艾丽斯，如果你没这么说，我也会替你说，还把字写得大大的让他看清楚。范克利夫这种男人接受不了女性拥有任何发言权。你不能为了这种人责怪自己。"

艾丽斯把手深深地插进口袋里。"也许贝丝手上的伤不用医生说的那么长时间就能养好。"

玛格丽斜眼看看她。

"你总会想出办法来的。"艾丽斯补充道，就好像在让自己安心，"你总有办法。"

玛格丽叹了一声。"走吧，我们回去。"

艾丽斯走下两级台阶，把玛格丽的外套在身上裹得紧一些。她在想弗雷德会不会陪她去把她最后的一些东西拿回来，她不敢一个人去。

然后一个声音打破了沉寂。"奥黑尔小姐？"

凯瑟琳·布莱出现在会议大厅的拐角，一只拿着油灯的手向前伸出，另一只手牵着缰绳。"范克利夫太太。"

"凯瑟琳，你最近还好吗？"

"我参加了那场会议。"她的脸被晃眼的灯光照得惨白，"我听到你爸爸说了你们的事。"

"是的，镇上每个人都有发表自己看法的权利。你不能听到什么都……"

"我来给你们骑马。"

玛格丽歪了歪脑袋，好像她不知道自己有没有听错。

"我去送书。我听到你们和布雷迪太太的谈话了。加内特的妈妈会帮我照看孩子，我和你们一起骑马，一直到那姑娘的手恢复。"

看到玛格丽和艾丽斯都没反应，她又说："我对从我家出去二十英里远的每一个山谷都很熟悉，我骑马的技术也和别人的一样好。你们的图书馆帮我度过了最艰难的时光，我不能让那个老笨蛋把它关掉。"

两个女人对视了一下。

"那么，明天我什么时候过来？"

这是艾丽斯头一次看见玛格丽说不出话来。她结巴了一下，然后才说："最好5点过一点点。我们有很多地方要去。当然了，如果太麻烦，因为你有孩……"

"5点可以。我骑自己的马来。"她抬了抬下巴，"加内特的马。"

"非常感谢。"

凯瑟琳对她们俩点了点头，骑上她的大黑马，掉转马头，消失在黑夜中。

艾丽斯想起这段时光时，她记起1月是最黑暗的。不仅仅因为白天很短，天寒地冻，而且她们骑马赶路时外面都是一片漆黑。她们要把领子竖起来围着脖子，身上裹好几层衣服，还得保证穿那么多还能动。那些借书的人也冻得脸色发紫，有的小孩和老人一起蜷缩在床上，有的咳嗽，有的眼睛流脓，挤在半热不热的火塘边，但他们都渴望能有些消遣，让一个好故事给他们带来一些希望。给这些家庭送书越来越不容易了：路被雪隔断，马在厚厚的积雪中行走困难，走到结冰的斜坡上会打滑。艾丽斯一直忘不了贝丝红肿的胳膊，走到这种路时就害怕得下马步行。

凯瑟琳果然信守诺言，每周有四个早晨，到5点时她就骑着丈夫那匹高瘦的大马来到图书馆，驮上两包书，话也不多讲，就骑马进了山。她几乎不用检查路线是否走对了，去的人家也都敞开大门，带着尊敬的笑容欢迎她。艾丽斯发现，尽管路程艰辛，凯瑟琳几乎一整天见不到自己的孩子，但走出家门对于她来说是件好事。几周以后，她一扫愁容，甚至露出了幸福的神情，后来还带上了一丝怡然的成就感。那些因为范克利夫先生对图书馆大力抨击而动摇的家庭，也被凯瑟琳说服，继续借书。她再三告诉他们，图书馆是好东西，她和加内特都真诚地相信它。

但图书馆的状况还是不好。山里有大约四分之一的家庭退出了，城里也有不少。外面还有不少谣言，导致以前欢迎她们的人，现在变得警惕起来。

利兰先生说，一个女图书管理员被爱情小说迷昏了头，去乱搞生下来一个私生子。

我听说柳条山的五姐妹受到了夹在烹饪书里的政治文章的蛊惑，拒绝帮父母做家务。有一个的手背上还开始长毛了。

那个英国姑娘真的是一个共产主义者吗？

有时她们还被辱骂。她们开始绕开主街上的小酒吧，因为那里的男人会站在门口对她们发出下流的嘘声，或者一路跟着她们，胡诌一些据他说是书报里看来的内容。她们想念伊兹，想她的歌声、她对你表现出热情时快乐又别扭的样子。虽然大家都不说，但没了布雷迪太太的支持，她们就感觉像失去了主心骨。贝丝来过几次，但她又暴躁，又苦恼，所以她觉得还是干脆不来要好一些——后来所有人也是这么想的。索菲娅不用花几个小时填写登记簿了，为了把这些时间打发掉，她做了更多剪贴簿。"事情总会有转机的，"她坚定地告诉两个姑娘，"要有信心。"

艾丽斯鼓起勇气去了范克利夫宅，玛格丽和弗雷德一边一个陪着她。范克利夫不在家，她如释重负，放松得几乎要倒下。只有安妮一言不发地递给她两个收拾得整整齐齐的手提箱，然后把门重重地关上，颇有些一刀两断的意味。但一回到玛格丽的小屋，尽管玛格丽向她保证住多久都可以，艾丽斯还是觉得自己是一个闯入者，一个进入另一个世界的难民，这个世界的规则对于她来说是陌生的。

斯文·古斯塔夫松是一个热心肠，他为人善良，从来不让艾丽斯感觉自己不受欢迎，每次来都让她多聊聊她的故事：她英国的家人，她每天都干些什么，就好像她是一个很受欢迎的客人，见到她是一件愉快的事；他没有把她看作被困在他的生活空间里的一个迷路的灵魂。

他告诉她范克利夫的矿上的真相：暴行、破坏工会、缺胳膊少腿的工人和其他让她无法想象的惨状。他从头到尾都是用阐述实情的口吻，但她感到非常羞愧，自己在那栋大房子里享受的舒适生活竟是靠这些勾当得来的。

她会躲到一个角落里，读玛格丽的一百二十二本书中的一本，或者在没有灯的黑夜里清醒地躺几个小时。玛格丽卧室里传出的声响和这种声响频频发生的次数，不时地把她的思绪打断。他们随心所欲，享受着突如其来的欢愉，一开始让艾丽斯难堪极了，一个星期后，她发现玛格丽和斯文的爱情经历和自己的竟然有那么大的差别，在好奇之余也略带悲伤。

她常偷眼看斯文在玛格丽身边的样子，看他静静地欣赏她的一举一动，看只要玛格丽来到他身边，他的手就要伸过去寻找她的手，仿佛两人的皮肤相触对于他来说就和呼吸一样必不可少。他和艾丽斯讨论玛格丽的工作，也让她感到惊奇，看起来他很为玛格丽感到骄傲，还给她提了一些建议，为她鼓劲儿。她还发现，他把玛格丽拉到身边时，既不害羞，也不拘谨。他对着她耳边喃喃低语，讲着他们才懂的情话，露出会心的微笑。在这种时候，艾丽斯的心就像被掏空了一样，她感觉身体里就像有一个洞，又深又空，而且变得越来越大，快要把她整个吞下去。

她对自己说，把注意力都放在图书馆上。她把被子拉到下巴上，堵住了耳朵。只要还有工作，你就不会一无所有。

第十三章
险象重重

任何一种宗教都离不开爱。人们可以大谈自己的宗教,但如果这种宗教不教人善待他人和动物,那就都是骗人的鬼话。

安娜·休厄尔,《黑骏马》

最后,他们派来了麦金托什牧师,大概以为用上帝的话语就能说服他们说服不了的人。在一个周二的晚上,他敲开了马背图书馆的门,看到她们围成一圈在清洗马鞍,中间放着一桶温热的肥皂水。柴火在角落的火炉里噼啪作响,她们在轻松地聊天。他摘下帽子,按在胸前。"女士们,很抱歉打扰你们的工作。但我想和范克利夫太太说句话。"

"如果是范克利夫先生派你来的,麦金托什牧师,那我就帮你省点儿力气,把我的原话告诉他,还有他儿子,还有他的管家,还有所有想要知道这事的人:我不回去。"

"哎,但那男人还真执着。"贝丝喃喃道。

"嗯,这种心情我可以理解,这几周你一定情绪很激动。但你是已婚的人了,亲爱的。你要服从更高的权力。"

"服从范克利夫先生?"

"不。服从上帝。每一对夫妻都是神'配合'的,丈夫不能离开妻子。"①

"可我们这是妻子离开丈夫呀。"贝丝轻轻地说着,偷笑起来。

麦金托什牧师的笑容变得僵硬了。他重重地坐在门旁的椅子上,身体向前倾。"你是在上帝的庇佑下结婚的,艾丽斯,回家是你应尽的责任。你这样走掉……会导致一连串的后果。你必须想到,你的行为会产生多方面的影响。本内特很难过,他的父亲也很难过。"

"那我呢?看来我的感受就不值得考虑了。"

"亲爱的姑娘,你只有在家庭生活中才能获得真正的满足。家,才是女人的安身之处。你们做妻子的,当顺服自己的丈夫,如同顺服主;因为丈夫是妻子的头,如同基督是教会的头,他又是教会全体的救主。②"

玛格丽用力地在马鞍上用肥皂打圈擦洗,头也不抬地说:"牧师,你在跟一屋子快乐的未婚女性说话,你是知道的吧?"

---

① "所以,神配合的,人不可分开。"——《马可福音》,第十章第九节。
② 摘自《以弗所书》,第五章第二十二节。

他假装没听到。"艾丽斯,我敦促你跟随《圣经》指示,聆听上帝的教诲。所以我愿意年轻的寡妇嫁人,生养儿女,治理家务,不给敌人辱骂的把柄。①你明白他对你说的是什么吗,亲爱的?"

"我觉得我没明白,牧师。"

"艾丽斯,你不必坐在这里听他……"

"我没事儿,玛格丽。"艾丽斯抬起一只手来说,"我和牧师经常进行有趣的谈话。另外,我明白你想告诉我什么,牧师。"

几个女人静静地交换了一下眼神。贝丝轻轻地摇了摇头。

艾丽斯用抹布擦掉了一块顽固的污渍。她歪着头想了想,说:"不过,如果你能再多给我一些建议的话,我会非常感激。"

牧师抬起手掌。"好的,当然可以,孩子。你想知道什么?"

艾丽斯抿着嘴唇,仿佛仔细斟酌了一番,然后头也不抬地说:"就因为儿媳妇大胆将两个旧洋娃娃送给了没有母亲的小孩,公公把她打得头撞在桌子上,关于这样的行为,上帝是怎么说的?哪个章节里讲过?我很想听听。"

"我很抱歉,什么……?"

"当时这个女人一只眼睛看东西是模糊的,因为被她公公重重地扇过一耳光,她只能看见满眼的星星,你有这方面的章节吗?或者,他后来给她一张钞票,让她听他的话,这样的呢?你觉得《以弗所书》上有对这种事的看法吗?毕竟,五十美元是一个很大的数目,

---

① 摘自《提摩太前书》,第五章第十四节。

大到可以让一些人给各种罪恶放行。"

贝丝瞪大了眼睛。玛格丽突然低下了头。

"艾丽斯，亲爱的，这……嗯……这完全是私人的……"

"那是上帝允许的行为吗，牧师？因为我认真倾听，却只听见你们告诉我，显然是我犯了错。但我认为，我才是范克利夫家里最敬畏上帝的人。也许我在教堂里花的时间不多，我承认，但我实实在在地帮助了穷人、病人和其他需要帮助的人。我从没多看别的男人一眼，也没有任何让我丈夫怀疑我的行为。我尽我所能为他人着想。"她从马鞍上把身子探过来。"我告诉你，我没有做的事情是什么。我没有从别的州找来扛着机关枪的人威胁我的工人；我没有让这些工人花四倍于公平的价格买公司商店的杂货，如果他们敢去别处购买食品，我就把他们解雇掉，然后让他们背上到死都还不清的债务；我没有把病到不能工作的人从公司宿舍赶出去。我肯定也没有把年轻女人打到她眼睛都看不见，然后派一个用人，拿着钱来封住她的嘴。所以，牧师，请你告诉我，到底谁才是不敬神的那一个？到底是谁需要听一听如何按《圣经》的指导来做事？因为我怎么想都想不出来。"

小图书馆陷入了沉寂。牧师的嘴巴一开一合，眼睛瞪着屋里几个女人：贝丝和索菲娅若无其事地弯腰做事，玛格丽飞快地看看艾丽斯，又看看他。而艾丽斯抬着头，表情犀利，充满质疑。

他把帽子戴到头上。"我……我看你们都很忙。范克利夫太太，也许我该另挑个时间再来。"

"噢，你一定要再来，牧师。"她喊道。牧师打开门，匆匆地走进了黑暗中。"我非常喜欢这次的《圣经》学习！"

麦金托什牧师大败而归。细究起来，他不能被称为一个审慎之人，所以故事传遍了全镇，人人都知道艾丽斯·范克利夫真的离开了她丈夫，再也不回去了。杰弗里·范克利夫心情更糟了。矿上有人在煽动着要造反，已经让他忙得焦头烂额。那些打算重建工会的人受了匿名信的鼓舞，据说又想卷土重来。但这一次，这些专给他找麻烦的人聪明多了。他们在马尔文酒吧，或者红马那样的低等小酒馆里闲聊着交换暗号，而且行动迅速，等范克利夫的人跑去，只能看见几个霍夫曼的工人，在工作了整整一周后，理所当然地坐在那里灌着冰啤酒，空气中只隐约有些骚动的气氛。

"我听说，"在酒店的酒吧里坐下时，州长说，"你最近有点儿脑子不清楚。"

"我脑子不清楚？"

"你一门心思和那个该死的图书馆对着干，不关心矿上的事。"

"你从哪儿听到的这种胡说八道的说法？我脑子清楚得很，州长。难道两个月前我们没有发现一帮联合煤矿工人工会的人，把他们的组织一窝端了吗？我特地让杰克·莫里西和他的人把他们'请'走了，没错。"

州长盯着他的酒。

"我在全镇都有眼线，我一直在注意那些不稳定因素。我们已经发出了警告，你明白的。我在警长那里有朋友，他们对这类事情非常理解。"

州长微微地抬了抬眉毛。

"怎么了？"范克利夫顿了顿，问道。

"他们说你连自己的家事都管不好。"

范克利夫惊得头往后一靠。

"本内特的妻子真的离家出走，跑去森林里那个小屋住下了吗？而且你们都没法把她叫回来？"

"他们小夫妻现在是有点儿闹别扭。她——她要住在她朋友那里，本内特同意了，等双方都冷静下来再说。"他用一只手抹抹脸，"那姑娘情绪不稳定，你知道的，因为一直没能给本内特生小孩……"

"好吧，听到这些我很遗憾，杰弗。但我必须告诉你，这里头大有问题。"

"什么？"

"他们说奥黑尔家的姑娘把你给打败了。"

"弗兰克·奥黑尔的女儿？哼。那个小……乡巴佬。她——她蹭艾丽斯的好名声，大概还有点儿崇拜她。你肯定不会听信奥黑尔的话吧。哈！据我所知，她那个所谓的图书馆已经撑不了几天了。倒不是说我和图书馆有什么仇，噢，并没有。"

州长点点头。但他没有笑，没有表示认同，也没有拍拍范克利夫的背，给他倒一杯威士忌。他只是点点头，把自己的酒喝完，从酒吧的高脚凳上下去,走了。

范克利夫几杯波旁威士忌喝下去,窝了一肚子火气,等他终于起身离开酒吧时,他的脸已经变成和吧台一样的深紫色。

"您没事吧,范克利夫先生?"吧台侍者问道。

"怎么了?你也和那些人一样多管闲事吗?"他说完把空酒杯往那边一推,要不是侍者反应快,杯子已经从吧台另一端飞了出去。

范克利夫重重地把纱门关上的时候,本内特抬起了头。他正在一边听收音机,一边看体育杂志。

范克利夫一把将杂志从他手里打落。"我受够了。去拿你的外衣。"

"什么?"

"我们去把艾丽斯带回来,让她上车,有必要的话把她关在后备厢里也行。"

"爸爸,我告诉过你一百次了。她说,她会不停地离家出走,直到我们死心。"

"你就让她那种小女孩作践你?她是你的妻子!你知道这些对我的名声有多大损害吗?"

本内特重新翻开了杂志,脖子缩到衣领里,咕哝着:"外面的人乱讲而已。没多久就会过去的。"

"你这是什么意思?"

本内特耸了耸肩。"我不知道。我们就……就随她去好了。"

范克利夫眯着眼睛看着他的儿子,好像他已经完全变成了一个他快认不出来的人。"你到底想不想让她回家？"

本内特又耸耸肩。

"见鬼，你到底是什么意思？"

"我不知道。"

"噢……是不是因为佩姬·福尔曼又和你在一起了？啊，是的，我都知道。我理解，儿子，我听说了。你以为你妈妈和我当初就没有难过的坎吗？你以为我们就没有过不想在一起的时候吗？但她是一个知道自己有哪些责任的女人。你结婚了，你明白吗，儿子？在上帝眼中，你已经结婚了，在法律上也是一样，你也要依从自然法则。如果你想和佩姬在一起玩玩，你就得躲着点儿，别弄得人人都看见你、议论你。你听见了吗？"

范克利夫整了整外套，仔细地看了看壁炉架上面镜子里的自己。"你现在要表现得像个男人，我不能看着那个自以为是的英国姑娘把我们家族的名声毁掉。范克利夫这个名字在本地是叫得响的。去把你该死的外套拿上。"

"你要干什么？"

"我们把她带回来。"范克利夫抬头看着他高大的儿子。他这会儿正站在他面前。"你要拦着我吗，孩子？我自己的孩子要拦着我？"

"我不想参与进去，爸爸。有些事情最好还是……算了。"

范克利夫紧紧地把嘴闭着。他把儿子撞开，走了过去。"在这种事上绝不能让步。你胆子太小了，不敢做点儿样子出来给那姑娘看看。但你要是以为我是那种什么也不干，任由别人骑到头上来的人，你就太不了解你老爸了。"

玛格丽骑马回家的路上一直在沉思，怀念那些只用担心未来三天吃的东西够不够的日子。她越细想越觉得灰心，就和平时一样开始低声自言自语："还没那么糟。我们还在路上，对不对，查利宝贝？我们还在把书送出去。"

骡子听了，大耳朵飞快地前后转动，她发誓，她的话查利能听懂一半。斯文笑话她老是和动物说话，她每次都会反驳道，对于她来说，动物比这个地方一半的人都更重要。然后，当然了，她也会在他以为她没注意的时候，逮到他哄小孩儿似的和那条可恶的狗说话——*谁最乖呀，嗯？谁是最棒的狗狗呀？*尽管他说话直来直去，心肠却最软。他对动物很好。而且，很少有男人会欣然接受家里多一个女性。玛格丽又想起前一晚艾丽斯捣鼓出来的苹果馅饼还剩下一半没人碰。感觉这几天小屋里总是塞满了人，忙来忙去地做饭，或者做家务。要是一年前，她肯定要发火。以前回到冷冷清清的家里是一种解脱，如今要是回家没人，反而会感觉很奇怪。

骡子在黑暗的小路上蹒跚而行，玛格丽也累得有些迷糊，思绪断断续续，想到的东西也都是零零碎碎的。她想到凯瑟琳·布莱，她回到自己家的时候，想必四壁都透着失落感。多亏有她帮忙，最近两周里，尽管天气恶劣，她们几乎走完了所有送书路线。况且，由于范克利夫的污蔑，一些家庭还退出了借书项目，所以，她们竟能赶得上工作进度。如果预算充足，她肯定会把凯瑟琳留下。但布雷迪太太现在不愿意谈论图书馆的未来,她一周前还告诉玛格丽"我暂且不写信把我们现在的麻烦汇报给诺夫希尔太太",并且证实了布雷迪先生在让伊兹回去工作的事上依然不肯让步。"希望我们能赢回镇上居民的心,永远不要让诺夫希尔太太听说这次……不幸的事件。"

艾丽斯又开始骑马了,她的瘀青变成了亮黄色,仍能看出暴行的痕迹。那天她走了一条很长的路线,一直到帕切特小溪。她说是带花仙子出来活动活动筋骨,但玛格丽知道,艾丽斯这样做是为了让她和斯文能有更多的时间独处。小溪那边的家庭很喜欢艾丽斯,他们让她说一些英国地名——比尤利、皮卡迪利和莱斯特广场——然后被她的口音逗得狂笑不止。她从不介意。她这个姑娘,做人不计较。玛格丽心想,这也是自己喜欢她的原因之一。这里很多人能从最温和的话里找出不敬的含义,赞美也被看作是针对自己的挖苦,但艾丽斯不管遇见什么样的人,她总能不怀偏见地看到他们最好的一面。也许这就是她嫁给那个绣花枕头本内特的原因。

她打了个哈欠,心想不知斯文要多久才能回家。"你说呢,查利小子?我有时间烧点儿热水把我这一身脏洗掉吗?你认为他会在乎我是香的还是臭的吗?"

来到大门口时,她收收缰绳,让骡子停下来,再下马把门打开。"我看呀,我要能醒着等到他回来,就算运气好了。"

她把门闩好,过了一会儿才发现少了点儿什么。

"蓝眼睛?"

她顺着小路边走边喊，靴子踩在雪地里发出嘎吱嘎吱的声音。她把骡子的缰绳缠在门廊的柱子上，着急地用手揉着眉心。那只该死的狗又跑去哪儿了？两周前它居然自己走了三英里，过了小溪，跑去亨舍尔家，只为了和那家的小狗玩。回来的时候畏畏缩缩，耳朵耷拉着，满脸愧疚的样子，仿佛知道自己做错了，她都不忍心骂它。她的喊声在山谷里回荡。"蓝眼睛？"

她一步跨上两级台阶，跑上门廊。这时，她看见了它。就在远处的摇椅那里。它的身体苍白柔软，浅蓝色的眼睛呆滞地望着房顶，舌头伸了出来，四条腿张开，仿佛它在奔跑中突然被定住了。一颗子弹干净利落地穿透了它的头骨，留下一个深红色的弹孔。

"噢，不！噢，不！"

玛格丽向它跑过去，颓然跪下，从她都不知道是哪儿的身体深处发出一声恸哭。"噢，不，我的宝贝，不，不。"

她把狗的脑袋搂在怀里，摸着它脸颊上天鹅绒般柔软的毛，抚摸着它的鼻子——尽管她知道，这样做也不会让它起死回生。"噢，蓝眼睛，我亲爱的宝贝。"她把脸紧紧地贴在它的脸上。**对不起，真对不起，真对不起。**她用双手把它抱住，全身都在为一只再也不能跳到她床上的笨笨的小猎犬哀悼。

半个小时后艾丽斯发现玛格丽时，她还是这个样子。那时艾丽斯骑着花仙子刚到家，她腿很疼，双脚也冻麻了。

玛格丽·奥黑尔，在自己父亲的葬礼上全程没掉一滴眼泪，埋葬她姐姐的时候把嘴唇咬到流血，在将近四年的时间里明明全心全意去爱一个男人,却还发誓自己一点儿也不儿女情长的女人,现在像个孩子一样跪在门口大哭,抱着死去的狗悲伤得直不起腰,狗儿的脑袋轻轻地枕在她大腿上。

艾丽斯先看见范克利夫的福特车,然后才看见他本人。几个星期以来,他路过的时候,她就躲到暗处,转过脸去,紧张得心快蹦出嗓子眼儿,担心他又一次愤怒地紫涨着脸,要求她立刻回家,不许再胡闹,否则她会因此而后悔。即使只看到他的身影,她也会微微颤抖,仿佛身体细胞里还残留着一些痛苦的回忆,还能感觉到那只拳头的一击。

但现在,在这个悲痛的长夜,这场悲剧比她自己的更触目惊心,竟让她不顾一切地朝下山的酒红色小车追去,最后让花仙子横穿马路,挡在车前。范克利夫只得猛踩刹车,车在刺耳的摩擦声中停在一家商店前,引来过路的人——数量还不少,因为店里的面粉在打折——停下来看热闹。范克利夫透过挡风玻璃窗看着那个骑马的姑娘眨了眨眼睛,起初没认出来这是谁。他把玻璃窗摇下来。"你现在是彻底疯了吗,艾丽斯?"

艾丽斯愤怒地瞪着他。她放下缰绳,声色俱厉地问:"你枪杀了她的狗?"

她的声音像刀子划过静止的空气。

一阵沉默。

"你枪杀了玛格丽的狗?"

"没有。"

她抬起下巴，目不转睛地看着他。"当然没有，你不会把自己的手弄脏的，对不对？你大概派了你的打手过来，只为了杀死一只小狗。"她摇摇头，"上帝啊。你到底是什么样的人啊？"

然后，她从本内特转身看着自己父亲时带着的询问的目光中看出他不知情，于是她心里有些高兴。

此前大张着嘴巴的范克利夫很快恢复了平静。"你疯了，和那个奥黑尔姑娘住在一起，你跟她一样疯了！"他往车窗外扫了一眼，发现镇上的邻居们不走了，都停下来听他们说话，还互相窃窃私语。对于一个波澜不惊的小镇来说，这真是一道八卦的大餐。范克利夫枪杀玛格丽·奥黑尔的狗。"她疯了！你们看看她，骑着马朝着我的车头冲！就好像我真的会杀什么狗一样！"他把手放在方向盘上。艾丽斯一动不动。"我？我会去杀什么该死的狗？"

谁也没动，也没人说话。"走，本内特，我们还有工作要做。"最后，他使劲转动方向盘，车在她面前转了个弯，飞快地开走了，扬起一阵碎沙石落到花仙子脚上，惊得它跳起来，后退了几步。

这事早在人们意料之中。斯文靠在粗糙的木桌边，把从哈兰县传来的故事讲给弗雷德和两个女人听：由于工会纠纷升级，有人睡着觉都被炸飞，还有带着机关枪的暴徒，以及警长对这些都视而不见。这样看来，狗被杀死也不奇怪。但这件事似乎让玛格丽失去了斗志。她因为受打击已经吐了两次。每当她进门，就会下意识地四处找她的小猎犬。她失魂落魄地用一只手抚着脸，仿佛觉得还能看到它能从拐角那边蹦蹦跳跳地跑过来。

当玛格丽离开房间去看一看查利的时候,斯文喃喃地说:"范克利夫真狡猾。"现在每个晚上她都要去看好几次查利。"他知道玛格丽即使被枪指着头也不会眨一下眼睛。但如果挑她心爱的东西下手……"

艾丽斯想了想。"你……担心吗,斯文?"

"为我自己?不担心,我只是雇员。而且,他需要消防队长。我没加入工会,但只要我出事,就会惊动我所有的弟兄。我们有约定。没了我们,矿井就要关闭。也许警长站在范克利夫那一边,但州里的忍耐是有限度的。"他吸了吸鼻子,"另外,这次是他和你们两个人之间的事。他也不想让大家都知道他和两个女人过不去。不,不会的。"

他喝了一大口波旁威士忌。"他只是想吓唬吓唬你。但他的人不会去伤害一个女人,即使他的那些暴徒也不至于这样,他们守山里的规矩。"

"那些他从其他州找来的人呢?"弗雷德问,"你能确定他们也守山里的规矩吗?"

斯文答不出来。

弗雷德教她怎么用猎枪。他向她展示了如何把枪抬平,将枪托抵住肩膀,以及瞄准目标时,要想好应对猛烈的后坐力,还提醒她不要屏住呼吸,要一边慢慢地呼气,一边松开扳机。她第一次扣动扳机时,他就站在她身旁,手把手地教她。她由于后坐力重重地撞在了他身上，结果她的脸红了有一个小时。

他告诉她，她有好射手的天赋。他在玛格丽家地界边缘一棵倒掉的树上摆了一排罐头盒。练了几天，她就能把它们都打下去，就好像摘苹果一样。晚上，把换过新锁的门关好后，艾丽斯轻抚枪管，想象着自己抬起猎枪，对着看不见的闯入者射出想象中的子弹。她能为朋友扣下扳机，对此她毫不怀疑。

因为其他一些事情，一些她本性中的东西也发生了变化。艾丽斯发现，身为女人，为自己爱的人感到愤怒反而更容易。她心中燃起了复仇之火：如果谁伤害了她爱的人，她会让那些人受尽折磨。

艾丽斯终于不再害怕了。

第十四章
孕育

图书管理员在冬天骑马外出时都把自己裹得严严实实,别人都想不起来真正的她们是什么样子了。她们每天上山穿的"制服"是两件背心、一件法兰绒衬衫、厚毛衣、夹克,脖子上再戴一两条围巾,可能还要在自己的手套上再套一双男人的厚皮革手套。她会把帽子拉得很低,用两条围巾中的一条围住鼻子,呼出去的热气就能暖一暖她的脸。回到家以后,她会极不情愿地把衣服一件件脱掉,让皮肤在寒冷的山间空气中暴露最短的时间,然后颤抖着迅速钻进被窝。除了在擦洗的时候,马背图书馆的女人们可能几周都看不到自己的身体。

艾丽斯还在和范克利夫父子交恶,但值得庆幸的是,他们现在似乎暂时安静下来了。她一有空就去小屋后面的森林里用弗雷德的旧枪练射击，子弹打在铁皮罐上的噼啪声久久地在寂静的山间回响。

有几次，她们见到了伊兹，她闷闷不乐地跟在妈妈身后。贝丝时不时会过来，只有她才有可能看出玛格丽有什么异样，然后拿这事开玩笑。但现在贝丝的注意力全在自己胳膊上，十分小心自己能做什么，不能做什么。所以没人注意到玛格丽长胖了，或者只是没想到要提一提。斯文就像了解自己的身体一样了解玛格丽的身体，他知道女性长胖很正常，现在这个样子他也喜欢，为了不惹恼她，他什么也没说。

玛格丽在试着走双倍的路线，教人们读书看报、学习知识、了解事实的重要性，已经习惯了每天都累得骨头都快散架。但疲惫和挥之不去的不祥的预感让她每天早上都要经过一番斗争才能让脑袋离开枕头。下了几个月的雪，她觉得身体从内到外都在受冻，由于长时间待在户外，她似乎永远都处在饥肠辘辘的状态中。有的女人要花很长时间才能明白过来其他女人很快就能发现的事实，这也是情有可原的；或者，有的女人已经明白了，却用一大堆其他要操心的事情占据自己的脑海，不再去想。

但总有一天，这种事情会发展到你不可能继续视而不见的程度。2月下旬的一个晚上，玛格丽让斯文别过来了，假装若无其事地说，她有一些工作要赶。她帮索菲娅把最后几本书修补好，和走进雪夜的艾丽斯挥手道晚安，等这个小图书馆里只剩她一个人的时候，她把门锁了起来。炉子还热烘烘的，因为弗雷德，这个心里一直装着另一个人的好人——愿上帝保佑他——在他也离开去吃东西之前，往炉子里添够了柴火。她在椅子上坐下，在黑暗中心神忧伤。最后，她站了起来，从书架上拿出一本沉重的教科书，翻看着，终于找到了她要找的东西。她皱起眉头，把内容细看了一遍。她看懂后，用手指数着：一、二、三、四、五、五个半月。

然后她又数了一次。

不管李县人对玛格丽·奥黑尔的家人持有什么样的看法，对她是怎样的一个女人有哪些偏见，即使有她那样的过去，她也不轻易骂脏话。可是现在，她轻轻地骂了一声，然后又是一声，然后把头埋在两只手里。

第十五章
弗雷德

小镇上的银行老板、杂货商、报纸主编和律师、警察、治安官，甚至政府，都一味迎合当地有钱人和企业主。他们急于，甚至渴望，与那些有能力给他们造成实际的或私人麻烦的人处好关系。

西奥多·德莱塞，《哈兰矿工之声》

"有三家人说，如果我们不读《圣经》故事，他们一本书都不要。霍夫曼公司旁边那些新房子里的一家人当着我的面把门关上了，不过科特太太回心转意了，她知道我们没有引诱她犯下肉体堕落的罪过。多琳·阿布尼想借那本有兔肉馅饼菜谱的杂志，她两周前忘记抄下来了。"凯瑟琳把马鞍包放在桌子上，发出了"砰"的一声响。她转过去看着艾丽斯，然后把手上的泥搓下来。

"噢，还有，范克利夫先生在街上把我拦住了，说我们让人恶心，最好从这个镇上消失，越快越好。"

"我想让他看看什么才叫让人恶心。"贝丝恶狠狠地说。

到3月中旬，贝丝回来全职上班，但没人忍心告诉凯瑟琳她们不再需要她了。布雷迪太太尽管有些固执，但依然是一个公平的人。伊兹走了以后，布雷迪太太拒绝来领伊兹的工资。玛格丽干脆把那个小牛皮纸袋给了凯瑟琳，然后自己终于松了一口气，因为她一直在用她爸爸还在的时候她就开始偷攒下来的私房钱给凯瑟琳发工资。凯瑟琳的婆婆带着她的孩子来过两次图书馆，让他们看看自己妈妈工作的地方，声音里充满了自豪感。女人们非常喜欢那几个孩子，给他们读最新的书，还让他们坐在骡子上。凯瑟琳的脸上慢慢地有了笑容，她婆婆对她真心的爱护，都给大家增添了几分快乐。

范克利夫先生意识到艾丽斯铁了心不回家，就采取了新的手段，坚持要她离开这个小镇，说这里不欢迎她。她清晨去送书时，他把车开到她身旁，把花仙子吓得翻白眼，赶紧往侧边跳开，离那个从车窗里朝外吼叫的男人远一点儿。

"你根本养活不了自己。我从州长办公室里听说，那个图书馆再过几个星期就要关门了。你不回家，那就到别的地方待着去。回你的英国去。"

她已经学会了骑马时目视前方，就好像听不见他说话一样，这会让他更加恼怒，跟着她一路骂骂咧咧，本内特无奈地缩在副驾驶座位上。

"你变得那么丑！"

"你觉得我住在玛格丽家，她真的不介意吗？"此后她去问弗雷德，"我不想打扰他们。但他说得对，我没地方可去。"

弗雷德咬着嘴唇，仿佛有些话想说，却说不出来。

"我觉得玛格丽喜欢你和他们在一起。我们都喜欢。"他小心地回答。

她对弗雷德有了新的发现：他的手放在马身上时那么自信，动作自然流畅，不像本内特，后者虽然运动能力强，但看起来总是不自在的样子，身体僵硬，似乎只能时不时爆发式地动几下。她找借口在小木屋里待到很晚，给索菲娅帮忙。索菲娅一直紧闭着嘴。她知道。唉，他们全都知道。

"你喜欢他，对不对？"一天晚上，索菲娅直截了当地问她。

"我？弗雷德？噢，天啊。我……"她结结巴巴地说。

"他是一个好人。"索菲娅故意在"好"上加重了语气，就好像在拿他和别人做比较。

"你结过婚吗，索菲娅？"

"我，没有。"索菲娅把一根线含在嘴里，用牙齿咬断。艾丽斯正在想自己是不是问得太直接了的时候，索菲娅又补充道："我爱过一个男人，本杰明，是一个矿工。他是威廉的好朋友，我们从小就认识。"她把缝补的东西拿到灯下，"但他死了。"

"他……是死在矿上吗？"

"不，有人开枪打死了他。他当时在下班回家的路上，谁也没招惹。"

"噢,索菲娅,我真为你感到难过。"

索菲娅的表情让人看不透,仿佛她花了很多年的时间练习如何掩饰自己的情感。"我后来很多年都没法待在这里,就去了路易斯维尔的那个黑人图书馆,一心扑在工作上。我在那里有了自己的生活,但我还是每天都在想念他。我听说威廉出事受了伤,我向上帝祈祷不要让我再回到这里来。可是,你知道,上帝有他自己的行事方法。"

"你还那么伤心吗?"

"一开始是的。但……人是会变的。到现在,本杰明已经去世十四年了。每个人的生活都在继续。"

"你觉得……你还会爱上其他人吗?"

"噢,不!我把我的爱都给了他。而且,我和哪里的人都处不来。对于这里的人来说,我太有文化了。用我哥哥的话来说就是,我'不听劝'。"索菲娅笑了起来。

"听着真耳熟。"艾丽斯说着,叹了一口气。

"我有威廉陪着我,日子过得下去,而且我对未来有希望,一切都很好。"她笑了,"必须学会感恩。我喜欢我的工作,现在还交上了朋友。"

"我也有些这样的感觉。"

几乎在冲动之下,索菲娅伸出她纤细的手,握住了艾丽斯的手。艾丽斯也握住她的手,被这意外的抚慰打动了。她们紧紧握着对方的手，然后，几乎是不情愿地松开了。

"我的确觉得他人很好。"过了一会儿，艾丽斯说，"而且……还很帅。"

"姑娘，你只要点个头，他就会跟你表白。从我到这儿的那天起，我就看见他像狗跟着骨头一样跟着你。"

"但我不能那样做，对不对？"

索菲娅抬起头来。

"这个镇上一半的人都认为这个图书馆在传播不道德的行为，我在这里最显眼。你能想象如果我和一个男人在一起，他们会怎么议论我们吗？一个不是我丈夫的男人？"

后来索菲娅告诉威廉，她说得有道理。见鬼，这也太可惜了，两个好人，互相喜欢，却不能在一起。

"这个嘛，"威廉说，"从来没人说过世间万事都是公平的。"

"没错。"索菲娅说着，又开始做缝补活儿，有这么一会儿，她想起了一个总能让她露出笑容的男人。他总是面带微笑，她想念他的手臂搂在她腰上的感觉。

"花仙子这家伙，真像一个女老师。"弗雷德说。此时暮色渐浓，他们正在往家走。他穿着一件厚厚的油布外套来抵挡细雨，脖子上围着图书管理员们在圣诞节给他买的绿色围巾，自从她们把这个礼物送给他以后，他就天天都围着。"你今天看见了没有？每次谁来吓唬它，它就看着对方，好像在说'请注意你的言行'。如果那边不听，它的耳朵就往后倒：它这样一凶，那一个就听话了。"

艾丽斯看着两匹并排走的马，为他那么观察入微而感到惊奇。他看着马的形态就能给它打分，看到高低肩、外八字、背部肌肉不够发达就叹息着发出"啧啧"的声音，但艾丽斯看到的，就是一匹"好马驹"。他还能给马的性格打分——马的性格基本上是在出生的时候就定了的，除非后来被人教坏了，他说。"当然了，它们自己也会学些坏习惯。"听完这些，她总觉得弗雷德谈论的根本不是马。

他最近总是骑着一匹小纯血马在她的路线上和她碰面。这匹马的一只耳朵上有伤痕，叫作海盗。他说，让小马跟着花仙子这样脾气温和的大马一起干活对它有好处。她猜他来这里另有理由，但她并不介意。大半天都一个人困在自己的思绪中，已经够难熬的了。

"那本哈代的书你看完了吗？"

弗雷德皱起了眉头。"看完了。但我不怎么喜欢那个叫安杰的人。"

"你不喜欢？"

"读这本书的一半的时间里我都想踢他一脚。那个可怜的女孩，一心一意地爱着他。他却像个道学家一样指责她，尽管这一切都不是她的错。到最后，他还娶了她妹妹！"

艾丽斯忍住没笑。"这部分我都忘了。"

他们聊互相推荐的好书。她很喜欢马克·吐温的小说，觉得乔治·赫伯特的诗出乎意料地感人。最近，他们觉得讨论书要比讨论现实生活中的其他事都要轻松。

"那么……我能开车送你回家吗？"他们走到图书馆，把马都关进了弗雷德的谷仓过夜。"走路回玛格丽家的话，雨太大了。我能开车送你到大橡树那里。"

啊，这真是诱人。一天中最困难的时光，就是在黑暗中走这长长的一段路回家。因为这时的她已经全身酸痛，肚子又饿，心里也空荡荡的。过去她还能骑着花仙子回去，让它在小木屋里过夜，但现在他们都默默地改了规矩，不让任何动物在家里过夜。

弗雷德已经关好了谷仓，期待地看着她。她想到坐在他身旁，看着他结实的手握着方向盘时那种恬静的快乐，想起了他过一会儿便微笑着对她说些什么，自信自己的话能得到珍视。"我不知道，弗雷德。我真的不能让人看见……"

"好吧，我在想……"他动了动脚，"我知道你喜欢多给玛格丽和斯文一些空间……现在这个情况下更是……"

玛格丽和斯文之间发生了一些奇怪的事，她过了两个星期才发现异样。小木屋里再也没有做爱时压低了的喘息声了。斯文经常在艾丽斯起床前就走了，他在的时候，他和玛格丽之间不再悄声开玩笑，也不再亲昵地动手动脚，只有拘谨的沉默和压抑的目光。玛格丽看起来心事重重，她面容冷峻，态度生硬。但前一个晚上，当艾丽斯问她是不是希望自己离开的时候，这个女人的脸色变得柔和起来。她的回答让人出乎意料，不是因为她轻描淡写地告诉艾丽斯，她很好，别大惊小怪的，而是因为她居然轻轻地说，*不，请你别走。*他们两个恋人吵架了吗？她不愿背叛她的朋友，去和其他人讨论她的私事，但她感到一头雾水。

"……我在想，你愿不愿意和我吃点儿东西？我很乐意做饭。我还能……"

她把思绪拉回到面前这个男人身上。

"8点半送你回小屋。"

"弗雷德，不行。"

他突然闭上了嘴。

"我……并不是不愿意去。只是……如果被人看见了——现在的情况很不好，你知道镇上的人都在说些什么。"

他看上去没有特别意外的样子。

"我不能冒险让图书馆……还有我自己的处境更难堪。也许等事情再平静一点儿再说吧。"

即使当她说这些话的时候，她也意识到这是不可能的。小镇居民可以把一段流言翻新润色后永远地传下去，把它像琥珀里的虫子一样保存下来。再过几个世纪，流言也不会消失。

"当然。"他说，"好吧，我只是想让你知道，我的邀请永远有效。万一哪天你吃不下玛格丽做的饭了呢？"

他勉强笑了笑。两人面对面地站着，都有些尴尬。他先打破沉默，举起帽子道别，慢慢地沿着潮湿的小路走回了家。艾丽斯站在那里看着他，想着屋里的温暖，蓝色的有破洞的地毯，还有抛过光的木地板的味道。然后，她叹了一口气，把围巾拉上来盖住鼻子，在寒夜中走上了回玛格丽家的长路。

虽然斯文知道跟玛格丽不能来硬的,但当她在那个星期里第三次告诉他,他最好还是住回自己家里的时候,他再也按捺不住心里的火气了。他把双手抱在胸前,冷冷地观察她,看着她卸下查利的马鞍,心里做着各种揣测。终于,他把已经憋了几个星期的话说了出来。

"我做错什么了吗,玛吉?"

"什么?"

又来了。她又是那样,说话时看都不看他。

"好像最近几周你都不想让我在你身边。"

"你胡说什么。"

"我好像说什么都不能让你高兴。睡觉的时候,你穿那么多衣服,把自己裹得像一条蚕,你不让我碰你……"他开始结巴,前言不搭后语,变得完全不像平时的他。"我们之间从来没那么冷淡过,即使我们分开的时候也没有,这十年里也没有。我只是……想知道我是不是做了什么让你生气的事。"

她肩膀一垂。她伸手到马肚子下面解开肚带,翻到马鞍上,皮带扣敲在马鞍上发出叮当的响声。她的动作无奈又疲惫,就像母亲在对付不听话的孩子。她沉默了好一会儿才开口。"你没做任何惹我生气的事,斯文。我……只是累了。"

"你为什么连抱都不让我抱?"

"我不会总想让人抱着。"

"你过去都不介意。"

他突然很讨厌自己的态度，就把马鞍从她手里拿走，带去屋里。玛格丽把查利放进马厩里，给它盖上毯子，闩上谷仓门，默不作声地进了屋。他们把门全都锁好了。最近，他们一直警惕地注意所有变化，听着山谷里所有奇怪的声音。他们在小屋外面的路上拉起了几串系着铃铛和空罐头的绳子，充当警铃，床边还放了两把装了子弹的猎枪。

他把马鞍放在架子上，站在那里想了想。然后他朝她走了一步，抬起手轻轻地摸了摸她的脸，向她伸出了和好的橄榄枝。她没有抬头。如果是过去，她会把他的手掌按在她的脸上，然后亲吻它。如今她的冷漠让他的心沉了下去。

"我们之间向来都是有话直说的，对不对？"

"斯文……"

"我尊重你的生活方式。你不想被束缚，我也接受。而且从那天以后，我就没再提过那件事。"

她揉了揉额头。"我们这会儿别吵架行吗？"

"我的意思是……我们有约定。我们约定过……如果你真的决定不要我了，你会告诉我。"

"我们又要这样了吗？"玛格丽的声音又伤心又气愤。她转过身去。"这不是你的问题。我不想让你走。我只是……我只是有很多事情要考虑。"

"我们都有很多事要考虑。"

她摇了摇头。

"玛格丽。"

但她只是站在那里,就和查利一样倔强,不给他半点儿回应。

斯文·古斯塔夫森不是一个不讲道理的人,但他有他的自尊心,也有受气的限度。"我不能再这样下去了,我不会再来烦你了。"他转过身去的时候,她抬起了头。"等你准备好再见到我的时候,你知道该上哪里去找我。"他举起一只手,然后往山下走去——他没有回头。

索菲娅周五没来上班,因为那天是威廉的生日,而且她们的书籍修复工作已经完成(大概是因为艾丽斯天天在图书馆加班),玛格丽力劝她留在家里陪她哥哥。艾丽斯在黄昏降临时骑马到了岔溪路,发现灯还亮着,而索菲娅并不在,不知道是哪个图书管理员还在里面。贝丝是从不多停留的,一到时间,她把书一扔就飞奔回农场里的家(如果她不及时赶到,她的兄弟就会把她的饭吃掉)。凯瑟琳也一样着急回家,要赶在她孩子睡着前见他们一面。只有她和伊兹要把马关进弗雷德的马厩,而伊兹好像永远离开了这份工作。

艾丽斯卸下花仙子的马鞍,在温暖的马厩里站了一会儿,然后吻了吻这匹母马散发着香甜味的耳朵,把自己的脸靠在它暖和的脖子上。当它用柔软的鼻子拱她的口袋,向她讨要零食的时候,她给了它一些。她现在已经爱上了这个生灵,她了解它的脾气和优点,就和她了解自己一样。她意识到,她和这匹小母马有着她生命中持续时间最长的感情。她把马料理妥当以后,就往图书馆的后门走去。

她能看到木门上没用纸封住的地方透出了一丝光线。

"玛吉?"她喊道。

"你在马身上可真舍得花时间呀。"

艾丽斯眨眨眼,看到里面是弗雷德。他坐在屋子中间的那张小桌子边,身穿干净的法兰绒衬衫和牛仔裤。

"我同意你关于不能被人看见和我一起出现在公共场合的意见。但我觉得,在一起吃饭应该还是可以的。"

艾丽斯关上门,发现桌子收拾得很整洁,正中是一个小花瓶,里面插着预示春季到来的款冬花,桌旁是两把椅子,旁边的书桌上有一盏闪烁的油灯。他们周围的书脊在光圈之外,都处在阴影之中。

他似乎把她震惊的沉默当成了犹豫。"只不过是黑豆炖猪肉,没什么特别的——我不太确定你什么时候能回来。蔬菜可能有点儿冷了。我没想到你对我的那匹马会那么细心。"他把那沉重的铁锅的盖子揭开,房间里立刻充满了慢火炖肉的香味。她身旁的桌上放着一大盘玉米面包和一碗青豆。

艾丽斯的肚子不合时宜地"咕"了一声,声音还很大。她用一只手捂着肚子,尽量不让自己脸红。

"好了,看来有人同意了。"弗雷德平静地说。他站起来,走过去为她把椅子拉了出来。

她把帽子放在书桌上,解开围巾。"弗雷德,我——"

"我知道。但我喜欢和你在一起,艾丽斯。我是个小地方的人,难得有机会招待你这样的女士。"他俯身过去,为她倒了一杯葡萄酒,"如果你能……赏光的话,我就太荣幸了。"

她张开嘴想要抗议,却发现自己也不知道该抗议什么。当她抬起头时,他正注视着她,等待她的回应。"这一切都太美了。"她说。

他轻轻舒了一口气,仿佛在那一刻之前他都不知道她会不会夺门而出。然后,他开始上菜,同时露出了微笑。笑容慢慢地在他脸上绽放开来,他一脸的满足感,她见了忍不住也对他报以微笑。

马背图书馆在成立后的几个月里已经成为许多事物的象征,也成了一些事物的焦点,这些事物里有的争议很大,有的会在特定人群中引起不安,不管图书馆存在多久,这种不安感都不会消失。但在3月一个寒冷潮湿的夜晚,它变成了一个小小的,闪着光的避难所。两个人关着门,安全地待在里面,在这段时间里,他们都得以摆脱各自复杂的过去,避开小镇的流言蜚语,吃着美味的食物,笑着讨论诗歌和小说、马,还有他们闹过的笑话。两人之间并没有肢体接触,只有在递面包或倒酒时皮肤偶尔擦过。艾丽斯以前从没发现自己竟然还有这样一面:喜欢聊自己读了什么书,看到了什么,想些什么,就和她喜欢骑马走山路一样自然,话语间活脱脱一个不掩饰自己魅力的年轻女人。弗雷德则得到了一位女性的关注,她会适时地对他的笑话发笑,还能提出可能和他的想法不一样的意见。夜晚的时间就这样过去了,最后,两人吃饱喝足,身心愉悦。他们都因为知道自己得到了对方充分的理解,知道有这样一个人能看到自己最好的一面而微笑。

弗雷德轻松地抬着要搬回家的桌子走下最后几级台阶,放下后回来把门锁好。艾丽斯站在他身边,用围巾裹住脸。她的肚皮吃得鼓鼓的,嘴角挂着笑。图书馆把两人遮住了,不知怎么,两人就站在了一起,距离近得只有咫尺。

"你真的不要我开车送你上山吗?现在天又黑又冷,这段路还不短。"

她摇摇头。"今晚走上去感觉只要五分钟。"

他在半明半暗的光线下端详着她。"这段时间你变得越来越胆大了吧?"

"是的。"

"那是受玛格丽的影响。"

他们相视一笑,他一时间若有所思的样子。"等在这里。"

他跑回家。一分钟后,他拿着一把猎枪回来了。他把枪递给了她。"以防万一,"他说,"也许你不害怕,但这样我才能放心。明天再带回来。"

她顺从地接了过来,接着是奇怪的、漫长的两分钟。这期间两人都知道他们必须分开,却又不愿意分开。虽然谁都没说,但他们相信对方也有同样的感觉。

"好了,"她终于说,"已经很晚了。"

他沉思着用拇指在桌面上搓了几下,抿着嘴,没让心里的话跳出来。

"谢谢你,弗雷德。自从我来到了这里以后,这真的是我度过的最美好的夜晚。我——非常感激。"

他们互望了一眼，眼神里包含了很多东西，里面有一种共通的，能让一颗心唱起歌来的认知，但这种认知也让他们悲伤地意识到，有些事是不可能的。看清这一点时，能让人心碎。

突然间，夜晚的魔力消失了一点儿。

"那么，晚安，艾丽斯。"

"晚安，弗雷德。"她说。然后，她把枪扛在肩上，在他说出让这个夜晚变得比现在更加复杂的话之前转过身去，大步走上了山路。

第十六章
大水

> 我们这个地方就是有这个毛病：所有的一切，气候以及别的一切，都拖延得太长了。就跟我们的河流、我们的土地一样：浑浊、缓慢、狂暴；所形成与创造出来的人的生命也是同样地难以满足和闷闷不乐。
>
> 威廉·福克纳，《我弥留之际》

这里直到3月才开始下雨，雨水先是把结冰的人行道和石头路面变成了溜冰场，然后义无反顾地把低处的冰雪冲刷干净，只剩一片灰色的大地。气温略有升高，却没能让人们高兴起来，也没给人们带来回暖的希望。因为雨一直没停。五天后，没完工的道路被泡成了稀泥，在有些地方，雨水还把路最上面的一层全都卷走了，露出尖锐的大石头和坑洞，路过时一不小心就要遭殃。等待出门的马儿被拴在外面，顺从地低着头，尾巴夹在屁股中间。路上的车颠簸着、怒吼着开在湿滑的山路上。农夫们在卖饲料的店里发牢骚，店主表示，只有上帝才知道为什么天上会有那么多下不完的雨水。

玛格丽送完早上 5 点的那一趟书以后回来了，全身上下包括袜子都已经湿透。她看到图书管理员们和弗雷德坐在那里，手指搭成尖塔的样子，脚在下面烦躁不安地动来动去。

"上一次下这么大的雨的时候，俄亥俄河都决堤了。"贝丝说着，从敞着的门朝外望去。路面就像小河一样，雨水汩汩地流过。她抽了最后一口烟，然后把烟蒂用鞋跟踩灭。

"雨太大了，没法骑马，这是肯定的。"玛格丽说，"我不会再让查利出门了。"

弗雷德一看这天气就告诫艾丽斯出门会很危险。平时没有什么能阻止她上路，但这次她听了他的话。他已经把自己的马赶去更高的地方，它们挤作一团，都被淋得湿漉漉的。

"我本来想让它们待在谷仓里。"艾丽斯帮他把最后两匹马赶上去的时候，他告诉她，"但在那里更安全。"弗雷德还小的时候，他父亲就损失了关在谷仓里的母马和小马驹：全家人都在睡觉的时候，河水漫了过来。等他们醒过来的时候，那个上了锁的谷仓已经只剩下干草棚顶漂在水面上。他父亲把这件事告诉他的时候流下了眼泪，这是弗雷德唯一一次见他流泪。

他告诉艾丽斯去年这里发大洪水的事。水把房子一座座地掀翻，冲到了下游，人也淹死了很多。水退了以后，一头奶牛卡在了一棵二十五英尺高的树上，他们只好把它射杀，免得它受苦，因为没人想得出怎么样才能把它弄下来。

四个人在图书馆里坐了一个小时，谁都不着急离开，但留在那里也没事可做。他们聊了聊各自小时候干的坏事，饲料的好价格，还有他们中的三个人都认识的一个男人，这人能从缺了的一颗牙齿那里吹出来曲调，再加上自己的声音，就成了一个人的乐队。他们还说，如果伊兹在的话，就能给他们唱几首歌了。可是雨下得更大了，他们聊得意兴阑珊，最后都只望着门口，心里渐渐涌起不祥的预感。

"你对这雨怎么看，弗雷德？"玛格丽打破了沉默。

"我觉得不好。"

就在这时，他们听到了马蹄声。弗雷德几步走到门前，也许担心那是被吓跑的马。但那是一个邮递员，几股细细的雨水在不停地从他的帽檐往下流。

"河水涨了，而且涨得很快。我们得去警告住在河床上的几家人，但警长办公室里没人。

玛格丽转过头去看着贝丝和艾丽斯。

"我这就去拿缰绳。"贝丝说。

伊兹想心事想得走神儿了，她妈妈把刺绣从她腿上拿走，不满地咂着嘴说她的时候，她都没反应。"哎，伊兹，我得把你绣的这些全拆了,你完全没照花样子绣呀。你都在干些什么?"

布雷迪太太抓过来一本《妇女居家良友》,放在膝头,翻到她要找的绣样。"一点儿都不像。看,该用链式针的时候你用了平伏针。"

伊兹把思绪拉回到绣花样子上。"我讨厌绣花。"

"以前你都不会这样。我不知道你最近是怎么了。"见伊兹没反应,布雷迪太太对她更加不满,"我从没见过那么愁眉苦脸的小姑娘。"

"你很清楚我怎么了。我觉得很无聊,成天只能待在家里,而且我不能忍受你和爸爸居然会听信杰弗里·范克利夫那种白痴的话。"

"别这样说话。你为什么不去缝棉被呢?你以前很爱缝被子。我楼上的箱子里有一些漂亮的旧布料,还有……"

"我想我的马。"

"那不是你的马。"布雷迪太太有预谋地顿了顿,然后才继续道,"但我想,如果你要将骑马作为你的追求,也许我可以给你买一匹。"

"买来做什么?原地兜圈子吗?还是把它打扮漂亮,弄得像个洋娃娃一样?我想念我的工作,妈妈,还有我的朋友,这是我有生以来第一次交上了朋友,我在图书馆很开心。这些对于你来说都一点儿意义都没有吗?"

"好了,你别那么夸张。"布雷迪太太叹了一口气,在女儿身边的高背长靠椅上[①]坐下,"你看,亲爱的,我知道你喜欢唱歌。要不

[①] 一种老式木家具,能坐三人至四人,座位下面是储物柜。坐下后,靠背高过头顶,有的扶手也很高,冬天可以挡住冷风。

我和你爸爸讲一讲，让你去上专业的课程？也许我们能找找列克星敦有没有适合你的声乐老师。等爸爸听到你歌唱得那么好，他就能改变主意。不过，上帝啊，我们必须等到雨停了再说。你见过那么大的雨吗？"

伊兹没有回答。她坐在客厅窗前，凝视着外面朦胧的世界。

"你知道吗，我来给你爸爸打个电话。我担心河水要泛滥。路易斯维尔发洪灾的时候我失去了几个好朋友，从那时开始，河流给我的感觉就完全变了。你把最后绣的那些拆掉，我们一起重新绣一遍吧？"

布雷迪太太消失在走廊里，伊兹听到她给爸爸的办公室拨了电话，模糊不清地讲了些什么。她看看窗外灰色的天空，手指划过窗户上宛如无数细小河流的雨水，眯着眼睛找那条已经看不见了的地平线。

"你爸爸认为我们最好待在家里。他说我们可以给老路易斯维尔街区的卡丽·安德森打电话，问问她和家人要不要过来住几天，以防万一。不过，天知道我们要怎么安顿她的那群小狗。我觉得我们不能把她——伊兹？……伊兹？"布雷迪太太在空荡荡的客厅了转了个身。"伊兹？你在楼上吗？"

她穿过走道来到厨房，正在揉面的女仆抬起头来，一脸茫然地摇摇头。然后布雷迪太太看到后门开着，屋里的门边落满了雨点。她女儿的腿部支架倒在瓷砖地板上，她的马靴不见了。

玛格丽和贝丝骑着马艰难地跑在主街上,马蹄溅起高高的水花。雨水像小河一样顺着未完工的马路流下山去,不堪重负的排水沟发出咕噜噜的抗议声。她们低着头,把衣领竖起来。走过马路到草地上,马慢了下来,每走一步马蹄都要陷进湿软的地里。她们来到春溪下游地带后,就分开到路两边,下马跑到每家每户,用湿漉漉的拳头砸门。

"水涨起来了!"她们喊道,马则拉着缰绳想往后退,"到高的地方去。"

在她们身后,三三两两的几家住户动了起来,几个脑袋探出大门或窗户,考虑着是否应该严肃对待这个通知。她们在这条路上走了四分之一英里以后,后面的人已经行动了起来,住两层楼的把家具搬到楼上,其他的则把需要保护的东西装上马车或卡车。车后面盖上了油布,被夹在脸色铁灰的大人中间的小孩不耐烦地哭叫着。贝利维尔人有遭遇洪水的经验,看得出这次事态严重,不可懈怠。

玛格丽的头发被雨水沾在脸上,她敲着春溪的最后一扇门。"科尼什太太?……科尼什太太?"

一个头巾全湿了的女人出现在门口,一副焦虑不安的样子。"啊,谢天谢地,玛格丽亲爱的,我家的骡子拉不上来了。"她说完,转身就跑,一边跑一边招手让她们跟上。

牧场背对着小溪,骡子已经陷进了那里的泥地。在最干燥的日子里,这片低洼的斜坡就十分松软,现在更是变成了太妃糖色的烂泥塘,那头棕白相间的小骡子无可奈何地陷在里面,一动不动,泥浆已经淹到它的胸部。

"它好像动不了了,请帮帮它。"

玛格丽拉了拉它的笼头,但没用,她便用尽全身力气去拉它的一条前腿。骡子只是抬了抬鼻子,身上其他部位都没动。

"看见了吗?"科尼什太太绞着她那双衰老、粗糙的手说道。

贝丝跑到另一侧,使劲儿拍它的屁股,叫喊着,用肩膀抵着它往前推,但都无济于事。玛格丽往后退了一步,朝着贝丝望了一眼,后者微微摇了摇头。她又用肩膀去推它,它依旧岿然不动,只是转了转耳朵。玛格丽停了下来,想了想。

"我不能丢下它。"

"我们不会把它丢下的,科尼什太太。你的缰绳呢?有没有绳子?贝丝?贝丝?过来。科尼什太太,你帮我拉着查利,好吗?"

暴雨仍在哗哗地下,两个年轻女人跑去拿缰绳,再蹚着水回到骡子身边。从她们到这里以后水就一直在涨,把草地慢慢地淹没了。几个月前这里还是一条在阳光下叮咚响的小溪,现在变成了一条宽阔、无情的黄色洪流。玛格丽的手指在潮湿的皮带上滑动,把缰绳穿过笼头,系紧扣子。雨声震耳,她们只能用喊叫和比手势来沟通。但她们在一起工作了几个月,已经有了相当的默契。贝丝在另一侧也依样照办,直到两边都喊"好了!"她们就把挽绳扣在鞍垫带上,又把绳子穿进鞍垫带在靠近骡子肩部的铜环。

一般的骡子都不能忍受肚带上的一条皮带穿过它的两条腿,但查利很聪明,一教就会。贝丝把她那侧的挽绳系在斯库特的胸带上,两人同时赶着自己的坐骑往积水较少的地方走。"走！走啊！查利，快！走！斯库特！"

两头坐骑扇扇耳朵，查利发觉身后陌生的沉重感，眼睛瞪得异常地大。贝丝赶着它和斯库特往前走，玛格丽拉着绳子，对那头小骡子大喊着鼓劲儿。小骡子被一股力量拉着，自己也脑袋上下晃动着拼命扑腾。

"就是这样，伙计，你可以的。"

科尼什太太蹲在前面，在它胸前的稀泥塘上放了两块木板，给它准备好能靠住的东西。

"往前呀，孩子们！"

玛格丽转过去，看见查利和斯库特已经用尽全力，它们的前腿踩进前面的泥地时腹部都在颤抖，但它们摇摇晃晃，踢起无数泥块却无法前进。她沮丧地意识到那头骡子真的陷得死死的了，如果查利和斯库特继续这样用蹄子挖地，它们很快也会陷下去。

贝丝看着她，也已经发现这个问题。她做了一个失望的表情。"我们只能丢下它了，玛吉。水漫得太快了。"

玛格丽用手摸着小骡子的脸颊。"我们不能扔下它。"

这时传来一声大喊，她们顺着声音望去，只见两个农民从更远处的房屋那边跑过来。他们都是壮实的中年男子，身穿连体工作服，披着油布，玛格丽只在玉米市场上见过他们。他们过来二话不说就滑下泥塘，来到骡子身边，抓着挽具就帮查利和斯库特一起拉。他们身体和地面形成了45度角，穿着靴子的脚用力蹬地。

"用力！用力，伙计们！"

玛格丽也加入了进去，她低着头，用全身的重量来拉绳子。一英寸，又一英寸。随着泥浆发出一声可怕的吞吸声，小骡子的左前腿拔了出来。它惊奇地抬起头，两个男人一起又往前拉，发出费力的哼哧声，绳子勒在他们鼓起的肌肉上。查利和斯库特在前面摇摇晃晃地挪动，头垂得很低，后腿因为用力过度开始颤抖。忽然，骡子往前一纵，爬了出来，但立刻就被拽倒。它在泥泞的草地上被拖出去几英尺后，查利和斯库特才停下来。小骡子踉踉跄跄地站起来，因为受了惊吓，瞪着眼睛，扇着鼻孔，几个人赶紧向后躲。

玛格丽几乎没来得及向他们道谢。他们只飞快地点点头，用手碰了碰湿漉漉的帽檐就走了。他们在暴雨中跑回家去抢救他们还能救得出来的东西。玛格丽在这些和自己一起长大的人身上感受到了片刻纯粹的爱，他们慷慨善良，不愿看到任何人或骡子落难无援。

"它没事吧？"她对着科尼什太太喊道。科尼什太太正在用她粗糙的双手抚摸着骡子满是泥水的腿。

"它没事。"她大声回应道。

"你们必须去更高的地方。"

"后面的事我自己能行，姑娘们，你们先去吧。"

玛格丽突然一皱眉，她感到肚子里一块说不出是哪个部位的肌肉刺痛了一下。她停了一下，弯下腰，跌跌撞撞地走向查利，贝丝在解开挽绳。

贝丝翻身上马，斯库特就开始蹦蹦跳跳。她喊道："然后去哪儿?"玛格丽爬上马鞍,累得大声喘气,只得俯下身去又喘了一会儿才回答。

"索菲娅。"她突然说道,"我要去看看索菲娅。如果这里都淹起来了,索菲娅和威廉那里肯定也一样。你去通知小溪对面的那些人家。"

贝丝点点头,掉转马头就走了。

凯瑟琳和艾丽斯把手推车装满书,再用麻袋盖上,让弗雷德从泥泞的小路上把它推到家里。她们只有一辆手推车,所以她们先把书装进麻袋,放在后门,再尽快放进小车;又提上四个塞得满满的马鞍包跟着他走,几个女人被雨淋得抬不起头,腿被书压得直发抖。在过去的一个小时里,她们只把图书馆里的书运走了三分之一;水淹到第二级台阶以后,艾丽斯觉得在水漫进来之前她们可能搬不走多少了。

"你没事吧?"弗雷德运完一趟书回来,往艾丽斯面前走过的时候问道。他身上裹着油布,一股细流从帽子侧边流下来。

"我觉得凯瑟琳应该回去,她应该到她的孩子身边去。"

弗雷德抬头看看天,又低头看看路,路那边的高山都变成了灰蒙蒙的一片。"让她快走。"他说。

"但你们怎么办?"几分钟后,凯瑟琳问,"你们搬不完这些东西,你们只有两个人。"

"能搬多少就搬多少。你必须回家。"

她还是迟疑不定。弗雷德拍了拍她的手臂。"凯瑟琳，它们只不过是书。"

她没有再次发出抗议，而是点点头，骑上加勒特的马，转头顺着大路慢慢地向前跑去，身后溅起大片水花。

两人休息了一会儿。他们站在小屋里躲着雨，看着她离开，刚才的劳累让他们还在大口喘气。雨水从他们的油布雨衣上滴落下去，在木地板上汪成了几小摊水。

"艾丽斯，你确定你没事吗？这活儿太累了。"

"我比我外表看起来要强壮。"

"嗯，这倒是真的。"

他们对视着笑了笑。弗雷德几乎想都没想就抬起手来，用拇指慢慢地把她眼睛下面的一滴雨水擦掉。两人的皮肤接触时，一阵触电的感觉，还有他浅灰色眼睛里出人意料的专注神情，他淋湿的深色睫毛粘成小小的一簇簇，都让艾丽斯一时间无法动弹。她有一种奇怪的冲动，想把他的拇指拿到嘴里咬一口。他们的目光相遇了，她觉得肺里的空气全被挤了出去，她脸色发红，仿佛心思已经被他看穿。

"我能帮点儿什么忙？"

一看见伊兹站在门口，两人赶紧分开。她把她妈妈的车胡乱停在扶栏边，手上拿着马靴。雨点打在铁皮屋顶上的噪声让他们没听到她开车过来的声音。

"伊兹！"艾丽斯慌乱地喊道，声音又大又尖。她冲动地走上前去拥抱她,"伊兹,我们可想你了!看,弗雷德,伊兹来了!"

"我来看看能不能帮忙。"伊兹红着脸说。

"那……那真是太好了。"弗雷德刚想说话,却低头看见她没戴支架,"你这样就不能走泥巴路了吧?"

"走不快。"她说。

"好。我想想。那是你开车来的?"他表示怀疑地问道。

伊兹点了点头。"左脚踩离合器不方便,但如果我用拐杖压着,就能行了。"

弗雷德的眉毛高高地抬了起来,但他的表情很快就平静下来。"玛格丽和贝丝走的是靠近镇上南边的几条路。你尽量把车开到学校那边,告诉河对岸的人,让他们一定要到更高的地方去。不过你要往桥上走,别开着这东西过河,好吗?"

伊兹用手护着头,朝车边跑去。她爬上车去,试着弄清楚她刚刚看见了什么:弗雷德温柔地用一只手托着艾丽斯的脸,两人之间只有几英寸的距离。她突然觉得自己就和在学校里一样,从来都是一个不知情的局外人。她把这个想法赶出脑海,只去回忆艾丽斯见到她时欣喜的样子。*伊兹!我们可想你了!*

一个月来,伊兹·布雷迪第一次找回了自信的自己。她用拐杖压住离合器,猛地倒车、掉头,再往小镇的远处开去。她坚定地抬着下巴,再次成为了一个肩负着使命的女人。

她们到达时,帝王蝶溪的水已经漫出来一英尺高——这里是全县地势最低点之一。这片土地大多给了黑人是有原因的——没错,这里草木茂盛,但容易遭水灾;夏季里漫天都是蚊子和蠓虫。玛格丽骑着查利在倾盆大雨中跑下山,勉强能看出索菲娅头顶着一个木头箱子走在水中,她的裙子浮在水面上。她和威廉的东西堆成一堆,放在高处林地的一块斜坡上。威廉满脸焦虑地站在门口往外看,腋下夹着木拐杖。

"啊,感谢上帝!"玛格丽走过来的时候索菲娅喊道,"快抢救我们的东西。"

玛格丽跳下骡子朝房子跑去,几步便踩入水中。索菲娅在门廊和路边的电线杆之间拉起了一条绳子,玛格丽现在就是抓着这根绳子过小河。虽然水位只到她的膝盖,但河水冰冷,水流凶猛。在屋里,索菲娅心爱的家具已经七倒八歪,各种小东西漂浮在水上。玛格丽突然间没了主意:抢救什么?她一把抓下墙上的相框,再拿上书和小摆设,塞进外套里,又把一张边桌拖出门,放到草地上。她感到腹部来自骨盆下方的部位一阵疼痛,痛得她闭目皱眉。

"就此打住吧,"她大声对索菲娅说,"水涨得太快了。"

"我们全部的家当都在这里面。"索菲娅的声音里充满了绝望。

玛格丽咬着嘴唇。"好,最后一趟。"

威廉在被淹了的房间忙活,一只手扶墙稳住身体,另一只手把各种物件归拢过来,把煎锅、切菜板、两个碗,全抓在他的大手里。"雨小了点儿没有?"他问,但他的表情说明他已经知道了答案。

"我们该出去了,威廉。"她说。

"等我再拿几样。"

你怎么告诉一个有自尊心、缺了一条腿的人,他帮不上忙?你怎么告诉他,他光是站在那里都是个障碍,还有可能连累大家一起遭殃?玛格丽把这些话咽了下去,拿起索菲娅的刺绣盒,夹在胳膊下面,蹚着水往外走,走过门廊时用另一只手抓了一把木椅子,用力拖到没淹水的地上,累得喘个不停。然后她又在头上顶着一沓毛毯走出来,天知道他们怎么才能把这些东西弄干。她垂下眼睛,再次感受到子宫里强烈的反应。现在水已经淹到胯部,她的长外衣缠在了大腿上。才过去十分钟就又涨了三英寸?

"我们非走不可了!"她喊道。索菲娅低着头又想往里走。"没时间了!"

索菲娅痛苦地点点头。玛格丽走出淹水的地方,感觉水还在把她往下拖,还摆脱不了那沉重感。站在岸上的查利不安地动了动腿,扯着系在杆子上的缰绳,表明它想离开这里。它不喜欢水,从来都不喜欢。她花了一点儿时间来安慰它。"我知道,好伙伴,你表现得真好。"

玛格丽把索菲娅的最后几样东西放在那一堆物品上,把油布拉过来盖上,心想不知自己还有没有力气把这些东西再搬到山上更高的地方。她身体里有个东西动了一下,她吓了一跳,然后才反应过来那是什么。她停下来,把手放在肚子上,发现这个东西又动了一下,一种说不清的情感涌上心头。

"玛格丽!"

她转过身去，看见索菲娅抓着威廉的袖子。那边的水位在急速上升，水已经淹到了她的腰部。这时的水，玛格丽看到，已经变黑了。"噢，上帝啊。"她喃喃地说，"坚持住！"

索菲娅和威廉小心翼翼地走下被水淹没的台阶，两人都用一只手抓着绳子，索菲娅用另一只手紧紧搂住她哥哥的腰。像墨水一样乌黑的水从他们身边冲过，水势汹汹，给此时的空气都带来了某种异样的能量。威廉望着下面，紧握拐杖在涨起的河水中探路。

玛格丽跌跌撞撞地跑下山，紧张地看着他们一步步向她走来。

"继续！你们一定能成功！"她一边喊着，一边在山边急刹车。然后——啪！——绳子断了，索菲娅和威廉都被甩得跌倒在水里，被河水往下游冲。索菲娅尖叫起来。她张开双臂向前倒扑了下去，消失几秒钟后浮出水面。她抓住了一丛灌木，手指紧紧抓着树枝不放。玛格丽跟着跑过去，心都跳到了嗓子眼儿。她卧倒在地，抓住索菲娅湿漉漉的手腕，把她拽上了河岸。玛格丽筋疲力尽地瘫坐下去，索菲娅气喘吁吁地跪倒，双手拄地，手和膝盖上全是泥巴，衣服被泡成了黑色。

"威廉！"

玛格丽顺着索菲娅的喊声，转头看见威廉半淹在水里，脸绷得紧紧的，抓着绳子把自己拉过去。他的拐杖不见了，水已到了他的腰部。

"我过不来！"他喊道。

"他会游泳吗？"

"不会！"索菲娅哭喊道。

玛格丽跑向查利，每走一步都被潮湿的衣服拽着。她不知把帽子掉在了什么地方，雨水把头发冲到她脸上，她只得不停地把头发往后捋。

"好了，孩子。"她喃喃地说着，把查利的缰绳从杆子上解下来，"我需要你来帮忙。"

她把查利拉下河岸，她也下了水，把一只空着的手伸出去保持平衡，一边走一边用靴子往前探寻是否有障碍物。查利一开始不愿走，耳朵往后倒，眼睛瞪得老大，露出了眼白。但在她的催促下，它试探着迈出去一步，然后又是一步，大耳朵随着她的声音前后转动。它在玛格丽身边，溅着水花，在激流的阻力下前行。当他们靠近威廉时，他已经快喘不过气来了。他努力想要抓牢手上的绳子，玛格丽过来以后，他盲目地伸手过来抓，面容惊慌失措。她对他大声喊叫，让自己的声音盖过水声，让他听见："抱住它的脖子，威廉，好吗？用胳膊抱着它的脖子。"

威廉抱住骡子，把他高大的身体紧紧贴在查利身上。玛格丽呻吟着使劲把他们俩从洪水中拉回岸边。骡子每走一步都在发出无声的抗议。这时，黑色的水已经淹到了她的胸部，而查利已经很惊慌，高抬着鼻子试着向前蹦。又是一股急流带着各种漂浮物冲了过来，她感觉脚离开了地面，突然间十分恐惧，仿佛大地被抽走了，她再也别想落回地上。正当她以为他们都要被冲走时，她发觉自己的脚又碰到了地面，她知道查利也一样，她还感觉到它又试探着往前迈了一步。

"你还好吗，威廉？"

"我还在。"

"好孩子，查利，走，好孩子。"

时间慢了下来。他们一寸寸往前挪。她完全没想到水里会有这些东西。一个孤零零的抽屉，装着叠放整齐的衣服漂在他们前方，后面又是一个，然后是一只死去的小狗。帮她辨认出这些东西的，是大脑里某个遥远的部位。黑色河水已经变成了一个会呼吸的、活生生的东西。它抓住她的衣服往下拽，挡住她的路，想要她屈服。河水肆无忌惮地攻击着，咆哮着，她心中涌现的恐惧感就像铁块一样卡在她的喉咙里。玛格丽现在冷得脸色发青，她紧紧地贴着查利栗色的脖子，脑袋总是撞在威廉粗壮的手臂上。在她心里，只剩下一个念头。

带我回家，好孩子，求你了。

一步。

两步。

"你还好吗，玛格丽？"

她感到威廉有力的手抓住了她的胳膊，抓着不放，也不知道是因为他，还是她自己快被冲走了。整个世界只剩下她、威廉和那头骡子，河水的怒吼声和威廉轻轻地念着她听不清的祈祷。查利勇敢地和急流搏斗着，用它的身体抵抗它无法理解的这股力量。它扑腾几步，脚下却打滑，地面仿佛在往后退，再扑腾，再退。水流卷着一根圆木奔腾而过，太大，太快。她双眼刺痛，里面全是沙子和水。她模模糊糊地意识到索菲娅从岸上探着身子，伸出手来，仿佛她能硬生生地把两个人和一头骡子拉上去。岸上还传来其他人的声音：一个男人，几个男人。眼睛里全是水，她看不清，她无法思考。她的手指缠绕在查利短短的鬃毛里，已经麻木了；另一只手在马笼头上。还有六步，四步，一码。

走。

走。

走。

骡子纵身往上一跳，她感到几双有力的手抓住了她的肩膀，她的袖子，然后自己就像一条搁浅的鱼一样躺在地上。威廉在用颤抖的声音说，"谢谢，上帝啊！谢谢！"玛格丽感觉河水终于不情愿地把她放走了，也从冰冷的嘴唇中吐出同样的几个字。她下意识地把缠着查利的鬃毛，依然紧握的拳头放在了肚子上。

然后眼前一片漆黑。

第十七章

告 白

贝丝先是听见声音,然后才看见她们。孩子们尖利的叫声高过了河水的怒吼声。她们抓着一座摇摇欲坠的小木屋的前门,水已经淹过了脚踝。她们对她喊道:"小姐!小姐!"她努力回想这家人的名字——麦卡锡?麦卡利斯特?——然后催着马踩水过去。但经受了地裂天崩的暴雨,已经被浇得筋疲力尽的斯库特只走到涨水的小河中间就胆怯地一边退,一边转头,差点儿把贝丝摔下去。她坐稳以后,它还是不愿意走,而是打着响鼻想往回跑。她担心它脑子已经糊涂了,自己都可能让自己受伤。

贝丝一边骂着,一边下马,把缰绳拴在一根杆子上,自己蹚水过河。几个孩子里最小的顶多只有两岁,身上薄薄的棉布裙子紧贴在苍白的皮肤上。她走过去时,三个孩子朝她伸出六条细小的胳膊,就像舞动触手的海葵一样。她正好在洪水猛涨时来到她们身边,一股黑色的水流奔涌而过,她赶紧把最小的那个孩子拦腰抱起来,免得她被冲走。就这样,三个小孩围着她挤成一团,都抓着她的衣服。她一边说着安抚他们的话,一边飞快地思考着到底怎样才能脱离这样的险境。

"家里还有人吗?"她在急流声中对着年纪最大的那个孩子大声问道。孩子摇摇头。那就好,她心想,把卧床不起的祖母的画面赶出脑海。贝丝一直把孩子抱在胸前,那只受过伤的手开始酸疼。她看到河对岸的斯库特开始紧张地绕着杆子走来走去,就像快要扯断缰绳跑掉。弗雷德把它借给她的时候,她很高兴斯库特是纯血马杂交的,速度快,爱出风头,不怕累。但她恼怒的是它容易受惊,脑子只有豌豆那么大。她怎么才能把三个孩子放上马背?她低头一看,哗哗的流水漫过了她的靴子,渗进了袜子,她的心一沉。

"小姐,我们被困在这里了吗?"

"没有,我们没被困住。"

然后,她听到门口的路上有一辆车呜呜地驶来。布雷迪太太?她眯着眼睛看。车先是减速,然后停了下来。啊,看呀,从车上下来的居然是伊兹·布雷迪。她用手挡住雨水,努力想看清河对面的是什么人。

"伊兹?是你吗?快来帮我!"

她们隔着河水大声指导对方该干些什么,但水声嘈杂,两边都听不清楚。最后,伊兹挥挥手,仿佛说:等着。她一把将这铮亮的汽车挂上挡，踩响油门，慢慢地朝他们开过去。

你不能把车开过河。贝丝吐了一口气，摇摇头。这姑娘连这都不懂吗？但就在前轮快要没入水中时，车停住了。伊兹跳下车来，两脚一高一低地跑到车后，掀开后备厢，拖出一卷绳子。她跑回车头，把绳子解开，把绳子一端扔给贝丝，一次，两次，又一次，直到贝丝抓住绳子。现在贝丝懂了。绳子长度刚够把这一头系在门廊的柱子上。贝丝用尽全力把绳子系紧，宽慰地发现绳子足够结实。

"你的皮带，"伊兹一边喊，一边打着手势，"把皮带系在绳子上。"她把绳子那一头固定在车上，动作快速又坚定。伊兹握住绳子，开始朝她们走去，下水以后就看不出她瘸着的腿了。她拉着绳子上了门廊，来到他们身边，问："你还好吗？"她的头发平平地贴在头上，穿在毛毡外衣里质地柔软的浅色毛衣已经湿透了。

贝丝的回答是："抱好这个孩子。"其实当时她想拥抱伊兹，但这是一种她从未体会过的情感，只好转头去忙其他事，把这冲动压了下去。伊兹把小女孩接过来，给了她一个灿烂的笑容，仿佛她们只不过是出来野餐。伊兹一边微笑，一边把围巾从脖子上扯下来，然后绕在大孩子的腰上，再系在绳子上。

"好了，我和贝丝，我们带着你们过去，你们走中间，我把你们系好了，你们手上也要抓紧。听见了吗？"

最大的那个孩子眼睛又大又圆。她摇摇头。

"只要一分钟就能过去。到那边，我们暖暖和和地换上干衣服，然后把你们送到妈妈那里去。走吧，小可爱。"

"我害怕。"孩子不出声地说。

"我知道，但我们还是得过去。"

孩子看了一眼河水，后退了一步，仿佛就要躲回小屋。

贝丝和伊兹对视了一眼。水位上涨得很快。

"我们来唱歌吧？"伊兹说。她蹲下去和孩子平视，"我害怕的时候，给自己唱一首快乐的歌，就不那么害怕了。你听过哪些歌？"

那孩子在发抖，但是她一直看着伊兹的眼睛。

"《坎普敦赛马歌》怎么样？你也知道这首歌，对吧，贝丝？"

"噢，我最喜欢这首歌了。"贝丝说着，眼睛却盯着水面。

"就唱这首！"伊兹说。

坎普敦的女士欢歌唱，

嘟哒，嘟哒。

坎普敦的赛马跑道五英里长，

噢，滴嘟哒哒。

她一边笑，一边倒退着下了水，水这会儿已经到了她的大腿。她看着这个孩子，招手让她往前走。她的歌声高亢又欢快，仿佛她没有一点烦恼。

奔跑整夜，

奔跑整天，

我用钱押了一匹断尾马，

有人押的是栗色马。

"就是这样,亲爱的,跟我走。抓紧了。"

贝丝背着三个孩子中的老二,跟在最后也下了水。她感觉到水流的力量,闻见水里化学物质刺鼻的味道。她只想冲开激流,稳步前进,她也不怪那孩子不愿下水。最小的孩子被她抱在怀里,拇指塞在嘴里,眼睛闭着,仿佛想逃离眼前的这个世界。

"来,贝丝。"前面传来了伊兹的声音,坚强又悦耳,"我们一起唱。"

噢,长尾巴小母马和大黑马,

嘟哒,嘟哒。

来到泥坑前,踩着泥巴跑过去,

噢,滴嘟哒呋。

她们就这样一边唱一边过河,轻轻地推着大孩子往前走。贝丝的声音有些尖,气憋在胸里,嗓子放不开。小姑娘犹犹豫豫地跟着唱,抓着绳子的手因为太用力而关节发白,她的脸也紧张得变了形。她一被水冲得脚离地就尖叫起来。伊兹不停地回头,催促贝丝继续唱,继续走。

水位涨得越来越高,越来越快。她听见伊兹在前面冷静又乐观地说:"好了,看,我们不是就快过去了吗?真厉害。**奔跑整夜,奔跑整**……

伊兹的歌声戛然而止。贝丝抬头看时,心想,刚才从对岸看,我能肯定那车没陷到水里啊。然后伊兹开始扯拴在那个大孩子腰上的围巾,着急地想要解开围巾上的结。贝丝猛然意识到她为什么停止了歌唱,为什么脸上一阵惊慌。只见伊兹把怀里的孩子推到岸上,然后立刻抓起腰带,开始解腰带扣。

快,贝丝!快把它解开!

她抖抖索索地解着带扣,害怕得喉咙发紧。她感到伊兹在抓皮带,把它从水里提起来,还感到在一股不祥的力量下,皮带在她腰间渐渐变紧,紧接着,就在她觉得自己开始被往前拉的时候,咔哒!皮带从她手中滑走,而伊兹用不知用哪来的力气抓住了她。忽然,那辆绿色的车一半陷到了水里,然后随着流水以令人难以置信的速度漂走了,带着那根绳子,离她们远去。

她们手脚并用地爬起来,紧紧握住孩子们的手,艰难地走到山上更高的地方。眼前的景象把她们都惊呆了。那根绳子逐渐被绷紧,车在河里浮浮沉沉,好像被拉住了,但一道波涛滚滚而来,随着一阵撕裂声,绳子终于在重量和物理作用下断了。

布雷迪太太从底特律买来的这辆有定制的墨绿色漆、奶油色真皮内饰的奥兹莫比尔牌汽车,在水中优雅地翻了个身,就像巨大的海豹露出了自己的肚皮,然后灌进去半车厢的水。在五个人的注视下,它随着黑色波浪起伏摇晃,顺流而下,转了个弯;等镀铬保险杠也转过去以后,她们就再也看不见它了。

谁都没有说话。然后,最小的那个孩子举起手来,伊兹就弯腰把她抱起来。"好吧,"过了一会儿,她说,"看来未来十年我都要被关在家里了。"

人人都知道贝丝感情从不外露,此时她却在一种自己也不太理解的冲动下,把伊兹拉过去,在她脸上"啵儿"地亲了一下。于是两人慢慢走回小镇的时候,脸上都泛着红晕,还突然爆发出她们大概也无法解释的笑声,把几个小女孩看得莫名其妙。

完工!

最后几本书也放在了弗雷德客厅里的书堆顶上。弗雷德和艾丽斯把门关上,看着曾经整洁的客厅现在堆满了如山的书,然后看了看对方。

"一本都没落下。"艾丽斯感叹道,"我们把所有书都救出来了。"

"是的。图书馆很快就能再次开始营业了。"

他把水壶放在炉子上,往食品柜里看了看,拿出来一些鸡蛋和奶酪,放在餐台上。"那么……我在想,你可以在这里休息一会儿,也许吃点儿东西。今天人人都不会离家太远。"

"我也觉得没必要冒那么大的雨回去。"她拧着头发上的水。

他们都知道暴雨有多危险,但艾丽斯看着从下面路上流过的雨水,有一刻不禁觉得这雨是她的秘密盟友,让整个世界都停下了脚步。没人能因为她此时在弗雷德家里休息而批评她,对吧?毕竟,她只是来搬书的。

"如果你想换干的衬衫,楼梯上就晾着一件。"

她走上楼,脱下湿毛衣,用毛巾擦干身子,穿上他的衬衫。她扣上纽扣,柔软的法兰绒触摸着她湿冷的皮肤。让一个男人——弗雷德——的衬衫包裹住自己,让她感觉有些喘不过气来。她忘不了他的拇指碰到她皮肤时那触电的感觉,还有他和自己对视时极度专注的眼神，仿佛他能把她看个透。这些感觉在两人间挥之不去，到现在他们的一举一动，无意间的一瞥或一句话似乎都另有深意。

她慢慢走下楼梯，朝那一堆书走去，觉得心里热热的，就和每次想到他们皮肤接触的时候一样。她转头找他时，才发现他正在望着她。

"这件衬衫你穿比我穿好看。"

她发觉自己在脸红，赶紧移开了目光。

"给你。"他递给她一杯热咖啡。她把杯子捧在手中，感受它的温度，为能够转移注意力而感到高兴。

弗雷德在她身边走动，整理书堆，然后从柴火筐里拿柴添到炉子里去。她看着他干活时，手臂上的肌肉紧绷起来，还有他蹲下看火势时显出腿部结实的样子。镇上怎么没人注意到弗里德里克·吉斯勒活动起来那么优雅，没一点多余的动作，身上肌肉线条如此明晰？

让你的灵魂之火与我缠绕，

火舌将欲望注入我的四肢……

他站起来，向她转过去，她就知道他从她脸上看到了她此刻全部的真情实感。她突然想到，今天不存在任何规则。他们身处漩涡中心，这里远离外面那个世界的雨水、灾难和艰辛，只属于他们两个人。她就像被磁力吸引一样朝他走了一步，脚踩在书上她也没低头看。她把杯子放在壁炉架上，眼睛一直望着他。现在他们之间只有几英寸的距离，燃烧的柴火温暖着他们的身体，他们的目光对视着。她想要说话,但想不出该说什么。她只知道她想要他再次触碰她,想用嘴唇、指尖感觉他的皮肤。她想知道人人似乎都了如指掌的事,那些在黑暗的房间里低语的秘密,超越了语言的亲密。她已被这情感淹没。他的眼睛搜寻着她的,里面满是柔情,他的呼吸急促起来。这时她就明白了,他们心意相通。这一次会不一样。他低下头,握着她的手。她感觉身上涌起一股暖流,满怀的浓情蜜意只等着倾泻出去。他把她的手拿起来,她听到自己屏住了呼吸。

然后他说:"艾丽斯,我要让这一切在这里停止。"

过了一会儿她才意识到他说了什么。她大受打击,差点儿透不过气来。

艾丽斯,你太冲动了。

"我不是说……"

"我得走了。"她羞愧地转身就走。她怎么可以那么干出来这种蠢事?她的泪水在眼眶里打转,走的时候被书绊了一下,险些摔倒,她大声地骂了一句。

"艾丽斯。"

她的外套在哪里?他把它挂在什么地方了?"我的外套,我的外套在哪里?"

"艾丽斯。"

"别管我。"他握住了她的胳膊,她立刻抽回来,把胳膊抱在胸前,仿佛被灼伤了似的,"别碰我。"

"别走。"

她觉得十分委屈，好像就要哭出来。她心痛地一皱眉，用手捂住了脸。

"艾丽斯，别这样。听我说完。"他咽了一口唾沫，紧紧地抿着嘴，仿佛很难开口。"别走。你根本想不到……我多想让你留下，艾丽斯，多少个夜晚我都睡不着，这个念头让我快疯了……"他的声音变低了，他一反常态地一口气说道："我爱你。我第一次看到你，我就爱上了你。见不到你的时候，我就觉得是在浪费时间。你在这里的时候就好像……整个世界的颜色都变得更鲜艳了。我想要感觉你的皮肤，我想听你忘情地放声大笑……我想让你快乐……我想要每天早上都在你身边醒来……我……"他做了一个痛苦的表情，但立刻又平静下来，仿佛刚才表现得太过火——"但是，你已经结婚了。我只能努力做个好人。在我想出解决办法来之前，我不能，我不能对你有非分的举动，不管我有多想。"他深吸了一口气，再颤抖着吐出来。"艾丽斯，我能给你的，只有……言语。"

仿佛一阵旋风吹进来，把房间里搅了个翻天。风停后，风中闪亮的微尘在艾丽斯身边纷纷落下。

时间好像过去了几年。她等到能确定自己的声音已经恢复正常。"言语。"

他点点头。

她思考着这个词，用手背擦了擦眼睛。然后她用手在胸口上压了压，等着剧烈的心跳慢下来。他难过地低下了头，仿佛是他造成了她的痛苦。

"我想我还可以多待一会儿，"她说。

"给你咖啡。"过了一会儿，他把咖啡递给了她——他小心地不让自己的手指碰到她。

"谢谢你。"

他们互相望了一眼。她长长地吐了一口气，然后，他们什么也没说，并排站着，开始整理书堆。

雨已经停了。布雷迪夫妇开着布雷迪先生的大福特车来接女儿，毫无怨言地接纳了另外几个乘客——那三个小女孩，把她们带回家，让她们至少待到明天早上。布雷迪先生听孩子们讲了那根绳子和布雷迪太太的车的故事。当他还在默默地接受一辆车就这么没了的事实的时候，他妻子已经哭出了声，紧紧地拥抱了女儿，前所未有地沉默了几分钟，然后松开了她，眼里满是泪水。他们不言不语地打开车门，开了很短的一段路回家。贝丝则沿一条淹水的上山的小路回家。她抬起手向他们告别，直到看不见那辆汽车。

玛格丽醒来时发现斯文温暖的手握在她的手里。她下意识地捏了捏他的手，然后才慢慢地想起来她不应该这样做的所有原因。她身上盖了好几层毛毯和被子，把她压得几乎动弹不得。她把每个脚趾都试着动了动，放心地发现身体还听自己指挥。

她睁开眼睛，又眨眨眼，望向黑暗中，看到了床边的油灯。斯文把目光转向她，两人对视着，她把散碎的思绪整理组合成有意义的词语。当她发出声音的时候,嗓音十分沙哑。

"我昏过去多久了?"

"六个多小时。"

她停下来想了想。

"索菲娅和威廉没事吧?"

"他们在楼下。索菲娅在做饭。"

"我们的其他人呢?"

"都安全回来了。贝利维尔大概毁掉四所房子,霍夫曼公司下面的居民区全被淹了,不过我猜到天亮还会更严重。河水没退,但雨停了有一两个小时了,所以我们希望最糟糕的时刻已经过去了。"

他说话的时候,她的身体回忆起洪水的冲击力,那股把她往漩涡底部拽的力量,不由自主地颤抖起来。

"查利呢?"

"它没事。我给它洗了身子,用一桶胡萝卜和苹果奖励了它的勇敢行为。它急着来抢,差点儿踢我。"

她微微一笑。"我从没见过像它那么听话的骡子,斯文。它为我付出的太多了。"

"听说你帮助了很多人。"

"谁遇上这种事都会去帮忙的。"

"但是他们并没有。"

她累得骨头酸疼,一动不动地躺着,任由被子压着,这样的暖和让她昏昏欲睡。她把手插进被子下面,放到隆起的肚子上,等了一会儿,她收到了怦怦的回应,才放了心。

"那么,"他说,"你打算把这件事告诉我吗?"

她抬起头来,看着他温柔而严肃的脸。

"我帮你脱了衣服才把你在床上安顿好,然后才弄明白几个星期以来你为什么老想赶我走。"

"对不起,斯文。我没有……我不知道该怎么办。"她抑制住突如其来的泪水,"我想我是害怕了。我从没想过要孩子,你知道的。我从来都不是当妈的料。"她吸了吸鼻子,"我连自己的狗都保护不了,不是吗?"

"玛吉……"

她擦了擦眼睛。"我想如果我不去管,以我那么大的年纪,再一折腾,也许就能……"她耸耸肩,"……没了……"他瞪大了眼睛,他是一个连农夫把小猫淹死都看不下去的男人。"……可是……"

"可是?"

她沉默了一会儿,然后声音低得像耳语:"我能感觉到她,她在跟我说话,我在水里的时候就发现了。我不用再纠结了,她已经在这里了,她想待在这里。"

"她?"

"是的,我能感觉到。"

他笑着摇了摇头。她的手上还沾着黑泥,他用拇指在她的手上滑过,然后他揉了揉后脑勺。"看来我们要当爹妈了。"

"我猜是的。"

他们在半明半暗的灯光下坐了一会儿，让这个意料之外的崭新的未来变得更加清晰。她听见楼下低低的说话声和锅、盘的碰撞声。

"斯文"。

他转过来。

"你觉得……这洪水的事，我又搬东西又拽绳子，还泡在黑色的水里，你觉得会伤害到孩子吗？当时我有点儿疼，还觉得很冷，到现在都觉得不舒服。"

"现在还疼吗？"

"后来就不疼了，我不记得什么时候开始不疼的。"

斯文回答时很小心措辞。"这就不是我们能掌控的了，玛吉。"他说。他握住她的手。"但她是你的孩子，玛格丽·奥黑尔的孩子，她绝对是铁打的。只有你的孩子才能挺过那样的暴风雨。"

"我们的。"她纠正道。她把他的手拉进被子，把他温暖的手掌贴在她的肚子上。全程他们的眼睛都没有离开对方。她一动不动地躺在那里，感觉他的手掌给她带来穿透肌肤的平静。肚子里的宝宝也迎合着又动了一下，仿佛对他们轻轻地耳语。两人同时睁大了眼睛，他感觉到的是什么？他用询问的目光在她眼中搜寻着答案。

她点点了头。

斯文·古斯塔夫松，从来没有人见过他会大悲大喜，此时却把另一只手捂住了脸，又转过身去，免得让她看见他眼里的泪水。

布雷迪夫妇不是那种言辞刻薄的人，他们的结合也许称不上是情投意合，但两人都不愿在家事上争吵，在合情合理的范围内都会给对方以尊重，几乎从不当着别人的面发生口舌之争。三十年来，他们都摸清了各自的脾气，也就多一事不如少一事。

所以，在发洪水的那天晚上，布雷迪一家里也迎来了翻天覆地的变化。布雷迪太太在客房里看着三个孩子吃饱喝足，送伊兹上床睡觉，再等到所有用人都走了，就宣布她女儿要重返马背图书馆项目的计划，语气中暗示这个决定无须再进一步讨论。布雷迪先生以为自己听错了，让她把这些话重复了两遍，然后以少见的强硬态度做出了回应，也许是因为损失了一辆车，他还在气头上；也许是不停地有电话向他详细汇报贝利维尔各家公司受灾的情况，他有些心焦。布雷迪太太也不让步，她告诉丈夫，她像了解自己一样了解女儿，而自己从来没像今天这样为女人感到骄傲。他尽可以撒手不管，让她最后变得和他姐姐一样苦闷又怯懦，不肯迈出家门一步——他们都知道那样的结果有多糟。或者，他可以鼓励这个二十年来第一次展现出勇敢无畏一面的女孩，让她去做自己喜欢做的事。而且，她提高音量补充道，如果他听信范克利夫那个傻瓜，而不是自己的女儿，那么她真不知道她那么多年嫁了个什么人。

这就相当于下了战书。布雷迪先生毫不让步，他们的房子很大，但争吵声在宽阔的木镶板走廊里回荡了一个晚上。几个酣睡的孩子都没听见，倒头就睡的伊兹也没有。战争持续到破晓，双方终于勉强休战。布雷迪先生疲惫地宣布，他至少需要一个小时的睡眠，因为之后还有一整天的灾后清理工作，天知道他怎么才能熬过这一天。

得胜的布雷迪太太气消了一些，对丈夫顿生怜意，片刻之后便握手言和。就这样，一个半小时后天亮了，女仆看到他们还穿着衣服，十指相扣，在红木大床上打着呼噜。

第十八章

最疯狂的女人

> 俄克拉荷马州的一个工作勤恳的杂货商在最近两天里卖出了二十几条轻便马车的鞭子。但有三位顾客说买鞭子是为了做钓竿,还有一位顾客是一个母亲,她说要拿来"教训"她儿子。
>
> 《耕》杂志,1937年9~10月刊

星期天早晨,艾丽斯走进屋的时候玛格丽在洗头。她低着头,下面是一桶温水,她把头发冲洗干净后拧成粗粗光亮的一根。艾丽斯结结巴巴地道歉,她还没睡醒,有些发昏,所以没发现有人在里面。她从小厨房里往外退的时候,透过玛格丽又薄又透的棉睡衣,瞥了一眼她的肚子。她先愣了一下,然后恍然大悟。玛格丽偏过头看了她一眼,用棉布把头包起来,固定好。她直起身子,将手掌放在肚脐上。

"是的,你没看错。六个月刚过几天,我是知道的。但这是在我计划之外的。"

艾丽斯惊喜地用手捂住了嘴巴。她突然想起前一天晚上在"好又快"餐厅里玛格丽和斯文的样子,她整晚都坐在他腿上,他则用手护着她的肚子。"可是……"

"也许我读那本蓝皮书读得还不够仔细。"

"可是……可是你接下来要怎么办呢?"艾丽斯盯着她隆起的腹部问道。真没想到。现在她才看见,玛格丽的胸部已经变得几近浑圆,睡衣领口露出的一片白净的皮肤上看得见淡淡的青色血管纵横交错。

"什么怎么办?"

"你没结婚!"

"结婚!你操心的就是这个吗?"玛格丽笑了起来,"艾丽斯,你以为我会在乎这里的人怎么看我吗?斯文和我就和结婚了一样。我们会把这个孩子养大,和这里的大多数已婚夫妇相比,我们会对自己的孩子更好,对彼此也更好。我会教育她,让她学会明辨是非。只要她爱她的妈妈和爸爸,我看不出我左手上戴不戴那个东西跟别人有什么关系。"

艾丽斯还无法理解一个已经怀胎六个月的人居然不担心自己未来的孩子是私生子,还有可能下地狱。不过,看着玛格丽愉快又自信,甚至可以说——如果走近了看——容光焕发的样子,这件事的确不像是一场灾难。

她长长地吐了一口气。"别人……知道吗？"

"除了斯文以外的人吗？"玛格丽用力地擦了擦头发，然后停下来用手指试了试够不够干，"这个嘛，我们还没对外宣布。但这个秘密守不住多久了，我再胖一点儿，可怜的老查利就要被压垮了。"

一个婴儿。艾丽斯百感交集。玛格丽又一次按自己的规则来生活，让她震惊，又钦佩；而这些感觉中最强烈的，是悲伤：一切都要改变了，也许艾丽斯再也不能和这个朋友一起在山间策马奔腾，一起在图书馆舒适的小空间里欢笑。玛格丽以后肯定会像其他妈妈一样待在家里。她不知道玛格丽走了，图书馆会变成什么样：她是项目的带头人，是她们的精神支柱。接着，一个更让她担忧的想法冒了出来：孩子生下来以后，她还怎么待在这里？地方本来就不大，现在住三个人都很勉强。

"艾丽斯，瞧你发愁的样子，你想些什么我都看出来了。"玛格丽走出来，一边回卧室一边喊道，"我告诉你，我们什么都不用改变。等孩子生下来再说。没必要现在就把脑袋都想破了。"

"我没多想。"艾丽斯说，"我只是为你感到高兴。"然后极力希望这是她的真实感受。

星期六，玛格丽骑马去了帝王蝶溪，路过忙着打扫的人家时和他们点头问候。他们把堆在前门的淤泥铲走，把破烂的家具堆起来，晒干做木柴。小镇下游地区受灾很严重，那里住的都是贫穷家庭，多半默默承受，无力抗议，或者抗议了也没人听见。而镇上富裕地区的人们已经基本恢复到正常的生活中。

玛格丽骑着查利走到索菲娅和威廉家门外停下，检查着这里的损失，她的心在往下沉。知道某种事实是一回事，但亲眼目睹这个事实又是另一回事。他们的小屋只能说还没倒，由于位置在路的最低处，洪水袭来时它遭受的冲击最大。屋前平台上的柱子已经断裂，摆放的花盆和摇椅，还有前面的两扇窗户都被冲走了。

原本打理得好好的小菜园现在变成了一个黑色的烂泥塘，菜全没了，只插着一些破木板，散发出腥臭和硫磺的味道。水退后在窗框和护墙板的上部留下了一道厚厚的泥垢，玛格丽不用进去都能猜到屋里面会是什么样子。她想起那冰冷的河水，打了个寒战，把手放在查利柔软的脖子上，内心突然有一种冲动，想快回到温暖安全的家里。

她下了马——现在她爬下马鞍已经很费力了——然后把缰绳绕在旁边一棵树上。地上连骡子能吃的草都没有，整段斜坡上都是黑色污泥。

"威廉？"她一边喊一边往小屋走去，靴子发出嘎吱嘎吱的声音，"威廉？我是玛格丽。"

她又叫了几声，等了一会儿，但显然家里没人。她走回骡子身边，发现肚子里有一种从未有过的收缩、往下坠的感觉，好像孩子决定自己随时都可以让玛格丽感觉到自己的存在。她走到树下，伸手解缰绳的时候，一个东西吸引了她的目光。她歪着头，仔细地看着离树干底部有几英尺高的潮水痕。从图书馆到这里的一路上,水痕都是红褐色,在深浅上有变化,但基本上都是地表泥土或河底淤泥留下的。但这里的水痕黑得像沥青。她回忆起当时水突然就变黑了,还发出强烈的化学制剂的味道,让她眼睛刺痛,喉咙发呛。

发洪水以后,范克利夫已经三天没在镇上露面了。

她蹲下来,用手指划过树皮,然后闻了闻。她呆住了,站在那里思考了一会儿。然后她在夹克上擦擦手,费劲地哼哼着爬上马鞍。"走,查利好孩子。"她说着,让骡子转了个方向。"我们先不回家。"玛格丽骑马走上了贝利维尔东北部的狭窄的小路,这里地势艰险,灌木浓密,一般人到了这里都觉得无路可走。但她和查利是在崎岖的山间长大的,一眼就能找到穿越路线,就像能看准发财机会的老板一样。她把缰绳搭在它的脖子上,相信它的选择,自己俯下身去,拨开头上的树枝。他们爬得越高,气温就越低。玛格丽把帽子戴紧,把下巴缩进衣领里,看着自己呼出的气变成上升的云雾。

在高山上,树林逐渐变密,路陡且布满碎石,连脚步稳健的查利都开始磕磕绊绊,踌躇不前。走到一座岩石小山面前,她终于跳下马来,把缰绳套在一丛小树苗上,自己爬到顶上。由于身上新背上的"货",她爬得有些喘,时不时地就得停下来,双手叉腰站一会儿。经历那场洪水后,她就感到异常地疲倦。如果斯文知道她现在在哪里,他会说些什么?她立刻就把这个问题赶出了脑海。

她又沿着山脊走了将近一个小时,才达到足够的高度,终于能看到霍夫曼矿区的后山。这片六百英亩的区域被植被茂密的马蹄铁形陡峭高山所环抱,从矿区是看不见的。她抓着一根树干,爬上了最后几英尺,站了一会儿,让自己的呼吸平缓下来。

然后她低头望去,咒骂了一句。

山脊背后是三道拦泥大坝,只能从一条通往山顶的装了大门的隧道才能进去。两座大坝都蓄满了浓稠、乌黑的污水,因为下过雨,水位还很高。第三座大坝已经空了,底部满是黑色泥浆,泥浆冲毁了堤岸,从一侧流出去,在蜿蜒的河床上留下一条恶心的泥浆路,一直延伸到贝利维尔的下游地区。

有那么多日子可以选,安妮偏偏选择了最不方便的一天犯腿病。 范克利夫一边在卡座里等女招待上菜,一边嘀咕着。本内特一声不吭地坐在他对面——他偷偷扫视周围的客人,仿佛即使到了现在,他还在关心别人会怎样议论他。范克利夫本不想到镇上来,但当你的女仆不能来做饭,你的儿媳妇"丧失了判断力",不肯回家的时候,一个男人能有什么办法呢?在开车去列克星敦的路上,他只能去"好又快"才能吃到一口热饭。

"菜来了,范克利夫先生。"莫莉说着,把一盘炸鸡放在他面前,"按您的要求多加了蔬菜和土豆泥。您点了这道菜,真是走运,厨房今天订的一些货没送到,差点没东西下锅。"

"是的,我们运气真好!"他得意地说。范克利夫看见这顿金黄酥脆的晚餐时心情大好。他满意地叹了一口气,把餐巾塞进衣领。他正想建议本内特也这样做,别像那些讨厌的欧洲人一样把餐巾放在大腿上的时候,一块黑泥从盘子上空滴落,"啪"的一声掉在他刚切好的那块炸鸡上。他盯着这块泥,努力想弄明白自己看到的是什么。"这是……"

"你是不是忘了什么,范克利夫先生?"

玛格丽·奥黑尔站在桌边,脸因为愤怒而发红,声音颤抖。她举着的手握成拳头,手里全是黑色泥浆。"帝王蝶溪周围的房子不是被洪水冲垮的,你心知肚明,是你的大坝里放出来的泥浆冲垮的。你应该为你的所作所为感到羞耻!"

餐馆里瞬间静了下来。她身后有几个人站起来想看看发生了什么事。

"你把污泥挤到我的晚餐上?"范克利夫站起来,椅子被"嘎吱"一声往后推开。"你到处搅局,然后还跑来这里,把泥挤在我吃的食物上?"

玛格丽目光炯炯。"不是污泥,是煤泥,是毒药——你的毒药。我爬上山脊才看见你炸开了大坝,是你干的!冲垮房子的,不是暴雨,也不是俄亥俄河,只有你的脏水流过的地方,才有房子倒塌。"

餐馆里响起一阵窃窃私语。范克利夫把餐巾从领口扯下来。他向她走了一步,举起了手指。"奥黑尔,你听着。指责别人之前,你可要非常小心。你惹的麻烦已经够多的了……"

玛格丽毫不退缩。"我惹麻烦?枪杀我的狗的人还说我惹麻烦?是谁把自己的儿媳妇的牙齿打掉了两颗?你的洪水差点儿把我、索菲娅和威廉淹死!他们本来就没什么财产,现在更是一无所有!如果没有我们图书馆的姑娘,三个小女孩已经被你淹死了!你还在这里虚张声势,假装这事跟你没关系?你应该被逮捕!"

斯文出现在她身后,把一只手放在她肩膀上,但她正说到激情高涨的时候,就把他的手甩开了。"你只顾赚钱,不顾安全,把工人害死了!你施诡计让人们签合同放弃自己的房屋,事后他们才发现上了当!你漠视生命!你的矿山是个吃人的大坑!你是个恶魔!"

"够了。"斯文用手臂穿过她的腋窝,倒退着把她架出去的时候,她还在指着范克利夫大骂。"走吧,我们出去。"

"对!谢谢你,古斯塔夫松!把她带出去!"

"你装得好像自己是全能的上帝!就好像法律也管不了你!但我看着你呢,范克利夫。只要我还活着,我就要把你干的那些事说出来……"

"够了。"

斯文把还在挣扎的她带出餐馆门口的时候,这里的空气仿佛凝固了。透过玻璃窗还能看见她在街上对着他怒吼,挥舞着手臂想挣脱出去。

范克利夫往四周看了一眼,坐了下去。其他的食客还在瞪着他们。

"奥黑尔这家人,哼!"他故意大声地说,然后又把餐巾塞好,"我从来不知道这家人下次会闹出什么事来。"

本内特看了看他的盘子,然后又把目光垂了下去。

"古斯塔夫松是讲道理的,他明白。啊,是的,刚才那个女孩是女人里最疯狂的,对不对?……对不对?"范克利夫保持着不自然的笑容,直到人们把注意力转回到自己的食物上。他吐了一口气,示意女招待过来。"莫莉?亲爱的?你能不能……呃……再给我一盘炸鸡?非常感谢。"

莫莉做了个为难的表情。"对不起,范克利夫先生,最后一份已经卖掉了。"她看着他的盘子,恶心地撇了撇嘴。"我们还有汤和饼干,要不要给您加热一下?"

"来,吃我的吧。"本内特把自己没碰过的食物推给他父亲。

范克利夫把餐巾扯掉。"我没胃口了。我要去请古斯塔夫松喝一杯,然后我们就回家。"

他往门外看了一眼,那个年轻人还和奥黑尔姑娘一起站在外面。"她一走,他就会进来。"他隐约有些失望,因为把那姑娘推出去的居然不是自己的儿子。

但奇怪的事情发生了:奥黑尔还在挥舞着双手喊叫,而古斯塔夫松没有就此放手,回到餐馆,而是向前迈了一步,低下头去,贴着玛格丽·奥黑尔的额头。

范克利夫看着,皱起了眉头。玛格丽用手捂住脸,很快又放开了。两人都一动不动地站着。然后,事实就像"月光照在松林间"一样清清楚楚①,范克利夫看到斯文·古斯塔夫松把一只手护在奥黑

---

① 来自《我心中的佐治亚》(Georgia on My Mind)的歌词:清晰如月光照在松林间。这首歌写于1930年,有众多版本,生于佐治亚州的"灵乐之父"雷·查尔斯在1960年录制的版本最经典,并于1979年被选为佐治亚州州歌。

尔隆起的肚子上，直到她抬头看着他，把自己的手也放了上去，然后他吻了她。

"你到底想给自己惹上多大的麻烦？"

玛格丽看也不看斯文，就想把他推开，但被他紧紧抓住了上臂。

"你没看见，斯文！他倒了几千加仑的毒药！他还假装好像只是河水泛滥，但威廉和索菲娅的房子被毁了，我不知道帝王蝶溪周围的土地和河水要多长时间才恢复得过来。"

"我不怀疑你说的话，玛吉，但在坐满人的餐馆里和他发生冲突对你没好处。"

"他应该感到羞耻！他以为他可以这样为所欲为！你休想把我拉走，就好像我是……是一条不听话的狗！"她用双手使劲儿一推，终于挣脱出来。他也妥协地抬起双手。

"我只是……不想让他有机会攻击你。他对艾丽斯干了什么，你也看见了。"

"我不怕他！"

"可是，也许你应该怕他，和范克利夫这样的人打交道，你不能硬碰硬。他很狡猾，你知道的。走吧，玛格丽。别气出毛病来。我们想其他可行的办法，我也不知道，跟工头谈谈，找工会，写信给州长，等等，办法多得是。"

玛格丽仿佛平静了一些。

"我们走吧。"他伸出一只手，"你不能每一场'战争'都自己出马。"

她心里松动了。她踢着泥土,等着呼吸慢下来。当她抬起头来的时候,她的眼里闪烁着泪花。"我恨他,斯文,恨透了。他把一切美丽的东西都毁了。"

斯文把她拉过来。"不是一切。"他把一只手放在她的肚子上,直到他感觉她在他怀里放松下来。"走吧。"他吻了吻她,"我们回家吧。"

小镇上的人喜欢八卦,而玛格丽又是一个另类,所以没过多久,她怀孕的消息就传开了。好多天里,镇上的人常聚集的地方——饲料店、教堂、杂货店——都在谈论她。有些人觉得,弗兰克·奥黑尔的女儿当然不会走正道,这个结果就是证明。又是一个奥黑尔的坏种子,注定丢人现眼,没好事儿。议论者中少不了这样一派,觉得非婚生子必须受到大力谴责。但也有一些人还清楚地记得那场洪水,以及她对范克利夫应对此负责的指控。幸运的是,这种人在镇上占大多数,他们还认为,在发生了这样的灾难后,不管怎么说,这都是一个新生命,不用太计较。

不过,这些人里不包含索菲娅。

"你现在要嫁给那个男人了?"她听说以后问道。

"不。"

"你就那么自私?"

在给州长写信的玛格丽放下笔,瞪了索菲娅一眼。

"你别斜着眼瞪我，玛格丽·奥黑尔，我知道你对于在上帝的指引下结合有什么样的看法。相信我，我们都知道。但这已经不是你一个人的事了，对不对？你想让孩子在学校里被取笑吗？你想让她天生就低人一等吗？你想要她受排挤吗？因为别人可不会让私生子进家门。"

玛格丽打开门，让又送了一趟书回来的弗雷德进来。"你能不能等孩子生下来以后再来骂我？"

索菲娅扬了扬眉毛。"我只是说说。在这个镇上生活已经够难的了，你还要给这个可怜的孩子再套上一副枷锁。你很清楚这里的人是如何因为你上一辈的所作所为来评判你的，尽管他们的行为和你没关系。"

"好了，索菲娅。"

"事实就是这样啊。你倒是刀枪不入，所以才过上了你自己选择的生活。要是孩子不像你怎么办？"

"孩子会和我一样的。"

"这说明你根本不了解小孩。"索菲娅哼了一声，"我最后只说一次，这已经不是你一个人的事了。"她把登记簿往桌上一摔，"你好好想想。"

斯文的运气也不比索菲娅好太多。他坐在厨房里嘎吱响的椅子上擦靴子，她坐在高背长靠椅一侧。虽然他说得不多，声音也更平静，但他的观点和索菲娅的是一样的。

"我不是又来催你结婚,玛格丽。现在情况不一样了。我想要人们知道我是孩子的父亲,我要过普通人的生活,我不想让我们的孩子以私生子的身份长大。"

他认真地看着木桌那边的她。她突然觉得自己像十岁时那样听不进去劝、戒备心重,就心烦意乱地去揪羊毛毯上的绒毛,不愿看他。"你觉得我们现在没有更重要的事要谈了吗?"

"我要说的就这些。"

她把头发从脸上撩开,咬着下唇。他交叉着双臂,低垂着眉头,准备好面对她大喊着说他要把她逼疯了,说他答应过不这样的,她再也受不了了,让他滚回自己家去。

但她的反应让他大吃一惊。她说:"让我想想。"

他们一言不发地坐了几分钟。玛格丽用手指敲着桌子,又把一条腿伸出去,把脚掌扭来扭去。

"怎么了?"他问。

她又去揪毯子的一角,然后把毯子抖开,斜着眼看他。

"怎么了?"他又问。

"你到底要不要过来坐在我身边,斯文·古斯塔夫松?还是你把我搞成一头奶牛以后,就看不上我了?"

艾丽斯很晚才来上班。她满脑子都是弗雷德,那天见到的一切:借书的人来道歉,因为图书馆的书和他们的财产一起被水淹了;树干底部黑色的泥浆痕;还有不动声色地流淌着的小溪,溪边散落的单只的鞋子、信件和坏了或完全被不能用了的家具，都被挤出了她的脑海。

我能给你的，只有言语。

从那天以后，她每个早晨和夜晚都在幻想弗雷德的手指滑过她的脸庞的感觉，想象他眯起来的眼睛和认真的眼神。她想知道那双强壮的手如果再次那样温柔、倾情地抚摸她的身体会是什么感觉。她用想象填补了认知上的空白。记忆中他的声音、饱含深情的脸庞，都让她有些呼吸困难。她思念太深，不禁怀疑秘密会泄露，也许她脑海中那些意乱情迷的画面会映在脑门子上让所有人看见。所以在4月的凉风中，她竖着衣领终于回到玛格丽的小屋时，感觉几乎是一种解脱，因为在接下来的几个小时里她必须去考虑一些其他的事——书的封皮、泥浆或者青豆。

艾丽斯走进屋，轻轻地把纱门关上（自从离开范克利夫家以后，她就很害怕砸门的声音），脱下外衣，挂在衣钩上。屋里很安静，这通常意味着玛格丽在屋后照看查利或那些母鸡。她走到储存面包的盒子面前，打开看了一眼，心想：没有了蓝眼睛的吵闹，这里变得真寂寞。

她正想去屋后喊一声，就听见从玛格丽关着门的房间里传出来已经消失了几个星期的声音：低沉的叫声和愉悦的呻吟声，涌动的激情中爱称的呼唤。她走到屋子中间猛地停下来，那边两人的声音也有感应似的，刚变高就突然低了下去；弹簧在嘎吱作响，床头板一下一下地撞着木头墙，一场高潮势不可当，一触即发。

艾丽斯小声地嘀咕道:"棒极了。"然后她把外衣又穿上,往嘴里塞了一块面包,走到外面门廊上,在吱吱作响的摇椅上坐下,一只手往嘴里送面包,另一只手捂住她那只听力正常的耳朵。

山顶上的雪比别处的晚一个月才融化是很常见的事。山下的小镇已换下冬装,冰雪依然坚守着这片领地,直到最后一刻才放手。地毯般覆盖大地的积雪一天天变薄,坚硬光滑的幼芽钻出了雪地,在高处的山路上,树木也不再光秃秃,枯黄中多了一抹绿意。

到4月中旬时,克莱姆·麦卡洛的尸体才从雪地里露了出来。最高处的山脊上的积雪开始融化时,最先冒出来的是他冻伤了的鼻子,然后才是他那被饥饿的野兽啃坏了的脸,眼珠子早就不见了。发现他的是伯里亚市的一个猎人,他当时在雷德里克市上面的山上打野鹿,在之后的几个月里,他都会做噩梦,梦见腐烂的脸,眼睛是两个深不可测的黑洞。

对小镇居民来说,发现一个出了名的醉鬼的尸体并不稀奇,而且还是在一个以酿私酒出名的小镇。消息传出来以后,大家议论几天,摇摇头感叹一下也就过去了。

但这次不一样。

警长和警员从山上调查回来后宣布,克莱姆·麦卡洛的后脑勺被一块尖锐的大石头砸了个洞。最后一层积雪融化后,他胸部靠上面的地方,赫然显露出一本血迹斑斑的布面装订版的《小妇人》,上面有公共事业振兴署马背图书馆的标记。

第十九章

入狱

> 男人要求女人安静、稳重、顺从、贞洁。特立独行是不受欢迎的。任何一个女人，只要越界就会惹上大麻烦。
>
> 弗吉尼亚·库林·罗伯茨，《坚强的女性》

范克利夫吃了满肚子的猪皮，顶着一脸油光走进了警长办公室。他带来一木盒雪茄，笑容满面，他不会明说这两件事是出于什么样的原因。当然不会。但发现了麦卡洛的尸体，大坝决堤和泥浆清理立刻就成了旧闻。范克利夫父子又能放心地走在街上了。他下了汽车，这是几个星期以来他第一次走起路来好像脚底装了弹簧一样轻松。

"这个嘛，鲍勃，我觉得一点儿也不意外。你知道，这一整年她都在惹麻烦,破坏本地的安定团结,散布歪理邪说。"他俯过身去,用黄铜打火机点着了警长的雪茄。

警长向后靠在椅子上。"我不完全认同你的说法,杰夫。"

"你会逮捕那个奥黑尔姑娘的,对不对?"

"你为什么觉得这事和她有关?"

"鲍勃……鲍勃……我们已经是那么多年的老朋友了。你和我一样清楚,麦卡洛和奥黑尔两家人,不知道从什么时候开始就有仇了。而且,除了她谁还会骑马到那里?

警长什么也没说。

"而且我有确切的消息,据说尸体旁边有一本图书馆的书。要我说的话,真相已经揭晓,可以结案了。"他深深地吸了一口雪茄。

"真希望我手下的破案效率能和你的一样高,杰夫。"警长眯着眼睛冷笑道。

"哎,你知道的,虽然我们尽量不声张,不让我家本内特丢脸,但就是她撺掇着本内特的妻子离家出走的。在她出现之前,他们两口子都过得好好的!不,她专给女孩灌输邪恶的思想,走到哪儿就给哪儿造成混乱。要是能知道她今晚就被关起来,我就能睡得更踏实了。"

"是这样吗?"警长几个月前就听说范克利夫家媳妇造反的事了——镇上没什么事能逃得过他的眼睛。

"那家人呀,鲍勃,"范克利夫对着天花板吐了一口烟,"太招人恨了,奥黑尔世世代代都改不了。喂,你还记不记得她叔叔文森特？那个可真是个无赖……"

"证据并不确凿，杰夫。就目前而言，我们仅仅是怀疑，但无法证明她走过那条路，现在我们的证人也说，她不能确定当时听到的是谁的声音。"

"肯定是她！你清楚得很，不可能是那个小儿麻痹的女孩，也不可能是我们的艾丽斯干的。所以只剩下那个农村姑娘和那个黑人了，我敢打赌那个黑人姑娘不会骑马。"

警长向下撇了撇嘴角，表明他没被说服。

范克利夫用手指戳着桌子。"她是一个坏影响，鲍勃。你去问哈奇州长，他知道。她打着家庭图书馆的幌子散发淫秽读物——哦，你不知道吗？她还在北岭挑拨离间，使矿业公司无法进行合法经营。去年一年里的所有麻烦，寻根究底都和这个玛格丽·奥黑尔有关系。这个图书馆让她忘了自己的地位。她被关起来的时间越长越好。

"你知道，她怀孕了。"

"就是呀！她没有一点儿道德观念，一个正经女人会干出这种事情来吗？你真的希望这种人走进本地市民的家里，接触那些年轻、容易受影响的年轻人吗？"

"也许不希望。"

范克利夫望着远处的地平线，用手画出了凶案的过程。"她去送书，路上遇到可怜的老麦卡洛正走在回家路上。她看出他喝醉了，就抓住这个机会替她那个恶棍父亲报仇，用手边最容易找到的凶器杀了他。她知道他会被雪埋掉，也许还觉得他会被动物吃掉，就没人能发现他的尸体了。老天有眼,最后有人发现了他的尸体。她真是冷血!在每一件事上都要违反自然法则。"

他深深地吸了一口雪茄,摇了摇头。"鲍勃,我告诉你,如果她再次行凶,我一点儿也不会觉得奇怪。"他等了一会儿,又说,"这就是为什么我很高兴本镇能有一个像你这样的人管事,一个能勇敢地阻止不法行为,让法律起到惩罚作用的人。"

范克利夫伸手去拿雪茄盒。"你拿几根带回家去抽吧。我跟你说,干脆把整盒都拿去吧。"

"你太慷慨了,杰夫。"

警长没再说什么,而是很享受地深深地吸了一口雪茄。

在大家把最后一本书放回图书馆的那天晚上,玛格丽·奥黑尔被捕了。警长和他的副手来了,一开始弗雷德热情地和他们打招呼,以为他们是来看他新换好的地板和重新排列好的书架的,因为这个星期,好多镇上的人都来参观过了。现在贝利维尔人的日常活动里新增了一项,那就是检查其他人的灾后修理进度。但警长不苟言笑,态度冰冷。他穿着靴子稳稳地站在图书馆中央,四周望了一眼,玛格丽的心一沉,仿佛一块石头坠入了一个无底的井。

"你们中是谁负责走雷德里克那边山上的路线?"

他们飞快地互相看了看。

"怎么了,警长?有人借书不还吗?"贝丝说,但谁都没笑。

"我们两天前在阿诺特山脊发现了克莱姆·麦卡洛的尸体。凶器大概就是你们图书馆里的东西。"

"凶器?"贝丝说,"我们这里没有凶器,凶杀小说倒是有。"

玛格丽脸上血色顿失。她努力眨了眨眼睛,用一只手支撑住自己的身体。这都被警长看在眼里。

"她怀孕了。"艾丽斯说着,扶住了她的手臂,"她经常头晕。"

"而且听到这种事情,对于孕妇来说刺激性太强。"伊兹补充道。

但警长死死盯着玛格丽。"是你走那条路线,对不对,奥黑尔小姐?"

"路线是我们所有人分着走的,警长。"凯瑟琳插了进来,"这真的取决于当天谁来上班,以及每匹马的状态。有的不能走太长、太难走的路。"

"谁走哪条路,你都有记录?"他对站在桌子后面的索菲娅说,她的手指紧紧抓着桌子边。

"是的,先生。"

"我要看看每个图书管理员在过去六个月里走过的每一条路线。"

"六个月?"

"麦卡洛先生的尸体已经经历了长时间的……腐烂,之前还不清楚尸体在那里放了多久。根据我们的记录,他的家人似乎没有报告他失踪,所以我们要尽可能收集所有信息。"

"那……那可是很多记录啊,先生。而且,我们这里因为洪水,一切都还没归位。我要在这些书堆里把记录找出来还得花些时间。"此时,只有从艾丽斯站的那个位置才能看见索菲娅正慢慢地用脚把记录簿推到桌子下面。

"老实说,警长先生,我们还丢失了很多记录。"艾丽斯补充道,"相关的记录很有可能遭受了严重损毁,还有一些被冲走了。"她用最短促的英国腔说道。这种口音能把比他更严厉的人说服,但警长似乎没有听到她的话。

他绕过去,走到玛格丽面前站住,头往侧边一歪。"奥黑尔和麦卡洛家之间有世仇,对不对?"

玛格丽扣了扣她靴子上的一处磨损。"大概是的。"

"我爸爸都记得当年你爸爸跟踪克莱姆·麦卡洛弟弟的事。汤姆?塔姆?最后一枪射中他的腹部,那是1913……1914年的圣诞节,如果我没记错的话。我敢说,如果我们再打听打听,还能找出更多你们两家人闹过的纠纷。"

"据我所知,警长,我哥哥死了以后,我们两家的仇恨也随之了结了。"

"那就是我们这里第一起无疾而终的世仇了。"他说着,往嘴里放了一根火柴,用牙咬着在嘴里上下摇晃,"太不正常了。"

"是的,我也从来都不是你们眼里的那种正常人。"她似乎已经平静了下来。

"所以,克莱姆·麦卡洛为什么遇害,你完全不知道吗?"

"不知道,先生。"

"这可就怪了,因为你是唯一还活着,并且对他怀有积怨的人。"

"得了吧,阿彻警长,"贝丝抗议道,"你我都清楚,麦卡洛那家人是名副其实的又蠢又坏,他们大概从这里到田纳西州的纳什维尔都有仇人。"

她没得说错,所有人都同意,连索菲娅都大着胆子点了点头。

就在这时,他们听到了引擎的声音。一辆车停在了门口。警长慢悠悠地,膝盖不打弯地踱向门口,仿佛他有的是时间。过来了另一位警员,对他耳语了几句。警长抬起头来,又回头看了看玛格丽,然后又靠过去继续听。

这个警员走进图书馆,这样屋里就有三位警官了。艾丽斯看到了弗雷德的目光,发现他和自己一样不知所措。警长转过身来。艾丽斯发现,当他再次开口时,他脸上带上了一丝奸笑。

"我们的多尔顿警官刚和老南希·斯通谈过了。她说 12 月的一天,她在等你给她送书,然后就听到了一声枪响和打斗的声音。她说,那天你没出现,而且,她说人人都知道,不管刮风下雨你都能把书送到。只有那天除外。"

"我记得,那天雪太厚了,我翻不过山脊。"艾丽斯听到玛格丽的声音有些颤抖。

"南希可不是这么说的。她说两天前雪就开始融化了,你都到了小溪上游,她听见你说话的声音,但过了几分钟,枪就响了。她说她很长时间里都非常担心你。"

"那不是我。"她摇摇头。

"不是?"他想了想,夸张地噘着下嘴唇,故作思考的样子。"她似乎十分肯定,当时在那里的就是一个马背图书馆的人。你的意思是,那天在山上的是另一位送书的女士吗,奥黑尔小姐?"

她往四周扫了一眼,紧张得像一头被困住的野兽。

"你觉得我是不是应该和这些女孩中的一个谈一谈?你觉得,也许她们其中的一个会杀人?也许是你,凯瑟琳·布莱?或者这位漂亮的英国女士?小范克利夫的妻子,是不是?"

艾丽斯抬起下巴。

"还是你……你叫什么,姑娘?"

"索菲娅·肯沃西。"

"索——菲——娅·肯——沃——西。"他没有提到她的肤色,只是学着黑人的口音,把每个字都拖得很长。

房间里变得非常安静。索菲娅盯着桌子边缘,咬紧牙关,眼睛一眨不眨。

"不是。"玛格丽打破了沉默。"我能确定不是她们中的任何一个人干的。我觉得是劫匪,或者造私酒的。你知道山上什么都可能发生,各种违法犯罪的事。"

"'各种违法犯罪的事',的确是这样。但是,你知道,我们这镇上多的是刀枪、斧头和棍棒,但那个乡巴佬劫匪选的武器却偏偏是……"他顿了顿,仿佛在仔细地回想,"……布面装订的第一版《小妇人》。"

看到她脸上无法抑制的沮丧神情,警长一阵轻松,就像一个人吃完一顿大餐后满意地叹气一样。他一挺胸,把肩膀舒展开,刚才往前勾着的脖子,现在也收了回来。"玛格丽·奥黑尔,我现在以涉嫌谋杀克莱姆·麦卡洛的罪名逮捕你。伙计们,把她带走。"

后来,索菲娅告诉威廉,那个晚上一切都乱了套。艾丽斯就像被鬼附身了一样,朝警官扑过去,大吼大叫,朝他扔书,直到他们威胁要把她一起逮捕;弗雷德·吉斯勒用两只手才把她抱住。贝丝对着他们大喊,说他们搞错了,他们不知道自己在干什么。凯瑟琳什么也没说,只是摇摇头,一脸震惊的样子。小伊兹立刻放声大哭,哭得止不住,说:"你们不能这样!她要生孩子了!"弗雷德急忙跑去开车通知斯文·古斯塔夫松。斯文过来的时候脸白得像一张纸,让他们告诉他到底是怎么一回事。与此同时,玛格丽·奥黑尔安静得就像一个幽灵,任由他们把自己带出围观的人群,坐进了别克警车的后座,低着头,一只手放在肚子上。

威廉认真听完,摇了摇头。他还在清理房屋,连体工作裤上沾了一层黑泥。他用手摸摸后脑勺,就在那里留下了一道油腻的黑色痕迹。

"你觉得呢?"他问自己妹妹,"你觉得她杀人了吗?"

"我不知道。"她摇摇头,"我知道玛格丽不是杀人犯……但这事有些蹊跷,她在隐瞒什么。"她抬起头来看着他。"但有一件事我能确定。如果范克利夫插手,她基本上就别想脱身了。"

那天晚上,斯文坐在玛格丽家的厨房里,把整个故事告诉了艾丽斯和弗雷德。他告诉他们,那天玛格丽如何在山上遭遇麦卡洛,她如何深信麦卡洛会追过来报复她,他如何在天寒地冻的时候在门廊上守了两个晚上,枪就放在膝盖上,蓝眼睛趴在他脚边。最后他们俩都确定麦卡洛一定是溜回了他那快倒塌的小屋子,过后大概会有点儿头疼,但肯定醉得想不起来自己到底干了什么。

"你必须告诉警长!"艾丽斯喊道,"这能说明她是自我防卫!"

"你以为这就能救她吗?"弗雷德说,"她只要说出来她用书砸了他,那些警察就会当她已经坦白了,最轻也要判个过失杀人。现在最聪明的做法就是按兵不动,但愿他们没有足够的证据继续扣押她。"

保释金被定为两万五千美元,在那里,没人能出得起这个数目。"他们给亨利·H.登哈特定的就是这个金额。但他可是面对面地把他的未婚妻一枪打死了。"

"对,而且,他有钱有势,上面有朋友帮他打点。"

南希·斯通听说警长的人把她的证词用来干了什么以后,一定大哭了一场。她当晚就下了山——这是两年里的头一次——直奔警长办公室,砸着门,要求他们让她重新讲一遍。"我全都讲错了!"她张着缺了牙的嘴又喊又骂,"我不知道你们会逮捕玛格丽!天啊,那姑娘对我、对我姐姐,甚至对这个镇,做的全是好事。你们这些挨千刀的,就这样报答她吗?"

她被逮捕的消息在镇上引起了一阵不安的议论。但谋杀就是谋杀,麦卡洛和奥黑尔两家世代为仇,最早怎么开始的都没人记得了,就和卡希尔和罗杰森两家,还有坎贝尔家族的两支一样。不,玛格丽一直都是一个怪人,她从会走路起就和旁人不一样,有些东西是一辈子都不会变的。她还是一个冷漠无情的人,她不是在自己爸爸的葬礼上都没掉一滴眼泪吗?没过多久,人们一正一反的议论就变成一边倒地怀疑她是不是有魔鬼般邪恶的一面。

在肯塔基东南部偏远地带那个低洼的小镇贝利维尔,最后一抹阳光也隐没在山后,过了一会儿,在主街两边以及散布在高山及谷底的小屋里闪烁的油灯也一盏盏熄灭了。狗开始呼朋唤友,嚎叫声回荡在山间,然后被疲惫的主人呵斥。婴儿发出哭泣声,有的得到了安抚。老人陷入了好时光的回忆中,年轻人在彼此身体的抚慰下,跟着收音机或远处奏响的小提琴哼唱。

凯瑟琳·布莱在她高山上的家里,把熟睡的孩子们拉近一些,让他们散发着酵母酸味的柔软的小脑袋紧贴在她的两侧,就像两个书签夹着一页纸,回忆着丈夫壮得像野牛一样的肩膀,还有他轻柔得能让她幸福地流泪的爱抚。

在西北方向三英里的一所草坪修建得平平整整的大房子里,布雷迪太太在努力地把面前的书再读进去一章,她女儿的卧室里传来模糊的唱音阶的声音。她叹了一口气,把书放下。人生总不如自己所愿,真让她伤心;不知这次要如何向诺夫希尔太太解释。

在教堂对面,贝丝·平克坐在她家的后门廊上,抽着她祖母的烟斗,看着一本地图集,心里想的全是她想要报复的人,这个名单上排在第一个的就是杰弗里·范克利夫。

在一间本应该以玛格丽·奥黑尔为中心的小木屋里，两个人坐在一扇粗粗砍削而成的门的两旁，彻夜不眠地试图推演能扭转局面的解决办法。他们心乱如麻，焦虑感就像大山一样压他们身上。

再出去几英里，是玛格丽·奥黑尔靠墙坐在牢房的地上。恐慌感在胸口翻腾，就像快要将她淹没的潮水，她只能不断地把它压制下去。对面牢房里的两个男人——一个外地的醉汉和一个她记得长相，但记不起名字的惯偷——在对她喊下流话。这里的警员人不坏，因为没有单独的女牢房着了会儿急（上次有女性被关在贝利维尔监狱里过夜是什么时候，他已经没印象了，更别提怀孕的），就在铁栏杆上挂了一块床单，给她一点儿遮挡。但她还是能听见他们的声音，能闻见小便和汗水的酸臭味。他们知道她的存在，给牢房这个窄小的密闭空间增添了一种被迫的亲近感，让她紧张又恶心，即使筋疲力尽也无法入睡。

如果她躺到床垫上就能更舒服一些，尤其肚子里的孩子又长大了，压迫着几处她想不到的位置。但床垫很脏，上面全是虱虫，她在那里坐了五分钟，身上就开始发痒。

你想把帘子掀开吗，姑娘？我有个东西，你看看就能美美睡一觉。

住嘴，德韦恩·弗罗格特。

找点儿乐子而已，警官。你知道，她喜欢这个，看看她的大肚子就知道了，是不是？

麦卡洛终究没放过她。他的鬼魂跟着她下了山，他报复的武器就是他血淋淋的尸体，还有那件放在他胸口上的铁证：她的图书馆的书，其效果就和一把上了膛的枪一样。

她努力想了想能说些什么来给自己开脱。她不知道自己伤害了他。她当时很害怕，她只是想完成自己的工作，她是一个没妨碍任何人的女人。但她不笨，她知道未来会是什么样子。南希只是在不知情的情况下让该发生的事情发生了，她的证词和那本书决定了玛格丽的命运。

玛格丽·奥黑尔用手掌跟按着眼睛，感到又一波恐惧袭来，颤抖着发出了一声长叹。透过铁窗，她看到暮色沉沉时蓝紫色的天空，听到远处标志着白日将尽，鸟儿归巢的叫声。夜幕降临时，她感到天花板越来越低，墙壁向她压来，她痛苦地闭上了眼睛。

"我不能待在这里，我做不到。"她轻轻地说，"我不能待在这里。"

你在跟我说悄悄话吗，姑娘？要我给你唱首摇篮曲吗？

把帘子拉开。来呀，给爷看看。

一阵醉醺醺的笑声。

"我不能待在这里。"她大口呼吸，但气好像堵在了胸口。恐惧感加深，她紧握拳头，牢房开始晃动，地板开始抬升。

然后婴儿在她肚子里动了动，一次，两次，好像在告诉她，她并不孤单，发慌对她没有任何好处。玛格丽抽泣着哼了一声，把手放在肚子上，闭上眼睛，缓缓地吐了一口气，等着这一阵恐慌感消失。

第二十章

回不去的故乡

"你说过每一颗星星都是一个世界,是不是,苔丝?"

"是的。"

"都跟我们的世界一样吗?"

"我不知道,不过我想是这样的。有时候它们好像跟我们家那棵斯塔巴德苹果树上的苹果一样,大多数是好的,润泽可爱,有几个染上了病。"

"我们住的这一个,是润泽可爱的,还是有病的?"

"是有病的。"

托马斯·哈代,《苔丝》

到了早上,消息就传遍了小镇,几位居民专程走到图书馆,表示这件事太荒唐,他们不相信玛格丽是坏人,警方这样对待她真丢脸。但这些只是少数。艾丽斯觉得从图书馆小屋到岔溪路的一路上都有人在低声议论。她用劳动来缓解焦虑。她让斯文回家去,并答应他,她会照顾好母鸡和骡子。斯文懂得要避嫌,他们住在同一屋檐下被人看见不好,就同意了。但两人都知道天黑以后他就会回来,因为他无法独自面对恐惧。

"我在这里待的时间很久了。"她说着,把一个煎鸡蛋和四条煎培根铲进他的盘子,但他后来碰都没碰,"我知道该怎么把这里打理好。玛格丽没多久就能出来。我先去给她送些干净衣服。"

"监狱不是女人待的地方。"他轻轻地说。

"嗯,我们很快就能把她弄出来。"

那天早上,她打发图书管理员们走上了平时的路线,查看了登记簿,帮着她们把书装进马鞍包。没人质疑她的领导,仿佛她们也很高兴能有人出来做主。贝丝和凯瑟琳请她转达她们的祝福,然后她就锁好图书馆的门,带上一包玛格丽的干净衣服,在这个天清气朗的日子里骑着花仙子来到监狱。

"早上好。"她对监狱看守说。这是一个满面倦意的瘦子,腰间挂着一大串钥匙,仿佛快要把他的裤子扯下去。"我来给玛格丽·奥黑尔带换洗衣服。"

他上下打量了她一番,吸吸鼻涕,皱皱鼻子。"你的条子呢?"

"什么条子?"

"警长签的条子,批准你来探监的。"

"我没条子。"

"那你不能进去。"他拿出手帕,大声地擤了擤鼻子。

艾丽斯站了一会儿,脸上又红又刺痛。然后她挺直了脊背。"先生,你把一个怀有身孕的女人关在卫生条件最差的地方。我希望你至少能让她有衣服可换。不然,你到底算是什么样的绅士?"

他还算有点儿良心,被说得有些不自在。

"怎么?你以为我会给她偷带锉刀吗?还是枪?她是一个孕妇。来,警官,让我给你看看我给那个可怜的女人带的东西。看,干净的棉衬衫,这个,羊毛袜子。你还要检查这个袋子吗?可以,里面是一套干净的内衣……"

"好吧,好吧。"看守举起手来做投降状,"把这些东西收回袋子里。你有十分钟的时间,行了吧?但下次,我要看条子。"

"当然。非常感谢,警官,你真是太好了。"

艾丽斯跟着看守下楼梯,走进关押区,尽力保持这种自信的样子。他打开一扇沉重的大铁门,在那一大串钥匙里哗啦啦地又找出来一把钥匙,打开通往一条窄小走道的门,里面有四间牢房。这里面空气浑浊,唯一的光亮来自每间囚室顶部的一个小天窗。她的眼睛适应了这里的光线后,看到左边那一间里有个影子在动。

"她在右边那间,挂着床单的。"他说完就转身走了,出去以后锁上了大门,再拉了一下作为确认,她的心跟着门闩声剧烈地跳动。

"你好呀,美女。"影子里传来一个男人的声音。

她没有看他。

"玛格丽?"她轻声喊着,往铁栏杆边走去。里面很安静,然后她看到床单拉开了几英寸,后面是玛格丽在看着她。她脸色苍白,眼睛下带着黑眼圈。她身后有一张窄窄的床铺,上面是一床凹凸不平,满是污渍的床垫,牢房一角有一个金属罐。艾丽斯脚下的地板上有东西窜来窜去。

"你……还好吧?"她尽量不表现出震惊的表情。

"我很好。"

"我给你带了点儿东西,我觉得你可能需要换洗的衣服。我明天再带点儿过来,给你。"她开始从袋子里把东西拿出来,一样一样地从栏杆间递进去。"肥皂、牙刷,我还……还给你带来了我的一瓶香水,我觉得你可能想要……。"她说不下去了。现在看来,那个想法真可笑。

"你给我带东西了吗,美女?我在这里真寂寞啊。"

她转过身去,背对着他。"总之,"她压低了声音,"你的内裤里包了一些玉米面包和一个苹果,我不知道这里给不给你吃东西。家里一切都好,我喂过查利和那些母鸡了,你什么都不用担心。等你回家的时候,家里还会是老样子。"

"斯文在哪里?"

"他要去上班,但之后他会来的。"

"他没事吧?"

"其实,他有点儿被吓到了,大家都被吓到了。"

"喂!喂,过来呀!我给你看样东西!"

艾丽斯凑过去，前额贴在牢房门的栏杆上。"他把那事告诉我们了，那个麦卡洛的事。"

玛格丽闭上眼睛，手指在栏杆上紧紧握了一下。过了一会儿，她睁开眼睛。"我从来没想伤害任何人，艾丽斯。"玛格丽声音嘶哑地说道。

"你当然不会。你做了每个人都会做的事。"艾丽斯坚定地说，"任何有理智的人都会这么做，这叫作自卫。"

"喂！喂！别在那儿废话了，过来，姑娘。你给我带东西了吗？因为我有东西要给你。"

艾丽斯转过去，满脸愤怒，手叉在腰上。"哼，快闭嘴吧！我在和我朋友说话！看在上帝的分上！"

那里静了下来。过了没多一会儿，从另一间牢房里传来捏着鼻子假声假气的笑声。"是啊，快闭嘴吧！她在和她朋友说话！"

两个男人立刻开始你一句，我一句地调侃，声音越来越高，内容越来越低俗。

"我不能待在这里。"玛格丽轻轻地说。

在这里过了一个晚上就已经大大挫伤了玛格丽的锐气，她现在的样子让艾丽斯看得十分很担心。"我们会想办法的。你不孤单，我们不会让任何可怕的事发生在你身上。"

玛格丽用疲惫的目光看着她，把嘴唇紧紧地抿成了一条线，仿佛有话却不能说出来。

艾丽斯摸索着她的手指，想握住她的手。"所有问题都有解决的方法。你只要好好休息，吃点儿东西，我明天再过来。"

玛格丽仿佛过了一会儿才明白她在说什么。她点点头，把目光移回到艾丽斯身上，然后一只手抱着肚子，走回牢房深处，慢慢地靠着墙坐了下去。

艾丽斯敲着金属门锁，直到看守听见。他慢吞吞地从椅子里站起来，放她出来，把门关上，又看了看她身后的床单，从那里只能看见玛格丽的半个肩膀。

"好了。"艾丽斯说，"明天我再过来。我不知道我有没有时间弄到条子，但我相信没人会反对一个女人为一个待产的母亲提供基本的卫生用品和帮助，这事关体面。我到这里的时间虽然不长，但我知道肯塔基人行事最讲究体面。"

看守看着她，不知道该怎么回答。

"总之，"她在他开始认真琢磨之前说道，"我给您带了一块玉米面包，感谢您……给我通融。我们的问题比较难办，我希望能尽早解决。与此同时，我非常感谢您的善意，先生您怎么称呼？"

看守重重地眨了眨眼睛。"我叫杜勒斯。"

"杜勒斯警长。"

"警官。"

"杜勒斯警官。抱歉。"她把包在餐巾里的玉米面包递给他。"噢，"他打开餐巾时，她说，"还请您把餐巾还给我。明天我再带东西来的时候您再给我；随便叠一叠就行。非常感谢。"还没等他说话，她就转过身，步履轻快地走出了牢房。

斯文卖掉祖父的怀表,在路易斯维尔请了一名律师。律师要求重新定一个合理的保释金数额,却被十分干脆地拒绝了。他们的理由是,那姑娘杀了人,人人都知道,她来自一个杀人犯的家庭,她有可能出狱后再去犯下同样的罪行,本州不能容许这种事情的发生。一小群人聚集在警长办公室外面抗议,警长也不肯让步。他说随便他们怎么嚷嚷,他的职责是秉公执法,并将不遗余力地去履行。他还让他们想想,如果换作是他们的父亲在做合法的事情的时候被杀死,他们大概就不会这么做了。

"不过,好消息是,"律师一边坐回车里,一边说,"肯塔基州从1868年起就没有处决过女性犯人了,更别说还是怀孕的。"这一事实似乎没让斯文感觉好一些。

他和艾丽斯探监后走在回家的路上,他问:"我们现在该怎么办?"

艾丽斯说:"我们继续。一切照常运行,等有人出来讲道理为止。"

但六个星期过去了,也没人出来讲道理。玛格丽还在牢房里,而其他不法之徒已经来来去去好几拨(有些是二进宫),他们提出把她转到女子监狱的要求也遭到了拒绝。但实际上,艾丽斯觉得如果一样是关押,也许还是关在镇上他们能过去看看的地方更好,而不是到一个陌生的世界里冷火秋烟地无依无靠。

于是,艾丽斯每天都带一铁皮盒温热的玉米面包(她照着图书馆里一本书上的菜谱烤的，现在不用看也会做了）、一个馅饼或其他做好的食物，骑马到监狱，还变成了最受看守欢迎的人。现在他们都不提条子的事了，只是把前一天的餐巾还给她，话也不说，打个手势就放她进去。而对斯文，他们还有些不待见，因为他体形高大，总会让别的男人感到紧张。除了食物以外，她还会带去一套换洗内衣、羊毛毛衣，如果需要的话，还有一本书。但地下的牢房太暗，一天里只有几个小时能看书。几乎每天晚上，艾丽斯办完图书馆里的事以后，就回到森林里的小屋和斯文坐在桌边，告诉对方，这个问题一定能得到妥善的解决，毫无疑问，玛格丽一出来，呼吸到外面的新鲜空气，就能和以前一样了。但两人都不相信对方的话。斯文走后，她就躺到床上，清醒地盯着天花板，直到天亮。

那一年的春天仿佛从未到来。一分钟前还天寒地冻，但一场雨就把两个月的春季一笔带过，李县全面迎来灼人的热浪。大王蝶也回来了，路边盛开的山茱萸下，杂草长到了人的腰间那么高。艾丽斯借用了玛格丽的一顶宽边皮帽，在脖子上系了一块手帕防止晒伤，用缰绳赶走马脖子上的蚊虫。

艾丽斯和弗雷德只要有机会就待在一起，但他们没有谈太多关于玛格丽的事。大家尽力满足她的基本生活需求后就都不知道该说什么好了。

验尸官在尸检后表示克莱姆·麦卡洛死于后脑勺上的一处致命伤，可能头部曾遭到重击，也可能是摔倒后头撞到石头上。不幸的是，由于尸体腐烂严重，他们无法得出更准确的结论。玛格丽本应该出席死因调查法庭作证，但庭外聚集了一群愤怒的抗议群众，再加上她的身体状况，法庭决定最好不让她出庭。

距离预产期越近，斯文就越急躁。他把监狱看守骂了，被禁止探监一个星期——本来时间还要更长，但他在镇上是受尊敬的人物，大家也知道他只是一时冲动。玛格丽现在白得就像奶油，脏兮兮的头发纠结成一条长辫子。她就像完成任务一样把艾丽斯端过去的食物吃下去，仿佛她并不愿意吃，但也知道不吃不行。每次艾丽斯去看她，都觉得把玛格丽关在一间小牢房里，硬生生地扼杀了她所有的活力，本身就是一件违反自然的罪行。玛格丽被关起来的日子里，一切都变了，山间变得寂寞，图书馆没了核心。甚至查利也变得无精打采，在栏杆边来回踱步，或站着不动，大耳朵半耷拉着，低垂着苍白的鼻子，头也抬不起来。

有时候，艾丽斯会等到只剩下她一个人才骑马回小木屋，走进安静的密林中，就开始伤心又沮丧地大声抽泣。她知道玛格丽不会为自己哭泣。没人谈论孩子出生后怎么办。没人谈论玛格丽以后怎么办。整件事的发展已经超出了大家的想象力，那个孩子的存在也很抽象，他们几乎想象不出来孩子降临后会是怎样的局面。

艾丽斯每天早上 4 点半起床，骑上花仙子，驮着沉重的马鞍包，一头钻进茂密的山林，这样一来，她还没完全醒过来就能走出去一英里路。她能喊出每一个路过的人的名字，和他们打招呼，聊聊和他们有关的话题——吉姆，你拿到那本拖拉机修理手册了吗？你妻子喜欢那本短篇小说吗？而且一遇上范克利夫的车，她就要挡在前面，他只得停车，让引擎空转。她居高临下地瞪着他，大声质问："你晚上睡得着吗？"她的声音穿透了清晨的寂静。"你很得意吧？"他的脸涨成了紫色，但最后只有转向绕开她。

她不怕一个人待在小木屋里，但弗雷德还是帮她设了很多机关，要是有人来就能报警。一天晚上，她正在看书，就听到他们在树和树之间拴的铃铛响了起来。她反应迅速，伸手到壁炉后把步枪抓过来，起身站定，枪就架在了肩膀上，把两个枪管对着门缝，整个动作一气呵成。

她眯起眼睛观察外面的动静，纹丝不动地站了几分钟，仔细地把黑暗的森林扫视了一遍，才放松了肩膀。

"只是一头鹿。"她自言自语道，然后把枪放了下去。

第二天早上出门时，她才发现头天晚上从门下塞进来的纸条，上面歪歪扭扭地用黑色笔写着：

你不属于这里。滚回去。

这已经不是第一次了。这些字句勾起了那些她只能默默忍受的痛。玛格丽会嘲笑这些纸条，所以她也这样做了。她把纸条揉成一团，小声地骂了一句，扔进火里，尽量不去想现在她的家在哪里。

在微弱的光线下，弗雷德站在谷仓旁劈柴，这是艾丽斯始终无法完成的几件重活中的一件。她觉得斧头太笨重，让她胆怯。她很少能顺着木纹把木头劈开，经常让斧头以一个别扭的角度卡在木头上，很难拔出来，只能等弗雷德回来。他就不一样了，他动作干净利落，带有节奏感，只要用手臂划个大圆圈，木头就被劈开了，然后他再一斧头下去砍成四块。他每劈三下就停下来，一只手松松地握着斧头，另一只手把木柴扔进柴火堆。她看着他劈柴，直到他再次停下来，用手臂擦擦前额，抬起头来，就见她站在门道口，手里拿着一个杯子。

"给我的吗？"

她向前走了几步，把杯子递给他。

"谢谢。这堆木头比我想象的要多。"

"你真好，来帮我干活儿。"

他一口气把水喝完才吐出一口气，然后把杯子还给她。"没事，总不能让你在冬天挨冻。砍得越小，干得就越快。你真的不想再试试了吗？"

他注意到她眼里有某种异样的表情。

"你没事吧，艾丽斯？"

她微笑着点点头，但她自己都不相信这句话。她把自己一个星期都没能说出口的话告诉了他。"我父母来信了，说我可以回去。"

弗雷德的笑容消失了。

"他们非常不高兴，但也说我不能一个人待在这里，这次婚姻就算我年少无知犯的错误。我姨妈简邀请我去洛斯托夫特和她一起住。她需要人帮着带孩子，家里也觉得这个方法最好，这样我回英国就不会……闹得人人都知道。很显然，我们可以在一个对双方都合适的距离处理那些法律问题。"

"洛斯托夫特是什么地方？"

"北海岸的一个小镇，我不喜欢，但是……总之，在那里我至少能自己做主。"还能离我父母远一些，她在心里补充了一句。她咽了一口唾沫。"他们准备给我汇路费。我告诉他们了，我要待到玛格丽的审判结束。"她干笑了一声，"我和一个被指控谋杀的人做朋友，不知道能不能改变他们对我的看法。"

两个人沉默了很长时间。

"那么，你真的要走了。"

她点点头。她再也说不出话来了。那封家信突然让她意识到，迄今为止她在这里的生活就像发烧时做的一个迷梦。她想象着自己回到伦敦的摩特雷克区，或者在洛斯托夫特的那座仿都铎式的房子里，她的姨妈客气地问她睡得好不好，现在要不要吃一点儿早饭，下午想不想去市区公园散个步。她低头看着自己皲裂的双手，断裂的指甲，套在衬衫外面一连穿了十四天的毛衣，毛线里夹杂了干草屑和草籽。她又看看她的靴子，上面的磨损记载了她在烈日下或不停歇的雨中爬上高山，蹚过河岸，下马走泥巴路的每一步。再变成另一种女孩会是什么感觉？穿上长袜和擦亮的皮鞋，做一个听话、规矩的女孩？指甲修得整整齐齐，一周两次做头发和护理？再也不会骑马，去树后面方便，工作时摘苹果吃，鼻孔里再也不会一股烧木柴的烟灰味和潮湿的泥土味。她将礼貌地和公交车售票员交谈，他确定238路车在火车站外面停吗?

弗雷德看着她。他脸上流露出的苦涩的真情让她觉得自己的心都被挖了出来。他忙加以掩饰,伸手去拿斧头。"好吧,我想我还是趁这会儿把活儿干完吧。"

"玛格丽会需要柴火的,等她回来的时候。"

他点点头,眼睛看着斧刃。"没错。"

艾丽斯等了一会儿。"我给你做点儿吃的……如果你还想留下的话。"

他点了点头,仍然低垂着眼睛。"那就太好了。"

她又等了一会儿,才转身拿着空杯子走回玛格丽的小屋。身后每一次斧头砍下去的声音都让她颤抖,似乎被劈成两半的不只是木头。

饭菜味道很糟,无心做饭的人做出来都是那样。但弗雷德太善良,没有加以评论。艾丽斯也没什么好说的,两人就在异样的安静中吃了一顿饭,其间只有外面蟋蟀和青蛙有节奏的叫声。他对她表示了感谢,还撒谎说很好吃。她拿着脏盘子,看着他站在那里,动作僵硬地舒展身体,就好像砍木头其实比看起来要更累。他迟疑了一会儿,然后走到门廊上。她透过纱门能看见他朦胧的身影在远眺山腰。

对不起,弗雷德。她在心里对他说。我不想离开你。

她继续用力地擦洗盘子,把眼泪咽下了肚。

"艾丽斯？"弗雷德出现在门口。

"嗯？"

"到外面来。"他说。

"我还要洗……"

"来呀，我给你看样东西。"

天空黑沉沉的，月亮和星星被厚厚的云层遮住了，她只能勉强看出他示意她去门廊上的宽摇椅。他们隔开些许距离坐了下来，身体没有接触，但心已连在了一起，甚至灵魂已经像常春藤一样彼此缠绕。

"我们要看什么？"她说着，趁黑暗擦去了眼泪。

"等着就行。"只听得弗雷德的声音就在她身旁。

艾丽斯坐在黑暗中，摇椅在两人的重量下嘎吱嘎吱响。她心绪如麻地思考着自己的未来。如果不回去，她能做什么？她没多少钱，肯定不够租房子。她甚至不知道能不能找到工作——没了玛格丽雷厉风行的领导，谁能保证图书馆能继续下去？更重要的是，范克利夫父子宛如笼罩在小镇上的一片乌云，有他们在，她就不能永远待在这个小镇，他们一个逼人太甚，一个是她破裂的婚姻中的另一半。范克利夫已经把玛格丽收拾了，他无论如何都不会放过艾丽斯。

但是。

但是一想到离开这里，再也不能骑马行走在寂静的山间，享受耳畔只有花仙子的马蹄声，眼前只有树林间撒落的点点阳光的时光；一想到再也不能和其他几个姑娘一起，静静地帮索菲娅修补书籍，也不能在伊兹的歌声穿透屋顶，直冲云霄时用脚打拍子，她就揪心地难过。她喜欢在这里，她喜欢这里的人和无边的天空。她还喜欢做这样一件有意义的工作，每天都有新的考验，还能用文字改变人们的生活。每一块瘀青，每一个水泡都标志着她的成就，这份工作将过去的那个小姑娘塑造成了一个自信、坚强的艾丽斯。回家以后，她又会缩回到旧艾丽斯的躯壳中，她已经见证了一个人的生命力有多容易就能被扼杀。贝利维尔终将成为一个小插曲、一件她父母闭口不谈的关于她的又一件荒唐事。在一段时间里，她会对肯塔基万分思念，但最后还是能振作起来。也许再过一两年，她就能成功离婚，遇上一个她能忍受的、也不计较她复杂的过去的男人，最后安定下来，在洛斯托夫特某个她受得了的地方定居。

还有弗雷德。一想到要和他分开，她的胃里就一阵绞痛。她怎么能受得了以后再也见不到他？再也见不到他仅仅因为自己走进房间而脸上放光的样子，再也不能在人群中找到他的目光，和站在他身边时自己微微发烧的感觉——因为她知道这个男人想要她，想得胜过一切。现在他们每天都在一起，虽然没人明说，她觉得他们的每一个动作里都是没说出口的对话，就像一条无声的河流。她从没感觉和任何人那么合拍，那么相互信任，也从来没那么希望对方能得到快乐。她怎么能割舍这样的情感？

"艾丽斯。"

"什么？"

"抬头看。"

艾丽斯屏住了呼吸。对面山腰间亮起一片熙攘的亮光，闪亮的精灵连成片，在林间上上下下，忽闪忽闪地穿梭飞舞，点亮了夜间漆黑的山林。她不敢相信地眨眨眼睛，嘴巴张得大大的。

"萤火虫。"他说。

"萤火虫？"

"又叫火金姑，它们每年都来。"

艾丽斯不敢相信她看到了什么，云层渐开，萤火虫一闪一闪，成群结队地从月光下的树林里飞了出来，成千上万闪烁的白色亮点儿和上方的星空渐渐融为一体，一时间，仿佛天地之间满是小小的、流动的金光。这奇景难得一见，美得超然物外，艾丽斯不禁双手抚脸，笑出声来。

"它们经常这样吗？"她说。她只能看到他也在笑。

"不。一年大概只有一个星期吧，最多两个星期。不过，这么美的景象，我也是第一次见。"

艾丽斯不能自持，发自肺腑地发出了一声抽泣，也许是因为那即将来临的分离。小屋没了它的女主人，身边是一个她不能拥有的男人。她还没来得及想自己在做什么，手就已经在黑暗中伸过去，找到了弗雷德的手。他温暖、强壮的手紧紧握住她的，他们十指相扣，严丝合缝，仿佛天生铸成的一对。他们就这样坐着，望着闪亮的夜景。

"我……我知道你为什么要走。"弗雷德的声音打破了沉寂。他犹豫了一下，小心地措辞，"我只是想要你知道，离开会很痛苦。"

"我有些进退两难,弗雷德。"

"我知道。"

她颤抖着深深吸了一口气。"好复杂啊,是吧?"

很长一段时间他们都没说话。远处有一只猫头鹰在叫。弗雷德捏了捏她的手,他们静静地坐着,感受着夜晚的微风。

"你知道这些萤火虫真正奇妙的地方在哪里吗?"他终于说道,仿佛他们一直在进行另一个主题的谈话,"当然了,它们只能活几个星期,在世间万物中不值一提。但它们短暂的生命却是那么美,美得让你无法呼吸。"他的拇指滑过她的指关节。"你就能从一个新的角度看到世界。那幅美丽的画面也能永远存在你的脑海里,到哪里都带着,永远不会忘记。"

他下面的话还没开始说,艾丽斯的眼泪就顺着脸颊流了下来。

"这是我坐在这里想到的。艾丽斯,也许这是我们应该懂的道理。有些东西你留不住,但它们依然是天赐的礼物。"

又是一段沉默过后,他才再次开口。

"我们能得到的,也许只是知道世上还有那么美丽的东西。"

她写信给父母,确认她要回英国。弗雷德要把一匹小马送到布恩维尔,就开车替她去寄信。她看到他把地址记下时下巴紧绷的样子,心里很怨恨自己。她站在一边,穿着白色亚麻衬衫,抱着手。他爬上他灰扑扑的小货车,在后面嘎吱作响的拖车里,那匹马不耐烦地踢着脚。她看着他们沿着岔溪路驶出去走,渐渐消失在视野中。

艾丽斯眯着眼睛看了一会儿空荡荡的路，看看两边隐没在夏日薄雾中的大山，又手搭凉棚，抬头看看在不可思议的高空中懒懒地滑过的红头美洲秃鹫。她颤抖着，长长地呼出一口气。最后，她在马裤上拍了拍手上的土，转身走回图书馆。

第二十一章

新生

凌晨3点15分,她听到了叫喊声。那个晚上很热,艾丽斯几乎没睡着。她盖着床单,满头大汗,下半夜翻来覆去,时醒时睡。她听到急促的敲门声就立刻坐了起来,竖起耳朵听着动静,感觉全身的血都凉了。她赤着脚轻轻踩在木地板上,披上棉睡袍,抓起床边的枪,踮着脚尖向门口走去。她屏住呼吸,等待那声音再次响起。

"是谁?我要开枪了!"

"范克利夫太太?是你吗?"

她眨眨眼,往窗外望去。杜勒斯警员穿着全套警服站在那里,一只手焦急地挠着后脑勺。她走到门边,打开门。"杜勒斯警官?"

"奥黑尔小姐,我觉得她要生了。我没能找来加尼特大夫,又不能让她一个人在那里。"

艾丽斯几分钟就套上衣服，骑上没睡醒的花仙子，沿着杜勒斯的轮胎印出发了。花仙子在密林中摸黑行走时本能地犹犹豫豫，她坚决果断地命令它，于是这匹年轻的小马竖着耳朵，小跑着走进暗夜中，小心翼翼且服从指挥，艾丽斯欣慰得想吻一吻它。到了溪边长满苔藓的小路上，花仙子终于飞奔起来，艾丽斯也不断催促着它，心中暗自感激有月光照亮了小路。

走到大路上以后，她没有直接去监狱，而是转了个方向，让花仙子去帝王蝶溪的威廉和索菲娅家。在肯塔基州的这些日子里，她变了，是的，的确已经没多少事能难住她。但艾丽斯也知道，她也有力所不能及的事。

索菲娅到监狱时，全身汗湿了的玛格丽就像打橄榄球争球一样弯腰顶着艾丽斯，痛苦地呻吟着。艾丽斯只在那里待了二十分钟，但感觉已经过去了几个小时。她觉得自己的声音仿佛从很远的地方传来——她夸玛格丽勇敢，坚持说她做得很好，大概待会儿她还没反应过来，孩子就能生下来了，尽管她知道这些话里大概只有一句是真的。那位警员借给她们一盏油灯，灯光跳跃着在牢房墙壁上投下了变幻莫测的影子。血液、尿液和某种赤裸裸、说不出口的气味弥漫在浑浊的空气中。艾丽斯没想到生孩子的场面能如此混乱。

索菲娅一路跑着过来，胳膊下面夹着她妈妈的旧接生包。杜勒斯警官吃了两个月她们送的点心后，变得非常宽厚，也相信图书管理员不会使坏，就"咔哒"一声拉开牢房门，放索菲娅进去了。

"噢，谢天谢地。"艾丽斯对着昏暗的牢房门说。门随后又关了起来，还传来一阵钥匙的响声，"我刚才还担心你不能及时赶到。"

"她这样有多久了？"

艾丽斯耸耸肩，索菲娅用手抚摸着玛格丽的前额。又一次阵痛袭来，玛格丽双眼紧闭，心已经飞去了远离她们的地方。

索菲娅警觉地观察着她，一直等到疼痛过去。"玛格丽？玛格丽？你每次疼痛间隔多长时间？"

"不知道。"玛格丽从干裂的嘴唇中喃喃说道，"斯文呢？我要斯文。"

"你要振作起来，集中注意力。艾丽斯，你戴表了吗？我让你开始计数，你就开始，好吗？

索菲娅的妈妈曾经是贝利维尔所有黑人的助产士。当她还是个孩子的时候就跟着妈妈去接生，拿着妈妈的大皮包，给她递器械和草药，帮着消毒，再收好，给下一位产妇使用。她没有接受过全面训练，但她能给到大概是玛格丽能得到的最好的帮助。

"你们几个姑娘在里面还好吧？"玛格丽又开始哭喊时，杜勒斯警官尊敬地站在床单背后问道。她的声音先是很低，然后越来越高。他的妻子生了几个孩子，他每次都躲得远远的，这种场面中的叫声和气味都如此不雅，让他有些想吐。

"先生？你能给我们一点儿热水吗？"索菲娅示意艾丽斯打开皮包，指指一包干净的棉布。

"我去问问弗兰克，看他能不能烧些热水。这个时候他应该醒着,我马上回来。"

"我做不到。"玛格丽睁开眼睛,盯着一个她们都看不到的东西。

"你当然可以。"索菲娅坚定地说,"越是这种时候越说明就快生下来了。"

"我不行。"玛格丽累得筋疲力尽,连喘气的力气都没有了,"我太累了……"艾丽斯用手帕擦了擦她脸上的汗。

玛格丽看上去是那么苍白、憔悴,肚子鼓得圆滚滚的。没有了平日户外的劳作,她坚实的肌肉也没了,四肢变得又白又软,身上的棉布裙也变得很紧,粘在她潮湿的皮肤上,艾丽斯看她现在的模样觉得很不习惯。

"一分半钟。"玛格丽再次开始呻吟时,她说道。

"没错,要出来了。好了,玛格丽,我要在这张旧床垫上铺一张床单,然后让你往后躺。好吗?你抓住艾丽斯就行了。"

斯文……艾丽斯看到玛格丽做出呼唤这个名字的嘴型,她的手就像钳子一样抓着艾丽斯的袖子,关节发白。索菲娅在身边的黑暗中不慌不忙地走来走去,一边走一边轻轻地说着安慰的话。对面的牢房一反常态地安静。

"好了,亲爱的。孩子快出来了,我们要让你换个方便的姿势,你听见了吗?"索菲娅示意艾丽斯帮她给几乎没反应的玛格丽挪动身体。"你听我的话,好吗?"

"我害怕,索菲娅。"

"不,你不怕,根本不怕。你只是要生了,紧张。"

"我不想把孩子生在这里。"玛格丽睁开眼睛,用哀求的目光看着索菲娅,"不能在这里,求求你们……"

索菲娅用手扶住玛格丽潮湿的后脑勺,把自己的脸贴在她的脸上。"我知道,宝贝,但现实就是这样。我们会尽量让你和孩子少吃点儿苦头。好吗?现在,你翻过身去,四肢着地,对,手和脚撑起来……抓着床沿。艾丽斯,你到她前面扶着她,好吗?此后有一会儿会比较困难,需要你拉住她。对,让她靠着你的腿。"

艾丽斯没时间来体味恐惧。索菲娅刚说完,玛格丽就抓住艾丽斯,一边哭号一边把脸贴在她的腿上,用她的马裤捂住自己的声音。她手上的力气很大,就好像被不属于自己的力量控制了一样。艾丽斯看着战栗传遍她全身,也吓得脸色大变,尽力不去想自己有多难受,只听着自己嘴里下意识地不断说出的鼓励话,顺着玛格丽的呼吸,应着索菲娅的指挥去完成这项使命。在玛格丽身后的索菲娅把她的棉布裙子撩了起来,把油灯拿过去,她才能看清她最私密的部位。玛格丽似乎并不介意,她只是不断地呻吟,身体左右摇晃,仿佛这样就能摆脱疼痛,然后用她黏糊糊的手去抓艾丽斯的手。

"我给你们拿水来了。"那边传来了杜勒斯警员的声音。玛格丽又开始大叫时,他说:"我把门打开,把罐子推进来,好吗?我派人去请医生了,以防万一。啊,我的上帝啊,怎么会——这样吧,我就……我就把它放在外面好了。我……啊,上帝啊……"

"也能给我们拿点儿干净的水吗,先生?能喝的水?"

"我——我放在门外。我相信你们不会跑掉。"

"您一点儿都不用担心,先生,请相信我。"

索菲娅手脚麻利地把她妈妈的钢制手术器械拿出来,整整齐齐地放在叠好的干净棉花方巾上。她的一只手一直在抚慰着玛格丽,就像在安抚一匹马一样,柔声细语地鼓励她,让她安心。她仔细地看着玛格丽的下身,为下一步操作做好了准备。

"好了,我觉得孩子要出来了。艾丽斯,扶稳她。"

此后一切变成了一片模糊。太阳升起来了,一道道淡蓝的光线努力从栏杆缝里照了进来。在艾丽斯的记忆中,她们就好像坐在大浪中的一艘船上,脚下的甲板在晃动,玛格丽的身体猛烈地挣扎着把孩子往外推,血、汗和身体的气味混在一起。除此之外就是噪声、噪声,更多的噪声。玛格丽抱着她,脸上满是哀求和恐惧,求她们*帮帮我,帮帮我*,艾丽斯也更加恐慌。在这慌乱中,索菲娅前一秒钟冷静地鼓励着玛格丽,下一秒对她凶狠地吼叫,*你可以的,玛格丽。加油啊,姑娘。你快用力!再用点儿力!*

有那么一会儿,那紧张的氛围、压抑的黑暗和动物般的号叫都让艾丽斯惊恐不已。她们三个人像被困在海上的孤舟里孤独无助,艾丽斯感觉快要昏倒了。玛格丽经受的旁人无法体会的痛苦让她害怕,看见一个坚强、能干的女人就这样垮掉,变成一个哭泣、受伤的"动物",也让她害怕。有的女人会因为生孩子死掉,对不对?玛格丽痛成这样,谁知道她会不会也死掉?在这个令人眩晕的牢房中,她看到索菲娅严厉的表情,玛格丽紧皱的眉头,她的眼里涌出了绝望的泪水——*我做不到!*——她咬紧牙关靠过去,让玛格丽的额头靠在自己的额头上。

"你能做到，玛吉。快了，快了，你听索菲娅的，你能做到。"

忽然间，玛格丽的哭喊声达到了一个让人受不了的最高音，就好像世界末日降临，把所有痛苦挤压在一起，压扁、拉长，刺激着你，让你难以忍受。这时，响起了一阵喊声，然后是鱼掉在石板上一样的"啪嗒"一声，索菲娅就抱起来一个湿漉漉的，紫色的东西。她高兴得满脸放光，怀里的孩子举着手，在空气里乱抓，把她的围裙抹上了血渍。

"生了！生了！"

玛格丽回过头来，头发打着卷粘在脸上。在这场孤独、惨烈的战争中，她幸存了下来。艾丽斯看到她脸上是一种从未有过的表情，她的声音很轻柔，还带着一丝充满爱意的哭腔，就像牛圈里的牛用嘴蹭小牛犊，"噢，宝贝！噢，我的宝贝！"当女婴发出尖细、有力的哭声时，整个世界都被震动了。她们又哭又笑，拥抱在一起，牢房里那几个艾丽斯从没看清在哪里的男人也发自内心地欢呼道："感谢上帝！赞美耶稣！"就在这黑暗的牢房里，在污渍和血迹的混乱里，索菲娅把婴儿擦干，包在干净的棉布床单里，把她抱给浑身颤抖的玛格丽。艾丽斯坐下来，用满是汗水和血的手擦擦眼睛，心想自己这一生从来没见证过如此荣耀的场景。

这个女婴，斯文说——他们那晚在图书馆为他敬酒时——是天下最美的孩子。她的眼睛最漆黑，头发最浓密，玫瑰粉色的小鼻子和完美的四肢简直史上无双。大家也一致同意。弗雷德带来了一罐私酿酒和一箱啤酒，图书管理员们喝酒庆祝婴儿的出生，感谢上帝的仁慈，在那一晚不想别的，只分享平安分娩的喜悦。玛格丽怀着充满母性的骄傲抱着孩子，她被她美丽的小脸蛋，小贝壳一样的指甲给迷住了，暂时忘却了自己的疼痛和处境。杜勒斯警官和另外几个狱卒走过时，都向她道喜，夸奖孩子长得好看。

没人能比斯文更得意了。他不住地讲玛格丽真勇敢，真有本事，生出来的孩子倍儿棒，又机灵，力气又大，抱着他的手指就不放。"她的确是奥黑尔家的姑娘。"他说。大家都欢呼起来。

艾丽斯和索菲娅在忙碌过后，晚上的庆祝增加了她们的负担。艾丽斯累坏了，眼皮直打架，她看看索菲娅，后者固然疲惫，但表情宽慰。艾丽斯感觉自己好像走出了一条隧道，重见天日后失去了一些她并不知道自己曾拥有的天真。

"我给她缝了一整套的婴儿服。"索菲娅告诉斯文，"你明天带去给玛格丽，孩子就能有像样的衣服穿了。一块毯子，几双小靴子，婴儿帽和浅色的棉线毛衣。"

"你太好了，索菲娅。"斯文说。他没刮胡子，动不动眼里就泛泪光。

"我家也有小孩的东西也可以送给她。"凯瑟琳说，"像是多余的背心和棉布方巾之类。反正我也用不上了。"

"这可不好说。"贝丝说。

但凯瑟琳坚定地摇了摇头。"噢，我知道的。"她弯下腰去揪掉裤子上的什么东西,"我只爱他一个。"

这时,艾丽斯看了弗雷德一眼。此前极度兴奋后,现在的她突然感到悲伤和疲倦。为了掩饰,她提议干杯,"敬玛吉。"她举起搪瓷茶杯说道。

"敬玛格丽。"

"还有弗吉尼亚。"斯文说。大家都望着他,他便解释道:"这是玛格丽姐姐的名字。"他咽了一口唾沫。"这是她的意思,弗吉尼亚·艾丽斯·奥黑尔。"

"那真是一个美丽的名字。"索菲娅说着,点头赞同。

"弗吉尼亚·艾丽斯。"他们再次说着,举起杯子。伊兹突然站起来说她能肯定这里有一本关于名字的书,她想查查这个名字的来源。其他人正尴尬着,都很感激她打了个岔,纷纷表示同意,这样他们就不用去看坐在角落里轻声哭泣的艾丽斯了。

第二十二章
生别离

一个肮脏到令人难以置信的机构,里面关押着因不检行为和其他罪行而服刑的男人和女人,还有只是在等待审判、还没被判刑的男人和女人……臭虫、蟑螂、跳蚤和其他害虫成灾,充满了消毒水和污物的气味。

约瑟夫·F.菲什曼,《罪人的炼狱》,1923

肯塔基的监狱,就和美国的大部分监狱一样,各有其因地制宜的特色,规则和管理宽松程度主要取决于警长;就贝利维尔来说,则取决于他手下的警员有多喜爱烘焙点心。因此,经常能有人来看玛格丽和弗吉尼亚,尽管牢房窄小又不舒适,弗吉尼亚出生后的第一周过得就和所有受人疼爱的婴儿一样,穿着干净、柔软的衣服,博得访客的喜爱,有祝贺出生的小玩具,一天中大部分时间里都依偎在母亲的怀里。她是一个非常警觉的孩子,用她黑色的眼睛仔细地观察着牢房里的动静,像海星一样的小手指在空中摸呀摸,或者在吃奶的时候满足地握成拳头。

与此同时,玛格丽已经变成了另一个女人,她的表情变得柔和,全部注意力都集中在这个小婴儿上,自然地抱着她走来走去,就好像已经有了多年的经验。她之前还持有怀疑态度,现在看来,她具有做母亲的天性。即使在艾丽斯把孩子抱起来,好让玛格丽去吃饭,或者换衣服的时候,玛格丽也要盯着她,还用一只手摸着弗吉尼亚,仿佛和她分开一秒钟她都无法忍受。

艾丽斯欣慰地发现玛格丽不像以前那么沮丧了,仿佛这个孩子让她的精力有了去处,不再去想墙外那些她失去的东西。玛格丽的胃口也更好了("索菲娅说我得一直给孩子喂奶"),笑得更多了,即使她基本上只对着孩子笑,也常在牢房里走动了,走路一颠一颠地哄孩子,而之前她只坐在地上一动不动。杜勒斯警官借给她们一个桶和一把拖把来打扫卫生。姑娘们给她送来一套新铺盖,抱怨说孩子不应该睡在又脏又旧,还有恙螨的床垫上,他没难为她们,就同意了。他们把旧床垫在院子里烧了,那上面沾满了污渍,他们看得恶心皱眉。

布雷迪太太在玛格丽生下孩子的第六天来看她了,还带来一个外地医生看看她恢复的情况,以及孩子是否有什么需要。杜勒斯警官本想抗议她既没有带条子,也没提前通知,布雷迪太太只瞪了他一眼就把他打败了——她那一眼足够把热汤都吓得凉透。她还不客气地说,倘若她在探望一位正在哺乳的母亲的时候遭到任何形式的阻拦,阿彻警长将第一个得知此事,然后是哈奇州长,请杜勒斯警官别以为她在开玩笑。医生在给母亲和孩子做检查的时候,布雷迪太太就站在牢房一角。她在光线昏暗的牢房里眯着眼睛观察了一番,决定不坐下。检查结果尽管不是最理想的,但医生还是宣布,正如他们预料的那样,母女身体健康,精神也不错。旁边牢房的几个男人说婴儿的脏尿布很臭,但布雷迪太太让他们闭嘴,并建议他们应该偶尔用肥皂和刷子把自己洗一洗,坦率地讲,他们自己都没收拾干净怎么能说别人。

图书管理员们事后才知道这次探监。当时布雷迪太太来到图书馆,宣布她已经和奥黑尔小姐详细谈过,双方同意由她出马,接手图书馆的日常管理事务,她也非常希望这样做不会给范克利夫太太带来不便,因为她知道艾丽斯在玛格丽"无法履行职责"期间努力维持着图书馆的正常运转。

艾丽斯虽然有些意外,但一点儿也不觉得有什么不便。最近几个星期她都忙得连轴转,每天都去看玛格丽,把小屋里的事安排好,管理图书馆,同时还要处理自己复杂又棘手的情感问题。光是想到有人能接替哪怕其中一项的工作,都让她松了一口气。更何况她私底下想,反正她不久就要离开肯塔基,这样的结果更好。但她还没告诉其他人，大家要忙的事都够多了。

　　布雷迪太太脱下外衣，要求看所有记录。她坐在索菲娅的桌前，把工资支付登记表、铁匠的账单都看了一遍，还核对了工资单和小额备用现金，最后表示她很满意。晚饭后她又过来了，那晚上和索菲娅一起花了一个小时对丢失和损失的图书进行调查，当吉尔先生从门口路过时，她还指责他借了一本关于养羊的书一直没还。数小时后，她已完全融入其中，毫无新加入的痕迹，而图书馆也仿佛再次开始由成年人主持大局。

　　图书馆员和她们亲爱的人就这样在酷热、蚊虫、潮湿的裹挟下，和汗涔涔并深受苍蝇骚扰的马一起步入了夏天。艾丽斯只想把眼下的日子过好，解决一些不痛不痒的小问题，不去想未来那些像九柱戏的木瓶一样成排地挡在她面前的、更要紧、更让她无所适从的麻烦事。

　　斯文辞掉了他的工作：他要去看玛格丽和孩子，就赶不上工作日的轮班。而且，他告诉艾丽斯，即使他在工作，他的一半心思也在这个该死的牢房里。斯文把他离开的消息告诉霍夫曼公司的消防员时，大家把铁镐扛在肩上，头盔捧在胸前，列队为他送行。工头为此大为恼火，觉得斯文这样做是出于个人恩怨。

　　范克利夫还在为发现斯文和玛格丽·奥黑尔的长期恋情而气愤，说他走得好，他就是个间谍，是叛徒——尽管这两项罪名他都没证据——还放出话去，如果卑鄙小人古斯塔夫松胆敢再踏进霍夫曼公司的大门,将不予警告直接射杀,他那个荡妇也一样。

艾丽斯知道斯文很想搬进玛格丽的小屋,也算是能离玛格丽近一些,但他很绅士地谢绝了她的提议,免得她受小镇人的指责。一男一女居住在一片屋檐下,就算人人都清楚他们都以自己的方式爱着玛格丽,也免不了让人起疑。

艾丽斯再也不怕一个人住在小木屋里了。她早早上床,睡得很沉,4点半太阳升起时她就起床,用冰冷的泉水洗洗脸,喂牲畜,穿上外面晒干的随便什么衣服,做一顿鸡蛋和面包的早餐,把面包屑撒到窗台上,喂给聚集在那里的母鸡和红雀。她一边吃,一边看玛格丽的书,每隔一天,就在早晨烤一盘新鲜的玉米面包带去监狱。清晨,在她的山间居所,四周有鸟儿在歌唱,树叶闪耀着橘黄色的光芒,然后变成蓝色,之后又是祖母绿色,长长的青草丛间生长着百合花和鼠尾草。关上纱门时,会有笨重的野火鸡拍着翅膀飞起来,或者小鹿蹦蹦跳跳地跑回树林里,好像她才是闯入者。

她会把查利从谷仓赶进屋后的小围场里,检查鸡窝里有没有蛋。如果有时间,她就提前做好晚上要吃的东西,因为她知道回家后会很累。然后她给花仙子放上马鞍,把那天里要用的所有东西装进马鞍包,把宽边帽子往头上一戴,就骑马下山去图书馆了。过泥路的时候,她把缰绳挂在花仙子的脖子上,用双手在衣领上系一块手帕。她几乎不用缰绳了,只要一上路,花仙子就知道该怎么走,它竖起耳朵,大步向前,和其他了解并热爱自己工作的人或动物没什么两样。

大多数晚上，艾丽斯会在图书馆多待一个小时，她和索菲娅在一起，为的是能有人陪。弗雷德偶尔也会过来，从家里给她们带来食物。有两次她从小路走到弗雷德家吃饭。她觉得自己已经不是热议的对象了，而且路很短，也没什么人能看到。她喜欢弗雷德的房子，这里有蜂蜡的味道，自然磨损的舒适感，不像玛格丽家那样风格粗犷，自给自足。这里的地毯和家具都是祖父辈的传家宝。

让她安心的是，这里没有小摆设。

她们会吃着弗雷德带来的食物，漫无边际地聊一通，又像什么都没聊，然后突然停下来，像傻瓜一样互相微笑。有的晚上，艾丽斯骑马回到玛格丽的小屋，根本想不起来他们都说了些什么。她脑子里的欲望就像嗡嗡的杂音，把其他所有声音都挡了出去。有时她几乎克制不住自己在桌下的手，想伸过去碰他，只好自己掐自己的手。然后她回到空荡荡的小屋里，盖着被子躺下，心想：如果有一次，哪怕只有一次，她请他到这里来，会发生什么。

斯文请的律师每两周来一次。斯文问弗雷德能不能在他家里会谈，她和弗雷德能不能也陪着开会。艾丽斯明白斯文现在非常紧张，见律师的时候腿一直神经质地抖动，还用手指敲着桌子，此后总是把告诉他的事忘掉一半，这对他来说是前所未见的。这个律师不肯有话直说，非得绕着弯子，用些华丽、隐晦的字眼把事情说得云遮雾罩。

律师指出，尽管相关记录意外地消失了（他说到这里意味深长地顿了一下），联邦政府对证明玛格丽·奥黑尔有罪的证据还是很有信心。那位老妇人一开始的笔录——不管她后来又怎样改口——表明玛格丽在案发现场。沾满血迹的图书馆的书，可能是唯一的凶器，因为尸体上没有枪伤或刺伤。从记录来看，其他图书管理员的路线都没有奥黑尔小姐的那么远，所以其他人在案发地用图书馆的书行凶的可能性很小。然后，玛格丽的背景也是一个麻烦，很多人都乐意谈及她的家人和麦卡洛一家如何常年不和，玛格丽也经常说一些相当让人不愉快的话，且不顾及这些话可能对周围的人带来的影响。

"审讯的时候，她要注意怎么回答这些方面的问题，"他一边收拾文件一边说，"重要的是让陪审团认为她……是一个值得同情的被告。"

斯文默默地摇了摇头。

"你不可能让玛吉假装成别的样子。"弗雷德说。

"我不是说让她一定要假装成别的样子。但如果她不能赢得法官和陪审团的同情，她获得自由的机会将非常渺茫。"

律师靠在椅子上，双手放在桌上。"事实不是重点，古斯塔夫松先生，重点是战略。不管案件的真相是什么，我敢肯定地说，对方一定在积极地排兵布阵。"

"这么说，你喜欢这样。"

"喜欢什么？"玛格丽抬起头来。

"做一个母亲。"

"做母亲就像在情绪的海洋里游泳，一半的时间里我都不知道我是在往海面游还是往海底游。"玛格丽轻轻地说。她调整了一下弗吉尼亚的棉背心的衣领，"天啊，这里更热，要是能来一阵风就好了。"

弗吉尼亚出生后，杜勒斯警官就允许她们去楼上的空拘留室里进行探视。比起地下室来，那里光线更好，更干净。而且，她们猜想，也更合那个令人敬畏的布雷迪太太的意。但在像今天这样闷热、潮湿的天气来说，在这里区别也不大。

艾丽斯突然想到，冬天的监狱会有多可怕，这里没窗户，水泥地板非常冰冷。州监狱岂不是更糟糕？审判后她就能重获自由，她坚定地告诉自己，不要杞人忧天。只去考虑今天的、接下来一个小时的事。

"我觉得我不可能像爱她一样爱上任何人。"玛格丽继续道，"她就是我的一部分，你知道吗？"

"斯文爱她爱得发狂。"

"就是呀！"玛格丽回忆着往事，笑了笑，"他会成为世界上最好的爸爸，小女孩。"她脸上露出一丝忧郁，仿佛想到了一些她不愿面对的事实。但她很快恢复了常态，把孩子抱起来，用下巴指指她的小脑袋，又笑了。"你觉得她的头发会像我的一样黑吗？她毕竟也有切罗基人的血统。或者，你觉得她长大后头发颜色会变浅，变得像她爸爸一样吗？你知道，斯文还小的时候，他的头发白得就像面粉一样。"

玛格丽不想讨论审判的事。她会微微地摇摇头，仿佛在说这么做毫无意义。尽管这个动作很轻柔，艾丽斯却从中看到了一种坚决的意志，让人难以反驳。贝丝和布雷迪太太来探监的时候，她也这样拒绝了她们。布雷迪太太回到图书馆的时候还烦恼得脸色发红。

"我和我丈夫谈过，审判后那孩子……如果结果不是我们希望的那样，该怎么办。他在法律界有一些朋友，显然，在其他州，孩子可以和母亲住在一起，也有女狱警来做管理。总的来说，有的地方设施还很齐全。"

玛格丽的样子就好像什么也没听见。

"我们都在教堂里为你祈祷。你和弗吉尼亚。她真是太可爱了，对吗？我在想，你要不要我们去……"

"谢谢你的好意，布雷迪太太，我们不会有事的。"

就是这样，布雷迪太太说着，无奈地抬了抬手。"就好像她在逃避现实。说实话，我觉得她不能只把希望寄托在被判无罪出狱上。她需要一个长期计划。"

艾丽斯觉得玛格丽的行为并不能说明她心态乐观。这也是审判日期步步逼近，她也越来越焦虑的原因之一。

就在审判开始前一周，报纸开始对嫌疑人进行猜测，其中一家拿到了"好又快"餐厅里的那张合照，把玛格丽的脸截下来登在报纸上，标题上赫然写道：

杀手图书管理员：

她真的杀了那个无辜的男人吗？

离这里最近的一家旅馆在丹弗斯镇,房间很快就被订满了,据说住附近的人都把后屋收拾出来,摆上床铺接待即将前来的记者。仿佛到处的人都在谈论玛格丽和麦卡洛,只有图书馆除外,那里的人对他们只字不提。

斯文在下午最热的时候去了监狱。那天温度很高,他用帽子扇着风,走得很慢,路上还抬起手来和路过的熟人打招呼,从外表上完全看不出他内心的感受。他把艾丽斯烤的一铁皮罐玉米面包交给杜勒斯警官,从口袋里找出来艾丽斯让他带来的,叠得整整齐齐的干净背心和围嘴。玛格丽在楼上的拘留室喂奶。她盘腿坐在床上,他就在一边等着亲吻她,因为他知道孩子很容易就会分心哭闹。平时她都会扬起一边脸颊给他,但这次她一直低头看着孩子,所以他等了一会儿,就在旁边的凳子上坐下了。

"她还是整晚都要喝奶吗?"

"她能喝个不停。"

"布雷迪太太说她可能是那种提前开始吃固体食物的孩子。我从姑娘们那里借了一本这方面的书,想读读看。"

"你什么时候开始和布雷迪太太讨论小孩的事了?"

他看着自己的靴子。"自从我辞职以后。"

玛格丽瞪着他,他便补充道:"别担心,我从十四岁起就没失业过。弗雷德让我住在他家的空房间里,所以我很好。我们都会好起来的。"

玛格丽没说话。现在她有时就会这样,他在这里的时候她几乎一句话都不说。有了弗吉尼亚以后,这样的情况就越来越少了。她仿佛忍不住,即使心情不好也总要和孩子说话。斯文不喜欢她这个样子。他挠挠头。"艾丽斯让我告诉你,家里的鸡都好,维尼下了一个双黄蛋。查利长胖了。在我看来,它各方面都挺好的。我们这周给它套上马车,和弗雷德的几匹小马出去跑了一趟。它让它们几个小的知道了谁是老大。"

她低头看着弗吉尼亚,看她吃完没有,然后理了理她的裙子,再把孩子靠在肩上,让她打嗝。

"你知道,我在想……"斯文继续道,"也许等你回家以后,我们可以再养一条狗。谢尔比维尔那边有个农夫养了一条母猎犬,我老早就觉得喜欢,他准备让它下小狗了。那母狗性格非常温顺,孩子的成长过程中有一条狗陪着,对她是非常好的。如果我们养一条小狗,它就能和弗吉尼亚一起长大,你觉得怎么样?

"斯文……"

"我的意思是,我们不是非要养狗不可。我们可以等她长大一些。我只是想……"

"你记得我有一次告诉你,我永远不会让你离开我吗?"她说着,眼睛还是看着孩子。

"我当然记得。我差点儿让你写下来作为证据。"他苦笑了一声。

"这个……我说错了,我要你离开。"

他靠过去,脑袋歪着。"我没听清——什么?"

"我还要你把弗吉尼亚带走。"她终于抬起头来看着他,眼神严肃,"我以前太自不量力了。我以为只要我不伤害任何人,我就能按自己的方式生活。但我在这里有足够的时间思考,然后,我想通了。在李县,也许甚至在肯塔基整个州,只要是个女人,都别想过上那样的生活。女人只能遵守男人定下的规则,不然他们就……就会像踩死一只虫子一样踩死你。"

她的声音很冷静,没有起伏,仿佛在长长的沉默中,她已经把这番话演练过很多遍。"我要你把她带得远远的,去纽约州或者芝加哥,甚至去西海岸,如果在那里能找到工作的话。带她去一个环境好的地方,让她能有很好的机会,良好的教育,让她可以不必担心还没出生就已经烙在身上的家庭的耻辱。带她远离这些甚至在她还不会拼自己的名字的时候就以她的名字来评判她的人。"

他惊呆了。"你在说胡话,玛吉。我不会离开你。"

"二十年都不离开?你知道如果我被判过失杀人的话就要蹲那么长时间的监狱,如果是谋杀的话就更长。"

"但你没做错任何事!"

"你以为他们会在乎?你知道这个镇上那些事有多丑陋,他们是不会放过我的。"

他看着她,仿佛她疯了。"我不会走。你想都别想。"

"反正,我不会再见你了。这事由不得你。"

"什么?你在说些什么?"

"这是我最后一次见你。我在这里权利不多,但这就是其中的一项,我可以不见探监者。斯文,我知道你是个好人,你会尽一切力量帮助我。上帝为我作证，我因此而爱着你。但现在我要为弗吉尼亚考虑。我要你答应我，你会按我说的去做，再也不带我们的女儿回到这个地方。"她向后靠在了墙上。

"可是……审讯的时候呢？"

"我不要你来。"

斯文站起来。"你在说胡话，我不能听你的，我……"

玛格丽提高了音量。她向前一探身，抓住他的手，不让他说下去。"斯文，我什么也没有了。我没有自由，没有尊严，没有未来。我剩下的只有对我女儿的期望，她是我的心肝，我在这个世界上的最爱，她能有不一样的人生。所以，如果你爱我，就像你说的那样，你就照我说的去做。我不想让探监成为她的童年记忆。我不想让你们俩看着我在州监狱里一天天、一年年地浪费我的生命，我不想让你们看着我头发里的虱子，闻着便桶的臭味，被镇上有权势的人打倒，慢慢地在监狱里疯掉。我不能让她看见这些。你能让她幸福，我知道你能。等以后你提起我，你不能把这些告诉她。你告诉她我骑着查利在山上，自由又快乐。"

他握住了她的手。他的声音嘶哑了，不住地摇着头，仿佛他都没意识到自己的这个动作。"我不能离开你，玛吉。"

她把手抽走。她温柔地把睡着了的孩子放在他的臂弯里，然后俯下身子，亲吻孩子的脑袋。她闭上了眼睛，一直这么吻着。然后睁开眼睛，轻轻地吸了一口，仿佛想给她留下自己的印记。"再见，甜心，妈妈非常爱你。"

她用指尖轻轻地摸了摸他的手背,给他下了逐客令。斯文还震惊地坐在那里,玛格丽·奥黑尔就已经站起来,双手放在桌子上,大声喊看守过来带她回牢房。

她没有回头。

她说到做到,他就是她见的最后一个访客。艾丽斯当天下午带着一个重油蛋糕过去,杜勒斯警官(他非常喜欢她做的蛋糕)遗憾地告诉她,他很抱歉,但奥黑尔小姐那天坚决不再见访客。

"是孩子出什么事了吗?"

"孩子不在那里了,今天早上跟着她爸爸一起走了。"

他很抱歉,但规定就是规定,他不能逼着奥黑尔小姐出来见艾丽斯。但他收下了蛋糕,答应之后会带下去给她。凯瑟琳·布莱两天后过去的时候,她得到了同意的答复,此后的索菲娅和布雷迪太太也一样。

艾丽斯心绪不宁地骑马回家,看到斯文抱着孩子坐在门廊上,孩子睁着她圆溜溜的眼睛,看着她没见过的阳光和晃动的树影。"斯文?"

艾丽斯跳下马来,把缰绳绕在柱子上。"斯文?到底发生了什么?"

他没看她。他眼睛红肿,把脸别了过去。

"斯文?"

"她是肯塔基最倔强的女人。"

孩子就像得到指示一样开始大哭，这个在一天中不得不应对多种改变的孩子突然间感到灾难临头，不知所措，就扯着嗓子放声大哭。斯文徒劳地拍了一会儿她的背，艾丽斯走上前，把孩子抱了过去。斯文用满是伤痕的大手捂住了脸。孩子把脸埋在艾丽斯的肩上，然后身子向后靠，诧异地把嘴巴张成"O"形，仿佛因为发现这不是妈妈的肩膀而生气。

"我们能解决这个问题，斯文，我们会让她恢复理智的。"

他摇摇头。"何必呢？"他的声音从捂着脸的粗糙的大手中呜呜地传出来，"她说得没错。最糟糕的就是，艾丽斯，她说得没错。"

艾丽斯通过谁都认识、什么都知道的凯瑟琳在隔壁镇上找到一位孩子刚断奶的母亲，只收一点儿很少的报酬，就可以给弗吉尼亚做奶妈。每天早晨，斯文开车把小弗吉尼亚带去那栋装了白色护墙板的农舍，交给奶妈喂奶和照看。他们都觉得割舍不下——孩子应该和自己的母亲在一起——弗吉尼亚也一下子变得怕生了，眼睛里充满了警惕性，大拇指塞在嘴里不肯拔出来，仿佛她再也不相信这是一个友好、可靠的世界。但他们还能怎么办呢？孩子现在能吃饱了，斯文也能放心去找工作了。艾丽斯和图书馆的姑娘们也只能尽量把这日子继续过下去；她们难过的时候心会疼，肚子里会一阵阵发紧，可是，也只能这样了。

第二十三章
希望的合唱

"我并不要求你一直这样爱我,但我要你记住,在我内心深处,永远存在着今晚我表现出的人格。"

F. 司各特·菲兹杰拉德,《夜色温柔》

一种类似马戏团要来了的骚动气氛笼罩着贝利维尔,相比之下,特克斯·拉斐特的演出就像主日学校的聚会。随着开庭日期传遍了大街小巷,人们的情绪开始发生变化,而且对玛格丽来说并不友好。麦卡洛的大家族——田纳西、密歇根和北卡罗来纳的远房表亲——开始从外地赶来,有的几十年没见过麦卡洛,现在突然一心要替这位亲爱的亲戚伸张正义,严惩凶犯。他们很快就在监狱和图书馆外聚集起来,大声辱骂,威胁要报仇。

弗雷德有两次从家里走下来做调解，但都失败了。他就把枪拿来，告诉他们，图书馆里的女性要继续她们的工作。这些人来了以后，镇上的人似乎分成了两派，一派将玛格丽家人的丑事看作她堕落行凶的证据，另一派更相信自己的亲身经历，感谢玛格丽给他们送书，为他们的生活增添些许生机。

贝丝则为了玛格丽的声誉和人打了两次架，一次在商店里，一次在图书馆门口的台阶上。后来她走在路上总攥着拳头，好像随时准备着给你一拳。伊兹经常轻声地哭，别人问她，她只是摇摇头，不说话，仿佛说什么都是多余的。凯瑟琳和索菲娅偶尔开口，但她们忧郁的面孔就已经说明了她们对事情结果悲观的看法。玛格丽禁止探监，艾丽斯只得遵从她的意愿，但她感觉自己和玛格丽心灵相通，仿佛自己就在那个窄小的水泥房间里陪着她。她还会去监狱，听杜勒斯警官说，玛格丽吃得很少，不怎么说话，好像大多数时间都在睡觉。

斯文走了。他买了一辆小马车和一匹小马，把他其余的行李都收拾好，从弗雷德家搬到了坎伯兰山口的东面，距离奶妈家不远的只有一个房间的小屋里。他不能留在贝利维尔，听那些人指指点点，而且想到他爱的女人可能落到更惨的境地，孩子在哭喊，她遭囚禁的妈妈就在咫尺之遥，都让他承受不了。他累得眼睛发红，两边嘴角添了深深的皱纹——这倒不是孩子的原因。弗雷德答应他，只要一句话他就立刻开车过去。

"我会告诉他……我会告诉她……"弗雷德开口道，然后他才发现他不知道他要对玛格丽说什么。他们对视了一眼,用寡言少语的人表达情感的方式拍了拍对方的肩膀,然后斯文就驾车走了。他把帽子拉得很低,遮住了眉毛,嘴唇忧郁地抿成了一条线。

艾丽斯也开始收拾行李了。在安静的小屋里,她把衣服分成她认为将来在英国的生活中能有点儿用处的,以及她无法想象还会再穿的。她举起精致的丝绸上衣、优雅贴身的裙子、薄纱衬裙和睡衣,皱起了眉头。她曾经是那样一个人吗?一个穿祖母绿印花茶会裙,戴蕾丝领的人?她真的需要这些卷发器、定型液和珍珠胸针吗?她觉得这些零碎物件属于一个她再也不认识的人。

她等到东西收拾好了才告诉那些姑娘。现在这种时刻,她们下班后都会默契地留在图书馆,直到很晚才走,就好像她们无法忍受待在其他地方。在距离审判还有两天的时候,她等到凯瑟琳开始收拾她的包袱,才说,"我……我有一个新闻,我要走了。我把一箱衣服放在图书馆里,你们想要的话去挑一挑。想要什么就拿。"

"离开哪里?"

"这里。"她咽了一口唾沫,"我必须回英国。"

沉寂如山般沉重。伊兹飞快地捂住嘴。"你不能走!"

"但我不能待在这里,除非回去找本内特。玛格丽被关起来以后,范克利夫就能大胆地来找我的麻烦了。"

"别这么说。"贝丝说。

屋里一阵漫长的沉默。艾丽斯尽量不去在意几个女人之间交换的目光。

"本内特有那么坏吗?"伊兹说,"我的意思是,如果你能劝他别受他父亲的坏影响,也许你们还有和好的机会。那样你就能留下了。"

可现在她怎么解释自己对弗雷德有了感情,不可能回到本内特身边?她宁愿到离弗雷德有一万里远的地方,也不愿每天从他身边走过,心里却明白自己只能回到另一个男人身边。弗雷德几乎没碰过她,但她觉得她和弗雷德之间的了解,是本内特无法比拟的。

"不行。你知道范克利夫不把马背图书馆也一起毁掉是不会罢休的。那样我们就全都失业了。弗雷德看见他和警长在一起,凯瑟琳上周两次看见他和州长在一起。他可没闲着,他的目标就是搞垮我们。"

"可如果我们没了玛格丽,然后又没了你……"伊兹的声音越来越小。

"弗雷德知道了吗?"索菲娅问。

艾丽斯点点头。

索菲娅凝视着她的眼睛,仿佛想要证实什么东西。

"你什么时候走?"伊兹问。

"审判一结束就走。"弗雷德开车回来的路上基本没怎么说话。她本想伸出手,去摸他的手,告诉他,她很抱歉,这根本不是她的本意,但拿到了那张回家的纸质车票后,她就被悲伤紧紧攫住,不能动弹。

伊兹揉揉眼睛，吸了吸鼻子。"一切都完了——我们为之努力的一切，我们的友谊，这个图书馆，一切都完了。"

平时她们中间要是有谁表达出那么沮丧的情绪，其他人会立刻跑过去，告诉她事实不是这样，别胡思乱想，她只不过需要好好睡一觉，或者吃点儿东西，控制住自己的情绪，或者这是因为来月经的时候心情不好。但这次没人说话，足见得大家的情绪有多低落。

索菲娅打破了沉默。她重重地喘了一口气，把双手放在桌子上。"好了，眼下我们要继续工作。贝丝，我看你还没有登记今天下午的书。如果你能好心地把书搬过来的话，我可以替你登记。还有，艾丽斯，请你把计划离开的具体日期告诉我，我好做工资表。"

一夜之间，镇上就来了两辆房车，停在法院门口的路上，还多了很多新调过来的州警。《列克星敦信使报》的一篇报道更起到了煽风点火的效果，所以到周一下午茶时，人群开始在监狱外面聚集起来。这篇报道的标题是：

私酒贩之女路遇世仇，一本图书取其性命

"全是他们编的。"贝德克尔太太在学校把一份报纸递给凯瑟琳的时候，她这样说道。但这并不能阻止那些人围在监狱外面，有几个对着后门发出嘘声，这声音就能透过窗户传入玛格丽的牢房。杜勒斯警官出来了两次，抬起手来示意他们安静点儿，但人群里出来一个留着大八字胡，穿着不合身的西装的人，谁都没见过他，他自称是克莱姆·麦卡洛的表兄，说他们只是在行使上帝赋予的自由言论的权利。如果他想说那个奥黑尔家的姑娘是个杀人的母狗，别人是管不着的。他们推推搡搡，喝着酒，喊出越发粗俗的话来。到黄昏时，监狱外的院子里已经站满了人，有些喝醉了，有些大喊侮辱玛格丽的话，其他人在对骂：他们这些外地人，有本事回自己的地盘上闹去。镇上的老奶奶们嘟囔着把家门关紧，一些年轻人有了这场混乱壮胆，跑去汽车修理厂旁边燃起了一堆篝火。一时间仿佛这个循规蹈矩的小镇上任何事情都有可能发生，而且全都不是什么好事。

图书管理员们送书回来时听到了这个消息。她们把马关好，开着门静静地坐了一会儿，听着远处抗议的声音。

杀人的母狗！

你这个婊子，等你的就是死罪！

好了，好了，先生们，这里还有女士，请文明一些。

"我发誓，我真高兴斯文没听见这些。"贝丝说，"你知道，他是不能忍受别人这样说玛吉的。"

"我受不了了，"从门口往外看的伊兹说，"而她不听都不行，想象一下那会是什么感觉。"

"而且现在孩子也不在，她更伤心。"

艾丽斯满脑子都在想这些。那么强烈的仇恨都冲着玛格丽而来，她却听不到爱她的人的一句安慰的话。她这样把自己孤立起来，让艾丽斯心疼得想哭；她就像一只动物，故意躲到一个隐蔽的地方孤单地死去。

"希望上帝会保佑她。"索菲娅沉着地说。

布雷迪太太一边往身后望,一边走进了门。她一副气呼呼的样子,脸红扑扑的,头发也乱了。"我发誓,我没想到这个小镇那么无可救药。我为我的邻居们感到羞耻,真的。要是让诺夫希尔太太听见了,我想象不出她会怎么评价。"

"弗雷德说他们可能一晚上都会守在外面。"

"我真的没想到这个小镇已经变成了这个样子。为什么阿彻警长不拿牛鞭抽他们,我真是想不通。我发誓,我们已经变得比哈兰县还糟糕了。"

就在这时,他们听到在人群的喧闹声中响起了范克利夫的声音:"各位,我早就警告过你们!她对我们,对我们的小镇,都是一个威胁。法庭将听到这个奥黑尔家的姑娘给我们带来了多么邪恶的影响,你们记住我的话。她只适合待在一个地方!"

"好嘛,真该死,他也来搅和了。"贝丝说。

"大家,到了法庭上,你们将听到那个姑娘是一个多么可恨的人。她不遵从自然规律!她说的任何话都不可信!"

"够了。"伊兹说。她咬紧了牙关。

布雷迪太太转过去看着自己的女儿。伊兹费力地站起来,抓过拐杖,向门口走去。"妈妈?你不和我一起去吗?"

所有人动作统一地在沉默中套上靴子,戴上帽子。用不着商量,她们就都站在了门口的台阶上:凯瑟琳和贝丝,伊兹和布雷迪太太。然后,索菲娅迟疑了一下,也从她的书桌后面站起来,伸手去拿包,脸色紧张但义无反顾。其他人都停在那里看着她。然后,艾丽斯,虽然她的心已经跳到了嗓子眼儿，但她还是伸出胳膊，让索菲娅挽住。六个女人形成一个团结一致的团体，走出图书馆，顺着在阳光下闪闪发亮的道路，安静地走向监狱。她们表情严肃，步伐坚定。

她们一到那里，人群就退散开来，部分是因为布雷迪太太叉着腰，虎着脸，气势逼人；另一个原因是她们中间居然还有一个黑皮肤的女人，而且她挽着本内特·范克利夫的妻子和布莱家的寡妇。

布雷迪太太走向人群，径直挤了进去，走到底，背对着监狱站着，转过身来面对着他们。"你们不为自己感到羞耻吗？"她对那些人怒吼道，"你们到底是些什么人啊！"

"她是谋杀犯！"

"在这个国家，我们相信无罪推定，没证据，就无罪。法律并没给你正当的理由，所以，停止你们那些恶心的喊话和口号，不许再骚扰这个姑娘！"

她指着那个留八字胡的男人。"你来我们镇到底想干什么？我敢发誓，你们中有些人跑来就是为了闹事。你绝对不是贝利维尔人。"

"我是克莱姆的远房表弟，我和其他人一样有权利在这里。我关心我的表哥。"

"关心个屁。"布雷迪太太说，"他女儿饿肚子，满头都是虱子的时候你在哪里？她们从别人家花园里偷东西吃，因为他喝醉酒，饭都不给她们吃的时候，你又在哪里，说啊？你对那个家庭根本没有真正的感情。"

"你只不过是为了你自己的人说话罢了。我们都知道那些图书管理员想干些什么坏事。"

"你什么都不知道！"布雷迪太太反驳道，"你，亨利·波蒂厄斯，啊呀，我以为你年纪不小了，该懂事了。至于这个笨……"她指着范克利夫，"我真心实意地相信，我的邻居们是明白事理的，不会相信这个把自己的全部财富建立在灾难和毁坏之上的人，他牺牲我们的小镇，换取他的私利。你们中的多少人因为他的泥浆大坝而房屋被毁？有多少人接到了奥黑尔小姐的警告，鼓励你们自救？然而，你们听信了没有事实根据的谣言，来咒骂一个无辜的女人。真正的罪犯就站在你们面前，你们却看不见！"

"帕特里夏，你这是诽谤！"

"你告我呀，杰弗里。"

范克利夫气得脸色红里透紫。"我警告过你们了！她会给我们带来邪恶的影响！"

"你就是这里唯一的邪恶的影响！你知道为什么你的儿媳宁愿住在牛圈里也不愿在你家多待一晚吗？什么样的男人会打自己儿媳妇？你竟然还站在这里装得好像一个道德仲裁者。天啊，我们这个镇上对男人和女人的行为的评判标准真令人震惊。"

人群开始低声议论。

"什么样的女人才会无缘无故地杀死一个正派的男人？"

"你才不是在为麦卡洛讨公道，你知道的。你这样做是为了对那个揭露你真面目的女人进行报复！"

"看见了没有，女士们，先生们？这就是那个所谓的图书馆的真面目。那里的女性用语粗暴无礼，行为举止不成体统。你们认为布雷迪太太这样讲话合适吗？"

人群向前扑去，却突然被两声枪响阻止了。有人吓得尖叫了一声。人们猫下腰去，紧张地四处张望。阿彻警长出现在监狱后门门口，他将人群环视一圈。"好了。我是一个有耐心的人，但我不想听到任何人再多啰唆一个字。法庭将在明天对这个案件做出判决，执行后续合法的程序。你们谁再敢乱来，就进去和奥黑尔小姐做伴吧。包括你，杰弗里，还有你，帕特里夏。不听招呼，我也把你们关进去，听明白了吗？"

"我们有言论自由的权利！"一个男人喊道。

"你有。我也有权保证你能从我的地下牢房里自由地发表你的言论。"

人群再次沸腾起来，恶言恶语地叫骂，不堪入耳。艾丽斯环视四周，她才笑着挥手道过早安的人，现在却满脸仇恨，他们的恶意让她感到刺骨的寒冷，把她气得浑身发抖。他们怎么可以这样背叛玛格丽？恐惧感阵阵袭来，她胸口发闷，那些抗议的人气焰嚣张，使空气中充满了威胁的气味。然后，她感到凯瑟琳用手肘推了推她，又看见伊兹向前走了一步。人群推搡着，喊着口号，叫骂着把她围住。她一瘸一拐地挤出去，到了最前面，拄着拐杖，在牢房窗下站稳了。在所有人的注视下，在五个人的观众面前都怯场的伊兹·布雷迪，现在面对着涌动的人群，扫视一圈，做了一个深呼吸。然后，她开始唱歌。

夕阳西沉,求主与我同住;
暮色渐深,求主与我同住。

她顿了顿,深吸一口气,眨着眼,深情地望向四周。

求助无门,并无一友慰心怀,
惟主可靠,求主与我同住。

人们安静下来,一开始不知道发生了什么,站在后面的人踮起脚尖,伸着脖子去看。有人发出嘘声,立刻被另一个人骂了。伊兹站在那里,双手相扣,放在胸前,微微有些颤抖。她继续歌唱,声音越来越大,越来越有力。

渺小浮生,如潮退去其速,
欢娱美景,转眼虚华即过;
世事无常,花谢草枯留不住;
惟主永存,求主与我同住。

布雷迪太太把腰一挺,向前两三步,推开人群,来到自己女儿身边。她背靠着监狱高墙,一身正气地昂着头,和女儿一起唱起了圣诗。紧接着,凯瑟琳和贝丝也加入了合唱;最后,索菲娅和艾丽斯也手挽着手,走到她们身边,昂着头,目光镇定地对着下面的人高声歌唱。有人咒骂她们,她们六个人的声音就更响亮,更坚定无畏,把那些人的声音压过去。

莫带威严,我主王中之王;
但带慈祥,愈疗包容的翅膀,
以泪洗忧,倾听万千求诉——

罪人之友，恳求与我同住。

她们一直唱到人群安静下来。阿彻警长在一旁看着。她们肩并肩地唱，伸出邀请的双手，心狂跳，但声音一点儿也不发颤。几个本镇的人走上前来，加入了她们的行列——贝德克尔太太、饲料店那位善良的先生、吉姆·霍纳和他的女儿们，他们的手紧紧地握在一起，把那些仇恨的声音淹没在高声歌唱中，体会着每个字的共鸣与慰藉，为自己注入圣诗中难以言喻的魔力。

数英尺之外，就在那面墙的另一边，玛格丽·奥黑尔一动不动地躺在铺位上，潮湿的头发打着卷儿贴在脸上，皮肤苍白、发红。她已经那样躺了将近四天，她的胸很疼，臂弯里空荡荡的，仿佛身上一个必不可少的部位被人硬生生地扯掉了，让她整个人都垮掉了。她何必再站起来呢？还有什么可希望的吗？她闭着眼，粗麻布的衣服贴在皮肤上，这么一动不动地躺着，安静得有些不正常。她依稀听见外面人群凶恶的骂声。此前有人从窗外扔进来一块石头，打中了她的腿，留下一条长长的擦伤，流出来的血现在已经变成黑色。

我临终闭目时，求将十字架显现，

驱散黑暗，指引天路之家。

她听到一种熟悉又陌生的声音。她睁开眼睛，眨着眼睛仔细听，然后慢慢地反应过来这是伊兹的声音。在高高的窗外回荡的是她那令人难忘的甜美的歌声，离她那么近，仿佛伸手就能触到。歌里唱的是善良和仁慈，是关于牢房之外的一个世界，那个世界有无边无际的天空，歌声能不受阻挡地响彻云霄。她用手肘撑起身子，倾听着。然后又一个声音加入进来，那个声音深沉嘹亮，紧接着，她坐起来，听见了另外几个声音，她听得出来，那几个人是凯瑟琳、索菲娅、贝丝和艾丽斯。

天堂破晓，人世俗影退散。

不论生死，求主与我同住。

她听到她们的声音，才意识到她们在为自己歌唱。圣歌快结束时，她听到艾丽斯的呼喊，她的声音依然清脆纯净。

"你要坚强，玛格丽！我们和你在一起！我们就在这里和你在一起！"

玛格丽·奥黑尔用手捂着脸，扑在膝盖上，终于抽泣起来。

第二十四章
审判

我爱我自己想象出来的某些东西,某些像现在的媚兰一样毫无生气的东西。我做了一套漂亮的衣服,而且爱上了它。当希礼骑着马走过来,这么英俊、这么与众不同时,我就把那套衣服罩在他的身上,让他穿上,不管这对于他合适不合适,而我还不愿看清楚他的真面目。我一直爱的是那套衣服——根本不是爱他。

玛格丽特·米切尔,《飘》

大家一致同意,在审判那一天,肯塔基州贝利维尔镇公共事业振兴署的马背图书馆关门一天,除此之外,还有邮局、五旬节教堂、圣公会教堂、第一长老会教堂和浸信会教堂,杂货店只在早上7点开了一个小时,为了接待大批来到贝利维尔的外地人,午餐时间又开了一个小时。法院外面的路上横七竖八地停满了陌生的车辆，附近的草地上零零散散地停了几辆旅游拖车。在黎明的微光下，穿着时髦西装，戴软毡帽的男人拿着笔记本走在大街上询问所有和图书管理员玛格丽·奥黑尔谋杀案相关的背景和故事，索要相关照片。

这些人来图书馆的时候，布雷迪太太冲着他们挥扫帚，告诉他们谁敢未经邀请闯入图书馆，她就把谁的脑袋砍下来，他们可以把这句话印在他们该死的报纸上。她好像不在意诺夫希尔太太会怎么想了。

每个路口都站了两个在聊天的州警察，法院周围摆起来许多小吃摊，还有一个耍蛇的请大家走近一些试试胆量，下等小酒馆则提供特别优惠，每天开庭结束后，啤酒买两桶送一桶。

布雷迪太太认为今天没必要让姑娘们去送书，路上太堵了，她们的心思也不在工作上，都想去法院支持玛格丽。而且，离7点还有好一会儿，想进旁听席的人就排起了队。艾丽斯站在最前面。她在等待时，凯瑟琳也来了，然后是其他人。她们身后迅速排起了长队，有提着午餐桶的邻居，一脸忧郁的借书者，还有她不认识的人，那些人觉得好玩，嘻嘻哈哈地聊着天，打闹着。她真想骂他们：别来凑热闹！玛格丽是无辜的！她根本就不应该在这里！

范克利夫也来了。他把车停进了警长的停车位，大概想让大家看看他只手遮天的本事。他没和艾丽斯打招呼，趾高气扬地走进法庭，反正他的位子是早就订好了的。她没看见本内特，也许他在公司上班。他一向都很低调，和他爸爸不一样。

艾丽斯静静地排着队，她嘴巴发干，紧张得胃里都缩紧了，就好像受审的是她，不是玛格丽。她猜其他人也和她有同样的感觉。大家互相之间没怎么说话，只是点点头，简单但有力地握握手。

到了8点半，门开了，人群一拥而入。索菲娅和其他黑人在最后面坐下了，艾丽斯向她点点头。她不能和她们坐在一起，让人感觉这样做不对，但这只是这个不正常的世界中的一个例子罢了。

艾丽斯坐在旁听席靠前的木条凳上，左右都是自己的其他朋友。她不知道这几天她们要怎么熬过去。

陪审团上来了——全是男人，从衣着来看大多是种烟草的农民，艾丽斯心想，这些人不大会同情一个说话不客气，还未婚生子的女人。书记员宣布，午饭时间和下午休庭时，女人可以比男人提前几分钟离开，好回去做饭。这话让贝丝听了直翻白眼儿。然后，艾丽斯戴着手铐被带上了被告席，就好像她对在场的人是一个威胁。她一出现，旁听席间立刻响起惊呼和低声的讨论。她脸色苍白，很安静，显然对周遭漠不关心，也不去看艾丽斯。她头发没洗过，长长地披着，整个人看上去无比疲倦，眼睛下面是深灰色的眼圈。她下意识地环抱着手臂，保持着抱弗吉尼亚时的姿势。她蓬头垢面，麻木冷漠。

艾丽斯灰心地想到，她这样子，就像一个罪犯。

弗雷德说过，为了不引人注目，他会坐在艾丽斯后面一排。艾丽斯这时痛苦地转过去看他。他抿抿嘴，好像在说他明白，但你又能怎么办呢?

法官阿瑟·D. 阿瑟斯也来了。他若有所思地嚼着一团烟草,所有人在书记员的指挥下站了起来。他坐下后,玛格丽被要求确认她是住在汤普森山口,老木屋的玛格丽·奥黑尔,然后书记员宣读了对她的指控。她认不认罪?

玛格丽似乎摇晃了一下,眼睛向旁听席瞄了一眼。

"我不认罪。"她小声地说道。法庭右手边传来一阵大声的嘲笑,法官立刻重重地敲着法槌制止。我不允许,再说一遍,不允许任何人违反法庭秩序,没有我的批准,连抽鼻子都不可以,我的话,大家听懂了吗?

尽管带着一种被镇压后的不服气,旁听席还是安静了下来。玛格丽抬起头来看着法官,过了一会儿,法官向她点头示意可以坐下了。从这时起直到得到允许离开法庭,她就再也没有更多的动作了。

那个早晨在法律的繁文缛节中过得非常缓慢,女人们扇着风,小孩在座位上扭来扭去。公诉律师一条条列出对玛格丽·奥黑尔的指控,他用一种鼻音很重的,卖弄式般的腔调宣布,大家都很清楚,在大家面前的,是一个在道德败坏的环境中长大,伤风败俗,没有信仰的女人。即使她那份摆在明面上的工作,那个所谓的马背图书馆,经证实也只是为了给一些歪门邪道的勾当作幌子,州检察官将通过证人证明有人因为她不道德的行为受到不良影响。被告在一天下午与自己已故父亲的死敌——克莱姆·麦卡洛先生在阿诺特山脊相遇时，其长期性格和行为的缺陷终于爆发。克莱姆·麦卡洛先生当时已酒醉且孤身一人，她便借此时机终结了两家世代的血仇。

这还没完，公诉律师越讲越得意，而此时来自列克星敦和路易斯维尔的记者都在拼命地往小记事本上又写又画，一听到新的信息就热切地抬起头来，还得护着自己的本子不被同行抄了去。当律师说到"道德败坏"的时候，贝丝大喊了一声"扯淡！"被她坐在后面的爸爸打了一下，法官也严厉地批评了她，说如果在之后的审判过程中她再多说一个字，就把她扔出去。她把手交叉抱在胸前听完了陈述的其余部分，艾丽斯不禁为控方律师的轮胎感到担忧。

"看着吧，那些记者肯定会把这件事写成'为报宿仇，血染山岭'之类的鬼话。"坐在她后面的布雷迪太太咕哝道。"他们老是这样，搞得我们就像一群野蛮人一样。报纸上不会有一个字提到图书馆，或者玛格丽为大家做的好事。"

凯瑟琳静静地坐在艾丽斯身边，伊兹坐在另一边。她们认真地听着，表情严肃又冷静。律师讲完后，她们对视了一眼，表明她们现在知道玛格丽要面对的将是什么了。除了世仇以外，法庭上描述的这个玛格丽狡诈多端，心狠手辣，如果她们不认识她，可能都不敢坐在离她只有几英尺远的地方。

玛格丽大概也明白了。她看起来已经心灰意冷，仿佛塑造了玛格丽的那些勇敢无畏的特质已经被抽走了，剩下的只是一个空壳。

艾丽斯第一百次希望斯文没有缺席今天的审判。虽然玛格丽不许他来，但如果他在，她还是可以从他身上得到一些安慰。艾丽斯无法停止想象坐在被告席上,看着自己珍惜、爱护的一切被毁掉是什么感觉。她痛心地想到,最爱独来独往,孑然于世的玛格丽,一个就和一头骡子、一棵树或一只红头秃鹫一样属于大自然的人,马上就要含冤入狱,在窄小、黑暗的牢房里待十年、二十年,甚至余生了。

结果她不得不站起来,从旁听席中挤出去,因为她知道自己可能害怕得吐出来。

"你没事吧?"她往泥地上干呕了些唾沫的时候,凯瑟琳跟过来问道。

"对不起。"她直起身来,"我不知道我是怎么了。"

凯瑟琳递给她一块手帕,她擦了擦嘴。

"伊兹帮我们看着座位。但我们最好不要耽搁太久。已经有人在瞪我们了。"

"我只是……我受不了了,凯瑟琳。看着那样的她,看着那样的小镇居民。就好像他们成心要找哪怕最站不住脚的借口来诋毁她。证据应该是和案件有关的,但现在的证据好像都是为了证明她的行为不符合他们的要求。"

"太丑陋了,这是肯定的。"

艾丽斯停了一会儿。"你刚刚说什么?"

凯瑟琳皱着眉头。

"我说太丑陋了,整个小镇都在反对她。"凯瑟琳看着她,"怎么了?……我说了什么?"

丑陋。艾丽斯踢着地上的一块石头，用脚尖去挖，直到把石头从土里踢了出去。不管什么样的困境，都有解决的方法。那方法可能很丑陋，可能会让你觉得两脚踩空，天旋地转。她抬起头来，表情变轻松了。"没什么，我只是想起来玛格丽告诉过我的一句话。只是……"她摇摇头，"没什么。"

凯瑟琳伸出胳膊，挽着她走了回去。

上面是律师在进行冗长的辩论，下面就渐渐变成了午饭时间的庭间休息。几个女人离开法庭，不知道要做点儿什么，最后一群人慢慢地走回图书馆，弗雷德和布雷迪太太走在最后面热烈地谈着什么。

"你知道，下午你不是非去不可。"伊兹说。她想起艾丽斯在那么多人面前呕吐，仍然感到害怕，"如果你实在无法忍受的话。"

"我只是神经太紧张。"艾丽斯说，"我小时候就这样。我应该吃点儿早餐的。"

她们继续默默地走着。

"如果我们能发言，大概情况就不会那么糟。"伊兹说。

"是的，斯文找的那个挺贵的律师会把事情办好的。"贝丝说。

"肯定的。"艾丽斯说。

但她们中没一个人相信这些话。

审判第二天，情况并没有变得更好。控方拿出了克莱姆·麦卡洛的验尸报告。受害者是一名五十七岁的男子，死因是后脑勺的致命伤，与被钝器击中头部造成的伤害相符。面部也有瘀伤。

"这样的伤，有没有可能是，比如说，被一本沉重的精装书击中而导致的？"

"有这个可能性，是的。"尸检医生说。

"或者因为在酒吧打架？"辩护律师特纳先生暗示道。医生想了一会儿。"对，那也有可能。但他离酒吧有点儿远。"

由于位置偏僻，他们没有对尸体周围的区域进行仔细调查。尸体是警长的两个手下走山间小路运下来的，足足走了几个小时。一场迟来的雪将发现尸体的地方盖住了，但他们拍过现场的照片，上面能看到血迹和可能是蹄印的痕迹。

麦卡洛先生没有马，也没有骡子。

公诉律师开始向证人提问，步步紧逼，让老南希一次又一次确认她的确在一开始的陈述中清楚地表明过她听到玛格丽在山脊上，然后又听到了争吵的声音。

"但我说的不是你现在讲的这样。"她急得用手去抓头发，抗议道。她转过去看着法官，"他们把我的话全改得不像样了。我了解玛格丽，我知道她不会冷血无情地把一个人杀死，就像……我不知道……她根本不可能去烤蛋糕一样。"

这句话在法庭里引起一阵笑声，法官勃然大怒，南希无奈地用手捂住脸，心想——她的猜想可能是对的——这个直白的比喻最后还是加深了人们对玛格丽不循规蹈矩的印象，身为女人却不烤蛋糕，这是违反自然法则的。

公诉律师又引导她谈了一些细节,那条路有多偏远(非常),她多久能在那儿看见外人(几乎见不到),有多少人常往那儿的山上去。(只有玛格丽,还有一个性格古怪的猎人。)

"我没有其他问题了,法官大人。"

"不,我还有一句话要说。"书记员要带她走出证人席的时候,南希说道。她转过去指着被告席。"坐在那里的是一个诚实、善良的姑娘。不管刮风下雨,她都给我们,我和我那个从1933年就没下过床的姐姐送书。你们这些所谓的基督徒在审判她时候,也应该好好想一想,你们为自己的乡亲付出过多少。你们自以为高人一等,但谁都没有高尚到找不出错处!她是一个好姑娘,你们这样对她真是大错特错!噢,对了,法官先生?我姐姐也有一句话想对您说。"

"证人的姐姐就是菲莉丝·斯通。她已经下不了床,更不能下山。"书记员对法官耳语道。

阿瑟法官往椅背上一靠,好像还难以察觉地翻了翻白眼儿。

"说吧,斯通太太。"

"她让我告诉您……'你们都该下地狱。这下谁来给我们送麦克·麦圭尔的书啊?'"她大声地说。然后她点点头。"是的,你们都该下地狱。就这些。"

法官又开始砸法槌,坐在艾丽斯两旁的贝丝和凯瑟琳都轻轻地笑出了声。

尽管得到了这小小的鼓舞，图书管理员们那天晚上还是无声地走出了法院，脸都拉得长长的，仿佛结局已定，最后的判决只是一个形式。艾丽斯和弗雷德并排走在最后面，手肘偶尔碰到一下，两人都在沉思。

"也许等特纳先生提问的时候情况就能好一些。"当他们走到图书馆时，弗雷德说。

"也许。"

别人都进去了，他站在门口。"你想吃点儿什么再回去吗？"

艾丽斯回头看了一眼还在继续从法院楼上走下来的人群，突然产生一股反叛的情绪。为什么她不能在自己选择的地方吃东西？发生了那么多事，这样的行为能算得上多大的罪行？"那就太好了，弗雷德，谢谢你。"

她在弗雷德身边一起走到他的房前，挺直了腰，不去惧怕任何人的指指点点。他们在厨房里很有默契地忙活了一阵子，就好像真正的一家人一样，但家庭生活是一个他们两人都无从评论的话题。

他们没有谈起玛格丽、斯文，或者那个孩子，尽管这三个好人时时刻刻都在他们心中。他们也没提起艾丽斯已经把自从她来到肯塔基之后拥有的所有家当都处理掉了，现在只剩一个小箱子，放在玛格丽的木屋里，上面整整齐齐地贴了标签，等待被运回家。他们只评论了一下晚饭很美味，今年苹果收成喜人，他新买的一匹马脾气多变，还有弗雷德读过的一本叫作《人鼠之间》的书，过后他很后悔看了这本书，尽管作者文笔很好，但故事太让人郁闷了。两个小时后，艾丽斯出发回小木屋，走之前她对弗雷德笑了笑（因为让她对着弗雷德不露出笑容几乎是不可能的），尽管她外表依旧温和，但只走出去几分钟，她便怒从心头起：在这个世界里，她和她爱的人只能坐在一起，而且相处的时间只剩下几天；在这个小镇上，有三个人的生活即将因为一个女人从未犯下的罪行而永远地被毁掉。

这一周在他们起起伏伏的怒火中飞快地过去了。每一天，图书管理员们都坐在旁听席最前面的座位上，每一天都要听各种专家证人详细阐述、梳理案件的细节——那一本《小妇人》上的血与克莱姆·麦卡洛的血相吻合，他面颊和额头上的瘀伤也和这本书击打可能导致的伤痕一致。在这一周里，法庭还让所谓的品格证人进行了发言：一个不高兴地噘着嘴的妻子表示，玛格丽·奥黑尔强迫她阅读一本她和她丈夫只能用"淫秽"来形容的书。而玛格丽刚生下一个非婚生子，且没为此表现出有一丝的羞愧，也是事实。还有几个年长的男性，比如亨利·波蒂厄斯，出面证明了奥黑尔和麦卡洛两家素来不和，而且两边都有过打击报复的行为。辩方律师对这些证词进行反驳，提出应进行多方权衡："警长，奥黑尔小姐在三十八年里从未因任何罪行被捕，对不对？"

"对。"警长承认，"但我也要提醒你一下，本地有很多酿私酒的都没蹲过牢房。"

"反对！"

"我只是说，法官大人，一个人没被逮捕过，并不能代表他就像天使一样善良。您知道这些事情是不好说的。"

法官命令把这条陈述从记录中删除。但警长已经如愿地达到了目的,用不挑明的方法无形地损害了玛格丽的名誉。艾丽斯看着陪审员们皱着眉头,在笔记本上记了一笔,还看见坐在长木凳上的范克利夫慢慢地露出了一个满意的笑容。弗雷德发现警长抽的是和范克利夫同样牌子的高档雪茄,大老远从法国进口的。

怎么会有这样的巧合?

到了周五晚上,图书管理员们就都快一蹶不振了。报纸上一篇接一篇地登出来耸人听闻的报道,法院里的人倒没那么多了,至少现在不用再把一篮篮食物和饮料从二楼吊上去,再送到一楼,但"山区女孩变身嗜血图书管理员"这样的标题还是让人们感到恐惧。周五下午休庭后,要到周一才再次开庭,弗雷德就开车去见斯文,向他汇报情况。斯文把脸埋在手里,整整五分钟没有说话。

这一天,她们走到图书馆,坐着不说话,也都没什么可说的,但谁都不想回家。最后,艾丽斯再也受不了这样的压抑感,宣布她要去商店买些酒。"我觉得我们应该喝点儿。"

"你不怕被人看见吗?"贝丝说,"因为如果你愿意的话,我可以从我爸爸的堂弟伯特那儿搞些私酒来。我知道你不能……"

但艾丽斯已经走到了门口。"管他们说什么。我可能待不到一周就要走了。"她说,"到时候他们怎么说我都行。"

她走在灰扑扑的路上,穿梭在成群的陌生人中间,这些人在法院消遣了一整天，现在兜着圈子往小酒馆和"好又快"走。做买卖的因为生意火爆，对玛格丽的同情也减轻了几分。她低着头飞快地走，摆动着双臂，手肘略往外张，不想和小镇居民们说话，甚至不想搭理他们。尽管她和玛格丽去年给他们送了一年的书，他们却不感恩，还很享受这一周的娱乐的样子。他们也该下地狱。

她挤进商店，猛地停了下来，暗自叹了一口气，因为她看到前面已经排了至少十五个人。她回头瞥了一眼，考虑着有没有必要去酒吧里买一点儿其他的酒。但那里又会有什么样的人群呢？这些天来，她满心愤恨，就像一个随时可能被引爆的炸弹，只要这些傻瓜敢说一句风凉话，她就要……

她发觉有人拍了拍她的肩膀。

"艾丽斯？"

她转过身。是本内特。他站在腌渍食品和罐头旁边，简简单单地只穿着衬衫和做工精良的蓝色长裤，没穿外衣，身上没粘一点儿煤灰。他大概刚下班，但看起来一如既往地英气勃勃，就像从西尔斯百货公司的商品目录里走出来的一样。

"本内特。"她喊道，然后眨眨眼，移开了目光。她发现自己再也不会为他心潮起伏，但也在想这一时的退缩是为什么。她心里已经没有残留的爱意。站在这里的这个男人，她曾经拥抱缠绵，肌肤相亲，吻着他，求他给予肉体的接触，真难以置信。那种奇怪、不对等的亲密关系让现在的她有些难为情。

"我……我听说你要走了。"

她为了让手上有些事干，拿起了一罐番茄。"是的。审判周二结束，我周三就离开。你和你父亲再也不用担心会见到我了。"

本内特往后面瞥了一眼，也许怕有人在看，但这里的顾客全是外地人，没人觉得一男一女在商店一角说几句话有什么值得大惊小怪的。

"艾丽斯……"

"你什么也不用说，本内特，我想我们已经说得够多了。我的父母已经请好了律师……"

他拉了拉她的袖子。"我爸说他们没跟他的女儿谈话。"

她把手抽回去。"啊？什么？"

本内特回头看了看，压低了声音。"我爸说，警长没和麦卡洛的女儿们谈话，她们不开门。她们对警长的人说，对这件事她们没什么要说的，也不愿和任何人谈话。他说她们疯了，她们全家人都是疯子。还说公诉方把握很大，不用她们参与了。"他认真地看着她。

"你为什么要告诉我这些？"

他咬着嘴唇。"我想……我……大概能帮得上你。"

她瞪着他，看着他英俊、略微有些孩子气的脸庞，他婴儿般娇嫩的手和他焦虑的眼神。她瞬间觉得自己的表情缓和了一些。

"我很抱歉。"他小声地说。

"我也很抱歉，本内特。"

他后退了一步，用一只手擦了擦脸。

两人又站了一会儿，原地换了换脚。

"好了。"他终于说,"万一你走之前我们不会再见面……提前祝你一路顺风。"

她点了点头。他往外面走去。刚走到门口时,他提高嗓门,好让她听见:"对了,也许你会想要知道,我在采取措施修复泥浆大坝。做外层加固,修水泥地基,诸如此类,以后再也不会决口了。"

"你爸爸居然能同意?"

"他会同意的。"他微微一笑,让她看到了她曾经认识的那个本内特。

"这真是个好消息,本内特,非常好的消息。"

"是的。"他低下头"总之,总算开了个头。"

说完,她丈夫抬了抬帽子,拉开门,消失在外面闲逛的人群中。

"警长没有和他的女儿谈过吗?为什么?"索菲娅摇摇头,"我搞不懂。"

"我觉得最正常不过了。"坐在房间一角的凯瑟琳说。她正在缝补断了的马镫皮带,咬着牙使劲把一根很粗的针从皮子里穿过去。"他们一路爬上阿诺特山脊,找到很难说话的这一家人。他们认为几个女儿也不知道她们爸爸的踪迹,因为他是一个出名的酒鬼,经常接连几天找不见人。他们敲敲门,里面的人让他们滚,他们就放弃了,下山回来。光这一来一回就要花掉他们一整天的时间。"

"麦卡洛是个日落醉汉,而且心眼也坏。"贝丝说,"大概警长不想把她们逼得太紧,免得她们说出他不想听的话来。他们必须让麦卡洛听着像个好人，才能把玛吉衬得很坏。"

"但我们的律师肯定会去找她们问问题的吧？"

"从列克星敦来的穿西装打领带的律师先生？你以为他会骑骡子花半天的时间到阿诺特山脊找几个愤怒的山里人谈话？"

"我看不出这件事能帮得上我们什么忙。"贝丝说，"如果她们不肯和警长的人说话，基本上也不会和我们谈。"

"其实这就是为什么她们会和我们谈的原因。"凯瑟琳说。

伊兹指着墙说："玛格丽把麦卡洛家列进了我们不可以去的地方。无论如何都不能去。看，那里写着呢。"

"也许她就和那些镇上的人一样。"艾丽斯说，"在这件事上，没了解事实，只听信传说。"

"那几个姑娘快有十年没在镇上出现了。"凯瑟琳喃喃地说，"据说她们的妈妈失踪后，麦卡洛就不准她们离家一步。她们就是那种永远生活在阴影中的人。"

艾丽斯想起玛格丽的话，这几天里，那句话一直在她脑海中挥之不去：不管什么样的困境，都有解决的方法。那方法可能很丑陋，可能会让你觉得两脚踩空，天旋地转。但总有解决的方法。

"我要骑马上山。"艾丽斯说，"试一试也不会吃亏。"

"倒是不会吃亏，大概会送命。"索菲娅说。

"事情都到这个份上了，我们搏一搏，总比干坐着好。"

"你知道那家人的故事吗？你知道他们现在有多恨我们吗？你就那么嫌命长？"

"你告诉我,现在玛格丽还有其他的希望吗?"艾丽斯说。索菲娅冷冷地看了她一眼,但没有回答。"好了。谁有路线图?"索菲娅好半天都坐着没动。最后,她一言不发地拉开抽屉,在分类整理好的文件里把地图翻找出来,递了过去。

"谢谢你,索菲娅。"

"我和你一起去。"贝丝说。

"那么我也要去。"伊兹说。

凯瑟琳去拿帽子。"看来我们要出一趟远门了。明早8点在这里见?"

"7点吧。"贝丝说。

艾丽斯发现自己在很长的时间里第一次露出了笑容。

"但愿上帝保佑你们几个家伙。"索菲娅说着,摇了摇头。

第二十五章

远离人烟的小屋

出发两三个小时后,她们就明白了为什么玛格丽只让自己和查利走这条阿诺特山脊的路。即使在9月初天气较好的时候,这条路也显得又远又艰险,她们要翻越山间巨大的裂缝,走过狭窄、腾空的壁架,还会遇上各种水沟、围栏和倒下的树等障碍,必须下马钻过去或者翻过去。艾丽斯有把握查利知道该怎么走,就把它带来了,事实果然如此。不用指挥,它就欣欣然大步向前,大耳朵前后转动着,在河床边、山脊上顺着自己的印记走,其他马跟在后面。这里的树上没有做记号的切口,也没系红细绳;玛格丽怎么也没想到除了她以外的人会走这条路。艾丽斯时不时地回头看看其他姑娘,希望查利是一个靠得住的向导。

山中空气潮湿,刚变成琥珀色的森林里铺上了厚厚的落叶。她们走在无迹可循的路线上,马蹄声隐没在了树叶里。她们专心观察陌生的地形,都没说话,只在夸奖自己的马儿,或警告前方有障碍物的时候才打破沉默。

她们走到山的上半部的时候,艾丽斯才想起来她们从没一起骑过马,她们的人从没像这次那么齐。然而这完全有可能是她最后一次在高山上骑马。

再过大约一个星期,她就会坐火车去纽约,然后坐上远洋客轮回英国,回到一种截然不同的生活中去。她坐在马鞍上转过身去,看着这一群女人,发现自己爱着她们中的每一个人,离开她们,包括离开弗雷德,都是她迄今为止从来没经历过的揪心的痛。她无法想象在未来的日子里,能在茶会和礼貌的闲聊中再次遇见跟她那么合得来,能跟她那么亲近的女人。

其他图书管理员会慢慢地忘记她,因为她们要忙着工作、照顾家人,应对不断变幻的四季。唉,她们当然会向她保证会写信,但那就不一样了。那时她们已经没了共同的体验,不能感受冷风吹在脸上,不能警告路上有蛇,不能在她们中有人摔倒时表示同情。她会慢慢地变成故事中的附言:**你还记得有段时间那个跟我们一起骑马去送书的英国姑娘吗?本内特·范克利夫的妻子?**

"你觉得我们快到了吗?"凯瑟琳骑马赶上来,到她身边,打断了她的思绪。

艾丽斯让查利停下来,从口袋里拿出地图。"呃……从这上面看,翻过那道山脊就不远了。"她眯着眼睛看那张手绘的地图。"她说那家姐妹住在那边过去四英里的地方,最后的一段路,都是南希自己走过来,因为那里有一座吊桥,所以我觉得麦卡洛家的房子就在……那边的某个地方。"

贝丝吃笑了一声。"你把地图拿颠倒了吧?我敢肯定那座该死的吊桥在另一边。"

艾丽斯气得肚子里发紧。"你知道的话,你干吗不自己先过去,到了以后再来告诉我们?"

"没必要发火。你不是这里人,我只是觉得我……"

"噢,我还不知道吗?就好像去年全镇的人没有每天都提醒我一样。"

"别这么想,艾丽斯。见鬼。我的意思是说,我们中的一些人可能更了解这些山……"

"闭嘴,贝丝。"伊兹也发起火来,"要不是艾丽斯,我们根本就不会迈出这一步。"

"等等。"凯瑟琳说,"看。"

她们猛然看到一缕淡淡的灰烟,怀着一丝歉意悄无声息地升起来。周边大树树顶的叶子掉了,她们才能在铅色的天空中看到这袅袅的青烟。她们在林间空地停下来,终于看清山脊之上颤巍巍地立着一栋小棚屋,屋顶的木瓦缺了好多,院子里又脏又乱。方圆几英里地只有这一栋房子,整个区域透着疏于打理的衰败感,对偶然来访的客人怀有满满的敌意。一条拴着链子的恶犬早发现了林间的她们,发出一连串吠叫给予厉声警告。

"你们觉得他们会对我们开枪吗？"贝丝说着，大声地往地上吐了一口唾沫。

弗雷德要艾丽斯带上他的枪，这会儿这杆枪就挂在她肩上。她不知道让麦卡洛家的人看到她带着枪是好事还是坏事。

"不知道里面有多少人。有人告诉过我大哥，麦卡洛外地的亲戚没人肯走到这里来。"

"是的，布雷迪太太也说了，他们就是来看热闹的。"凯瑟琳眯着眼睛望过去，想看得更清楚一些。

"肯定不是为了分麦卡洛的财产来的，对吧？你妈妈对你到这儿来是怎么看的？"贝丝问伊兹，"我没想到她能同意你来。"

伊兹让派驰过一道小水沟，它轻松跃过，落地时哼了一声。

"伊兹？"

"其实她不知道。"

"伊兹！"坐在马上的艾丽斯转过身来。

"哎，别嚷嚷，艾丽斯，你也知道，她肯定不会让我来的。"伊兹擦了擦她的靴子。

她们都看着那栋房子。艾丽斯打了个寒战。

"要是你出了什么事，你妈妈会把我送上被告席和玛格丽站在一起。伊兹，这样做太不保险了。你早告诉我的话，我是不会让你来的。"艾丽斯摇摇头。

"伊兹，你为什么要来？"贝丝问。

"因为我们是一个团队，我们要团结在一起。"伊兹高昂着头，

"我们是贝利维尔马背图书馆的管理员,我们永远团结在一起。"

贝丝的马向前走了几步,她上来轻轻地拍了拍伊兹的手臂。"说得真好。"

"哎,贝丝·平克,你能不能别说脏话了?"

伊兹一拳打在她背上。两匹马撞在一起的时候,她尖叫起来。

最后是由艾丽斯去打头阵。她们走到那条拴着链子、吼个不停的狗刚好扑不到的地方,艾丽斯下了马,把缰绳递给凯瑟琳。她往门口走了几步,离那条狗远远地,只见它龇着牙,脖颈上的毛一簇簇地竖了起来。她紧张地看看那根链子,希望另一头是牢牢地扣住的。

"有人吗?"

屋子正面的两扇满是灰尘的窗户就像一双眼睛,愣愣地瞪着她们。如果没有那一股烟,她肯定认为家里没人。

艾丽斯又走近一步,提高了嗓门。"麦卡洛小姐?你不认识我,我是镇上马背图书馆的。我知道你们不想和警长的人说话,但如果你们能给我们帮个忙的话,我就太感谢你们了。"

她的声音在山间回荡。房子里没有一点儿动静。

艾丽斯转过身来,一脸疑问地看着其他人。马儿们不耐烦地跺着脚,对着那条吠叫的狗扇鼻孔。

"真的只要一分钟就好!"

狗扭过头去,安静了下来。一时间,山中陷入一片死寂。马不出声，鸟儿也不叫了，万物都静止了。艾丽斯的皮肤上一阵刺痛，仿佛预感到有不好的事情要发生。她想起了那些对麦卡洛尸体的描述，他的眼睛都被鸟啄走了，就在这附近不远的地方躺了几个月。

我不想在这里，她心想。她心底涌上一阵恐惧感，传遍全身，让她脊背发凉。她看看贝丝，贝丝对她点点头，似乎在说，**继续——再来一次。**

"你好？麦卡洛小姐？有人吗？"

还是没动静。

"你好？"

一个声音打破了寂静："你们给我滚，别来烦我们！"

艾丽斯一转身，只见门缝里露出了枪管的两个黑洞。

她咽了一口唾沫，刚想再开口，凯瑟琳快步走上来。她把一只手放在艾丽斯的胳膊上。"韦尔娜？是你吗？不知道你是不是还记得我。我是凯瑟琳·汉尼根，现在姓布莱。我以前和你妹妹岔溪路一起玩过，记得吗？那次采收玉米，我妈妈带着我们用玉米皮做洋娃娃，我记得她还给你做了一个，缠了一条带圆点的丝带。你还记得吗？"

那条狗现在看着凯瑟琳，嘴唇向后翻，露出了尖牙。

"我们不是来给你们找麻烦的。"她说着，掌心向前，抬起了双手，"只是我们的朋友遇上了一个难题，如果你们能给我们一个机会谈上一两分钟，我们会非常感激。"

"我们不想跟任何人说话！"

大家都站在原地。狗停止了嗥叫，鼻子对着门。那两个黑洞一动不动。

"我不去镇上。"里面的声音说,"我……就是不去。我告诉过警长我爸爸是哪天失踪的,就是这样。你们再问别的我们一概不知道。"

凯瑟琳又上前一步。"我们理解,韦尔娜,但我们真的希望能有几分钟的时间和你聊聊。我们只想帮助我们的朋友。求求你了。"

里面是一阵漫长的沉默。

"她出了什么事?"

她们互相对视了一眼。

"你不知道吗?"凯瑟琳问。

"警长只告诉我,他们找到了我爸的尸体,还找到了凶手。"

艾丽斯开口了:"基本上就是这样。不过,韦尔娜小姐,受审的是我们的朋友,而我们愿意以《圣经》发誓,她不是杀人犯。"

"韦尔娜小姐,你应该知道玛格丽·奥黑尔。你早就听说过她爸爸的名字。"凯瑟琳的声音变低了,就像她们在闲聊。"但她是一个好人,只是比较……有个性,但绝对不是一个冷血的谋杀犯。就因为各种谣言和恶意的揣测,她的孩子可能失去自己的母亲。"

"玛格丽·奥黑尔生孩子了?"枪管放低了一英寸,"她嫁给了谁?"

她们尴尬地交换了一下眼色。

"呃,确切地说,她还没结婚。"

"但这并不重要。"伊兹着急地说,"这并不能说明她不是一个好人。"

贝丝把马牵过去,到离房子很近的地方,把马鞍包举起来。"你想借几本书吗,麦卡洛小姐?给你和你妹妹看的书?我们有食谱、故事书,许许多多的种类。山上的好几家人都很喜欢这些书。不用给钱,我们随时可以给你带新书过来。"

凯瑟琳对着贝丝摇摇头,做出了"我觉得她不识字"的嘴型。

艾丽斯急了,把话头抢过来:"麦卡洛小姐,关于你父亲的事,我们真的、真的很抱歉。你一定非常爱他。我们也非常抱歉为这件事来麻烦你。我们只想帮助我们的朋友,否则也不会到这里来……"

"我不关心。"那个姑娘说。

艾丽斯把没说完的话咽了下去,她灰心地垂下了肩膀。贝丝也吓得闭上了嘴。

"我理解,你对玛格丽怀有仇恨,这是很自然的。但我恳求你听我们……"

"不是她。"韦尔娜的声音变得冷酷起来,"我不关心我爸爸怎么死的、是谁杀的。"

几个女人你看看我,我看看你,都觉得莫名其妙。枪管慢慢地又放下去一英寸,然后消失了。

"你就是那个把辫子别在头顶的凯瑟琳吗?"

"就是我。"

"你从贝利维尔一路骑马来的?"

"是的,女士。"凯瑟琳说。

那边顿了顿。

"行,进来吧。"

图书管理员们看着那扇粗糙的木门拉开了一条缝,过了一会儿,随着铰链嘎吱作响,又拉开了一点儿。就这样,在阴暗的屋子里,她们第一次看到了二十岁的韦尔娜·麦卡洛。她穿着褪色的蓝色连衣裙,口袋上有补丁,头发上扎了一块手帕,她身后在动的黑影是她的妹妹。

在一阵短暂的沉默后,她们才看清眼前的这副景象。

"唉,天哪。"伊兹小声地说。

第二十六章

孤女的证词

星期一早上,艾丽斯第一个赶到法庭外排队。她几乎整晚没睡,眼睛又酸又涩。这天早些时候,她拿了刚烤好的玉米面包送到监狱。但杜勒斯警官瞥了一眼装着面包的铁皮盒,用抱歉的语气跟她说,玛格丽不吃东西。"她周末一丁点儿东西都没吃。"他看上去一副忧心忡忡的样子。

"还是拿去吧,万一之后她想吃点儿。"

"昨天你没来。"杜勒斯警官说。

"我太忙了。"

她生硬的回答让他有点儿不高兴。但他觉得这星期城里的事情已经够乱了,也就没再问什么,转身朝下面的牢房走去。

艾丽斯在旁听席前排坐下,朝人群望去。她没看见凯瑟琳,也没看见弗雷德。伊兹轻轻地在她身边坐下。接着贝丝也来了——她抽完手上的烟蒂，用脚把它踩灭。

"有什么消息吗？"

"还没有。"艾丽斯说。

艾丽斯突然一惊，她看见了斯文。他坐在她后面的座位上，同她隔着两排。他脸色惨淡，黑眼圈很重，好像一连几个星期都没睡觉。他双手放在膝盖上，眼睛呆呆地望着前方。他沉重的神色让人觉得他似乎在极力克制着什么。他的样子让艾丽斯感到很难过。伊兹把手伸过来握她的手时，她吓得缩了缩身子。然后她也握了握伊兹的手，竭力保持着镇定。

片刻之后，玛格丽就被带进了法庭。她脑袋低垂，步履沉重。她站在那里，表情让人难以捉摸，甚至都懒得再去看任何人。"玛格丽，我们在这儿呢。"艾丽斯听到身边的贝丝喃喃地说。

法官阿瑟走进法庭。全体起立。

"玛格丽·奥黑尔小姐误打误撞被当成了嫌疑人，可以说，她只是在错误的时间出现在了错误的地点。只有上帝知道当时山顶上究竟发生了什么，但一本在半个李县都传阅遍了的图书馆书籍，被摆在长眠了六个月的尸体上，单凭这个就怀疑奥尔黑小姐，这样的证据显然太单薄了。"辩护律师说着，法庭的后门突然打开了，他抬起头来，大家也都回头去看，只见凯瑟琳·布莱大步走了进来。她满脸是汗，跑得有点儿上气不接下气。

"请让一让,对不起,请让一让。"她跑到法庭前面,弯下腰跟特纳先生说了几句话。特纳先生朝身后看了看,站起身来,一只手放在领带上。法庭里的人都在惊讶地窃窃私语。

"法官大人,我们有位证人希望能出庭作证。"特纳先生说。

"证人能等一等吗?"

"法官大人,这位证人的证词对本案至关重要。"

法官叹了口气。"律师们,请到前面来。"

两位律师走到法庭前面。他们一个着急,一个恼怒,声音一个比一个高,因此他们说了什么,整个法庭里的人基本听得一清二楚。

"是那个女儿。"特纳先生说。

"什么女儿?"法官问道。

"麦卡洛的女儿,叫韦尔娜。"

公诉律师朝身后瞥了一眼,摇了摇头。"法官大人,我们对这么一位证人的存在毫不知情,审判已经进行到了这个阶段,我强烈抗议……"

法官仔细地考虑了一会儿。"警长有没有去阿诺特山脊询问过那个女孩?"

公诉律师结结巴巴地说:"呃,去……去过,但她不肯下山。据跟她家周围的人说,她已经几年没出过家门。"

法官把身子往椅背上一靠,说:"那我认为,她作为受害者的女儿,很可能是受害者生前见到的最后一个人。既然她现在愿意进城,到这里回答关于受害者生前最后的日子的问题,也许她的证词对本案的审判很重要。你同意吗,霍华德先生?"

公诉律师再次朝身后瞥了一眼。范克利夫坐在座位上,急得身子往前探,紧紧地抿着嘴巴。

"我同意,法官大人。"

"好,请证人出庭。"他摆了摆手指。

凯瑟琳和律师低声谈了几句,然后她往法庭后面跑。

"准备好就开始,特纳先生。"

"是,法官大人。辩方请克莱姆·麦卡洛的女儿韦尔娜·麦卡洛出庭。麦卡洛小姐,请站到证人席上,非常感谢。"

人群中响起一阵好奇的低语声。旁听席上的人在座位上前后转来转去。法庭后门打开了,凯瑟琳用胳臂挽着一个年轻姑娘走了进来,那姑娘略慢她半步。在法庭上所有人默默的注视下,麦卡洛小姐慢慢地往法庭前面走,她小心翼翼,每一步显然都迈得很费劲。她一只手扶着腰,挺着一个圆滚滚的大肚子。

人们惊讶地低声交谈,忽然,大家都明白了什么,发出阵阵惊呼。

"你住在阿诺特山脊吗?"

韦尔娜的头发用一根发卡别在脑后,这时她用手去弄发卡,就好像没别好似的。她开口时,声音很小,很沙哑。"是的,先生。还有我妹妹。此前还有我们的父亲。"

"请大声一点儿。"法官说。

辩方律师继续询问。"只有你们三个住在那里？"

她用手扶住证人席的围挡，往四周环视一圈，仿佛刚刚发觉法庭里有这么多人。她的回答有些含混不清。

"麦卡洛小姐？"

"呃……是的。我八岁的时候，妈妈就走了。从那之后就只有我们三个住在那儿。"

"你妈妈去世了吗？"

"我不知道，先生。有天早上我们醒来，我爸爸说她走了。就是这样。"

"我明白了。所以你不知道她是生是死？"

"哦，我相信她已经死了。因为她老是说，爸爸总有一天会杀了她。"

"反对！"控方律师喊道。

"把刚才的话从记录中删除。应将麦卡洛小姐的母亲标注为下落不明。"

"谢谢你，麦卡洛小姐。你最后一次见到你父亲是什么时候？"

"圣诞节前五天。"

"之后你都没见过他？"

"没有，先生。"

"你去找过他吗？"

"没有，先生。"

"他没有回家过圣诞节，你……不担心吗？"

"这种事对爸爸来说……很常见，大家都知道他爱喝酒。我觉得他是……他以前是警长那儿……的常客。"

警长不情不愿地点了点头。

"先生，能让我坐下吗？我觉得有点儿头晕。"

法官示意书记员给她一把椅子。等椅子放好，她坐下之后，庭审才继续进行。有人给她倒了一杯水。她坐下后，脑袋只从证人席里露出来一点点，旁听席上很多人都倾着身子去看她。

"麦卡洛小姐，所以你父亲在……12月20号那天没回家，你也不觉得这有什么怪异吗？"

"不觉得，先生。"

"他离开家的时候，有没有告诉你去哪儿了？比如酒吧？"

这是韦尔娜第一次犹豫了那么长时间。她瞥了一眼玛格丽。玛格丽只是盯着地板。

"他没有说，先生。他只说……"她咽了一口唾沫，转头望向法官，"他说他要去还图书馆的书。"

旁听席上一片哗然，也许是惊诧，也许是哄笑，又或者两者皆有，很难分得清。被告席上的玛格丽第一次抬起了头。艾丽斯低下头去，看到伊丝紧紧捏着她的手，紧到关节都泛白了。

辩方律师转过身去，面对着陪审团。"麦卡洛小姐，我要确认一下我有没有听错。你说你父亲打算归还一本图书馆的书？"

"是的，律师先生。他当时从公共事业振兴署的马背图书馆借了很多书，他觉得很有意义。他刚刚读完一本好书，说要赶快还给图书馆，让别人也能从那本书中受益。他说这是他作为公民应尽的义务。"

霍华德先生、公诉人和他的副手，三个人的脑袋围在一起，急切地商谈着。霍华德先生举手要求发言，但法官挥了挥手，拒绝了他的请求。"请继续，麦卡洛小姐。"

"我跟妹妹，我们极力劝他不要出门，外面天气不好，冰天雪地的，万一他摔倒了怎么办？但他那天喝了不少酒，我们的话他压根听不进去。他坚持说图书馆的书不能逾期。"

她说着，眨巴着眼睛看着法庭里的人。现在她说话有了底气，语气平缓。

"这么说来，麦卡洛先生是一个人步行冒雪出门的吗？"

"是的，先生。还带着那本图书馆的书。"

"他要走路去贝利维尔吗？"

"是的，律师先生。他那么做太冒失了，我们警告过他的。"

"从那之后，你再也没见过他，也没听到过他的消息，对吗？"

"是的，先生。"

"那么……你没想过去找他吗？"

"我和妹妹，我们俩从不离开我家屋子的，先生。妈妈走了以后，爸爸就不让我们进城了。我们不想违他的意，他脾气不太好。天快黑的时候，我们去院子里走了一圈，大声喊他，我们觉得也许他在附近摔了一跤。但多数情况下，他想回来了自己就会回来。"

"所以你们只是等着他自己回来。"

"是的，先生。他以前就吓唬我们要丢下我们不管。他这次没回来，我们就以为他到底还是抛下我们了。然后到了4月，警长到我们家，告诉我们说他……死了。"

"嗯。麦卡洛小姐。我能再问你一个问题吗？这次你能不畏艰苦，下山出庭作证，非常勇敢，我非常感谢你。我最后的问题就是，你还记得那本让你父亲如此喜欢，必须归还的是什么书吗？"

"是的，先生，我记得非常清楚。"

说到这儿，韦尔娜·麦卡洛用她淡蓝色的眼睛与玛格丽·奥黑尔对视了一下，离她最近的人大概能看到她唇边闪过一丝微微的笑意。"这本书叫作《小妇人》。"

法庭这下炸了锅。法官为了维持秩序敲了六次，然后是八次法槌，才有人注意到，或者说，才听到。嘲笑声、质疑声和斥责声从法庭的不同方向传来。法官把眉头拧成了两股绳，阴沉着脸，十分恼怒。

"肃静！不许你们在我的法庭上撒野！你们听到了吗？谁再吵闹，就处以藐视法庭罪！肃静！"

人们终于安静了下来。法官等他的震慑力发挥了作用，才再次开口。

"律师们，请到法官席前面来。"

这次的低声轻语旁听席是什么也听不到了。人群又开始放肆地悄悄议论，声音越来越大。坐在下面的范克利夫看上去肺都快气炸了。艾丽斯看见他站起来，然后又站起来一次，但都被警长转过身把他按下去了。艾丽斯看见范克利夫指指戳戳，嘴巴里说着什么。凭什么他无权上前跟法官争论？真是不可思议。玛格丽一动不动地坐着，不敢相信眼前的一切。

"继续呀。"贝丝低声喃喃道。她的手紧紧地抓着座位的边沿，关节用力得发白，"快继续，快继续。"

仿佛过了几百年那么长的时间，两位律师终于回到了自己的座位上。法官再次敲响法槌。

"请再让法医上来。"

法医再次登上证人席，人群又开始议论。旁听席上，大家在座位上扭来扭去，互相看着，个个都表情丰富。

辩方律师站了起来。

"塔斯克医生，根据你的专业判断，如果被一本厚重的精装书砸到脸的话，是否能造成本案死者脸部的瘀青？比如说他不小心摔了一跤，朝后跌倒，恰好被书砸到脸上？"他对书记员比了个手势，随后举起一本《小妇人》。"比如跟这本书大小相似的书。拿着，你可以感受一下它的重量。"

法医把书拿在手里掂了掂，想了一下。"啊，是的，我觉得这个解释很合理。"

"法官大人，我没有其他问题了。"

法官在做出总结前，又花了两分钟时间和陪审团及律师交谈。他敲了敲法槌，提醒大家保持肃静。然后却双手拄头，把这个姿势保持了足足有一分钟。当他再次抬起头扫视法庭时，眼中满是令人惊异的疲惫之色。

"本法官认为,鉴于本案中出现了新的证据,应采纳辩方律师的意见,即不再将本案视作谋杀案。所有的证据都清楚表明,这只是……一起不幸的意外事故。一个行好事的好人由于,呃,当时的特定客观条件,导致不幸身亡。"

他深吸了一口气,把两只手并在一起。

"考虑到本案中的证据多数为间接证据,且主要证据是一本书;而证人又对这本书的来龙去脉做出了清晰、笃定的证词,本法官决定,不再将本案视作命案,而是意外死亡。麦卡洛小姐,你尽到了你的……公民义务,谢谢你的付出。对于你父亲的不幸遭遇,在此我再次向你表达我衷心的慰问。奥黑尔小姐,你可以离开法院。书记员,请将她释放。"

此时,人群彻底沸腾了。艾丽斯发现自己突然被别的女人团团围住。她们欢呼雀跃,眼中流下了泪水。她们手臂挽着手臂,身子贴着身子,一群人紧紧相拥。斯文用手一撑,跳过了旁听席的围栏,跑到了玛格丽身旁。看守正在打开玛格丽的手铐,由于情绪过于激动,她竟慢慢地倒了下去,被斯文一把抱住。杜勒斯警官帮他们挡着,他半搀半拖地把玛格丽从法庭后门带了出去。大家还没明白过来是怎么回事,只听得范克利夫在人群里叫嚷:这是歪曲法律!这绝对是对正义的嘲弄!有些耳朵特别灵的人还听到了布雷迪太太回骂过去:"闭上你的猪嘴吧,你这个老浑蛋!"

索菲娅原本坐在旁听席中的有色人种区。在一团混乱之中,没有人注意到她悄悄离开,胳膊底下紧紧夹着她的包,迈着轻快的步子,朝不远处的图书馆走去,越走越快。

韦尔娜·麦卡洛从图书管理员身边走过,挤出法庭,手扶着腰,神色庄重,此时也只有耳朵最尖的人才能听她轻轻地说出:"这事儿总算了结了。"

玛格丽成了大家的焦点,她们把她护送到图书馆,把两道门都锁上了。她们知道,肯塔基发行量最大的报纸,还有半个镇子的人,现在都想找她说话。去图书馆的路上,玛格丽一句话也没说。她走得很慢,异常地虚弱,仿佛得了一场大病。但她把弗雷德从家里带来的豆子汤喝掉了一半,一边喝,一边怔怔地盯着这汤,似乎这是她周围唯一真实的东西。她们围在她身边,叽叽喳喳地议论判决如何令人震惊,范克利夫如何气得干瞪眼,以及年轻的韦尔娜果然守信。

韦尔娜头天晚上睡在凯瑟琳家的小屋里。她是侧骑着凯瑟琳家的马,帕奇,由凯瑟琳一路牵着回去的。一想到要站在小镇居民面前作证,韦尔娜就紧张得不得了。凯瑟琳不禁担心自己一觉醒来,韦尔娜已经走了。直到那天上午弗雷德开着卡车过来,准备把她们送到法院时,凯瑟琳的心里才有了底。但韦尔娜是如此古怪又不可捉摸,谁知道她上了法庭会说些什么。

玛格丽茫然地听着,这一切似乎都发生在离她很远的地方。她面无表情,神情恍惚,仿佛在几乎死寂的牢里被囚禁了几个月后,一点噪声都让她无法忍受。

艾丽斯想给她一个拥抱,但玛格丽的神态中有些东西让她退缩了。她们谁也不知道该对玛格丽说点儿什么,现在的她就好像一个陌生人。她想再喝点儿水吗?她想要什么东西吗?只要说就是了。

她们在图书馆待了差不多一个小时后,突然响起急促的敲门声。弗雷德听到门后传来一个低沉而熟悉的声音,他走过去打开了锁,先把门拉开一条缝,然后不知看到了什么,他开心地笑了。他退后一步,斯文两三步便走了进来,怀里抱着一个婴儿。婴儿穿着淡黄色的裙子和灯笼裤,圆溜溜的眼睛闪闪发亮,小手紧紧地抓着斯文的袖子。

玛格丽抬起了头,缓缓地用手捂住了嘴巴。她眼里充满泪水,慢慢地站起身来。"弗吉尼亚?"她声音颤抖,好像无法相信眼前的景象是真的。斯文走到玛格丽身边,把宝宝交到她手上。玛格丽和宝宝彼此凝视着,小宝宝仔细地看着她的眼睛,仿佛在确定什么东西。就这么对视了一会儿,弗吉尼亚就把小脑袋贴在妈妈的脖颈上,小嘴巴吮着自己的大拇指。玛格丽闭上了眼睛,无声地抽噎着。她的胸脯剧烈地起伏,激动得脸都变形了,仿佛某种剧痛正在从她体内消退。斯文走上前去,用胳膊环住母女二人,低下头,把她们紧紧地抱住。面对这真情流露,弗雷德和图书管理员们不愿打扰,就悄悄地走出了图书馆,朝弗雷德的屋子走去。一路上谁也没说话。

公共事业振兴署贝利维尔马背图书馆的图书管理员是一个团队,是的,一个团队就应该紧密团结在一起。但有些时候,独处才是最合适的。

几天之后,其他图书管理员才发现,原本警长以为已经在"大洪水"中丢失的部分登记簿,又出现在靠门左侧的书架上,整整齐齐地跟别的登记簿叠放在一起。1937年12月15日那一天是这样记录的:阿诺特山脊,C.麦卡洛先生,一本露易莎·梅·奥尔科特精装版《小妇人》(缺一页,封底轻度损坏)。若非观察得非常仔细,否则很难注意到,这两行记录的墨色与其他的略有不同。而也只有非常刻薄的人,才会去猜测为什么这条记录旁边还有一条备注。这条备注只有一个词,墨色与那条记录一样:未归还。

第二十七章

领悟

> 身处此地，整个人都会呼吸顺畅，踌躇满志，身心轻松。每当早晨醒来，你会想：我来了，这里就是我应该生活的地方。
>
> 凯伦·布里克森，《走出非洲》

在不到一天的时间里，贝利维尔就重新冷清了下来，让生意人和酒吧招待大为失望。当头版印着"当庭释放！法官做出惊人判决！"的报纸被人们用来点火或糊在墙上挡风，最后一辆旅游拖车隆隆地驶上了县道，被人戳破了三个轮胎的公诉律师想办法从列克星敦弄来了一套新轮胎以后，贝利维尔立刻恢复了往日的平静。只有从泥地上的车辙和草地边散落的食品包装才能看出这里举行过一场审判。

凯瑟琳、贝丝和伊兹和三匹马花了大半天的时间把韦尔娜送回家，她们轮流下来走路，让韦尔娜骑着健壮的帕奇。临别时，她们告诉韦尔娜的妹妹妮塔，如果韦尔娜生孩子时需要帮忙，就告诉她们一声，她们一定会过来。谁也没问孩子的父亲是谁。回到家门口的时候，韦尔娜又一次陷入了沉默，仿佛与陌生的外部世界打交道让她身心俱疲。

她们都觉得，以后恐怕很难再听到韦尔娜的消息了。

从监狱回到家的头天晚上，在光线暗淡的房间中，玛格丽·奥黑尔和斯文·古斯塔文松面对面地躺在床上。玛格丽刚洗完澡，头发柔软洁净，肚子吃得饱饱的。窗户敞开着，从山岭那边传来猫头鹰和蟋蟀的叫声。听着这些声音，玛格丽觉得血流舒缓顺畅，心跳轻快均匀。他们注视着躺在二人中间的小女儿。她的小胳膊朝后伸着，嘴巴在睡梦中嚅动。斯文把手搭在玛格丽浑圆的臀部上，他的手的重量就和未来无数和今晚一样的夜晚，都让玛格丽感到幸福。

"你知道的，我们仍然可以离开。"他平静地说。

她把小宝宝的棉毯往上拉了拉，盖好她的脖颈。"离开哪儿？"

"离开这里。你说你妈妈警告过你，你也想在其他地方重新开始。我听说加利福尼亚北部有些地方需要农夫和农场主，我觉得你也许会喜欢那儿。我们可以过上好日子。"

玛格丽什么也没说。于是他继续说道："我们也不一定去城里。加州很大，历史又长。加利福尼亚哪儿的人都有，从来不多问谁是哪儿来的。我有个朋友在那里有个哈密瓜农场，他说我们安定下来之前，我可以在他那儿工作。"

玛格丽把滑落在脸上的头发往后捋。"我不想。"

"好吧，我们也可以考虑一下蒙大拿，如果你对那个地方感兴趣的话。"

"斯文，我想留在这儿。"

斯文用胳膊肘支起身子。他借着昏暗的光线仔细地看着玛格丽的脸。"你说过你想让弗吉尼亚拥有自由，过她想过的生活。"

"我的确那么说过。"玛格丽说，"我现在依然会这么说。但我发现，我们真正的朋友都在这儿，他们是我们的后盾。我想过了，只要有这些朋友在，她就不会有事。我们都不会有事。"

见他没说话，玛格丽又说道："你觉得……这样行吗？如果我们……留下？"

"只要有你和弗吉尼亚，在哪儿我都愿意。"

两人很久没说话。

"我爱你，斯文·古斯塔文松。"她说。

他在黑暗中贴近她。"你是不是变成那种多愁善感的女人了，玛吉？"

"这话我不会再说第二遍。"玛格丽说。

他笑着又躺回到长枕垫上。过了一会儿，他伸手去摸玛格丽的手。玛格丽把他的手紧紧握住，他们就这样睡着了。一连睡了好几个小时，直到他们的小宝宝醒过来。

玛格丽回来了，兴奋与喜悦过后，艾丽斯很快就被冰冷、沉重的事实惊醒：现在她再也没有任何理由继续留在这里了。她得立刻离开。事情就是这样。审判结束了，她在肯塔基的日子也结束了。

她和图书管理员们站在一起，目送斯文开车载着玛格丽和弗吉尼亚回老木屋，她知道这意味着什么，她觉得自己仿佛慢慢地化成了石头。在大家准备散去时，她勉强保持微笑，拥抱、亲吻、高声道别，答应她们在"快又好"的庆祝会上见。即使看到贝丝把烟蒂用脚踢到路边，欢快地朝她挥手的样子，她心头也会一阵难过。只有弗雷德了解她的心情，他脸上的表情跟她一样。

"你想喝杯波旁威士忌吗？"他们锁上图书馆的门，慢慢地走回弗雷德的屋子时，弗雷德问道。艾丽斯点点头。她留在镇上的时间只剩几个小时了。

弗雷德在两个平底杯里倒了酒，递给艾丽斯一杯。她在那张坚实的高背长靠椅上坐下，椅子上有缝了纽扣的靠垫，靠背上挂着他母亲做的绗缝被子。外面天色暗了下来，原本温暖宜人的天气，现在却刮起了冷风，还零零星星地飘着小雨，艾丽斯很害怕再次走入雨中。

弗雷德加热了剩下的汤，她发现自己一点儿胃口都没有，还发现自己无话可说。艾丽斯尽量不去看他的手，似乎它们也知道壁炉上的钟在滴滴答答地走着，离别越来越近。他们谈起了审判，尽管用的是轻松的口吻，但艾丽斯很清楚，范克利夫现在一定更加恼羞成怒，一定会想尽办法毁掉图书馆，要不就是让她过得相当悲惨。

另外，不管玛格丽如何邀请，艾丽斯都不能再住在她的小屋里了。大家都明白，斯文和玛格丽现在需要时间独处。那天晚上，当她告诉玛格丽和斯文，伊兹邀请她去家里过夜时，他们也只是客套地挽留了一下。

"火车是几点的？"弗雷德问。

"十点一刻。"

"要我开车送你去车站吗？"

"要是不麻烦的话，那样就太好了，弗雷德。"

他尴尬地点点头，挤出一丝转瞬即逝的笑容。她知道他心里还在难过，每次他伤心，她都能感同身受；她知道，她正是他痛苦的来源。她很清楚他们之间不可能，她怎么能够对他有任何幻想呢？她让两人的感情恣意生长，这已经够自私了。两人沉浸在难以言说的悲哀里，他们的谈话很快就无法继续下去了。艾丽斯轻啜着杯子里的酒，觉得连酒都索然无味，她在一时间不禁怀疑自己是否根本就不该来这儿，也许她应该直接去伊兹家，何必无谓地延长两人的痛苦呢？

"对了，今天我在图书馆又收到一封信。一忙就忘记给你了。"弗雷德从口袋里掏出信，递给艾丽斯。她立刻认出了信封上的字迹，把信扔在了桌子上。

"你不读一下吗？"弗雷德问。

"无非是关于我回去的事情，计划、安排之类的。"

"还是读一下吧。没关系的。"

他去洗盘子的时候，她拆开了信封。她能感觉到他的目光依然在她身上。她扫了一眼信上的内容,随即把信塞回了信封。

"怎么样?"

她抬起头。

"你干吗这副表情?"

艾丽斯叹了一口气。"没什么……就是我妈妈的语气让我受不了。"

他走到桌边坐下,把信从信封里拿出来。

"别……"

但他推开了她的手。"让我看看。"

他开始读那封信。艾丽斯转过脸去,眉头紧皱。

"这是什么?*我们会尽量不去想你如何使家族蒙羞*。这是什么意思?"

"她就是这么说话的。"

"你告诉过他们范克利夫打你吗?"

"没有。"她揉了揉脸,说道,"就算说了,他们也会认为这是我的错。"

"怎么会是你的错呢!一个成年人,为几个洋娃娃打人。我的天,我从来没见过这样的人。"

"也不是全是因为洋娃娃。"

弗雷德抬起头。

"他觉得……我在引诱他儿子堕落。"

"他觉得……什么?"

她后悔不该跟他提起这个。

"说呀,艾丽斯,我们之间没什么不能说的。"

"我不能。"她觉得脸颊有点发烫,"我不能告诉你。"她又喝了一小口酒。她能感觉到他充满疑问地盯着自己。唉,有什么好隐瞒的呢?过了今天,她就再也见不到他了。她终于和盘托出:"我把玛格丽给我的一本书带回家,是讲婚姻生活的。"

弗雷德绷紧了下巴,仿佛他不愿去想艾丽斯跟本内特或任何人之间的亲密关系。他沉默了一会儿才问道:"这有什么值得他介意的?"

"他……他们都……觉得我不该读这种书。"

"也许他觉得,你们还在蜜月期,所以……"

"问题就在这里了,我跟他没什么蜜月。我想知道我们有没有……"

"有没有什么?"

"有没有……"她咽了一口唾沫,"有没有那个……"

"有没有哪个?"

"做……"她小声说。

"做什么?"

她用双手捂住脸,带着哭腔说:"天哪,你非得让我说出来吗?"

"艾丽斯,我只是想知道你究竟要说什么而已。"

"我想确定我们有没有做爱,婚后之爱。"

弗雷德放下了酒杯。在一段漫长的、令人难堪的沉默后,他才问:"你……不知道?"

"不知道。"她垂头丧气地说。

"我的天,我的天。慢着!你不知道你跟本内特有没有……圆房?"

"我不知道。他也不肯谈这事。我没办法弄明白。我从书上读了一些。但说实话,我还是不能确定。书上只是说这事让人飘飘欲仙。后来我就和他吵翻了,更没法聊。到现在我还是不确定。"

弗雷德用手撸了撸后脑勺。"怎么说呢,艾丽斯,我是说……这事挺好判断的。"

"怎么判断?"

"就是……唉,算了。"弗雷德俯身过去说,"你真的觉得你们没有过?"

离别的最后关头,她却让弗雷德留下了这种印象,她苦恼极了。"我觉得没有……老天爷,你觉得我很可笑对不对?我都不敢相信我在跟你说这些。你肯定觉得——"。

弗雷德突然从桌旁站起来。"不,不,艾丽斯。这是好消息!"

她瞪着他。"什么?"

"这太好了!"他一把抓起她的手,在房间里跳起了华尔兹。

"弗雷德,怎么了?你在干什么?"

"拿上你的外套,我们去图书馆。"

五分钟后,他们就到了那间小屋。弗雷德借着两盏油灯的光亮在书架上搜寻，他很快就找到了，是一本厚重的皮面装订书。他让艾丽斯拿着灯，自己迅速翻找。"看到没有？"他指了指书页。"肉体没有结合，婚姻在上帝眼中就是无效的。"

"意思是？"

"意思是你可以宣布婚姻无效，然后想嫁给谁就嫁给谁。范克利夫也不能拿你怎么样。"

她目不转睛地盯着那本书，顺着他指的地方读着书页上的字句。她抬起头看着他，一脸的难以置信。"真的吗？我的婚姻是无效的？"

"是的！等一下，我再找一本法律书确认一下，你就知道了。看！这里也这么说！你可以留下来了，艾丽斯！看到了吗？你哪儿都不用去！看！那个该死的白痴本内特……我简直想亲他一口！"

艾丽斯放下书，直视着他。"我倒宁愿你亲我。"她说。

他照她说的做了。

四十分钟后，二人躺在图书馆的地板上，身下铺着弗雷德的夹克。两个人喘着粗气，都觉得刚才发生的事太不可思议。他转向她，目光搜寻着她的脸，然后他拿起她的手，把它放在自己的唇上。

"弗雷德？"

"怎么了，亲爱的？"

艾丽斯笑了，这是一种悠然、甜美的笑容。当她开口的时候，她听起来幸福得好像吃了蜜。"现在我能确定了，我以前肯定没做过。"

第二十八章
尾声

我们所爱之人简单、散发着迷人色彩的身体会唤起我们的动物本能,我们从他们的身体上,不仅能体验到从未有过的肉体上的欢愉,在人性方面,同情心也会增长,我们的心智将达到孤身一人时绝不可能达到的高度。

玛丽·斯托普斯博士,《婚后之爱》

10月快结束的时候,斯文和玛格丽举行了婚礼。那是一个清新凉爽的日子,山谷中的雾气在黎明时慢慢散开,鸟儿在树枝间叽叽喳喳,高声歌颂着晴空的美好。玛格丽不想结婚,但更不想听索菲娅为这事唠叨一辈子,所以她说,只有他们不告诉别人,斯文也"别太把这当回事",她才肯举行婚礼。

斯文在其他任何事情上都顺着玛格丽的意，这次却把她的要求一口否决。"要结婚，就大大方方地结，当着我们的孩子和所有亲朋好友，还有整个小镇的面。"斯文把双臂抱在胸前说，"这才是我想要的。要么就干脆不结了。"

最终他们在一个小小的圣公会教堂举行了婚礼。教堂在索特利克，那里的牧师对他们有非婚生子不那么计较。参加婚礼的有所有图书管理员、布雷迪夫妇、弗雷德和很多从图书馆借书的家庭。婚礼结束后，他们在弗雷德家办了喜宴，布雷迪太太送给玛格丽一块铺婚床的被子，上面的图案是她的绗缝小组绣的，还有样式一样的小被子，用来铺弗吉尼亚的婴儿床。玛格丽穿了一条看起来不怎么合身的牡蛎白的连衣裙（艾丽斯借给她的，索菲娅为她改宽了裙子的尺寸），表情骄傲得不好意思。尽管穿裙子让她很受罪，她还是忍着，直到第二天才换回了马裤。邻居们带了很多食物过来（来的客人络绎不绝，让玛格丽十分意外）。有人在房子外支起了架子烤猪，斯文兴高采烈地把弗吉尼亚介绍给所有客人。有人拉小提琴，还有人热热闹闹地跳舞。6点钟，黄昏降临的时候，新娘却不见了。艾丽斯找到图书馆去，才看见她一个人坐在那儿的台阶上，凝视着暮色中的群山。

"你还好吗？"艾丽斯说着，在她身旁坐下。

玛格丽没有把头转过来。她抬头盯着树梢，大声地抽了抽鼻子，才把目光转向艾丽斯。

"这么幸福，感觉有点儿怪。"她说。艾丽斯从未见过玛格丽那么激动。

艾丽斯想了想，点点头。"我懂，"她说。她轻轻地推了她的朋友一下，说道，"你会习惯的。"

两个月后，古斯塔文松家养了一条狗（一只眼睛斜视、瘦巴巴的，没人要的小狗，和斯文一开始说的良种猎犬相去甚远，但他呢，当然了，非常喜欢这条小狗），玛格丽回到图书馆工作。弗吉尼亚每周有四天由韦尔娜·麦卡洛照顾。韦尔娜的孩子也出生了，她取名叫彼得。那孩子身体虚弱，脸上长着雀斑。在吉姆·霍纳和其他人的帮助下，斯文和弗雷德在离玛格丽的屋子不远的地方盖起一座小屋。有两个房间、一个烟囱，还建了一个户外工作厕所。麦卡洛姐妹俩满心欢喜地搬了进去。

她们后来回过老屋一次，带回来的只有一麻袋衣服、两个煎锅和一条很凶的狗。"剩下的只有爸爸的臭味。"韦尔娜说。此后她再也没提起过老屋。

韦尔娜逐渐开始每周走路进城一次，主要是用工资买些生活用品，但也会四处转转。人们通常会碰碰帽子向她问好，或者不去打扰她。很快人们对她就见怪不怪了。她的妹妹妮塔还是不怎么愿意出门，但她们对两个小孩非常宠爱，也开始和人交往了。过了一段时间，路过的人（很少）会告诉她们，阿诺特山脊的那间破旧老屋快塌了，最开始是屋顶的木瓦，然后是烟囱。大风把本来就不牢的护墙板吹倒了，露出单薄的房子，窗户也一扇扇地掉了。新树芽和荆棘将它缠住、拖倒，大半个房屋都化为尘土，就像它的前主人一样。

在玛格丽和斯文举行婚礼后一个月，弗雷德·吉斯勒和艾丽斯也结婚了。即使有人注意到两人在合法结婚前经常待在弗雷德的房子里，他们大概也不想多说什么。艾丽斯的第一次婚姻已悄然结束，并未引起什么波澜。弗雷德向范克利夫解释艾丽斯可以离婚的法律依据时，范克利夫有史以来第一次没有叫嚷，反而为了尽快了结束这桩婚事专门请了一位律师。为了保密，没准儿还给了律师一点儿额外的好处。儿子的名字与"离异"一词联系在一起，这成了永远压在他心上的一座大山。谈判之后，他再也没在公开场合提起过图书馆。

根据协议，弗雷德和艾丽斯是先等本内特再婚后，才结的婚。因为小范克利夫对她们的帮助，图书管理员们始终觉得欠他一份人情。本内特举行婚礼那天，伊兹跟她的父母都去了。她说总体上来说，婚礼很风光，新娘佩姬很漂亮，也很心满意足。

艾丽斯根本就没留意这件事。她这些天幸福得不得了，幸福得无法掩饰。每天早上，她不情愿地把自己修长的身子从丈夫身边挪开，喝一杯他坚持煮给她的咖啡，就走路去图书馆，把那儿的火炉点上，等其他人来上班。尽管要早起，清晨还冷得刺骨，但她脸上总是洋溢着笑容。佩姬·范克利夫的朋友讲艾丽斯的坏话，说她开始在图书馆工作后就放弃了自我，头发乱糟糟，穿得像个男人（她刚来的时候多美，穿着打扮多么得体！），诸如此类，弗雷德根本懒得理会——他娶到的是世界上最美丽的女人。每天晚上，工作结束，两人一起收拾好，洗好碗碟后，他必定会向她虔诚地奉献。在安静的夜晚，经常有人走过岔溪路时会听到图书馆背后的小屋里传来急促而欢愉的声音，然后惊讶地摇摇头。不管怎么说，冬天的贝利维尔，太阳落山后本来也没多少事情可做。

索菲娅和威廉搬到了路易斯维尔。索菲娅对她们说，其实她不想离开这里的图书馆。但路易斯维尔免费公共图书馆（有色人种分部）给她提供了一份工作。上次洪水过后，她的小屋也恢复不到从前的样子了，再加上威廉在这里没什么工作机会，他们觉得最好还是搬到城里。另外，城里有很多跟他们一样的人，她指的是专业人士。临别的时候，伊兹哭了，其他人也很难过。但对这样合理的决定也没什么可争执的——跟索菲娅争执更是没有必要。又过了些日子，索菲娅从城里给她们寄来了信，还有一张她升职时拍的照片。她们把那张照片装进相框，挂在墙上她们的集体照旁边，心里才不那么难过了。自从索菲娅走后，书架再也不像过去那么有条理了。

凯瑟琳忠于自己的诺言，一直没有结婚。服丧期过了以后，开始不断有男人找上门来向她示爱。她没时间，她对其他图书管理员说，洗衣打扫、照顾孩子，还要上班，已经够她忙的了。而且，整个肯塔基州都没有谁能比得上加勒特·布莱。但在她们的追问下，她也承认，那天在艾丽斯的婚礼上见到拾掇一新的吉姆·霍纳时，确实有点儿意外。他去理发店里好好地理了发，还穿了一身好西装。没有了乱发的遮挡，他的脸长得还蛮讨人喜欢的，换下那身脏兮兮的连体裤以后，他整体形象也得到了很大提升。她不会再婚了，不，不会了。她依然很坚决。至于几个月后，她和吉姆经常带着各自的孩子在城里逛，春天还一块儿去了本地的博览会，那是因为吉姆的女儿需要女性的熏陶和关爱，如果有人要看不惯，在背后对他们指指点点，那是他们的事儿。贝丝，请你不要再这样看着我，谢谢你。

那次审判过后，贝丝的生活在短期内没多大变化。她依然同她的父亲和兄弟住在一起，经常愤愤地抱怨他们。她在没人看见的地方抽烟，在大家面前喝酒。六个月之后，她突然出人意料地宣布，她把挣来的每一分钱都攒了下来，用这钱买了张远洋邮轮的船票，要去印度次大陆看看。一开始他们觉得是笑话——贝丝有最古怪的幽默感——但她真的从包里掏出船票给大家看。"你从哪儿弄到这么多钱？"伊兹困惑地说，"你跟我说过，你爸爸把你一半的工资都拿去补贴家用了。"

面对这个问题，贝丝一反常态地说不出话来。她含含糊糊地说，这是她业余打工赚来的，而且都是她自己的钱，真不知道为什么这个鬼地方的每个人总要探听别人的事情。贝丝离开一个月后，警长在约翰逊家倒掉的牛棚里发现一个废弃的蒸馏器,周围全是烟头。警方认为这和约翰逊家没有关系。至少,他们对贝丝的父亲是这么说的。

贝丝的第一封信寄自一个叫苏拉特的地方,上面盖了一个大家见过的最漂亮的邮戳。她随信还寄了一张照片。她在照片里穿着一件色彩鲜艳的丝绸长袍,就是纱丽,胳膊下面夹着一只孔雀。凯瑟琳惊呼道,就算哪天贝丝嫁给了印度国王她也不会觉得奇怪,贝丝就是一个会不断给你惊喜的女孩。对此,玛格丽忍着笑说,要是贝丝真能嫁给印度国王,那才叫怪事呢。

伊兹在父亲的许可下录制了一张唱片。不出两年时间,她已经成为肯塔基最受欢迎的流行歌手。她有天籁般的嗓音,演唱时总穿拖地长裙。她录了一首关于一桩山顶谋杀案的歌曲,在三个州风靡一时。她还在诺克斯维尔的音乐厅同特克斯·拉斐特演出了一场二重唱,此后兴奋了整整一周,主要因为唱高音部分时,特克斯牵起了她的手。那场演出的录音冲上了唱片排行榜的第四名,布雷迪太太说,那是她一生最骄傲的时刻。至于第二骄傲的时刻,她私下说,当属审判结束后两个月,她收到莉娜·C.诺夫希尔太太的信的时候。诺夫希尔太太感谢她在艰难时刻为公共事业振兴署贝利维尔马背图书馆付出的非凡努力。信上说:

身为女人,当我们选择走出人们为我们划定的界限时会遭遇诸多挑战。亲爱的布雷迪太太,你用自己的例子证明,你完全能够战胜这些挑战。我期待着有机会能和你当面聊聊这个话题，以及很多别的话题。

诺夫希尔太太目前还没有光临贝利维尔，但布雷迪太太相信，她一定会来的。

图书馆每周开放五天，日常工作主要由艾丽斯和玛格丽负责。这群女图书管理员还是像以往一样，尽其所能地向当地居民提供小说、实用手册、厨艺书籍和杂志借阅服务。当地居民很快就把那次审判忘了，尤其是那些发现自己还是要继续借书的人。贝利维尔的生活恢复了往日的节奏。只有范克利夫父子那边的人似乎极力想避开图书馆。他们开车路过岔溪路时，总要加速猛冲过去，大多数时候宁愿多绕几英里路也不愿看见图书馆。

所以几个月后，1939年的某一天，当佩姬·范克利夫来到图书馆时，她们都觉得不同寻常。玛格丽看着她在图书馆外面走来走去，在皮包里翻找着什么似乎很重要的东西，然后又透过窗户往图书馆里瞧，看是不是只有玛格丽一个人在。毕竟，她不是那种常来图书馆的热心读者。

玛格丽·奥黑尔这些日子很忙。她要照顾弗吉尼亚、那条狗和她丈夫，还有现在家里增加的很多琐碎的事情。但当天晚上，玛格丽在忙活的时候突然停下来，笑着考虑要不要告诉艾丽斯·吉斯勒，新范克利夫太太如何走进图书馆，如何放低声音讲话，客套了半天，装模作样地在书架上看了一圈后，如何问玛格丽，是不是真的像传言说的那样,这里有一本教女士们如何应对某些卧室中的私密问题的书,以及玛格丽如何故意板着脸说,没错,是有这么一本书。书里讲的不过都是事实罢了。

第二天,她们都到图书馆时,她还在想着这件事,也还在尽量不让自己笑出来。

后　记

公共事业振兴署的马背图书馆计划从 1935 年进行到 1943 年，在高峰时期有超过十万名农村居民从马背图书馆借书。此后再也没有过这种规模的项目。

肯塔基州东部至今仍然是美国最贫穷，但也是最美丽的地区之一。

图书在版编目（CIP）数据

点亮星星的人 /（英）乔乔·莫伊斯著；向丽娟译. -- 北京：北京联合出版公司，2021.12
 ISBN 978-7-5596-5499-1

Ⅰ.①点… Ⅱ.①乔…②向… Ⅲ.①长篇小说—英国—现代 Ⅳ.① I561.45

中国版本图书馆 CIP 数据核字（2021）第 171316 号
著作权合同登记号 图字：01-2021-5051

The Giver of Stars
Copyright © by JOJO'S MOYO LTD
This edition is published by arrangement with Curtis Brown UK through Big Apple Agency, Inc., Labuan, Malaysia.
Chinese language copyright © 2021, Beijing Guangchen Culture Communication Co., Ltd
All rights reserved.

点亮星星的人

作　者：[英] 乔乔·莫伊斯
译　者：向丽娟
出 品 人：赵红仕
产品经理：孙淑慧
责任编辑：徐　樟
营销推广：周久琦
装帧设计：王　易
出版统筹：慕云五 马海宽

北京联合出版公司出版
（北京市西城区德外大街 83 号楼 9 层 100088）
北京联合天畅文化传播公司发行
文畅阁印刷有限公司印刷　　新华书店经销
字数 298 千字　880×1240 毫米　1/32　15 印张
2021 年 12 月第 1 版　2021 年 12 月第 1 次印刷
ISBN 978-7-5596-5499-1
定价：68.00 元

版权所有，侵权必究
未经许可，不得以任何方式复制或抄袭本书部分或全部内容
本书若有质量问题，请与本公司图书销售中心联系调换。电话：（010）64258472-800